KB130768

정도전의 야망

2권

윤만보 장편소설

정도전의 야망

2권

조선왕조의 설계자
정도전의 대권을
향한 야망!

문학공감

차례

7장

소나기가 지났다고 비가 그친 것이더냐

• 1

우왕 즉위 2년, 금강을 통해 대규모의 왜구가 침략해왔다. 이들은 단숨에 전주와 홍산(鴻山, 지금의 충남 부여) 일대를 유린했다. 전주 감영은 이때의 병화로 불에 타버렸다. 전라도 원수 유영과 전주 목사 유실은 적도의 기세에 겁을 먹고 신속히 출동하지 않았다 하여 그 책임을 물어 유영은 벼슬을 파직해서 평민으로 삼고, 유실은 병졸로 강등시켰다.

전주 감영은 이때 외에도 두 차례나 더 왜구들의 수중에 넘어갔다가 수복되었다. 전라도 지방에 이처럼 왜구의 침입이 잦은 것은 사람들이 해안지방에서 떠나버리자 왜구들이 금강을 타고 내륙 깊숙이 들어와 약탈한 후 뱃길을 이용해서 쉽게 도주할 수 있었기 때문이었다.

왜구들은 부여와 공주 일대를 유린하고 개태사(開泰寺)[1]를 약탈했는데

1) 고려 태조 왕건이 후백제의 신검(神劍)을 무찌르고 삼국을 통일한 것을 기념하여 창건한 사찰. 충남 논산면 천호리에 있는데, 고려 왕실에서는 태조의 업적을 기려서 중히 여겼다. 승려를 위해 국을 끓이던 가마솥의 크기가 지름 3미터, 높이 1미터, 길이 9.4미터였다고 하니, 가히 절의 규모를 짐작할 수 있다.

원수 박인계가 이들을 맞아 싸우다가 전사했다.

조정에서는 대책을 논의하느라 분주했다. 적의 전력이 만만치 않다는 것을 아는 장수들이 선뜻 나서지를 않았다.

군사들은 왜구와 홍건적을 대적하느라 영일이 없었다. 이곳저곳 전쟁터를 쫓아다니면서 피곤에 찌들어 있었다. 전쟁이 끝났다고 적절한 보상을 받은 것도 아니었다. 공은 위에서 다 논하고 병졸들에게는 기껏 공치사 몇 마디뿐이었다. 지원되는 병장기도 변변치 않았다. 칼날은 무뎌졌고 창은 부러져서 고쳐 동여맨 것이 태반이었다. 활은 시위가 늘어나서 탄력이 없었다. 화살도 부족했다. 그나마도 병장기를 지급 받지 못한 병사들은 죽창을 무기로 사용하였다. 문제는 그뿐만이 아니었다. 병졸들의 사기도 말이 아니었다. 그동안 전쟁터를 돌면서 목숨을 부지하고 다닌 것만 해도 다행이었다.

장수들은 그런 병졸을 데리고 전쟁을 치른다는 것은 사지를 찾아 들어가는 것과 같은 것이라고 생각했다. 전쟁에서 패하면 조정의 대신들은 임금 앞에서 자릿값을 하느라고 이리저리 패인을 집어내어 문제만을 제기했다. 그리하여 군기를 다잡았다. 전투를 끝내고 온 장수들은 노고를 치하받기보다는 대신들의 눈치 보기에 더 급급했다. 이러한 상황에서 선뜻 전쟁터를 자원할 장수는 없었다.

일선의 전황은 시시각각으로 불리해져 갔다. 전선이 밀리면 조정인들 무사할 리가 없었다. 도당에서 궁리하고 있을 때 판삼사사 최영이 나섰다.

"내가 나서겠소이다. 이렇게 논의만 하는 사이 우리 백성이 얼마나 많이 목숨을 잃고 고통받겠소? 더 이상 지체치 말고 나에게 병권을 주시오."

최영은 고함을 치듯 큰소리를 쳤다. 최영은 대신들의 논의가 답답했던 것이다.

'장수는 목숨을 바쳐서 나라를 지키는 것이 본분이거늘 장수가 이렇듯 전쟁터를 꺼리는 이유가 어디에 있겠는가? 목숨을 초개처럼 생각하며 적과 대치하는 군사들의 상황은 이해하려 하지 않고 자신들의 이해상관에 따라 공과를 논하려고만 드는 조정 대신들의 고루한 생각 때문이 아니겠는가!'

최영의 나이 지금 예순을 바라보고 있었다. 이제 전쟁터를 활개 치고 다닐 시기는 지났음에도 그는 또다시 자원하고 나선 것이었다.

이를 본 이인임은 잠시 생각을 했다.

'최영은 수많은 전쟁을 승리로 이끌면서 영웅이 된 사람이다. 그의 손에 은월도를 쥐여주고 병사를 안겨주면 범과 같이 펄펄 나는 사람이다. 백성은 물론이고 조정 내에서도 그를 따르는 사람이 적지 않다. 어린 임금조차도 그를 할아버지처럼 믿고 의지하려 하지 않는가?'

이인임은 최영이 제주도에서 목호의 난을 진압하고 온 이후 그에게서 병권을 회수해 버렸다. 정무를 보는 일만 맡기고 병권은 자신의 심복인 임견미에게 맡겼던 것이다.

그러나 이인임은 최영이 독단으로 병권을 휘두르는 것이 자신의 권력 유지에 크나큰 위협이 된다는 것을 알면서도 홍산 일대 왜구의 기세가 대단하여 전장의 상황이 워낙 다급하므로 어쩔 수 없이 그를 원수로 삼아서 출진하게 할 수밖에 없었다. 이인임은 최영에게 병권을 주면서 꾀를 내었다. 부원수 이하 몇몇 수하는 자신의 심복으로 배치해서 최영에 대한 견제를 단단히 해두었다.

최영은 명을 받고 임금에게 출정 인사를 하러 갔다. 열두 살배기 철없는 임금은 정원에서 말타기하며 무술을 연마하고 있었다.

"얍, 얍, 야-합."

나름대로 찢어지는 기합소리를 야무지게 내면서 말을 달리고 칼로 짚단을 잘랐다. 내관, 궁녀들은 임금의 그런 모습을 보고 손뼉을 치며 칭찬하느라 입이 말랐다.

"전하 대단하십니다. 적도의 목이 단칼에 날아가는 듯하옵니다."

"질풍노도와 같은 전하의 모습을 보는 순간에 적도들은 혼비백산할 것이옵니다."

임금은 신하들의 칭찬에 우쭐했다.

"얍, 얍."

기합소리와 함께 볏단을 한 번 더 자르고 말에서 내렸다. 어린 임금은 신하들의 칭찬을 들으며 말을 타고 볏단을 베는 것이 재미있었다. 그에게는 전쟁을 치르는 것이 마치 병정놀이하는 듯한 기분이었다.

"장군도 나의 솜씨를 보고 있었구려. 어떻소. 내 솜씨가?"

임금은 자신의 솜씨를 이 나라 최고의 무장인 최영에게 인정받고 싶었다.

"전하의 기개는 나날이 출중해지시고 무예 솜씨도 일취월장하고 있습니다."

최영도 허리를 굽히며 칭찬을 했다. 철없는 임금은 전쟁에서 산전수전을 다 겪으면서 머리가 허옇게 세어 있는 백전노장이 칭찬을 해주는 것이라 한껏 어깨가 으쓱했다.

임금의 그런 모습을 보고 하직 인사를 하고 나오는 최영의 기분은 씁쓸했다. 그러나 한편으로는 임금께서 지금은 저처럼 철이 없어 보이지만 언젠가는 조정과 만백성 위에서 당당히 군주로서 위엄을 드러내 보이실 날이 올 것이라고 믿으면서 그날이 올 때까지 누구도 감히 가볍게 여기지 못하도록 자신이 든든한 버팀목이 되어야 한다고 스스로에게 다짐을 했다.

전쟁터에서 최영은 펄펄 날았다. 흰머리, 흰 수염을 날리면서 전쟁터를 누볐던 그는 일찍부터 왜구들 사이에서 '백수 최만호'로 불리던 공포의 대상이었다.

적은 좁은 계곡의 위쪽에 위치하고서 고려군을 불러들였다. 장수 중 누구도 선뜻 선봉에 나서려는 자가 없었다. 적들의 계획을 눈치챈 최영은 윗바람이 부는 틈을 타서 아래에서 불을 놓았다. 불은 순식간에 위쪽으로 옮겨붙었다. 대기하고 있던 왜구들은 혼비백산하여 일시에 전열이 흐트러졌다. 이 틈에 최영은 앞장을 서서 공격을 했다. 이때 적이 쏜 화살 한 대가 장군의 입술에 박혔다.

"장군!"

곁에 있던 장졸들이 깜짝 놀라 장군을 부축했다. 장군은 이내 자세를 추스르고는 화살을 쑥 뽑아냈다. 입술 언저리에는 피가 낭자했다. 장군은 손으로 입술을 쓱 문질러서 피를 닦아내고는 아무렇지도 않다는 듯 우렁차게 소리를 내질렀다.

"뭣들 하는가? 전쟁에서는 싸움이 우선이다! 나는 괜찮다. 어서 공격하라!"

이를 본 장졸들은 장군의 용맹함에 모두 감탄했다. 전장에서 지휘 장수의 수범은 군사들의 사기를 배가시켜서 전투력에 엄청난 영향을 미치게 마련이다. 그때까지 겁을 먹고 꽁무니를 빼고 있던 병사들도 일제히 창검을 치켜들고 앞으로 나아갔다. 이제 그들의 앞에 맞서는 적도들은 없었다.

반면 왜구들은 '과연 백수 최만호'라고 겁을 집어먹고 서로 앞장서서 도망치기에 바빴고, 도망치면서 그들끼리 발에 밟혀서 죽는 자도 부지기수였다.

최영의 부대는 전쟁에서 대승을 거두었다. 적들은 산속 골짜기로 숨어들어 갔다가 겨우 진압군의 눈을 피해서 불과 수백 명만이 살아서 도망쳤다.

• 2

왜구의 난리는 정도전이 귀양살이하는 나주 회진현 골짜기 거평 부곡 마을도 피해갈 수가 없었다.

저녁이 한참을 지나서 막 자리를 펴고 누우려는 참인데 사립문 밖에서 황 서방의 다급한 목소리가 들려왔다.

"대감마님! 큰일 났소이다. 빨리 나와 보시오."

뒤이어 동네 사람들이 왁자하게 떠드는 소리도 들렸다. 다급한 목소리들이었다. 정도전은 영문도 모른 채 제대로 겉옷도 걸치지 못하고 방을 나왔다.

"저기, 저걸 보시오."

황 서방은 아랫동네를 가리켰다. 산기슭 언덕배기에 있는 도전의 초막에서는 동네가 한눈에 들어왔다. 동네 어귀에는 여러 사람들이 움직이는지 횃불 빛이 어지럽게 움직이고 있었다. 자세히 들노라면 알아듣지 못할 왁자지껄하는 소리도 들렸다. 사람들의 소리이긴 하나 근처에서는 들어보지 못한 낯선 소리였다.

"어서 피합시다. 왜구들이 침입해 오는 것입니다. 저들은 짐승과 같아서 사람 죽이는 것을 예사로 합니다. 얼른요."

황 서방은 도전의 소매를 끌었다. 도전은 황 서방 손에 끌려서 산속의 동굴로 피신해 들어갔다. 그곳에는 이미 여러 사람들이 와있었다. 가벼운 옷차림에다가 신발도 벗겨진 초라한 모습은 집을 나올 때 얼마나 경황이 없었는지를 말해주었다.

"난리가 쳐들어오면 마을 사람들은 이곳으로 피난을 온답니다."

마을 사람들은 여러 번에 걸쳐서 난리를 치른 듯했다.

초가을에 접어든 계절이라 낮에는 햇볕이 여전히 따가웠으나 밤이 되니 홑겹 옷차림으로 갑자기 도망 나와 산속에서 밤을 새워야 하는 사람들에게는 추위가 만만치 않았다. 모닥불도 지필 수가 없었다.
"끼잉, 낑."
기침을 참아내며 내는 신음이 이 구석 저 구석에서 들렸다.
"이곳에서 언제까지 지내야 하누?"
도전도 옷깃을 여미며 잔뜩 움츠러든 몸을 황 서방에게 기대며 물었다.
"토벌대가 올 때까지 기다려야지요. 한 사나흘은 걸릴 것입니다."
"먹을 것은 준비해온 것이 좀 있는가?"
"그런 것 챙겨올 경황이 어디 있었겠소이까? 날이 새면 근처에 나가 풀잎이나 뿌리를 캐다가 찧어서 먹는 수밖에요."
그들은 산속에서 그렇게 사흘을 버티다가 토벌군이 온 것을 보고서야 동네로 내려올 수 있었다.

그해 가을 정도전의 귀양살이 장소가 바뀌었다. 나라에서는 왜구들의 침범 때문에 죄인들을 관리할 수가 없었다. 감영이 파괴되고 간수가 도망을 쳐버렸으니 죄수들은 자연히 풀려나서 저 혼자 나돌아다녀도 이를 간섭하는 사람이 없었다.
귀양살이하는 사람도 마찬가지였다. 관청이 난리를 당해 피난을 가고 적의 침입에 대비를 못 한 탓으로 관리들이 죽거나 파직을 당하는 판에 귀양살이하는 사람까지 관리할 수가 없었던 것이다.
때마침 왕이 아들을 낳자 중죄를 저지른 자를 빼고는 모두 방면을 했다. 정도전의 귀양살이도 종편(從便)[2]으로 바뀌었다. 그는 개경을 빼고 어디든지 그가 살고자 하는 곳에서 살 수 있게 되었다.
전라도 나주 회진현 거평부곡 소재동(지금의 나주시 다시면 운봉리 백동마을)으로 버려지듯 떨쳐진 지가 3년이었다. 언제 풀려날지 알 수 없는 귀

2) 편한 곳으로 가서 살도록 하는 것.

양살이였는데 어느새 그렇게 세월이 가버렸던 것이다. 처음 이곳에 도착했을 때는 살아가는 문제가 무엇보다도 급했다. 당장 땟거리를 걱정해야 하는 것은 말할 것도 없고, 밤이슬과 바람을 막아줄 거처를 마련해야 하는 것도 큰일이었다. 다행히 동네 사람들이 순박하고 친절해서 도와주는 바람에 잘 견뎌왔다.

정도전은 이곳에서 생활하는 동안 많은 것을 겪으며 느꼈다. 유배생활을 하다 보니 오랜 붕우들조차도 소식을 끊어버려 세상인심의 야박함을 느꼈고, 자신은 소신에서 한 행동이었지만 남겨진 가족들이 겪는 고통을 생각할 때 어쩔 수 없이 드는 미안함과 함께 밀려드는 회한은 잠을 자면서도 떨칠 수가 없었다. 거기다가 간간이 들려오는 개경 쪽의 소식은 절망적인 것뿐이었다.

정도전은 이웃 사람들과 어울려 지내면서도 많은 것을 배웠다. 자신은 정통 유학을 배워서 경세와 인륜을 논하고 사람 간의 의리를 가르치는 등 선비로서 자부심을 느끼며 살아왔는데 촌부들의 형편은 그런 거창한 명분과는 상관이 없고 그저 정에 얽히고 필요한 때에 찾아가서 기대며 살아가는 소박한 것들이었다.

정도전은 그러한 그들의 삶에서 정직함을 보았다. 봄이 되면 씨 뿌리고, 가을에 걷이를 하고, 하늘을 보면서 살아가는 것이 그들의 일상이었다. 그들의 삶에는 거짓이 있을 수가 없었다. 무엇보다도 그들은 나라에 대한 의무를 다했고 소출에 대한 세금도 꼬박꼬박 내면서 군역과 부역이 필요하면 그에도 빠짐없이 동원되었다.

이 시대에 배웠다는 자들이 지식을 팔아서 벼슬을 사고 그 자리에 앉아서 사복을 채우고 백성에게 세금을 거둬들이는 일에 몰두하는 부끄러운 짓을 하면서도 아닌 척, 모른척하는 염치없는 짓은 적어도 그들은 하지 않았다.

그러나 정직하게 살아가는 것과는 상관없이 고단하고 곤궁하게 지내야 하는 형편이 그들을 늘 따라다니며 괴롭혔다. 지주들의 들볶임에 낟알 한 톨도 제대로 건사하기가 어려웠고 부역과 전쟁에 동원된 식구의 소식을 몰라서 날밤을 새우며 걱정해야 하는 불쌍한 이들이 어느 곳에서나 마찬가지로 이곳에서도 적지 않았다.

떠나는 도전을 배웅하러 동네 사람들이 마을 어귀까지 나왔다.

"대감. 이제 이렇게 가시는 걸 보니 인연이 다 했나 보옵니다."

아까부터 울음을 참으며 따라오던 황 서방이 끝내 울음을 터뜨렸다.

"그동안 신세를 많이 졌네. 정말 고맙네! 무엇으로 보답해야 할지……."

정도전도 가슴이 뭉클하기는 마찬가지였다.

"이거라도 받으세요."

여기저기서 동네 사람들이 주먹만 하게 뭉친 것들을 내놓았다. 개떡이며 수수떡, 강냉이, 감자 찐 것들이었다. 먼 길 떠나면서 요기를 하라고 내주는 성의였다. 도전은 고맙게 그것들을 받아 넣었다. 그리고 마지막으로 작별 인사를 했다.

"여러분들의 친절과 고마움을 내가 어디 간들 잊겠소이까. 내가 지금은 죄인인지라 여러분을 위해서 보답할 것이 아무것도 없소이다. 그러나 여러분들의 고마움에 그냥 있는 것은 도리가 아니라고 생각하오. 여러분들이 어려운 가운데에서도 이웃을 도운 그 마음을 영원히 잊지 않기 위해서 여기서 있었던 일들을 글로서 남겨놓겠소. 이를 보고 여러분들의 인정을 후세 사람들이 기억해줄 것이오."

정도전이 후에 쓴 「소재동기(消災洞記)」에는 자신을 도와준 부곡민들의 소박하고 따뜻한 정의와 이를 증언하고자 하는 마음이 잘 표현되어 있다. 소재동기에는 사람들이 순박하고 겉치레가 없다고 칭찬하면서 '동네 사람들이 나를 이렇게 후하게 대접하는 것은 나를 불쌍하게 여겨서인가, 아니면 먼 지방에서 생장하여 이 시대의 의론(議論)을 듣지 못해 내가 죄인임을 몰라서인가, 아무튼 후대가 극진했다. 나는 한편으로는 부끄럽고 한편으로 감동되어 그 시말(始末)을 적어 내 뜻을 표하고자 한다'라고 쓰여 있다.

정도전은 비록 반겨주는 이가 없는 길이었지만 먼 길을 가야 하기에 발걸음을 재촉했다. 그가 향하는 곳은 고향인 영주 땅이었다. 귀양살이가 종편으로 풀려나긴 했지만, 식구들이 있는 개경으로 가지 못할 바에야 조상의 뼈가 묻혀 있는 곳에서 지내고자 한 것이다.

• 3

또다시 대규모 왜구들의 침구(侵寇)가 있었다. 우왕 6년 진포(지금의 군산과 부안 일대)에 침입한 왜구는 종전과 규모 면에서 비교가 되지 않았다. 함선이 500여 척이었고 병력도 2만 5,000명에 이르렀다. 이들은 금강을 거슬러 내륙으로 올라가려다가 심덕부, 나세, 최무선 장군이 지휘하는 함선과 맞닥뜨렸다.

고려군은 최무선이 설계한 전함 80척으로 이들과 맞섰다. 최무선은 우리나라 최초로 화약을 발명한 사람이다. 그는 일찍이 원나라가 화약을 이용해 여러 전장에서 가공의 위력을 발휘한 것을 알고 원나라 사람 이원에게 접근해 화약 제조법을 배웠다.

그는 여러 차례 조정 대신들의 반대를 겪는 우여곡절 끝에 마침내 화통도감을 설치했고 그곳에서 화약뿐 아니라 화전, 화포, 철령전, 대장군포 등 화약을 이용하는 다양한 병기를 제조했다. 그리고 병선의 제조에도 화통을 설치하도록 설계했는데 진포 전투에서 그 진가를 톡톡히 발휘했다.

적의 함선 500여 척은 거의 불에 타고 수장되었다. 이를 후세 사람들은 진포대첩이라고 부르며 기억하고 있다. 그러나 이 전쟁은 최후의 승리를 장식한 전쟁은 아니었다. 왜구들은 타고 왔던 함선들이 모두 최무선 함대의 공격을 받아 불에 타고 물에 가라앉게 되자 퇴로를 잃은 나머지 내륙으로 대거 몰려들었다.

그들은 지나는 곳곳마다 살육과 약탈의 만행을 저질렀는데 그 참상이 끔찍하기 이를 데가 없었다. 그들은 눈에 띄는 사람은 모조리 붙잡아다가 죽이고, 빈집은 불태웠다. 목이 떨어져 나가고 팔다리가 잘리고 창자가 터져 밖으로 쏟아져 나온 참혹한 모습을 한 시체들이 길거리에 아무렇게나 뒹굴고 있었고 시체를 태우는 시커멓고 메케한 연기가 자욱하게 하늘을 뒤덮었다. 왜구들은 내륙 깊숙이 영동과 옥천까지 침투했고 경상도 경산(상주)까지 진출하면서 만행을 저질렀다.

영주 땅에 도착한 정도전은 예전 부모님의 상중에 시묘살이하면서 머물렀던 초막을 손보아서 거처했는데 이곳에도 오래 머물지 못할 형편이었다. 왜구의 난리는 이곳에서도 피할 수가 없었다.

정도전은 부모님의 산소 앞에 물 한 그릇을 올리면서 북받쳐 오르는 설움을 참지 못하고 엉엉 소리 내어 울었다.

"아버님, 어머님 못난 소자 변변히 대접할 것도 없어서 물 한 그릇만 떠 놓고 떠나갑니다. 이제 가면 영영 뵙지도 못할 기약 없는 피난길입니다."

도전은 피난을 간다고 했지만, 그것은 다시 돌아올 수 있을지 기약할 수 없는 길이고 어쩌면 이승에서 뵐 수 없는 부모님을 저승에서 뵈어야 할지 모른다는 절망의 길이라는 생각도 들었다.

"아버님께서 생전에 이 못난 놈에게 세상을 바로 세우고 도를 전하라는 뜻으로 이름을 지어주시고 재상감이 될 것이라고 기대를 하셨는데 소자는 여태껏 비렁뱅이 꼴을 못 면하고 있습니다. 식구들 건사하는 것은 고사하고 이 한 몸 다리 뻗고 누울 수 있는 자리도 못 찾고 있습니다. 차라리 소자, 편안히 누워계시는 부모님이 부러울 따름입니다."

도전은 여전히 귀양살이하는 죄인 신세를 못 면하고 이리저리 피난길을 떠돌아다녀야 하는 구차한 신세도 한스러웠지만, 아무리 보아도 앞날이 보이지 않는 자신의 처지가 너무 서글펐다. 나름대로 큰 포부를 가지고 과거를 보았고 뜻을 펼치려 동지를 규합해서 구세력과 대항하여 새로운 질서를 추구하려 해보았건만 그 장벽은 너무 높았다.

이인임을 비롯한 구신들에 의한 농단은 그 끝이 어디인지 모를 정도로 횡포가 심해지고 있는데도 정몽주와 이숭인, 김구용, 이첨 등 뜻을 같이 세웠던 옛동지들은 그들 속에 묻혀서 소식조차 끊은 지가 오래였다.

정도전은 홀로 저 먼 곳 섬을 향해 배를 저어가는 것 같은 고단함과 외로움을 느끼면서, 닥쳐오는 노도를 언제까지 견뎌내야 할는지 두려운 마음도 함께 느꼈다.

도전은 어딘지 목표도 정하지 못하고 사람들 속에 섞여서 피난길을 떠났다. 도전과 피난민들은 단양 도담 나루터에 도착했다. 나루터는 도전의 일행뿐 아니라 각지에서 몰려든 난민들로 북새통을 이루었다.

모두 강을 건너 목숨을 부지하고자 하는 절박한 사람들이었다. 뱃삯이 있어서 배를 빌릴 수 있는 사람은 식솔을 데리고 그나마 편안히 건너는 호사를 누릴 수 있었지만 그렇지 못한 사람들이 태반이었다. 그들의 종착역은 여기였고 더 이상 갈 수도 없었다.

몰려든 사람들 틈바구니에서 비렁뱅이 노릇을 하며 지낼 수밖에 별도리가 없었다. 가끔 피난민들은 남의 보퉁이를 훔치게 되면 그것은 참으로 큰 요행이고 재수가 있는 날이었다.

갑자기 길바닥이 소란스러웠다. 도전의 앞으로 몇 명의 꼬마들이 뛰어갔고 뒤이어 장정이 뒤쫓아 와 한 아이의 목덜미를 덥석 부여잡았다. 아이는 장정의 큰 손에 목덜미가 잡혀서 공중에 들려졌다. 아이의 손에 물러터진 묵 뭉텅이가 쥐어져 있었다.

옷깃이 목을 조여서 아이는 캑캑거렸다. 그래도 아이는 잽싸게 손에 들고 있는 묵 뭉텅이를 입속으로 욱여넣었다. 볼우물이 가득했다.

그런 아이의 얼굴을 장정이 큰 손바닥으로 세차게 내리쳤다.

"캑."

아이의 입에서 미처 넘어가지 못한 묵 부스러기가 튀어나왔다.

"이놈 새끼! 감히 누구 물건을 도둑질해? 오늘 아예 손모가지를 부러뜨려 놓을 거야!"

아이는 장정의 욕을 먹으면서도 입속에 남아 있는 묵 부스러기를 꿀떡 삼켰다. 얻어맞은 뺨이 벌겠다. 아이는 얼굴을 쓰다듬으면서 고통스러운 표정을 지었다. 그러나 그 표정에는 한 끼를 채울 수 있었다는 안도와 환희도 함께 뒤섞여 있었다.

장정은 길가에서 좌판을 깔고 묵 장사를 하는 사람이었다. 아이는 또래 몇몇과 같이 묵을 훔쳐 달아났던 것이었다. 주위에 모여든 사람 중에 장정을 말리는 사람은 아무도 없었다. 또한 아이의 행동을 나무라는 사람도 없었다. 정도전은 구경꾼의 입장에서 그들 모두를 이해할 수 있었다.

묵 장사를 망친 장사꾼의 심정도 이해가 갔고, 배고픔을 참지 못하고 어쩔 수 없이 일을 저지른 아이의 사정도 이해가 갔다. 구경꾼 또한 죽지 못해서 사는 고달픈 삶이기에 남의 일에 나서서 가타부타 참견하기를 꺼리는 사정도 이해되었다.

'무엇이 옳고 그른지 생각하고, 해야 할 일과 말아야 할 일을 스스로 구별 지으며 사는 것이 사람 사는 도리이건만 지금 이 나라는 백성들이 그러한 도리마저 저버리면서 살게 하고 있다. 이 모두는 임금을 비롯한 위정자들이 들어야 할 원망이다.'

도전은 지금 백성들이 겪고 있는 이 모든 고통은 난세의 그것이라고 생각했다. 백성은 목숨을 부지하기 위해 임금이 사는 도성인 북쪽으로 피난을 가고 임금은 북쪽의 적에게 쫓겨서 남쪽으로 피난을 가서 근근이 지탱해가고 있는 이 나라. 난세도 이보다 더할 수는 없었다.

'난세에는 새로운 질서를 잡아주는 영웅이 필요한 법이다. 그러한 영웅이 언제 나타날 것인가? 그러한 영웅이 나타나기나 할까?'

도전은 여러 상념에 젖으면서 피난길을 재촉했다. 피난길은 제천을 거쳐서 원주까지에 이르렀다.

• 4

왜구들은 내륙 깊숙이까지 진출했으나 그들은 도적 떼일 뿐이지 정복군은 아니었다. 목적을 달성하면 약탈한 재물을 가지고 도망을 치는 것이 그들의 수법이었다.

왜구들은 내륙 지역의 지형지물에 익숙하지 못했다. 또 여러 곳으로 병력이 분산되어 있었기에 세력도 많이 약화되어 있었다. 거기에다가 곳곳에서의 저항도 만만치 않았다.

그들은 흩어져 있던 세를 뭉치고 전열을 정비하여 전라도 남원성을 치기 위해 사근내역(沙近乃驛, 지금의 경상남도 함양)으로 모여들었다.

사근내역 전투에서는 배극렴 등 아홉 원수가 저들과 접전을 벌였으나 중과부적이었다. 적의 병사는 2만이 넘었다. 고려군의 몇 배였다. 또 그들에게는 아지발도(阿只拔都)라는 명장이 있었다. 그는 말을 타고 이곳저곳 신출귀몰하게 나타나서 고려군을 헤집고 다녔다. 그는 불사조란 별명으로 고려군에게 공포의 대상이었다.

고려군은 전투에서 원수 박수경과 배언 그리고 수하 병사 500명이 전사하는 참패를 당했다. 대패한 소식이 개경에 당도하자 조정은 당황했다.

"이번 출진은 누구를 원수로 삼는 것이 좋겠소?"

지윤, 임견미, 염흥방이 이인임의 집에 모였다. 나라의 중대사는 대신들이 도당에 모여서 의논을 해야 하는데도 이들에게는 그럴 필요가 없었다. 도당에서는 이제 이들의 뜻을 거스르는 자가 없었으므로 이들은 자기들의 입맛에 맞도록 사전에 일을 꾸미고 도당에서는 형식만 갖추었다.

"또 최영을 보내는 것은 너무 그에게 힘을 실어주는 것이 되니 곤란하지요."

이인임이 최영을 보내자는 말에 고개를 흔들며 말했다.

"그럼 누가 적당하겠소이까? 적도들의 기세가 만만치 않은데 일거에 제압할 수 있는 자가 군령을 지휘해야 할 텐데……."

모두는 서로의 얼굴을 쳐다보았다.

"시중 대감이 직접 군사를 이끌고 출진을 하시지요."

지윤이 이인임의 기색을 살피며 말했다. 이인임은 순간 미간을 찌푸렸다.

'이자가?'

이인임은 불쾌했다. 이인임은 지윤이 하는 말의 속내를 짐작하고 있었다.

'이자가 요즘 일을 꾸미고 다닌다더니 그 말이 맞구나. 나를 전쟁터로 내보내고 자기가 조정을 흔들 요량이구나.'

"……."

이인임은 지윤의 저의를 의심했기에 아무 답도 주지 않았다.

"시중 대감이 직접 출진하신다면 병사들의 사기도 드높을 것이고 무엇보다도 전하를 비롯한 조정의 지지를 확실히 받아낼 수가 있을 것이 아니겠소이까?"

이인임이 반응이 없자 지윤이 설득 조로 부연했다.

"그것은 아니 되오이다. 시중 대감은 전쟁터로 출전하시기에는 너무 연로하시고 또 조정을 비우는 것이 되어 나라의 기강이 흐트러질 수가 있소이다."

임견미가 단호히 반대했다.

"시중 대감이 직접 출전하는 것은 아니 되오."

염흥방도 같이 반대하고 나섰다.

"내 말은 시중 대감이 진두지휘하게 되면 조정의 힘을 그만큼 뒷받침받을 수가 있다는 뜻이오. 전쟁이야 장수들이 치르는 것이지."

지윤은 반대가 거세자 한발 물러나듯이 말했다.

"……그럼, 지윤 대감이 원수가 되어서 출전해보는 것은 어떻소?"

잠자코 듣고 있던 이인임이 말했다.

"아니 무슨 말씀을? 나는 전쟁에 참가한 지가 오래됐고 또 직접 전투는 해보지 않은지라……."

지윤은 목호의 난 때 최영을 도와서 출전한 적이 있었는데 그것은 벌써 10년이나 된 일이고 그때도 직접 병사를 지휘하여 전투를 벌이지 않고 지원하는 일만 했다고 변명을 늘어놓았다.

"출진을 하지 않겠다는 말이구려."

이인임은 변명을 늘어놓는 지윤을 쏘아보며 말했다.

"예. 제가 집을 비울 수 없는 사정이 있는지라……."

지윤은 이인임을 전쟁터로 내몰고 자신이 조정을 주도하여 권한을 잡으려 했던 의도가 들킨 것 같아서 목을 움츠리며 말꼬리를 낮췄다.

"그 사정이라는 게 뭐요? 요즘 듣자하니 첩을 들였다 하는 소문이 있던데 그 재미 때문이오?"

이인임은 요즘 들리는 지윤에 대한 안 좋은 소문을 들추며 정곡을 찔렀다.

"아니 대감 무슨 말씀을 그리하십니까?"

지윤은 당황했다. 이인임은 쩔쩔매는 지윤의 모습을 즐기기라도 하는 듯한 표정을 지으며 다음 말을 이었다.

"아무리 여자를 좋아하기로, 전하의 유모를 품어서야, 쯧쯧."

이인임은 노련했다. 이인임은 지윤이 근래 임금의 유모 장씨와 사통을 하고 그 집을 제집 드나들 듯하고 있다는 소문을 들은 바가 있어서 약점을 찌른 것이었다. 이인임의 말을 듣자 지윤은 마치 쥐약을 먹은 듯 꼼짝 못 했다.

지윤이 이인임에게 전쟁터로 나가라고 권한 것은 내심 은밀히 계획하고 있던 일이 있었기 때문이었다. 지윤은 이인임이 조정을 비운 틈을 타서 그를 제거하고 대신 자신이 시중이 되어 이인임이 누리던 권력을 차지할 계책을 꾸미고 있었던 것이다.

지윤은 원래 이인임의 심복이었다. 지윤은 공민왕이 갑자기 시해되고 우왕이 새 왕으로 옹립되었을 때 권력을 장악한 이인임의 곁에 붙어서 입안의 혀처럼 놀아나면서 비위를 맞추어 왔던 자였다. 그러함에도 이인임을 배반하고자 한 것은 지나치게 탐욕을 부린 까닭으로 이인임으로부터 여러 차례 경고를 받아서 이인임에게 반감을 갖게 되었기 때문이었다.

한때 그는 이인임에게 불려간 적이 있었다. 이인임은 지윤에게 두루마리를 풀어서 읽어보라고 건네주었다. 그것은 지윤의 비행을 탄핵하는 상소였다. 원래 임금에게 전해져야 하는 것이지만, 권력자의 눈치를 잘 보는 약삭빠른 대간이 그것을 빼돌려 이인임에게 준 것이었다. 내용을 읽어보던 지윤은 얼굴이 하얗게 변했다.

거기에는 지윤이 본래 무녀의 자식이었다는 출생을 비하하는 내용부터 시작해서 그에 대한 온갖 비행이 다 적혀 있었다.

그는 권세를 이용하여 신돈이 처형당한 후에 그의 옷가지며 패물들을 몽땅 차지했으며, 판판도사사(判版圖司事) 시절에 판도사(版圖司)[3]에 금을 납품한 강을성이라는 자가 금값을 받아내기 전에 죄를 짓고 처형을 당하자 금값으로 줄 베 1,500필을 모두 착복하고 그 아내를 첩으로 삼았다고 하고, 또 재상 신순이 처형을 당하자 아들 지익겸을 그 딸과 혼인을 시켜 몰수된 땅과 재물을 돌려받았다는 것이다.

이와 함께 그는 성품이 탐학스러워 벼슬을 팔고 옥사를 이용해서 수많은 뇌물을 받아 챙겼으며 여자는 얼굴을 가리지 않고 재물이 많으면 모두 첩으로 거느려 그 수가 서른 가까이 되는데 그중 자기 집이 있는 첩만 해도 무려 열두 명이나 된다고 적혀 있었다.

글을 다 읽고 난 뒤 지윤은 얼굴이 벌게졌다. 치부가 드러나 부끄러웠을 뿐 아니라 이를 들춰낸 자에게 분노를 느꼈기 때문이었다.

"누가 이따위 문건을 작성했습니까?"

지윤은 분함을 참지 못해 씩씩거렸다.

"다 읽어보셨소이까?"

이인임은 지윤의 감정과는 달리 딴전을 부렸다.

"누가 이걸 작성해서 대감께 주었느냐 말입니다?"

지윤은 이인임에게 대들듯이 말했다.

"누가 적고, 누가 가져왔다는 것이 뭐이 그리 대수겠소? 대감에게 그러한 일이 있느냐 하는 것이 중요하지."

이인임은 딱하다는 듯 혀를 찼다.

"아니 대감께서는 이 내용을 믿으신다는 말씀이오?"

"믿지 않으면? 전하께 올려서 추국하라는 명을 내려달라고 할까요? 대감이 억울한 것인지, 글을 올린 자가 무고를 하였는지……. 쯧쯧, 대강하

3) 나라에 바치는 공부와 재물을 관장하는 부서.

시지 내가 봐도 내용이 좀 심해요."

일은 두 사람의 언쟁으로 변했다.

"대감께서는 이 내용을 믿으시는군요. 그렇다면 대감께서도 뒤가 깨끗한지 따져봐야 할 것이 아닙니까?"

"아니, 보자보자 하니 못하는 말이 없구먼? 대감의 말투가 너무 기고만장해서 도저히 들어 넘기기가 거북하구려."

이인임은 불같이 화를 냈다. 지윤은 이인임이 화를 내는 모습을 보고 그제야 수그러져서 사과하고 일은 일단락이 되었다. 그러나 지윤의 마음속에는 그 일의 앙금이 계속 남아 있었던 것이다.

우왕이 즉위한 후 왕의 측근인 이인임을 중심으로 지윤, 임견미, 염흥방이 4인방을 이루어 국사를 농단해 왔는데 이들의 결속은 철옹성 같아서 감히 누구도 그들의 비위를 거스르지 못했다. 그러나 세월이 흐름에 따라 각자 서로 욕심이 달라지고 있었고, 지윤과 같은 자는 독단으로 권력을 남용해서 여러 가지 비위를 저질러 문제를 만들고 있기에 이인임은 이를 견제하고자 했다.

하나 지윤으로서는 이인임이 권력은 독단하려 하면서도 예전과 같은 신뢰를 주지 않는 것이 못내 섭섭했다. 마침내는 지신사 김윤승, 좌상시 화지원 등과 편을 지어 이인임을 몰아내고자 궁리를 했던 것이었다. 때마침 남부에서 대규모로 왜구가 침입하여 위세를 떨치고 있고 고려군이 패전을 당하고 있었기에 지윤은 좋은 기회라고 생각하고 계략을 세웠다.

이때 시중을 총대장으로 출진시키고 그가 조정을 비운 사이에 탄핵하여 조정에서 쫓아낸다면 이인임이 차지하고 있는 자리를 자신이 차지하여 권력을 독점할 수 있겠다는 생각을 했다. 그러나 이들의 계획은 이를 사전에 간파한 이인임이 거부함으로써 무산되게 된 것이다. 이 일로 두 사람의 사이의 간극이 크게 벌어졌다. 마침내 이인임은 지윤을 제거하기로 마음먹었다.

왜구 토벌군 대장은 도당에서 정했다. 동북면 병마사 이성계를 양광, 전라, 경상 삼도병마도통사로 임명하고, 친병 2,000명을 이끌고 적도들을 토벌하라고 명을 내렸다. 적에 비해 병사의 수는 턱도 없었지만, 이성계는 흔쾌히 출병했다. 정몽주를 조전원수, 변안열을 체찰사로 삼아서 토벌군을 돕도록 했다.

• 5

이성계의 토벌군이 사근내역에 도착했을 때는 왜구들이 일대를 쑥대밭으로 만들어놓고 인근의 인월로 옮겨가 진을 치고 있었다. 이성계의 부대는 사근내역에 진을 쳤다.

중앙에서 지원군이 도착했다는 소식을 듣고 적도들에 패해 지리산 일대에 피신해 있던 배극렴이 패잔병들을 이끌고 합류해왔다. 배극렴은 진주 일대에 쳐들어온 왜구를 반성현에서 격파해서 이름을 날린 용장이었다. 그는 이성계 앞에서 '패장으로서 면목이 없다'고 부끄러워했다.

"아니요. 괜찮소이다. 그렇게 소침할 필요는 없소이다. 싸움에서 이기고 지는 것은 병가지상사라고 했거늘. 전투에서 한 번 패했다고 장군께서 그렇게 풀이 죽어 있어서야 어디……."

이성계는 배극렴을 따뜻하게 위로해주었다.

'저렇듯 배포가 크고 넓은 포용력으로 상대를 감동시키니……. 과연 듣던 대로 큰 인물이구나!'

배극렴은 이성계와 첫 대면이었으나 호의에 감동을 받았다.

"어디 적도들의 전투 상황부터 들어봅시다."

"예. 적도들은 남원성 공략에 집중하고 있습니다. 병력은 대략 2만 정도가 될 듯합니다. 적도들이 남원성을 공략하는 동안 고려군은 배후에서 적을 교란시켜 공격력을 분산시키고 있습니다만 솔직히 중과부적임은 인정하지 않을 수가 없습니다. 무엇보다도 병사들이 겁을 먹고 과감히 공격을 못 하는 실정입니다."

"적도들에게 겁을 먹고 있다? 원인이 어디 있다고 보오?"

"예. 적의 대장은 아지발도(阿只拔都)라는 소년 장수인데 용감하기가 야차(夜叉)와도 같고 창검을 다루고 말을 타는 솜씨가 출중하여 그가 달려오는 모습만 보면 우리 병사들은 기가 죽어서 맥을 추지 못하고 있습니다."

"호, 아지발도라……. 그렇게 용감하고 솜씨가 대단하단 말이지?"

이성계는 출진 전에 그의 명성을 익히 들은 적이 있었다. 적도를 이끄는 장수가 나이는 어리나 용맹함이 사나운 맹수와도 같아서 아군의 병사가 감히 대적할 용기를 잃고 연전연패했다는 전황을 들었다. 이성계는 배극렴에게 전황 보고를 받고 그와 빨리 만나보고 싶었다.

이성계는 정몽주, 변안열, 배극렴을 대동하고 적진의 동향을 살피러 나갔다. 적은 황산 서부 쪽 능선에 진을 치고 있었다. 어둠을 틈타 기습공격하기도 여의치 않은 지형이었다.

"산기슭으로 쳐 올라가면서 싸우기는 힘들고 적을 평지로 불러내서 싸우는 것이 우리에게 유리한 듯싶소이다."

좌중은 이성계의 지시에 귀를 기울였다.

"우리는 적보다 소수의 병력이오. 우리는 병력이 많은 것으로 위장해야 해요. 새벽녘 날이 밝기 전에 산기슭에서 꽹과리를 치고 함성을 질러서 적을 놀라게 한 다음 들판으로 유인해냅시다."

이성계는 지세를 보면서 몇 가지의 지시를 내렸다.

"적의 장수가 나타나면 먼저 이지란 장군이 맞서시오. 도망간다고 쫓아가지 말고 겨루어 보면서 일단 전력을 탐색하시오."

"그 뭐, 소문을 들으니 아직 어린아이라는데 몇 합 겨루다가 단칼에 목을 베어버리지요. 그리고 싹 밀어붙이면……."

이지란이 우쭐거리며 대수롭지 않다는 듯 나서는데 이성계가 말을 가로막았다.

"어허, 그리 만만히 볼 상대가 아니라는데도 신중하시오."

"이지란 장군은 불리하면 즉시 말머리를 돌리시오. 이때 궁수들은 추격해오는 적장을 향하여 일제히 활을 쏘시오."

정몽주는 이성계가 적진이 위치한 형국을 살펴보고 단번에 군사를 운용하는 지략을 펼치는 것을 보고 '과연 그동안 숱한 싸움터에서 승리한 명성이 허언이 아니구나!'고 감탄을 했다.

다음 날 미명을 기해 이성계의 병사들이 적진 앞까지 은밀히 접근해갔다. 아직 날이 밝지 않은 것도 있지만 지리산 자락에 짙게 끼어 있는 운무도 이쪽의 동태를 숨기기에는 안성맞춤이었다.

군사들은 적진 앞까지 다가와서는 일제히 '와!' 하고 함성을 질렀다. 북도 치고 꽹과리도 쳤다. 막사를 향해 불화살도 날렸다.

적진에서는 당황하는 기색이 역력했다. 허둥대는 어지러운 소리가 들려왔다. 그러나 혼란은 오래가지 않았다. 이내 정렬이 되는 듯했다. 적들은 오랫동안 전쟁이 몸에 밴 자들이어서 역시 대응이 빨랐다.

적들이 정신을 차리지 못하는 사이에 이성계의 척후 군사들은 뒤로 빠졌다. 뒤에는 이지란이 지휘하는 군사들이 일전을 벌일 준비를 하고 대기하고 있었다.

잠시 후 적진에서 질풍과 같은 기세로 말을 달려 나오는 장수가 있었고 그 뒤를 수하의 군사들이 따랐다.

이성계는 날이 밝기를 기다리면서 조금 더 떨어진 언덕바지 위에서 전투 상황을 관찰하고 있었다. 이지란과 적의 장수가 맞붙었다. 적의 장수는 말로만 듣던 아지발도였다. 몸놀림이 여간 날렵한 것이 아니었다. 이지란은 단 몇 합만 겨루고 뒤로 쫓겨 갔다. 이내 군사들 간의 교전이 벌어졌다. 그러나 순식간에 이지란의 군사들이 밀리는 형국이 됐다.

군사들이 쫓겨 가는 것을 보고 이성계가 직접 지휘하는 부대가 출동했다. 양측의 군사들은 들판 한복판에서 치열한 백병전을 벌였다. 적들도 어느 틈에 후속 부대가 증강되어서 수가 많이 불어났다.

이성계는 이대로 붙으면 필패할 것이라고 직감했다. 군사들에게 퇴각 명령을 내렸다. 적도들은 공격의 끈을 늦추지 않았다. 파죽의 기세로 추격을 해왔다. 후방에는 이성계가 자랑하는 궁수부대가 잠복해 있었다. 그들은 공격해오는 적도들을 향해 일제히 화살을 날렸다. 적도들은 빗발치는 화살을 맞고서야 공격의 고삐를 늦추었다.

어느덧 해가 중천에 떠올랐다. 양측의 접전은 잠시 멈추었다. 이성계의 군사들도 입은 피해가 적지 않았다. 적들의 전투력이 만만치 않았음을 보여주는 전투였다.

• 6

첫 전투에서 고배를 마신 이성계와 참모들은 처음의 자신만만하던 모습은 어디로 가고 모두 침통해 있는데, 이지란만은 상처받은 멧돼지처럼 씩씩대면서 분함을 참지 못했다. 그런 그를 이성계가 달랬다.

"이 사람아, 어쩔 수 없었네. 우리의 전력이 부족한 것이지 자네가 능력이 모자라서 패한 것이 아니네."

"형님, 내 분해서 못 견디겠소이다. 다시 한 번 기회를 주세요. 내 이번에는 단칼에 그 아지발도라는 놈 목을 쳐서 올 테니."

이지란은 가슴을 탕탕 치며 울분을 토했다.

이지란은 여진족의 족장을 지내다가 이성계를 만나 의형제를 맺고 고려로 귀화한 사람이다. 그는 함경도 북청 지방의 거칠고 험악한 산세를 누비며 수많은 전투를 치르면서 이름을 날렸다. 이성계도 그의 용맹성을 알아주어 전투에서 줄곧 앞장을 세웠다. 그런 그가 선봉에 나서 치른 전투가 맥없이 패했으니 체면이 말이 아닌 것이었다.

"자, 우리 냉정할 필요가 있소이다. 적의 전투력이 우리의 몇 배가 된다는 사실을 잊어서는 아니 되오. 적의 병사는 비록 원정길에다 오랫동안 전투를 하여 지쳐 있다고는 하나 그만큼 전투에 단련되어 있고 또 퇴로가 막혀 있으니 사생결단의 각오로 덤비는 것이오. 저들과의 대적은 고원지대에서 맞붙는 전면전인지라 지리적 이점을 취하여야 하는 산악전과는 또 양상을 달리해야 하오."

이성계는 전투에서 패한 원인을 면밀히 분석해서 설명하면서 새로운 전략을 짰다.

"이대로는 전투에 승산이 없소이다. 전력을 보강해야 하오."

이성계는 뭔가 복안이 선 듯 단호하게 말했다. 모두 이성계의 얼굴만 바라보고 있었다.

"우리에게는 훌륭한 무기가 있는데 그것을 사용하자는 것이오."

"그게 뭡니까?"

전투에서 연패를 경험했던 배극렴이 물었다.

"화약을 사용합시다. 적들이 지난번 진포 앞바다를 침입했을 때 최무선이 화약을 사용하여 적의 함선을 궤멸시킨 적이 있지 않소. 이곳은 개활지여서 바다에서와 같이 화포를 사용한다면 우리에게 승산이 있을 것이오."

이성계는 수많은 전투에서 모두 승리를 거둔 장수다웠다. 지세를 살피고 아군과 적군의 전투력을 비교해 상황에 맞추는 전략을 구사하고자 했다.

"그런데 진포에서 화포를 끌어오려면 시간이 걸릴 텐데요? 빨리 서둘러도 열흘은 걸릴 것이오이다."

이성계의 지시를 듣던 변안열이 말했다.

"동원할 수 있는 우마는 최대한 동원하고 빨리 움직여야지요. 그동안 여기서는 적들이 눈치채지 못하게 산발적으로 기습하면서 최대한 시간을 벌어야 하고."

이성계는 몇 가지 구체적인 지시를 더했고 장수들은 지시한 대로 신속히 움직였다. 한편으로는 진포로 떠나고, 진영에 남아 있는 병사는 산발적인 공격을 하면서 시간을 끌었다.

드디어 우마차에 화포가 실려 왔다. 병사들은 득의에 차서 일제히 함성을 질러댔다. 이성계는 화포를 주공으로 하는 전략을 짜서 공격했다.

전투에서 화포는 예상한 대로 가공할 위력을 발휘했다.

"쿵, 쾅" 적도들은 천지를 진동하는 소리에 놀라고, 한 발이 떨어질 때마다 한꺼번에 수십 명씩 고꾸라지는 것을 보고 공포에 떨었다. 우왕좌왕 당황해서 순식간에 전열이 흐트러졌다. 순식간에 적진은 초토화되었고 그 틈을 타서 이성계의 군사들은 적진을 향해 돌진했다. 적은 혼비백산해서 물러났다.

그러나 그것은 일시였다. 적도에는 아지발도라는 훌륭한 장수가 있었다. 그는 몇 번 화공을 당하면서 이성계 진영의 약점을 파악했다.

화포는 한곳에 거치하면 쉽사리 이동할 수가 없고, 포사격은 한 번 한 뒤에는 화약을 재장전해야 하는데 이에는 상당한 시간이 걸린다는 것을 알아챘던 것이다. 이지발도는 화포를 쏠 때는 사거리에서 잽싸게 벗어났다가 작약하는 시간에 재빨리 근접해서 공격하는 전술을 썼다. 이성계군은 적이 근접했을 때는 활로 대항했으나 아지발도의 용맹을 쉽게 당해내지 못했다.

전투는 쉽게 끝나지 않았다. 양측의 공방은 치열하게 전개되었다. 시간이 지나갈수록 수적으로 우세한 적도들이 승기를 잡아갔고 상대적으로 이성계의 군은 사기가 떨어지고 피해가 커졌다.

"아, 훌륭한 장수 하나가 만 명의 군사보다 더 강하구나!"

이성계는 전진과 후퇴를 반복하면서 군사들 속을 헤집고 다니는 아지발도의 용맹스런 모습을 보고 감탄을 했다. 비호와도 같은 그 동작을 보고 있노라면 비록 적이지만 칭찬을 해주고 싶었다. 이성계는 이지발도가 있는 한 이 전투에서 승리할 수가 없다고 생각했다. 그는 전략을 다시 짰다. 이성계는 이지란을 불렀다.

"아지발도를 활로 쏴서 죽여야겠다."

"방도가 없잖습니까? 저놈은 숱하게 화살을 맞고도 저렇듯 끄떡도 않으니 무슨 방도로 저놈의 숨통을 끊겠습니까?"

이지란은 어림없다는 표정을 지으며 말했다.

"방도가 없지는 않네. 화살을 얼굴을 맞히면 되네."

"화살을 얼굴에다 맞혀요? 저놈의 투구는 얼굴 전체를 덮고 있습니다. 눈에다 쏘아 맞히면 모를까."

"그렇지, 눈을 쏘아 맞히기는 어렵지만 그 실력으로 목덜미를 쏘아 맞히자는 거야."

"……?"

"우리가 함경도 지방에서 매사냥할 때를 생각해보게. 자네가 나는 매를 쏴서 떨어뜨리면 내가 떨어지는 매의 머리를 쏴서 맞추는 내기를 했지 않은가?"

"그랬지요. 참 그때 형님의 활 솜씨 대단했지요."

이지란도 이성계 못지않은 명궁이라는 소리를 들어온 사람이었다. 그때를 생각하면 언제나 기분이 뿌듯했다.

"저놈 얼굴을 덮고 있는 투구는 쉽게 벗겨지지 않도록 목덜미에 단단히 매어져 있다는 것을 자네도 알 수 있을 것일세."

"그렇지요. 그래서 화살을 맞아도 끄떡도 않지요."

"바로 그 점이 저놈의 약점이라네, 자네의 솜씨로 저놈의 투구를 맞추게. 그러면 머리가 뒤로 젖혀질 것이 아닌가. 그러면 목이 드러날 것이고 내가 자네 뒤를 따라 목을 쏘면 죽일 수가 있는 것이야."

이성계는 설명하면서 회심의 미소를 지었다.

"예. 형님 그렇게 하면 저놈의 숨통을 단숨에 끊어놓을 수가 있겠네요."

이지란은 이성계의 의도를 알아차리고 같이 웃었다. 두 사람은 성공을 기원하는 뜻에서 서로 손을 맞잡았다.

다음 날 이성계는 대대적인 공세를 취했다. 화포 공격을 비롯해 모든 군사력을 쏟아부었다. 적도들의 대항도 만만치가 않았다. 적장 아지발도가 여전히 앞장을 섰고 예의 질풍노도와 같은 기세로 이성계의 군을 제압하며 다가왔다. 이성계 군은 일제히 화살을 날렸다. 화살이 비 오듯 쏟아졌다. 화살을 맞은 병사들은 쓰러졌으나 아지발도는 끄떡없었다. 그의 몸에 맞은 화살은 튕겨 나갔다.

이 모습을 보고 있던 이성계와 이지란이 '이때다' 하고 눈짓을 주고받았다. 이지란이 먼저 시위를 당겼다. 간발의 차를 두고 이성계의 화살도 시위를 떠났다.

이지란의 화살이 정확하게 아지발도의 투구를 맞췄다. '딱' 소리와 함께 아지발도의 머리가 뒤로 젖혀졌다. 잇따라 날아온 이성계가 쏜 화살이 드러난 목덜미에 와서 박혔다. 아지발도는 "캑" 소리를 지르며 말에서 굴러떨어졌다.

"와!"

백병전을 벌이고 있던 적도들은 이성계의 진영에서 함성이 나는 것을 보고 깜짝 놀랐다. 자신들의 주장(主將)인 아지발도가 이성계의 화살 한

방을 맞고 말에서 떨어진 것을 알았던 것이다.

적도들은 갑자기 당한 대장의 죽음에 당황하면서 갈피를 잡지 못하며 허둥댔다. 전열이 흐트러지기 시작했다. 이 기세를 타서 이성계 군은 적도들을 몰아쳤다. 닥치는 대로 베고 찔러댔다. 적진은 순식간에 아비규환으로 변했다. 살아남은 적도들은 방향도 모른 채 달아나기에 바빴다.

이 전투에서 이성계 군은 대승을 거두었다.

『고려사』에는 이때의 처참한 모습을 '왜구의 시체가 언덕을 이루었고 그 피가 냇가로 흘러들어 6~7일간이나 물빛에 핏기가 가시지 않았다'고 기록하고 있다. 운봉, 인월 일대를 가로지르는 '람천'의 너럭바위는 지금도 선명하게 붉은빛을 띠고 있는데, 후세 사람들은 이를 당시 왜구들이 흘린 피가 강물처럼 흘러내리면서 물들인 자국이라 하여 '피바우'라고 불렀고 당시의 승리를 황산대첩이라 명명하여 오늘날까지 기념하고 있다.

• 7

황산대첩 승리로 이성계의 위상이 한껏 높아졌다. 이성계는 임금이 베푼 연회에 참석하여 칭찬을 들었으며 벼슬 또한 높아져서 동북면도지휘사 겸 문하찬성사(정2품)로 제수되었다.

이성계는 오랜만에 경처(京妻) 강씨가 사는 개경 집에 머무르며 전쟁을 치르느라 지쳤던 심신의 피로를 풀었다. 의제 이지란과도 모처럼 마주하여 술자리를 했다.

강씨는 두 사람을 위해 소박하나 정성스레 술상을 마련했다. 두 사람은 아락주[4]를 주고받았다.

4) 개성 지방의 전통 소주. 추운 지방 출신 몽골 병사들이 개경에 진주하면서 전래한 술로서 우리나라 소주의 기원으로 알려졌다.

"카! 이 얼마 만에 마셔보는 아락주입니까, 그저 술이란 이렇게 콱 쏘는 맛이 있어야지요."

한 잔을 단숨에 입속에 털어 넣고 부침개를 한 입 베어 문 이지란이 입맛을 다시며 말했다.

"그러게 말이야. 우리는 추운 지방 태생이라 그런지 독한 소주가 입에 딱 맞아."

이성계도 수염 사이에 맺힌 술 방울을 손으로 훑으면서 맞장구를 쳤다. 두 사람은 전쟁터에서 일어났던 일들을 손짓을 섞어가며 신이 나서 떠들었다.

"근데 말입니다, 형님. 중정대부(中正大夫)란 뭐하라고 주는 벼슬입니까?"

이지란이 술이 벌겋게 오르자 물었다.

"음, 자네가 이번에 중정대부에 올랐지. 딱히 뭐 할 일을 하라고 준 것은 아니고 그저 기분 좋으라고 붙여준 벼슬이지. 그걸 첨설직이라 하네. 중정대부 이지란 대감. 어때 듣기 좋지 않은가?"

이성계는 말을 해놓고는 재미있다는 듯 웃었다. 첨설직이란 공민왕 대에 이르러 왜구와 홍건적을 상대로 수많은 전투를 치르면서 공을 세운 장수 이하 병졸들에게 포상으로 내려준 벼슬인데 이는 이름만 높을 뿐이지 아무런 실권이 없는 직책이었다.

"그럼 말로만 공을 치사한 것이네요."

"꼭 그렇다고는 할 수 없지. 딱히 주어진 일은 없으나 그 정도의 대우는 받는 것이니까 그리 섭섭해 할 것은 없어. 일종의 명예직이라 보면 되지."

"제기랄, 그러려면 차라리 술이나 몇 말 내려주고 그것 먹고 기분이나 내라 고하는 것이 낫지. 그나마도 혜택을 못 받는 병졸들은 불만이 이만저만 아닙니다."

이지란은 투덜거리며 술잔을 단숨에 들이켰다.

"대감."

곁에서 듣고 있던 부인 강씨가 두 사람의 이야기에 끼어들었다.

"왜 우리 이야기가 재미없소?"

이성계가 미소를 지으며 이야기를 들어줄 자세를 취했다.

"이런 자리에서 드릴 말씀인지 모르겠으나 아녀자의 작은 생각으로 봐주세요."

"뭔데 그러우. 이야기를 해보세요. 지란이 아우가 있어서 거북스러운가?"

"아니에요. 같이 들으셔도 돼요."

"그럼."

"대감께서 이제 벼슬이 문하찬성사에까지 오르셨으니 이제 외직은 그만두시고 개경으로 올라오셔서 벼슬살이하시는 게 어떠신가 해서 여쭙는 것입니다."

"허, 그래요? 당신이 그동안 많이 외로웠던 모양이구려."

"다른 뜻은 없습니다. 대감께서 전쟁터에 자주 출진하시니까 소첩이 마음이 쓰여서 그렇습니다."

"……."

"다행히 대감께서는 치르시는 전쟁마다 승리하셔서 이렇게 좋은 일도 누릴 수 있습니다만 식구들의 마음은 늘 노심초사입니다. 승전보가 들려올 때까지 얼마나 마음이 조마조마한지 아십니까?"

말을 이어가는 강씨의 눈에는 어느 틈엔가 눈물이 맺혀 있었다. 이성계는 마음이 숙연해졌다.

'어린 나이에 나이 차이도 많은 사람한테 시집와서 섭섭한 것이 얼마나 많았을꼬…….'

이성계와 강씨의 나이 차이는 스무 살이나 됐다. 이성계가 강씨를 부인으로 맞아들이고자 했을 때 그는 고향 함흥에 부인이 있고 그에게서 난 장성한 자식이 아들 여섯에 딸이 둘이나 있었다. 이성계의 이러한 사정은 권문세가의 딸을 후처로 맞아들이는 격에 맞지 않았다. 강씨의 친정은 고려 태조의 외가로서 황해도 곡산 일대에서 세력을 떨치고 있던 명문가였다. 그의 아버지 강윤성은 충혜왕 때 과거에 급제하고 광정대부 판삼사사, 문하찬성사를 지낸 사람이었다.

이성계가 강씨를 만난 것은 우연이었다. 이성계가 전쟁터를 누비며 한창 용맹을 떨치고 있을 때였다. 그는 사냥길에 목이 말라 우물을 찾다가 강씨를 만났다.

이성계가 반가운 마음에 얼른 쫓아가서 물을 청했더니, 규수가 바가지에 물을 떠주면서 버들잎을 훑어 같이 넣어주는 것이 아닌가?

이성계가 화가 나서 "목마른 사람에게 무슨 짓을 하느냐"고 했더니, "급하게 물을 마시면 체할 우려가 있어 천천히 마시라고 한 것이니 오해 말라"고 미소를 지으며 대답했다.

규수는 지혜를 갖추었을 뿐 아니라 인물 또한 보기 드문 미인인지라 이성계는 가슴에 새겨두었다. 그러면서 규수에 대해 알아보았다. 규수는 먼 곳에 있지 않았다. 규수는 바로 이성계의 백부[5]의 사위로 상장군으로 있는 강우의 동생이었던 것이다.

이성계는 강우에게 그러한 일이 있었다는 것을 이야기했다. 강우는 사촌 매형으로서 이성계의 성품을 잘 알고 있었다.

남아다운 호쾌한 성품인 데다가 부하들을 잘 다루어 전쟁터에서는 영웅이고, 비록 현재는 변방의 장수에 지나지 않지만 앞날에 큰 인물이 되리라고 짐작하고 있었다. 끊임없이 전쟁을 치르고 있는 고려의 현실을 보면 무반이 득세하는 세상이 오는 것은 뻔한 일인데 똑똑한 무장과 인연을 맺어서 그를 돌보아주고 훗날을 기약해두는 것은 가문을 위해서도 좋은 일인 듯싶었다.

강우는 이성계에게 혼인하는 것이 어떠냐고 제안했다. 이성계로서는

5) 이성계의 부친인 이자춘의 형님 되는 이자흥을 가리킨다.

마다할 이유가 없었다. 장래를 생각하면 변방의 장수가 아무리 전쟁에 공을 세운다 한들 중앙으로 진출하기가 힘든 일이고, 권문세가의 지원을 받는 것이 절대적으로 필요한 일인데 인연을 맺기를 먼저 제의하니 오히려 반겨야 할 일이었다. 이렇듯 이성계와 강씨의 혼인은 정략으로 맺어진 것이었다.

"부인."

이성계는 강씨의 손을 가만히 잡았다.

"내 부인의 마음을 모르는 바가 아니오만 지금은 아닌 듯싶소."

이성계는 강씨의 마음을 달래려고 했다.

"무슨 말씀이신지? 문하찬성사에 오르신 대감이 개경으로 들어오실 때가 아니시라니오. 소첩 무슨 뜻으로 대감께서 그런 말씀을 하시는지 모르겠습니다."

"아니 형님, 형수님 마음도 헤아려주셔야지요."

곁에서 이야기를 듣던 이지란도 강씨의 편을 들고 나섰다.

이성계는 잠시 생각하더니 입을 열었다.

"나는 전쟁터로 다니면서 수많은 전투를 치렀소. 다행히 군사들이 용감히 싸워준 덕분으로 전투는 매번 승리를 거듭했고 나 또한 이름을 떨치고 오늘날에는 문하찬성사라는 벼슬까지 누리게 되었소. 그러나 공이 이렇게 높이 올라가는 것이 여간 부담스러운 일이 아니오."

"공이 부담스럽다니요? 대감의 공적을 따라올 자가 어디 있다고?"

"벼슬이 이쯤에 올라오고 백성들로부터 지지를 받게 되면 이를 시기하는 자가 반드시 생기게 마련이오. 그자들이 누구겠소? 임금을 지근에서 보필하며 권세를 누리는 자들이 아니겠소. 그들은 자신들의 자리보존을 위하여서라도 남을 깎아내리려 할 것이오. 더군다나 무반인 내가 궁궐로 들어오면 나의 힘을 두려워하여 더욱 모함을 할 것이오. 나는 아직 개경에 나를 지지해줄 기반도 없는 사람이오.

저들이 볼 때는 나 같은 사람의 존재는 여전히 출신이 한미한 시골뜨기에 지나지 않소. 약점을 잡아서 헐뜯기라도 한다면 당해낼 재간이 없소. 전쟁이 끝나면 칼을 찬 자에게서 칼을 거두어들이게 마련이오. 지금 주상의 주변에는 남을 이간질하고 짓밟고서 높은 자리에 올라가 있는 자들이 수두룩하오.

공이 없이 자리를 차지하고 있으려면 세 치 혀라도 자주 놀려야 할 것인데, 이에 자신을 내세우는 일에는 별것 아닌 것을 가지고 공치사를 하려 들면서도 다른 사람의 공적은 깎아내려야 하는 것이 아니겠소? 임금 또한 신하된 자가 지나치게 백성의 지지를 받는다는 것이 기분이 좋을 리가 없지요. 이럴 때 모함하는 자가 있으면 귀가 솔깃하여 트집을 잡아 벌을 주어 위엄을 지키려고 할 것이 아니겠소."

이성계는 진지하게 속마음을 설명했다.

"그럼, 대감께서는 어떻게 하실 요량이신지요?"

"동북면으로 내려가야지. 내가 있을 곳은 동북면이오. 내가 동북면에 머무는 동안에는 누구도 나를 감히 해코지하지 못할 것이오."

이성계는 단호히 말했다. 한참 말을 이어가던 이성계가 잠시 말을 멈추었다.

"여보게, 지란이."

"예."

이지란은 눈치를 보며 목을 움츠리어 대답했다. 분위기는 조금 전 부드럽고 화기에 차 있던 것과는 완전히 달라졌다. 이성계가 하는 말은 즉흥적으로 하는 것이 아니었다. 오래전부터 생각해 왔던 신중한 마음이었다. 듣기에 따라서는 생사가 달리고 가문의 흥망이 달린 말이었다.

"우리는 동북면에 가야 살아남을 수 있네. 지금 조정에는 이인임과 그 수족들이 판을 치고 있어. 그들은 아무 공도 없으면서 윗사람의 비위나 맞추면서 자리를 보전하려는 자들이네. 이인임 그자는 춘추 미령하신 전하의 주위에 자신들의 심복을 심어 놓고서 임금을 제 마음대로 하고 있고 임견미, 염흥방, 도길부 이자들은 마치 이인임을 임금 받들 듯이 하고 비위를 맞추면서 자리를 이용하여 온갖 잇속을 차리는 자들이네. 내가 조정에 들어간다면 이자들과 한통속이 되어야 하는데 어찌 그런 일을 할 수가 있겠나. 그러니 우리는 동북으로 가자고."

이성계는 이지란에게 술잔을 권했다.

"예."

이지란은 황급히 잔을 받아 마셨다.

"내가 남산에 진을 치고 군사를 대기를 시켜놓은 것은 그들에게 나의 힘을 한번 보여주기 위함일세. 자네도 보지 않았나. 이번 전쟁에서 동북면 우리 병사들의 활약을."

"그렇지요. 우리 군사들이 아니었으면 어림없었습니다. 관군들은 사기가 말이 아니었지요. 이미 우리가 갔을 때 많은 병사를 잃고 패전해 있던 걸요. 아지발도 그놈도 형님과 내가 활로 단박에 맞혀 죽이지 않았습니까?"

이지란은 전쟁 이야기를 하니 어느새 신이 났다.

"아마 이인임을 비롯한 조정의 대신들이 우리 군사들의 기개를 보고 놀랐을 것일세. 나는 이제 그 힘을 보여주었으니 일부 병사들만 남겨두고 동북면으로 돌아갈 것이네. 우리가 동북면에서 건재한다면 아무도 우리를 함부로 하지는 못할 것일세. 준비를 하게."

말을 마친 이성계는 잔에 아락주를 가득 부어 단숨에 죽 마셨다. 신중함과 기상이 살아 넘쳐 있는 이성계의 모습을 보면서 강씨 부인은 믿음직한 마음이 들었으나 한편으로는 서운한 마음도 없지 않았다. 그러나 내색은 하지 않았다.

드디어 정도전이 유배에서 완전히 풀려나게 되었다. 우왕이 생일을 맞아 교수형과 참수형을 받은 죄수 이하는 모두 사면한 것이었다. 귀양살이 9년 만의 일이었다. 그의 나이 어느덧 마흔을 넘기고 있었다.

• 8

임금이 어렸을 때는 총명해서 모두의 기대가 컸었는데 나이가 들어가면서 차츰 부랑한 행동들이 늘어났다. 어릴 때는 기라성 같은 신하들이 "이렇게 하옵니다. 저렇게 하는 것이 옳사옵니다" 하면 시키는 대로 따랐으나 나이가 들면서 어느 틈엔 가부터 그런 충언들을 무시하기 시작했다.

우왕은 늙은 신하들과 정사를 논하는 것에 싫증이 났다. 나이 든 신하들이 손자 같은 자신에게 굽실거리는 것도 보기 싫었고, 잔소리도 듣기 싫었다. 우왕은 임견미의 아들 임치등 같은 또래들과 어울리기를 좋아했다. 말타기와 사냥을 즐겼고, 석전놀이를 구경하러 갔을 때는 신하들의 만류하는데도 스스로 팔을 걷어붙이고 나서서 돌과 기왓장을 던져서 사람을 다치게 했다.

신하들 중 임금의 이런 행동을 말리는 사람이 아무도 없었는데 지신사(知申事)[6] 이존중이 감히 나서서 아뢰었다.

"전하, 이 일은 전하께옵서 친히 나설 일이 아니옵니다."

그리고는 곁에 있는 내시들을 나무랐다.

"어찌하여 이런 무뢰배들이나 하는 짓거리에 전하를 모시고 와서 욕을 보이게 하느냐!"

이를 본 임금이 벌컥 화를 냈다.

6) 오늘날 대통령 비서실장과 같은 직책으로 고려 시대 왕명 출납을 맡은 정3품직. 조선 시대에는 도승지로 불린다.

"무뢰배들이나 하는 짓거리라고? 어찌하여 경은 그렇게 말하는 것이냐?"
"아뢰옵기 황송하옵나이다. 예로부터 성군을 말할 때 요순임금을 말하고 용렬한 임금을 말할 때 걸. 주임금을 말합니다. 임금은 백성을 덕으로 다스리지 힘으로 다스리는 것이 아니옵니다. 하온데 전하께서는 어이하여 말을 타고 활쏘기를 즐기시옵니까? 투석놀이는 시정잡배들이 모여서 편을 갈라 서로 돌을 던져서 다치게 하고 심지어는 죽기까지 하면서 승패를 가르는 무지한 놀이이옵니다. 전하께서 참여하실 일이 아니옵니다."
듣고 있던 임금이 답했다.
"그리 생각하느냐? 이 나라가 지금 어떠한 상황에 놓여 있는지 너도 알면서 그런 한가한 소리를 하는구나. 지금 남에서는 왜구가 쳐들어와 도성이 위협을 받는 지경이고 중원에서는 명나라가 사신의 죽음을 해명할 것을 요구하면서 또 한 번 전쟁을 일으킬 것이라고 협박을 하고 있지 않으냐? 그러한 때에 내가 전쟁터로 나가서 저들을 물리치면 백성들이 얼마나 위안이 되겠느냐? 너는 글만 읽으며 대책 없이 입만 놀리는 서생에 지나지 않느니라. 하여 벌을 좀 받아야 되겠다."
왕은 주위를 둘러보면서 명했다.
"이놈이 제 몸은 사리면서 주둥아리만 살아 있으니 버릇이 고쳐질 때까지 매질하도록 하라!"
왕의 명이 떨어지자 시종하고 있던 내시들이 달려들어 주먹다짐을 하고 발길질을 했다. 이존중을 매에 못 이겨 달아났다.
"하하하, 이놈 아픈 줄은 아느냐? 왜 도망가느냐 맞붙어 싸워야지!"
왕은 달아나는 이존중을 향해 새총을 쏘았다.
이 일이 있은 후, 이존중은 왕의 눈 밖에 났다. 왕은 그에게 담력을 키워준다면서 활쏘기에 참관하도록 하고 갓을 벗겨서 표적으로 삼아 맞추기도 했다. 또 일부러 구덩이를 파놓고 지나가도록 하여 빠져서 허우적대는 꼴을 보고 즐거워하며 창피를 주기도 했다.

몇 달째 비가 오지 않아서 임금과 백관들이 기우제를 지냈다. 임금은 기우제를 지내자마자 평복으로 갈아입고 철원으로 사냥을 떠났다.

사냥터 일대는 소란이 일어났다. 인근에서 농사를 짓던 농부들을 모두 쫓아내 버리고 몰이꾼들이 논밭을 헤집고 다녀서 "올해 수확은 임금님 때문에 망쳤다"고 원망이 들끓었다.

6일째 되는 날 놀이에 지친 임금 일행이 궁궐로 돌아왔다. 돌아오는 길에 어느 민가에 들렀는데 그 집 딸아이의 인물이 곱상해 보였다.

"방금 보였던 아이가 네 아이더냐?"

임금은 민가 주인을 불러 물었다.

"네. 전하 어이하여 물으시는지요?"

민가 주인은 벌벌 떨면서 제대로 쳐다보지도 못하면서 답했다.

"얼굴이 참 예쁘구나. 내가 궁중으로 데려가고자 한다."

"네?"

민가 주인은 화들짝 놀랐다.

"어서 채비를 서둘러라. 나와 함께 가야 할 것이다."

"전하 굽어살피시옵소서. 소인의 딸아이는 과년하여 혼인날을 받아놓았나이다. 함부로 몸을 내놓을 때가 아니옵니다."

"함부로 몸을 내놓을 아이가 아니라고? 내가 임금이니라. 성은을 입게 되는 것을 함부로 몸을 내놓는다고 말하다니?"

"전하, 소인을 죽여주시옵소서."

민가 주인은 어찌할 바를 몰라 하며 주위에서 누가 좀 말려주기를 기대하며 둘러보았으나, 모두 그자의 애처로운 눈길을 피해버렸다.

"그래, 내가 너를 죽여주마. 네가 죽어야 딸아이를 내놓겠다 하면 그리하도록 하겠다."

임금은 곁에 서 있는 호종무사의 칼을 빼앗아 들었다.

"살려주옵소서."

주인은 화가 난 임금의 발밑에 엎드려서 사시나무처럼 떨었다.
임금은 곧 검을 내려칠 기세였다. 이때 환관 김실이 나서서 아뢰었다.
"전하, 고정하시옵소서. 백성의 고충을 헤아려 주시옵소서."
우왕은 말리는 김실을 힐끗 쳐다봤다. 여차하면 그도 내려칠 기세였다.
"지금 백성은 딸아이의 혼인날을 받아놓았다고 했습니다. 이는 이미 임자가 정해졌다는 것이온데 전하께서 취할 여인은 아닌 듯하옵니다. 또 백성을 죽이고 그 딸아이를 궁궐에 데려간다 한들 전하의 마음이 편하시겠사옵니다. 굽어살피시옵소서."
임금은 잠시 망설였다. 그리고는 칼을 내려놓았다.
"내 그대의 간언을 받아들이겠노라 백성이 나를 능멸하여 벌을 주고자 했는데 너의 이야기를 들어보니 그럴듯하여 용서하겠다."
"전하의 은혜가 하해와 같사옵니다."
시종했던 모든 무리들은 일제히 허리를 굽히며 치사를 올렸다.

• 9

사냥길에서 있었던 일이 이인임과 최영에게도 전해졌다. 두 사람에게 뿐만 아니라 궐내에도 소문이 파다했다.
태후전에서 정비가 두 사람을 불렀다. 정비는 우왕을 낳지는 않았으나 우왕의 생모는 살아 있지 않고 명덕태후가 죽었으므로 궁중의 법도에 따라 제일 어른이 된 것이었다.
도가 지나친 우왕의 행동에 걱정하지 않을 수 없었다.
"연로하신 두 대신을 이렇게 뵙자고 한 것은 들려오는 소문이 하도 괴이하여 그냥 들어 넘길 수가 없어서입니다."
"예. 소신들도 들었사옵니다."

“기우제를 지냈으면 몸을 정갈히 하고 하늘의 뜻을 기다려야 하거늘 곧바로 사냥을 떠난 것도 그렇고, 민가에 들러 함부로 여자를 취하려고 한 것도 그렇고……. 이런 망측한 소문이 돌고 있는데 그대들은 원로대신이면서 어찌 그대로 지나치려 하는 것이오?”

“과인들이 불민하였사옵니다. 태후마마의 뜻을 받잡겠사옵니다.”

두 사람은 태후전을 물러 나와서 곧바로 임금을 배알하러 갔다.

“이리, 이리 편히 앉으세요. 내가 요즘 여러 일이 바빠서 두 분 원로와 마주한 지가 오래됐네요.”

왕은 이 나라 최고 원로대신 두 사람이 한꺼번에 방문한 것을 보고 잔뜩 긴장했다. 두 사람은 선대왕 때부터 대접을 받던 사람이었다.

지금 왕의 자리는 두 사람이 있어 지탱이 되고 있다 해도 과언이 아니었다. 문하시중 이인임은 자신을 임금으로 세워준 사람이다.

이런저런 문제를 다 물리치고 열 살배기를 용상에 앉혀서 오늘을 있게 만들어준 사람이다. 비록 안팎으로 심복을 심어놓고서 임금인 자신을 철저하게 감싸고는 있지만 그래도 그가 그렇게 해주니 감히 왕의 권위를 넘보는 사람이 없었다.

최영은 나라의 위험이 있을 때는 언제나 나섰다. 그는 숱한 전쟁에서 승리를 거두어 나라를 위기에서 구해낸 크나큰 구국 공신이다.

최근에도 왜구들이 홍산 일대를 침탈, 인명을 도륙하고 태조 대왕의 얼이 서려 있는 개태사를 불태우는 등 만행을 저지르는 것을 대파하여 적들이 ‘백수 최만호’라는 이름만 들어도 벌벌 떨게 만든 무서운 사람이다. 그뿐 아니라 선왕께서 총애하던 측신이 반란을 일으켜 몇 번에 걸쳐서 목숨을 잃을 뻔했을 때도 분연히 나서서 선왕을 구해냈다.

왕은 아직도 솜털이 가시지 않은 10대인데 두 사람은 모두 예순을 넘긴 나이였다. 임금은 두 사람을 마주하고 앉은 것이 든든하기도 했지만,

한편으로는 손자가 할아비 앞에 앉은 것 같았다. 아무리 임금이라 해도 주눅이 드는 것은 어쩔 수 없는 기분이었다.

"전하, 신하로서 외람되이 임금의 잘못을 논할 일은 아니오나 소신들의 충정에서 하는 말인지라 노여워 말고 들어주시옵소서."

이인임이 아뢰었다.

"그래 무슨 일이오?"

임금은 최근에 저지른 일에 불미스러운 것이 많았는지라 얼굴을 찌푸렸다.

"이 나라의 주인은 전하이신데 나라 안에서 전하의 것이 아닌 것이 무엇이 있겠습니까마는 그래도 삼갈 것이 있사옵니다. 계집에 관하여는 임자가 분명히 있는 법, 아무리 전하라 하셔도 혼인할 날짜를 정한 여염집 여인을 취하신다 함은 있을 수 없는 일이옵니다. 여인을 취하시려면 정식 가례를 올려서 맞이하는 방법도 있고 또 궁중에 많은 여인이 있사온데 전하께서는 어이하여 근본도 분명치 않은 여인을 취하려 하시는지요?"

"알겠소, 알았소이다. 내 그리 알고서 딸아이를 데려오지 않았던 것이 아니오?"

우왕은 발뺌을 했다.

"이 일뿐이 아니고 유사한 일이 더 있는지라 이 기회를 빌려서 함께 아뢰나이다."

우왕이 남의 여자를 함부로 취한다는 소문은 여러 번 있었다. 미복을 하고 돌아다니다가 얼굴이 반반한 여자만 보면 민가로 데리고 들어가 간음을 서슴지 않았고 밀직(密直)[7] 이종득의 기생첩도 빼앗아 간음했다.

밀직 유수의 딸이 미인이라는 임견미의 아들 임치의 말을 듣고 불시에 유수의 집으로 찾아갔다. 유수는 갑작스러운 임금의 방문에 어찌할 바를 모르고 내실에 모셔놓고 전전긍긍하고 있는데, 왕이 일렀다.

7) 왕명의 출납과 궁궐의 숙위를 맡는다. 부서의 최고 품계는 정2품 밀직부사이다.

"이 집에 미인이 있다는 말을 듣고 찾아왔다. 차 한 잔을 내오게 하여라."

유수는 왕의 의중을 알아차렸으나 어찌하지 못하고 딸아이를 시켜서 차를 내오게 했다. 왕은 딸아이에게 차를 따르게 하고는 이런저런 이야기를 하더니 손을 덥석 잡으며 말했다.

"과연 미인이로다. 내 이렇게 찾아오기를 잘했다."

딸아이는 갑작스러운 왕의 행동에 바르르 떨었다. 옆에 꿇어 앉아 있던 유수가 망설이다 못해 나섰다.

"전하, 소인이 전하의 명이면 죽으라 한들 못 따르겠나이까. 하오나 여염집 소녀로서 법도가 있는지라 빙례(聘禮)를 치르신다면 소인이 어찌 마다하겠습니까?"

유수는 방바닥에 엎드리어 간곡히 아뢰었다. 그 덕분으로 딸아이는 민망한 꼴을 면했으나 아비인 유수는 왕에게 밉보여서 여러 번 곤란한 지경을 당했다.

이인임은 왕에 대한 이런저런 발칙한 소문을 들었으나 이를 무마해 왔다. 헌부에서 이를 상소하려 했을 때도 말렸다.

"전하의 춘추 아직 미령하신데, 성장통을 앓는 과정에서 춘심이 발동하여서 그런 것을 너무 침소봉대하지 마라."

이인임은 오히려 헌관을 나무랐었다. 그런데 이런 이인임이 그동안 들어왔던 소문을 덧붙여서 왕에게 아뢴 것이었다. 말소리는 부드럽고 태도는 공손히 했지만 왕이 듣기에는 엄중한 나무람이었다. 왕은 어렸을 때부터 이인임을 아버지처럼 의지하며 따랐기에 그 앞에서 오그라드는 것은 어쩔 수 없는 노릇이었다.

왕을 둘러싸고 있는 사람은 왕비와 후궁, 내관까지도 모두 그가 주선한 사람들이다. 그는 마음만 먹으면 왕까지도 바꿀 수 있는 능력이 있는 사람이다. 역대로 보면 신하가 임금이 부도덕하다고 바꾼 예가 여러 번 있지 않았던가.

왕은 머쓱하여 말을 잇지 못했다.

이인임이 말을 마친 다음 최영이 나섰다.

"전하, 소신들이 전하께 아뢸 것은 비단 여자 문제만이 아니옵니다. 활을 쏘고 창을 쓰는 것은 군왕이 하시는 일이 아니온 데 전하께서는 왜 그러한 일에 몰두를 하시는지요? 지금은 사냥에 몰두하실 때가 아니라고 보옵니다. 사냥은 정사에 지치신 군왕에게 심신의 단련과 휴식을 위하여 좋은 일이긴 하나 지나침은 오히려 해가 되옵니다. 전하께서는 근자에 무뢰한 소년들과 어울려서 사냥놀이를 빙자하여 성내를 말을 타고 다니면서 개나 닭을 활로 맞히고, 참새를 잡아서 백성의 집 담장 밑에서 구워 먹는다고 하는데 이러한 일은 군왕으로서 할 일이 못 되옵니다."

최영의 모습은 이제 나이가 들어서 당당하던 옛날과는 차이가 있었으나 수많은 전쟁터를 누빈 용장으로서의 위엄이 여전히 살아있었다.

부리부리한 눈매와 허연 수염 속에서 우람하게 들리는 소리는 듣는 사람에게 중압감을 느끼게 했다.

"알았소. 내 두 분 원로대신의 뜻에 따르오리다. 내 잠시 한눈을 팔았던 것이니 너무 괘념치 마시오."

왕은 두 원로대신의 뜻에 일단 순응했다. 그러나 한편으로 군왕으로서 체면이 말이 아니라는 생각이 들었다.

아무리 나이가 어리다고 하나 군왕이 지켜야 할 체통은 있는 법인데……. 비록 두 사람이 왕의 자리를 지켜주는 후견인으로 역할을 하고 있고 왕 자신이 그에 의지하는 바가 크긴 하지만 그래도 왕과 신하의 관계가 아닌가.

"나도 두 분 원로대신께 할 말이 있소이다."

"……?"

"지난날 부왕께서 살아계실 때 강화도가 왜구들에게 침구되었을 때 장군은 이들의 만행을 막기 위하여 출진하였음에도 사냥을 나간 일이 있지 않았소?"

임금은 지난날 신돈 시절에 있었던 일을 말하는 것이었다. 최영은 그때 왜구의 만행을 막고자 출진했는데 그때 시중 경천흥을 모셔다가 사냥 판을 벌인 일이 있었고, 그 틈을 타서 왜구가 침입해 전등사에 모셔 놓은 세조(태조 왕건의 아버지)의 어진을 약탈해갔던 것이었다.

"황공하옵나이다. 전하, 소신은 그때의 일로 선대왕으로부터 큰 벌을 받은 바가 있는지라……."

"알았소. 내 지난날의 허물을 들추어내어 장군을 책망하려 하는 것이 아니오. 과인 역시 심신의 고달픔을 잊기 위하여 사냥놀이에 잠시 몰두했던 것이니 너무 괘념치 말라는 뜻에서 한 말이오."

왕은 자기가 한 말에 늙은 신하가 바짝 긴장을 하니 재미가 나기도 했다. 이번에는 이인임에게로 말머리를 돌렸다.

"경은 수정목공문(水精木公文)에 대해서 잘 알고 있지요?"

"예?"

이인임은 깜짝 놀라서 반문했다. 수정목공문이란 권문세가들이 얼토당토않은 이유를 내세워서 백성의 땅을 빼앗고는, 말을 듣지 않는 자에게는 수정목으로 만든 몽둥이로 매질하여 다스린다 하여 항간에 떠돌고 있는 말이었다. 공문이라는 말꼬리를 붙인 것은 권문세가의 수탈이 나라에서 공적으로 수행하는 일처럼 공공연하게 자행되고 있다는데서 그렇게 붙여진 것이었다. '수정목공문'이란 말 속에는 백성의 억울함과 권문세가의 탐학에 대한 원망의 뜻이 진하게 배어 있었다.

왕은 권문세가들, 특히 이인임과 그 일파인 임견미, 염흥방, 도길부 등에 의해 그러한 일들이 저질러지고 있어도 왕의 측근에 있는 인사들이 모두 그들과 내통하는 자들이어서 어찌해볼 도리가 없었는데 이 기회를 빌려서 주의를 주고자 한 것이었다. 그리하면 아무리 원로대신의 간언이라 해도, 또 왕 자신이 어리다고 해도 결코 만만히 볼 수 없을 것이고 왕의 권위도 세울 수가 있기에 한 말이었다.

생각한 대로 이인임은 임금에게서 수정목공문에 대한 말을 듣자 얼굴이 벌게져서 말을 하지 못했다. 이인임뿐 아니라 최영도 임금에게 무안을 당하기는 마찬가지여서 두 사람은 서둘러 어전을 빠져나왔다.

"문하시중 대감."

두 사람은 임금으로부터 무안을 당하고 각자 생각에 잠겨서 발걸음을 옮기다가 최영이 먼저 말을 걸었다.

"……?"

"전하께서 말씀하신 것을 새겨들어야 할 것이오. 전하가 아직도 춘추 미령하시다고 생각조차도 어리시다고 생각하면 큰 오산이오. 오늘 말씀하시는 것을 보니 전하께서는 나름대로 생각을 많이 하고 계시는 것 같소이다. 명심을 하셔야겠소."

최영이 임금이 말한 '수정목공문'에 대한 것을 염두에 두고 말했다. 최영도 이인임 일파에 의해서 저질러지고 있는 일들에 대해서 잘 알고 있었으나 조정 전체가 이인임의 측근이나 그에 아부하는 인사들로 둘러싸여 있어서 이를 문제 삼지 못하고 있었는데 임금께서 친히 이를 지적하는 것을 보고나니 그냥 지나칠 일이 아니라는 생각이 들어서 내친김에 같이 주의를 환기시키고자 한 것이었다.

이인임 일파들이 해먹는 방법은 참으로 갖가지였고 대담한 수법이었다.

관리를 임명할 때는 그 사람의 됨됨이나 능력은 도외시한 채로 뇌물을 얼마나 바치는가에 따라서 정했고 그중에서도 뇌물의 경중에 따라 알짜 보직을 별도로 정해주기도 했다.

또 직을 받은 자에 대해서도 얼마나 문안을 자주 오는지, 문안을 올 때 얼마나 많이 싸오는지에 따라서 승급을 시켜주거나 벼슬에서 내치기도 했다. 혹 자리가 부족하면 무제한으로 첨설직(添設職)[8]을 내려주었다가 후에 실직(實職)으로 옮겨주는 경우도 허다히 있었다. 하루에 59명이나 되는 사람에게 벼슬을 내려주었으며, 심지어는 공장(工匠)이라 해도 연줄을 대어 후한 뇌물을 갖다 바치면 벼슬을 받았으니 사람들이 이를 '연호정(煙戶政)'[9]이라 했다. 최영이 지휘하여 왜구에 대승을 거둔 홍산 대첩에서도 전쟁에는 나가지도 않은 자가 뇌물을 바쳐 전공을 세운 것처럼 꾸며서 벼슬을 얻기도 했다. 이러한 일들이 묻혀 지나갈 수 있었던 것은 그들 일파가 철옹성처럼 뭉쳐서 서로를 감싸고 옹호했기에 가능했다. 그러나 만연히 자행되고 있는 이러한 비리를 최영이 모를 리는 없었다.

이인임은 임금에 이어 최영으로부터도 자신과 측근들의 비리에 대해 추궁을 받을 판이었다. 청직함을 벼슬살이의 본분으로 여기고 있는 최영이 이런 일을 그냥 넘어가지 않으리라는 것을 이인임도 잘 알고 있었다.

"그게 저, 소문만 그렇게 나 있는 것이고 아직 밝혀져서 문제가 된 일은 없지 않소. 전하께서도 진상을 잘 모르고 하신 말일 수도 있고, 내 한번 챙겨보리다."

이인임은 최영의 눈을 피하며 적당히 얼버무리고는 종종걸음으로 꽁무니를 내뺐다.

'여우 같은 늙은이 네가 도망을 친다고 그 죄조차도 사그라질 줄 아느냐, 그 권세가 영원하지는 않을 것이다.'

최영은 사라지는 이인임의 등 뒤에다 대고 저주의 눈길을 보냈다. 이인임의 처세가 얼마나 교활했던지 당시 사람들은 그를 가리켜 이묘(李猫)[10]

8) 실제 하는 일은 없이 이름만 덧붙인 벼슬.

9) 하찮은 사람이라도 연줄과 정실에 따라 관직을 받는 것을 빗댄 말.

10) 당나라 벼슬아치 이의부의 별명. 겉으로는 웃는 얼굴을 하며 유순한 체하지만 돌아서면 남을 시기하여 해악을 끼친다 하여 '웃음 속에 칼을 품은 사악한 고양이 같은 인간'이란 뜻으로 그렇게 불렸다.

라고 부르며 수군거렸다.

• 10

"대감마님, 들어가 봬도 될까요?"

이인임이 집에 돌아와 밥상을 물릴 때 즈음 집사가 청했다.

"그래 들어오너라."

이인임은 숭늉을 한입 물어 입안을 가시고 불룩이 튀어나온 배를 슬슬 쓰다듬으면서 말했다. 그는 요즘 들어 뭘 맛있게 먹어도 소화가 잘되지 않아서 음식을 먹은 뒤에는 버릇처럼 배를 쓰다듬곤 했다.

집사는 한 손에 치부책을 들고 와서 이인임의 앞에 꿇고 앉았다.

"객방에 남원부사 노성달이 대기하고 있습니다."

"……."

노성달은 임지에서 백성들은 돌보지 않고 매일같이 창기를 껴안고 술판을 벌이면서 방종하게 지내다가, 왜구의 침구가 있자 보관하고 있던 쌀 130석과 종이 200권을 훔치고는 창고를 불태우고 도망을 쳤던 자이다. 그의 죄가 가볍지 않다고 헌부에서 탄핵을 하자, 그는 이를 모면키 위해 일시 피신을 했다가 이인임에게 나타난 것이었다. 그는 원래 전국을 돌며 특산물을 매점하여 관청이나 권문세가에 납품하면서 재물을 모았는데, 이인임의 집에 드나들다가 재물을 대면 누구나 벼슬에 오를 수 있다는 말을 듣고, 이인임의 집 집사에게 거금의 재물을 안겨주고서 남원부사를 사서 나갔던 자이다.

이인임은 그런 노성달을 잘 알고 있으면서도 집사의 말에 아는 체를 해주지 않았다.

"대감마님, 노성달이 가져온 품목을 보면……."

집사는 이인임의 눈치를 보며 말을 이어갔다.

"쌀이 30석에 금이 50냥 그밖에……."

"됐다. 그놈이 훔친 국고가 쌀이 130석에 종이가 200권 아니더냐? 그것은 다 어디에다 두었는고?"

"……."

보고를 하던 집사가 찔끔 놀라서 목을 움츠렸다. 집사가 찔끔한 이유는 당초 노성달이 가져온 쌀이 50석이었는데 그중 20석을 자신의 몫으로 빼돌렸기 때문이었다.

"그건 됐고, 배중륜의 소송 건은 어찌 되었느냐?"

이인임은 말을 바꾸어 물었다. 배중륜은 이인임이 아끼던 첩에게 노비 5명을 바치고 전객시승(典客侍丞) 벼슬자리를 얻은 자인데 판사 김충견과 소송이 붙어 있었다. 김충견 또한 이인임에게 노비 열 명을 바쳤는데 이인임은 소송 당사자 양측으로부터 뇌물을 받았으면서도 마음은 아끼는 첩의 청탁을 들어 배중륜의 편에 섰다.

"법사(法司)[11]에 지시해 두었습니다."

"됐다. 나가보거라."

집사는 방을 나갔다가 다시 들어와서 아뢰었다.

"노성필이 쌀 30석과 금 30냥을 더하였나이다."

이인임은 눈길도 주지 않았다. 집사는 애가 달아서 끙끙거리며 이인임의 눈치를 살폈다.

"고얀 놈, 어험."

이인임은 뇌물을 적게 바친 노성달에게 한 것인지, 중간에서 제 잇속을 차린 집사에게 한 것인지 분명치 않게 욕을 한마디 하고는 헛기침으

11) 형부의 관리.

로 답을 대신해 주었다. 그 후 노성달은 아무런 문책도 받지 않았다.

이인임이 쟁송에 관여하는 정도는 가히 절대적이어서 누구도 그의 뜻을 거스르지 못했다. 송사에서 이기기 위해서는 잘잘못 여부를 따지기 전에 먼저 전민과 금백(金帛, 금과 비단)을 싸 가지고 이인임을 찾는 것이 불문율이 되어 있었고, 대간의 탄핵과 법사의 판결 또한 먼저 이인임에게 내용이 보고된 후에야 시행되는 것이 관행이었다.

다음 날 도당회의를 마치고 이인임은 임견미와 염흥방, 도길부를 별도로 불렀다. 이들은 현재 고려를 어지럽히고 있는 난신 4인방이었다.

임견미는 별 볼일 없는 벼슬로 시작했으나 공민왕의 호종 무관이 되어 왕이 홍건적의 침입을 받아 남쪽으로 피난 갔을 때 호종을 했고 그로 인해 신임을 받아 승진을 거듭했다. 그는 이인임이 우왕을 옹립할 때 이인임의 편을 들어 순군을 지휘했고 이후 이인임과 단짝을 이루어 국사를 농단해왔던 것이다.

염흥방의 부친은 염제신이었다. 염제신은 공민왕 집권 초기 친원파 기철 일당 제거에 큰 역할을 했고, 왕의 뜻을 받들어 서북면 병마사가 되어서 원나라 공격에 대비하는 등 공을 세워 벼슬이 문하시중까지 올랐던 사람이다. 그는 원칙을 지키고 소신이 뚜렷한 사람이었다. 그러한 성격으로 하늘을 찌를 듯한 신돈의 권력에 맞서서 여러 번 마찰을 빚기도 했다.

문하시중으로 있을 때 공민왕의 총애를 받고 있는 김흥경이 그에게 여러 번 청탁했으나 부당하다고 들어주지 않았는데 이에 반감을 가진 김흥경이 여러 차례에 걸쳐서 왕에게 험담을 했다. 이에 왕은 도리어 무안을 주었다.

"시중은 중국에서 공부했고 성품이 고결하여 다른 신하들과 비교할 일이 아니다. 너 따위가 입에 올릴 위인이 아니다."

그는 또 염치를 아는 사람으로 벼슬이 너무 높아가는 것을 경계해서 품계를 낮추어 주도록 간언을 하기도 했다. 그러나 그 아들인 염흥방은 아비의 명성과는 반대의 삶을 살고 있었다. 그는 성격이 간교하고 탐학하여 이득을 좇아서 행동거지를 함부로 하는 사람이었다.

그는 한때 이인임의 친원 정책에 반기를 든 사대부들의 눈치를 보며 어정쩡한 태도를 보이다가 이인임의 미움을 받아서 파직되기도 했는데 그 후에 이인임에게 줄을 대어 다시 복직되었고, 그 후부터는 이인임의 눈에 드는 일은 무엇이든지 하며 수족이 되어서 영화를 누려왔다.

도길부는 이인임이 자기의 친척이라 하여 주요 벼슬에 앉힌 자인데 글을 읽는 재주도 갖추지 않았음에도 재상까지 올라 이인임, 임견미, 염흥방과 한패가 되어 뇌물을 받고 인사의 질서를 어지렵혀왔다. 그 도가 얼마나 지나친지 어떤 사람이 그의 대문 앞에다 '신분이 미천하고 시정(市井)에서 자라 성정이 간사하고, 탐욕에 끝이 없고 아첨을 일삼는다'는 욕을 써 붙여 놓을 정도였다.

이들은 자신들의 측근이나 인척들을 요직에 갖다 앉히는가 하면, 관직을 사유물처럼 팔기도 하면서 온갖 방법을 동원하여 재물을 긁어모았다. 불법으로 남의 땅을 빼앗는 것을 예사로 했고, 심지어는 왕릉과 궁고(宮庫), 주(州), 현(縣), 진(津), 역(驛)에 소속된 토지까지도 점탈하여 지방 각처에 이들의 땅이 없는 곳이 없었다. 이들이 저지른 만행은 여러 가지 시비를 낳아 소송에 연루되고 탄핵의 대상이 되었지만 안렴사와 지방의 수령 방백은 이들의 권세에 눌려서 손을 놓고 있을 수밖에 없었다.

"내 지난번 전하를 배알하였을 때 전하께서 하신 말씀이 있는지라 여러 대감들이 새겨들어야겠기에 이렇게 보자고 하였소."

이인임은 심각한 표정을 지으며 입을 열었다.

"왜 전하께서 어디 또 사냥을 가신 답니까?"

임견미는 생각 없이 잘 지껄인다. 그는 임금이 또래인 그의 아들 임치를 자주 불러서 놀아주는 덕에 임금 주변에서 일어나는 일들을 잘 알게 되었고 이를 여러 대신에게 알려줌으로써 자신이 임금의 측근이라는 것을 은연중에 과시하기를 좋아했다.

"쯧쯧, 이렇게 생각이 없기는……."

이인임은 그런 임견미의 가벼움이 항상 못마땅했다.

"왜 무슨 일이 있었습니까?"

약삭빠른 염흥방이 이인임의 눈치를 살피며 물었다.

"여러 대감들에게 조심하라고 일러주더이다."

"예?"

"왜요?"

모두 바짝 긴장했다.

"수정목공문에 대해서 말씀을 하십디다. 모두 수정목공문은 잘 보관하고 있지요?"

수정목공문이라 하면 권문세가들, 즉 자신들이 남의 땅을 점탈할 때 저항하는 자를 수정목 몽둥이로 매질하여 빼앗는다고 해서 시중에서 비난하는 뜻으로 하는 말이라는 것을 모두 잘 알고 있었다. 임금이 알고 있다고 하니 이는 누군가 문제 삼고 있다는 말이고 그것을 임금 귀에다 고자질했다는 말이 된다.

"최영 대감과 함께 전하께서 여탐(女貪)에 분별이 없으시고 사냥에 너무 몰두하신다고 진언을 드리려고 갔다가 오히려 '수정목공문'을 알고 있느냐며 면박을 받고 나왔소이다."

"최영 대감도 함께 들었다는 말입니까?"

임견미가 눈을 크게 굴리며 말했다. 염흥방과 도길부는 마른 침을 삼켰다. 재물을 탐하는 벼슬아치를 똥개 보듯 하찮게 여기는 최영이 임금으로부터 수정목공문에 대한 이야기를 들었다면 꼿꼿하고 강직한 그 성격에 언젠가는 문제 삼을 수도 있는 일이었다.

"전하께서 아직 보령이 어리시다고 생각하면 아니 되오. 이제는 정사를 혼자서 결정할 수 있을 만큼 생각하는 바가 성숙해지셨소. 여러 대감들은 분별 있게 행동을 해주시오."

"최영 대감이 듣고 가만히 있으려나요?"

임견미는 아무래도 최영이 마음에 걸리는 모양이었다.

"경계를 해야지요. 대간이나 형조에다가 우리 주변에서 일어나는 일들은 아예 처음부터 싹을 자르도록 단단히 일러놓아야 하오."

"최영에게 병권을 넘겨주는 일도 경계를 해야지요."

염흥방도 염려스러워 한마디 거들었다.

"최영은 큰마음은 먹지 않을 것이오. 집안도 명문가에다가 지금 벼슬도 수시중에 올라 있으니 더 이상 욕심을 부리지는 않을 것이오. 원래 가진 자들은 지키려고 하니까 자기 것에 해가 안 되면 무리해서 적을 만들지를 않는 법이지. 그런 면에서 보면 이성계를 주의 깊게 살펴보아야 할 것이오."

이인임은 지금의 자리를 보존하기 위해 여러 곳에다 신경을 쓰고 있었다. 최영은 이제 빛이 바래가는 모양새라 그보다는 백성들 사이에서 영웅대접을 받고 떠오르고 있는 이성계를 더 경계해야 한다는 말이었다.

이성계가 지금은 비록 동북면 변방에 머무르면서 중앙에는 정치적으로 기반이 약한 처지로 지내고 있으나 그가 지니고 있는 능력은 변방의 장수 그 이상이었다. 그가 거느린 병사들은 모두 사병인 데다 정예병이다.

지금 고려 땅은 온 국토가 왜구와 홍건적의 침입으로 초토화되다시피 하고 서울인 개경마저도 위협을 받고 있는 중인데 이성계가 지키는 동북면은 안정되어 있었다. 북방에서 여러 이민족이 틈틈이 고려의 변방을 침입해서 괴롭히고 있는데도 이성계의 동북면은 끄떡없었다. 삼남에서 왜구를 피해서 고향을 등진 유민들과 과거 원나라 득세 시절에 만주 지역에 살던 귀화 고려인들, 여진족들이 그의 휘하로 몰려들고 있었고, 이성계는 이들을 모아 군사화하여 다스렸다. 이인임은 그런 이성계를 경계하라고 한 것이었다.

'원래 가진 것이 없던 자가 못 가졌던 것을 가져보면 그 욕심을 끝 간 데 없이 부리게 마련인데 이성계가 그런 모양새다. 동북면 변방의 일개 장수로 지내다가 전쟁에서 몇 번 승리를 거두었다고 영웅대접을 받고, 중앙정치에 길을 터놓고서 권력의 단맛을 보기 시작하면 걷잡을 수 없는 탐욕을 부리게 마련이다. 그 점이 여러 가지로 많은 것을 가진 최영이 무리하게 욕심을 부리지 않으려는 것과는 대조적이다.'

"남산에 있는 이성계의 사병을 확 쓸어버리면 될 것 아닙니까?"
성미 급한 임견미가 참지 못하고 또 나섰다.
"그러면 이성계의 군사를 당할 재간이 있겠소? 이성계가 부리는 동북면의 군사는 가히 고려의 중앙 군사와 대적할 만하오. 지금 그들을 자극하는 것은 자칫 변란으로 갈 수도 있으니 적당한 기회가 오기를 기다려야 하오."
이인임은 임견미의 의견을 무시했다.

• 11

이들이 이야기를 나누고 있는 중에 하륜이 찾아왔다. 하륜은 사헌부 규정(종6품)으로 있을 때 신돈의 측근 양전부사의 부정을 탄핵하려다 밉보여서 자리에서 쫓겨났으나 공민왕이 죽고 이인임이 득세한 이후 종4품

전교부령 지교제로 품계가 올라서 복직이 되었는데 이후 승승장구하여 마흔이 안 된 나이임에도 정3품 성균관 대사성까지 올랐다. 이는 처 백부인 이인임의 후광을 입은 덕분이었다.

이인임은 공민왕이 죽고 우왕을 옹립하며 집권하는 과정에서 사대부 세력과 갈등을 빚었는데 특히 공민왕의 부음을 전하고 새 왕의 고명을 받는 일에 크게 반대에 부딪혔다. 이때 하륜은 사대부 세력이면서도 처 백부의 일이라 이 일에 동참하지 않았다. 따라서 일에 연루된 정도전, 정몽주, 이숭인, 박상충, 김구용 등 인사들이 숙청당할 때 그는 무사할 수가 있었던 것이다.

"오랫동안 백부님을 찾아뵙지 못하였습니다. 그동안 강녕하시온지요?"

하륜은 처가의 어른이자 든든한 후원자인 이인임을 어느 순간부터 존경하고 있었다. 부친이 지방의 수령을 지낸 정도의 집안에서 원나라 조정에서 벼슬을 지내고 귀국하여 여러 요직을 지냈던 이조년 대감의 가문으로 장가를 들었었다는 것 자체가 하륜에게는 대단한 신분 상승이었다. 거기에다가 처 백부 되는 이인임은 나는 새도 떨어뜨릴 정도의 최고의 권세를 누리는 분이시니 벼슬살이하는 데 있어서 이보다 더 든든한 배경은 없었다. 벼슬이 높아질수록 이전에 외조모가 종의 신분으로 첩살이했다고 놀려대던 자들도 눈치를 보고 앞에서 굽실대니 이 또한 벼슬이 높아지면서 얻는 즐거움이었다.

"그래, 가내 두루 평온하시고?"

이인임도 사근사근하여 붙임성 있고 눈치 빠르게 일 처리를 잘해내는 조카사위를 보노라면 언제나 미더웠다.

"실은 처 백부님께 긴히 드릴 말씀이 있어서 왔습니다."

몇 마디 인사를 나눈 후 하륜은 용건을 말했다.

"무슨 일인가? 말해보게."

"삼봉에 관한 일입니다."

"삼봉? 아, 그 별난 자 말인가?"

이인임은 그동안 정도전을 잊고 있었는데 하륜의 말에 새삼 기억해내고 불쾌한 듯 얼굴을 찌푸렸다.

"예. 그 삼봉이 귀양에서 풀려난 후 이곳저곳 떠돌다가 삼각산 밑에 자리를 잡고 있는데 문하시중 대감께서 이제 그만 노여움을 푸시고 용서해주시지요."

하륜은 이인임의 기색을 살피면서 조심스럽게 말을 이었다.

"삼봉, 정도전 그자가 삼각산에 자리를 잡고 있다는 말이오?"

곁에 있던 임견미가 참견하고 나섰다. 그 역시 송충이에 쏘인 얼굴이었다.

"예. 삼각산 기슭에 터를 잡고 '삼봉재'라 이름 지어 그곳에서 후학을 가르치며 생활하고 있답니다."

"후학들을 가르쳐?"

이인임의 눈꼬리가 올라갔다.

"예. 선비가 글을 가르치는 것은 본업이 아니겠습니까?"

"유생들을 모아서 또 무슨 불순한 짓을 도모하려는고?"

이인임은 옛날의 감정이 조금도 풀리지 않았다. 더군다나 사람들을 모아 글을 가르치고 있다 하니 또 무슨 불순한 일을 저지르려는 것이 아닌지 의심이 든 것이었다.

"이제는 옛일을 잊으시지요. 그도 귀양살이하면서 많이 깨달았을 것입니다."

"내 그자가 귀양을 갈 때 다시는 개경 땅에 발을 들여놓게 하여서는 안 된다고 하였거늘 개경 땅을 넘보는 삼각산 기슭까지 와서 둥지를 틀고 학도들을 불러모아 교육을 시킨다는 것은 또 무슨 의도인고?"

이인임은 점점 더 옛날의 감정이 일었다. 말을 하는 사이 더 불쾌감을 드러냈다.

"그자가 귀양에서 풀려났으면 진작에 문하시중 대감을 찾아뵙고 지난 날의 용서를 구할 일이지 보란 듯이 삼각산에다 집을 짓고 사람을 불러 모으고 있다니 아직도 정신을 못 차리고 있는 듯하구먼."

임견미도 곁에서 이인임이 감정에 불을 지폈다.

"불온한 일을 도모하고자 사람을 모으는 것이 아니라 후학을 모아서 교육을 하는 것이지요."

하륜은 자신이 생각했던 바가 아닌 방향으로 이야기가 흘러가자 이를 변명하려 애썼다. 이제는 세월이 많이 흘렀고 또 귀양이 풀렸으니 이인임에게 그만 노여움을 풀라고 청하러 온 것인데 이인임은 그렇지가 못했다. 정도전에 대한 감정의 골이 그만큼 깊었던 것이다.

"그자가 여태껏 목숨을 부지하고 지내온 것도 다 이 시중께서 배려해 준 덕분이거늘, 귀양에서 풀렸으면 고향으로 가서 조용히 지낼 일이지 어딜 또 개경 땅에 발을 붙이려고 하는고? 군사를 풀어서 그자의 집을 확 헐어 버릴까요?"

임견미가 이인임의 눈치를 보면서 말했다.

"가서 그자에게 전하게. 내 눈에 보이지 않고 귀에 들리지 않는 곳으로 가서 살라고. 그리고 그 땅의 소유주가 누구인지 좀 알아보게."

이인임은 단호했다. 하륜은 더 이상 설득하는 것을 포기했다.

하륜은 일찍이 정도전이 죽음을 불사하며 원나라의 사신을 맞이하기를 반대해서 이인임의 노여움을 샀고, 이에 정몽주를 비롯한 동문수학한 동료들이 진정을 했을 때, 이에 동조하지 못했던 것을 항상 마음에 부담으로 느끼고 있었는데, 그것을 이인임의 노여움을 풀어줌으로써 어느 정도 해소하려고 했는데 이인임의 마음은 도무지 돌아설 기색이라고는 없어 보였다. 오히려 정도전의 근황을 듣고는 잊고 있었던 옛 감정을 되새기게 한 듯하여 안타까움이 더했다.

'형님. 세상일이란 참으로 뜻한 바대로 안 되는 것이 많군요. 이 시중의 마음을 풀어 형님을 돕고 예전같이 의리를 나누며 살아보려 하였습니다만 저렇듯 마음의 앙금이 돌처럼 남아 있으니 어찌해볼 도리가 없네요. 나는 어차피 이 시중과 같은 길을 가야 하는데 형님의 길은 저렇듯 막고 있으니 참으로 답답하기만 합니다.'

하륜은 이인임의 집을 나와 무거운 발걸음 옮기면서 정도전과 자신의 갈 길이 서로 다르다는 것을 느꼈다. 또 그것이 머지않아 닥칠 운명일 것이라는 생각이 들어서 불안하기조차 했다.

늦가을 저녁 바람이 흙먼지에 낙엽을 섞어서 휑하니 지나갔다. 하륜은 으쓸 겨울을 맞는 기분을 느꼈다.

• 12

정도전은 삼각산 기슭에 초사를 짓고 그곳에서 머물렀다. 귀양살이가 풀려서 9년 만의 귀향이었지만 그는 개경 땅을 밟을 수가 없었다. 죄인의 명목에서는 풀려났지만, 그에게는 여전히 경외종편(京外從便)[12]이란 덫이 씌워져 있었다.

도전은 개경으로 들어가고 싶은 염원으로 송악산을 바라볼 수 있는 곳, 삼각산 기슭에 초사를 짓고 '삼봉제(三峰齋)'라고 써서 편액(扁額)을 내걸었다.

12) 서울 이외의 지역에서만 살도록 허락되는 것.

'두보는 완화계(浣花溪)에서 고작 몇 년을 살았지만, 두보초당(杜甫草堂)이란 이름은 1,000년을 이어왔다. 나도 몇 년을 이곳에서 살지는 모르지만, 내 이름도 후세의 사람들이 두보처럼 기억할 수 있으려나?'

삼봉은 편액을 내걸며 스스로 두보가 된 양 했다. 두보의 시 한 수가 생각났다. 「춘야희우(春夜喜雨)」를 읊었다.

호우지시절(好雨知時節)	좋은 비는 시절을 알아
당춘내발생(當春乃發生)	봄이 되니 곧 내리네
수풍잠입야(隨風潛入夜)	바람 따라 밤에 몰래 들어와
윤물세무성(潤物細無聲)	소리 없이 촉촉이 만물을 적시네
야경운구흑(野徑雲俱黑)	들길은 구름이 낮게 깔려 어둡고
강선화촉명(江船火燭明)	강 위에 뜬 배는 불빛만 비치네
효간홍습처(曉看紅濕處)	새벽에 붉게 젖은 곳을 보니
화중금관성(花重錦官城)	금관성(청두의 옛 이름)에 꽃들이 활짝 피었네

두보는 당나라의 대시인이다. 그는 '안록산이 황제 현종이 양귀비에 빠져서 정무를 소홀히 한 틈을 타서 난을 일으켰을 때' 이를 피하여 벼슬을 버리고 유민이 되어 떠돌다가 성도(成都, 청두)로 들어와서 스스로 농사를 지으면서 한때를 보냈다.

그는 그곳에서 고달프고 궁색한 그의 생애 중에서 제일 여유로운 시절을 보냈다. 「춘야희우」는 그 시절 그런 한가한 마음에서 지은 시였던 것이다.

정도전은 시를 읊으면서 두보의 마음이 꼭 꽃을 피우는 봄비의 자연을 노래한 것만은 아니었을 것이라는 생각을 했다. 어쩌면 두보도 그 시절 정도전과 같은 마음으로 시를 읊었을지도 모르는 일이었다.

백성들은 관리의 횡포와 기근으로 도탄에 빠져 굶어 죽어가고 있는데도 황제는 정무를 내팽개친 채 애첩을 위해 아방궁을 짓고 사치와 향락에 빠져서 방탕한 일에만 몰두했으니 백성들은 오히려 변란이 일어나기를 기다렸을 것이다. 두보도 나라가 더 이상 백성의 아픔을 보듬어주지 못하리라 실망하여 벼슬을 버리고 은거하고서 황제의 궁을 붉게 물들이는 비가 내리기를 기다리는 마음으로 시를 지었던 것이리라.

'두보의 그 시절과 지금의 고려가 무엇이 다른가? 비야, 지금의 고려도 당신을 기다린다. 기왕에 내릴 거면 소리 없이 내릴 게 아니라 세차게 쏟아 붓거라. 임금의 궁에서는 꽃들이 핏빛으로 피게 하고, 백성에게는 마음속에 있는 먹장까지 걷히도록 퍼붓거라.'

정도전은 절규하는 심정으로 시를 읊었다.

삼봉제(三峰齊).

이름은 그럴듯하게 지었지만, 집 꼴은 궁색하기 이를 데 없었다. 살림집을 겸하여 학당을 마련했고 그곳에다 학도를 모아서 가르치면서 생활의 방편으로 삼고자 했다. 그러나 초라한 형색의 건물과는 달리 훈장이 성균관 박사를 지냈던 사람이라는 것이 알려지면서, 또 그 사람이 당대에 권세가인 문하시중 이인임에 맞서 대항했던 정도전이라는 인물이라는 것이 알려져 유명세를 타면서 인근의 젊은이들이 모여들었다.

정도전의 가르침을 받고자 몇 평 되지 않는 글방은 만원이었고 때로는 마당에서도 정도전의 강론을 듣고자 했다. 그로 인해 정도전의 생활은 차츰 안정되어갔다.

그러나 그것도 잠시뿐이었다. 어느 날 땅 주인이라는 자가 나타났다. 그는 건장한 왈패를 몇 명 데리고 와서는 누구의 허락을 받았느냐며 건물을 헐어버리겠다고 했다.

"내가 땅 주인의 허락을 받지 않은 것은 잘못이나 지금 옮길 거처가

마땅치 않으니 어쩌겠소. 땅세를 낼 터이니 좀 봐주시오."

정도전은 사정을 했다.

"안 되오. 나는 당신이 이 집에서 사람을 모아서 불온한 일을 저지르고 있다고 관에서 통고를 받았소. 하여서 당신을 이 땅에서 당장 내몰지 않으면 내가 물고가 나게 생겼소."

"불온한 일을 벌이다니요? 이곳에서는 그저 학도들에게 글을 가르치는 것뿐이오."

"듣기 싫소. 가르치는 선생이 불온하니 학도들이 그에 현혹되어 물이 든다는 것이오."

땅 주인은 막무가내였다. 그는 이곳에 오기 전부터 이미 정도전이 어떠한 사정을 해도 들어주지 않기로 단단히 마음을 먹고 온 듯했다. 그는 누구로부터 그렇게 하도록 단단히 주의를 받고 온 것이었다.

"애들아, 뭣들 하느냐! 어서 집을 허물어라!"

주인의 허락이 떨어지자 왈패들은 집안으로 쳐들어가서 솥이며 밥그릇을 싸안고 나와 마당에다 내동댕이쳤다. 이불 더미를 들고나와 그 위에 얹었다. 서재에 들어가서는 책을 안고 나와 아무렇게나 그 위에 뿌렸다.

"여보시오, 이게 무슨 무례한 짓이오!"

정도전과 식구들이 안타까워서 발을 구르며 항의했지만 아무 소용이 없었다. 왈패들은 매달리는 정도전을 뿌리치고 곡괭이로 초사의 기둥을 내려찍었다. 그리고 몇 명이 달려들어 밀쳐내자 초사는 힘없이 폭삭 주저앉아버렸다.

정도전과 식구들은 그 모습을 망연자실하여 보고만 있을 수밖에 없었다.

땅 주인과 그렇게 소동을 부리고는 일갈했다.

"당장 떠나시오! 이 땅은 갈아엎어서 밭으로 일구어버릴 것이오!"

정도전은 대책이 없었다. 원망해본들 뾰족한 수가 없었고 더 이상 개길 마음도 없었다. 주섬주섬 가재를 모아서 보따리를 쌌다. 딱히 마땅히 갈 곳도 없었다. 얼핏 동문수학했던 정의(鄭儀)가 인근 부평에서 부사로 지낸다는 말을 들은 적이 있기에 그를 찾아가서 사정을 이야기해보고자 했다. 정도전은 식구들에게 짐을 들려 밤새워 길을 더듬어 부평 땅을 찾아갔다.

• 13

다행히 부평부사 정의는 정도전의 사정을 듣고는 관할 내 남촌에다 거처를 정하게 해주었다. 그러나 그곳에도 오래 머물 수가 없었다. 겨우 집을 다듬어서 생활하려 할 즈음에 부사가 찾아왔다.

"내가 자네의 어려운 지경을 들어서 이곳에 거처를 마련토록 애를 썼으나 형편이 어렵게 되었네."

부사는 어렵게 말을 꺼냈다.

"왜 무슨 사정이 있는가?"

정도전은 불길한 생각이 들었다.

"땅 주인이 이곳에 별장을 짓겠다고 비워달라고 하니 어쩌겠나?"

부사는 차마 못 할 말을 하는 듯 정도전의 얼굴을 바로 보지 못했다. 두 사람 사이에는 침묵이 잠시 흘렀다. 부사는 잘못을 저지른 아이처럼 시선을 아래로 떨구고 하릴없는 듯 발끝으로 땅만 후벼 팠다. 정도전은 부사의 어깨너머에 비치는 맑은 하늘을 바라보았다.

'하늘빛은 저리 맑은데 그 하늘을 덮어쓰고 사는 인간은 쫓아다니며 이렇듯 더러운 짓만을 하는구나.'

도전은 이 모든 일이 이인임이 꾸미는 일이라는 것을 직감적으로 느꼈다.

"사정이 그렇다면야 어쩔 수 없는 일이지. 자네를 원망할 수야 있겠나."

정도전도 수긍할 수밖에 없는 노릇이었다.

"개경 땅 근처에서는 이런 일이 자주 있을 것인즉 아예 낙향을 해보는 것이 어떻겠나?"

정의도 땅 주인이 별장을 짓겠다고 한 말은 핑계였음을 넌지시 암시했다. 그도 상전으로부터 정도전이 발붙이고 살지 못하게끔 하라는 압박을 받았던 것이었다.

도전이 다음 행처로 정한 곳은 김포 땅이었다. 친구인 부평부사 정의는 낙향할 것을 권했지만, 도전은 이를 거부했다. 도전은 결코 개경으로 가는 일을 포기할 수 없었다. 개경을 떠난다면 자신이 그리던 꿈을 영영 이룰 수 없다고 생각 했다. 낙향은 그에게서 모든 것을 접게 하는 일이었다. 고향으로 내려가서 서생들이나 모아놓고 공맹(孔孟)을 가르치든가, 농사를 지으며 한낱 필부로 사는 것은 자신의 그릇이 아니라고 생각했다.

'권토중래(捲土重來)'.

도전은 어찌하든지 옛날 벼슬살이로 복귀해서 자신의 꿈을 펼치리라 염원했다. 이 썩은 세상을 바로잡고 백성들이 안심하고 생업에 종사할 수 있는 나라, 임금이 백성의 걱정을 앞서 하며 아픔을 헤아려주는 나라를 반드시 만들고야 말겠다는 것이 그의 꿈이었다.

비록 자신의 능력이 모자라서 이를 다 이루지는 못한다 하더라도 그는 그 일에 반석이라도 놓고 싶었다. 내가, 아니면 또 누군가 나와 같은 생각과 포부를 가진 사람이 나와서 나와 뜻을 같이해준다면 언젠가는 태평성대의 세상이 오리라고, 그는 믿고 바랐다.

그 일을 해내기 위해서는 시궁창같이 냄새가 진동하는 곳이지만 벼슬살이로 들어가서 그곳부터 정화해야 한다고 생각했다. 그 진원지가 바로 개경이었고 그것이 그가 기어이 개경으로 들어가고자 하는 이유였다.

그러나 도전의 신념과 달리 그를 둘러싸고 일어나는 일들은 그를 너무나 힘들게 했다. 헤치고 나가기에는 벅차고 어려운 일들의 연속이었다. 그는 자신에게 시련을 주는 이러한 일들의 원인이 무엇인지 잘 알고 있었다.

이 모든 일은 지금 궁중에서 나는 새도 떨어뜨릴 만큼 등등한 권세를 누리는 이인임, 임견미, 염흥방. 그들의 수작에 의한 것이라고 생각했다. 또 그들이 그렇게 하는 원인은 자신이 제공했다는 것도 잘 알고 있었다.

귀양살이를 가게 된 일부터 시작하여, 귀양살이하는 동안 왜구의 내습을 받아 여러 차례 죽을 고비를 넘겼고, 이리저리 옮겨 다니면서 차라리 죽는 것보다도 못한 삶을 겪어왔다. 또 겨우 귀양살이가 풀렸어도 개경 땅으로는 여전히 들어올 수 없는, 아직도 반쪽 죄인을 못 면한 신세와 개경 근처에서라도 지내보려 했으나 '사람을 모아 불온한 일을 저지르고 다닌다'며 거처를 정하지 못하도록 방해를 놓는 일까지, 이 모든 것이 자신이 그들과 맞서서 미움을 산 데에 원인이 있다고 생각했다.

그들은 지금 수작을 꾸미면서도 도전이 굽히고 들어오기를 기다리고 있는지도 모른다. 어쩌면 도전이 지난날의 잘못을 사죄하고 그들의 편이 되어 아부하며 살기를 바라고 있을지도 모르는 일이다. 도전은 그들의 바람대로 굽히고 들어가면 이 고생을 하지 않고 안락과 영화를 보장받을 수 있을 것이라는 생각도 없잖아 해봤다.

그렇게 했으면 귀양도 가지 않았을 것이고, 지금은 벼슬도 고위층에 올라 고대광실 큰 집에서 금은보화 모아놓고 처자식들과 호사를 누리고 있을지도 모르는 일이다. 그러나 그것은 도전이 추구하는 의(義)가 아니었다. 지난 세월 그는 너무나 많이 험한 것을 목격하고 겪어왔다. 그전에는 막연히 세상 돌아가는 것이 순리와는 벗어나 있더라도 그런대로 고쳐가면서 살고자 했지만, 이제는 그렇지가 않았다. 구린내 나는 것을 쓸어내고 닦아내는 것을 넘어서 그 진원을 허물고 바꾸어야 한다고 생각했다.

이제 도전이 추구하고자 하는 일은 이인임 일파에 대한 개인적인 원한을 넘어선 것이었다. 이 시대 고려가 안고 있는 문제를 해결하고 그리하여 백성이 멍에처럼 지고 있는 짐을 덜고 한을 풀어주는, 새로운 세상을 밝히는 등불이 되는, 차원이 높은 것이었다.

그것을 위해 설혹 죽음보다도 더한 고통이 따르더라도 또 한 번 그들과 맞서리라 굳게 다짐을 했다.

'불의를 보고 분노만 하는 것은 진정 선비가 갖추어야 할 의가 아니다!'

그러나 생각만 여기까지 미쳤을 뿐 그다음은 허탈이었다. 일을 이루기 위해 개경으로 들어가려 하는데 마음만 그렇지 한 발짝도 나아가지 못하고 오히려 그들의 손아귀에서 벗어나지 못한 채 여전히 버둥대고 있으니 현실이 너무나 답답했다. 마음만 먹었지 그가 실제 할 수 있는 일이라고는 아무것도 없었다.

가을걷이가 끝난 김포 들판에는 철새들이 찾아와서 앉았다가 쫓기듯이 이리저리 흩어졌다. 새떼를 따라서 동네 똥개 한 마리가 쫓아다녔다. 새떼를 쫓는 것인지 따라가려는 것인지, 새떼가 날아 가버린 하늘을 망연히 바라보며 혼자서 캥캥거리다 제풀에 돌아섰다.

들녘 서편 지평선으로는 황금빛 노을이 시간이 아쉬운 듯 사라진다. 저녁녘의 햇빛은 한낮의 이글거리는 뜨거움이나 강렬함은 사라지고 그냥 호화로운 빛일 뿐이었다.

석양을 받으며 도전의 식구들은 들판 가운데로 난 길을 따라 기약 없이 걸었다. 도전은 등짐을 하나씩 짊어진 자식 놈들의 뒤를 따랐다.

'저놈들도 이제 어른이 다 됐는데…… 장가도 들어야 하고…….'

아이들은 죄인의 자식이 되어서 여태 과거도 보지 못하고 있었다. 아버지 정운경이 할아버지 대의 향직(鄕職)을 겨우 면하고서 경직(京職)으로 올라 형부상서까지 했고 도전의 대에 와서 더욱 빛을 내리라 했는데, 그 바람이 그만 그치는가 싶어서, 그 짐을 아이들에게 물려주는 것이 아닌가 싫어서 마음이 짠하게 쓰리고 아팠다.

'불쌍한 자식들, 아비를 잘못 만나서…….'

• 14

김포 땅 한촌을 찾아 들어온 정도전 일가는 마을 구석진 한 곳에 누군가 버리고 떠난 폐가를 발견하고 그곳에다 짐을 풀었다. 방 두 칸짜리 초가였다. 안채 겸 사랑방으로 도전 부부가 한 칸을 차지하고 다른 칸은 아들 넷이 섞여서 자야 하는 보잘것없고 궁벽스러운 집이었다. 종 칠석이는 헛간을 꾸며서 자는 곳을 만들었다. 부인은 바느질감을 얻으러 동네로 나가고 아이들은 하인 칠석과 함께 땔나무를 하러 뒷동산으로 가고 도전은 홀로 남았다.

5년간 세 번이나 이사를 했는데
올해에 또 이사를 하게 되었구나
탁 트인 넓은 들판에 초가는 보잘것없고
산은 길게 뻗었는데 고목은 드문드문하네
밭 가는 농부들은 찾아와 성을 물어보는데
옛 친구들은 편지조차 없네
천지가 나를 받아주려나
바람 부는 대로 몸을 맡길 수밖에 없구나

빈방에 누워서 천장을 바라보면서 울적한 심정으로 시[13]를 읊조리니 서글픔에 북받쳐 눈물이 솟았다. 가장의 체면으로 눈물조차도 참고 살았는데 아무도 없으니 실컷 울고 싶은 심정이었다. 아무도 거들떠보지 않

13) 정도전의 자작시 「이가(移家)」.

는 곳에 혼자 버려진 느낌이었다. 그동안 친분을 엮어왔던 많은 지인들, 그중에서도 뜻을 같이했던 정몽주, 이숭인, 하륜, 그리고 목은 스승님.

그들은 나의 이 어려운 처지를 알고는 있을까? 그들은 지금 이인임 곁에서 소리 없이 지내고 있을 것이다. 소식을 끊고 지낸 지가 수삼 년이나 됐다. 이인임에게 밉보인 정도전과 친분 관계를 유지하는 것은 그들 또한 불온한 인사로 낙인 찍히는 일이기에 차라리 못 본 척하며 지내려는 것일까? 그래서 똥을 피하듯 멀리하는 것일까?

하륜은 이인임의 조카사위가 되어서 그의 후광을 등에 업고 승승장구하여 그렇다 치고, 한때 불의를 욕하고 대의를 논하며 뜻을 같이했던 포은과 도은(이숭인)은 왜 소식조차 주지 않는 것일까?

또 대학자이신, 이 나라에서 많은 선비들의 존경을 받고 있는 목은 스승님. 그분에게서는 인간으로서 살아가야 하는 도리를 배웠고 난세를 다스리는 치세를 배웠는데 어찌하여 아끼던 제자가 이렇듯 곤궁한 처지로 살아가고 있는데도 한 바람의 소식도 주지 않는 것인가? 야속하기가 그지없었다. 그럴 사람들이 아닌데…….

무엇보다도 사람의 도리를 중히 여기고 의리를 지키는 것이 선비가 지켜야 할 제일 덕목이라고 가르치고 배워온 사람들인데…….

그들이 한 말은 그냥 말뿐이었던가? 세월이 사람을 그렇게 변하게 만든 것일까? 아니면 인간의 본성이 원래 악해서 해(害)되는 일은 피하고 이(利)되는 일만 좇으려는 간사한 마음에서 비롯된 것일까? 도전은 신세를 한탄하며 눈물을 짓다가 제풀에 지쳐서 스르륵 잠에 빠져들었다.

얼마나 잤을까?

"까악, 까악."

까치 울음소리에 잠이 깼다. 외출한 아내와 나무하러 간 아이들이 아직 돌아오지 않은 것을 보니 그다지 오래 잠들어 있지는 않은 것 같다.

햇빛이 어스름이 봉창에 비치는 것을 보니 저녁나절은 다된 것 같았다.
"까악, 까악."
까치 소리가 점점 가까이 들리더니 밖에 인기척이 들렸다.
"안에 계신가? 집 안이 왜 이리 조용하누?"
'누가 찾아왔을꼬?'
그동안 방문인들에게서 하도 고약한 일들을 당해왔기에 도전은 걱정이 앞섰다.
'이 집에서도 또 쫓아내려나?'
도전은 방문을 열고 밖을 내다보았다.
"뉘시오?"
"아, 마침 집에 계셨구먼. 안 계시면 어떡하나 하고."
반갑게 마당을 들어서는 남루한 차림의 사내는 언젠가 부곡마을에 느닷없이 방문해서 뜬금없는 소리를 하고 떠났던 '담은 선생'이었다.
"아니 이게 누구시오! 담은 선생 아니시오!"
도전은 반가운 마음에 맨발로 쫓아 나와 맞았다.
"오랜만이외다. 삼봉 선생."
두 사람은 서로 얼싸안으며 반갑게 인사를 나눴다.
"어서 이리, 이리 누추하지만 안으로 들어오시오."
도전은 담은을 안방으로 안내했다.
"누추하여 죄송하오이다. 살림살이가 궁색하여 어떻게 손님을 맞아야 할지……."
도전은 객을 앉히고 문턱에 서서 서성였다. 손님맞이를 해본 적이 별로 없어서 서먹했다. 이럴 때 아내라도 있었으면 헛인사라도 하련만…….
"아니오이다. 내가 뭔 손님이라고, 그냥 이렇게 얼굴이나 마주하고 어떻게 지내왔는지 이야기나 나누면 되지. 뭘 그렇게 예를 차리려고 그러오."
"그래도 오랜만에 이렇게 찾아오셨는데……."

"자, 그렇게 인사 차리려고 할 필요가 뭐가 있겠소. 내 삼봉의 형편을 잘 알고 있는데, 내 미리 준비하여 온 것이 있소이다."

담은은 배낭을 뒤지더니 베 조각에 싼 무엇인가를 꺼냈다. 땟국이 자르르한 헝겊에 싸인 육포 몇 조각이었다.

"여기 술도 한 병 마련해왔소이다."

그는 히죽 웃으며 술병도 같이 꺼냈다.

"허, 이거 참 집사람이 얼른 와야 할 터인데……."

도전은 손님 대접을 제대로 못 하고 있는 것을 아내가 출타한 탓으로 돌렸다. 두 사람은 소반에다가 나물 한 가지를 더 얹어서 육포와 함께 술잔을 나누었다.

"내 삼봉을 찾아 얼마나 헤매었는지 모르오."

담은은 그동안 삼봉을 찾아서 여러 곳을 다녔다고 했다.

"아, 삼각산에 계신다기에 찾아갔더니만 집은 부서진 채로 있고 사람은 떠나버렸고, 수소문하여 부평으로 갔더니만 김포 땅으로 갔다고 하고, 겨우 이곳을 찾았소이다."

"고얀 놈들. 사람 사는 곳에 사람이 찾아와서 살고자 하는데 어떻게나 못살게 훼방을 놓든지."

도전은 이사하게 된 경위를 생각하면 아직도 분이 풀리지 않았다.

"내 짐작이 가오. 못된 놈들."

담은도 맞장구를 쳤다.

"그래. 나는 그렇고 담은 선생은 어떻게 지내왔는지 이야기를 들어봅시다."

도전은 주유천하 하는 그에게서 어떤 이야기가 나오려는지 나라 안팎의 돌아가는 형편이 궁금했다. 담은은 앞에 놓인 술잔을 들어 단숨에 쭉 들이키고 육포 한 조각을 씹더니 이야기 보따리를 풀어놓았다.

그는 삼봉을 찾으러 개경에도 들러 왔다고 했다. 멀리 함주 땅까지 여행해서 이성계 장군의 막사에서도 몇 날을 지내다 왔다고 했다. 이성계로부터는 융숭한 대접도 받았다고 했다.

경상도 땅에서는 청도에 있는 운문사에 들러 주지 찬영 스님과 있었던 이야기도 들려주었다. 또 명나라 황제가 여러 가지로 고려를 압박하고 있다는 이야기도 함께 들려주었다. 그는 전국을 돌면서 많은 것을 경험하고 다양한 사람들을 만나서 진솔한 이야기를 듣고 나누었다고 했다. 그의 입에서 나오는 이야기들은 살아서 펄펄 뛰는 혈기가 묻어 있는 것들이었다.

"개경에는 이제 희망이 없어요."

담은은 그렇게 말하고는 또다시 술잔을 벌컥 들여 마셨다. 그의 표정과 동작에는 형언할 수 없는 분노가 묻어 있었다. 도전은 가만히 숨을 죽이고서 그가 무슨 말을 이어갈까 하고 빤히 쳐다보았다.

"이인임 일당의 횡포가 어제오늘의 일이 아니지만 갈수록 더해지는 것을 이제 더는 볼 수가 없어요. 이인임의 권세는 죽은 사람은 살리지 못하지만 죽어가는 사람도 그의 말 한마디로 살아나고, 멀쩡한 사람도 그의 비위를 거스르는 말 한마디로 죽어야 하는 세상이 되어 버렸어요. 임금의 측근은 모두 그자와 손이 닿는 자들로 채워져 있어서 임금이라 한들 그의 손아귀에서 벗어날 수가 없기는 마찬가지요. 임금은 이인임을 국구(國舅)[14]로 대접하며 대소사를 그의 집으로 찾아가서 의논하고 국사는 이인임에게 맡기고 주색과 사냥으로 소일하는 일에 빠져 지내고 있으니 이게 나라라고 할 수가 있겠소?"

담은은 최근 개경에서 일어나고 있는 생생한 이야기를 들려주었다.

14) 임금의 장인.

• 15

이인임이 몸이 아파 등청을 하지 않자 왕이 병 문안차 내방했다. 임금은 이인임을 며칠째 보지 못하자 불안했던 것이다.

우왕은 마음이 유약한 사람이다. 평소에는 신돈을 아버지라 하다가 공민왕이 나타나면 왕을 아버지라고 부르며 부모가 누구인지도 제대로 구별하지 못한 채 사가에서 길러지다가 궁중에 들어왔다. 할머니인 태후로부터는 왕가의 자식인지를 의심받으면서 눈치를 보면서 자랐다.

자신을 대할 때마다 항상 술에 취해서 미친 듯 횡설수설하며 무섭게 대하는 아버지인 왕보다도 곰살맞게 이것저것 챙기며 자상하게 보살펴 주는 사부 이인임이 더 아버지 같아 미더웠다. 그러다가 공민왕의 갑작스러운 죽음으로 어린 나이에 얼떨결에 왕이 되었고, 이인임은 왕을 옹립하는 과정부터 오늘날까지 명실공히 후견자 노릇을 해왔던 것이다. 왕은 국사의 대소사부터 신변의 잡사까지 모든 일을 이인임과 의논했다. 아니 의논이라기보다 꼭두각시처럼 그저 그가 시키는 대로 해왔던 것이다.

왕은 그리할 수밖에 없었다. 이인임은 임금의 주변을 모두 자신의 측근으로 채웠다. 왕비를 간택할 때도 이인임은 친척인 이림의 딸을 택해 올렸다. 바로 근비 이씨였다. 왕의 3비 의비와 4비 숙비도 이인임의 사람이었다. 그들은 당초 궁에서 잔일을 돕는 비천한 심부름꾼이었는데 우왕이 이들을 마음에 들어 하는 것을 눈치채고 후궁으로 주선했던 것이다.

의비 노씨는 궁첩(宮妾) 출신이었고 숙비 최씨는 의비의 몸종이었는데 이인임은 이들을 후궁의 품계에 오르도록 했으니 이들은 우왕과 이불 속에서 나누었던 이야기까지 보고하는 충실한 협력자일 수밖에 없었다. 심지어는 환관과 궁녀 내수사에 이르기까지 선물을 주고 환심을 사서 눈과 귀로 삼았다.

조정의 일은 중신들이 참여하는 도당에서 의논하여 이루어져야 하는

데 도당의 참여 인원이 많아지자 중론이 분분한 것이 귀찮아서 내재추(內宰樞)를 별도로 만들어 그곳에서 적당히 처리하도록 하면서 왕명을 출납하게 했다.

왕에게 보고되는 일과 왕명의 출납은 모두 내재추를 거쳐야 하고 내재추에서는 모든 일을 이인임에게 보고하여 승인을 받은 연후에 처결하도록 만들었다. 내재추에는 홍영통과 조민수 등 나름으로 이인임의 복심을 아는 자들로 앉혔지만, 수장 격인 임견미가 전횡을 했다.

우왕은 이렇듯 안팎으로 이인임의 일파에 둘러싸여 조종을 당하고 있었지만, 한편으로는 복잡하고 어려운 일은 이인임에게 맡기고 먹고 마시고 사냥질에 계집질을 하면서 일상을 지내는 것도 싫지는 않았다. 그런데 이인임이 병이 나서 드러누웠다고 하니 의지할 곳이 없어진 것 같아서 불안했던 것이다.

"지난날에는 신돈이라는 중놈이 조정을 어지럽히더니 이인임 또한 그에 못지않은 요물이외다. 신돈이 백여우라면 이인임은 온갖 추잡한 일을 하면서도 사람을 대할 때 겉으로는 아닌 척, 부드러운 척하며 넘어가는 꼴이 천년 묵은 구렁이 형상이외다. 그렇지 않소, 삼봉?"

담은은 혼자서 떠드는 것이 멋쩍어서인지 가끔 도전에게 동조를 구했다.

"전적으로 동감하오이다. 그자는 노회하기가 이를 데가 없는 자이지요. 이인임 일파, 그자들이 시국을 휘어잡고 마음대로 흔드는 꼴은 십상시에 견줄 만하오이다."

정도전은 그런 이인임에게 여태껏 당하며 살아왔다고 생각하니 억울하고 분함이 북받쳐서 부르르 몸이 다 떨려왔다.

"그렇구려. 지금이 그 꼴이 맞소이다. 어린 황제를 둘러싸고 온갖 농간을 부리다가 마침내 나라를 망하게 만든 십상시가 바로 오늘날의 고려에도 나타나서 나라를 절단 내고 있어요."

십상시(十常侍)는 후한 말 어린 영제(156~189년)가 보위에 오르자 권력을 장악하고서 온갖 부정을 저지르며 국정을 농단한 열 명의 환관을 말한다. 이들의 횡포로 민생은 도탄에 빠졌고 사회는 혼탁하여 각처에서 민란이 일어났으며 결국 나라가 망했던 것이다. 도전은 임금이 그들에 둘러싸여 제할 바를 모르고 온갖 열락에만 빠져서 소일하는 것이 그런 형국이라고 말한 것이었다.

"결국 이놈의 나라가 망해야 바로 선다는 말이 아니겠소?"

담은의 말소리를 낮았지만, 힘이 잔뜩 들어가 있었다. 그러면서 도전의 얼굴을 뚫어지라 쳐다봤다. 마치 어떤 결단을 구하려는 듯했다.

"그렇지요. 이제는 더 이상 기대할 것이 없어요. 저놈들을 없애버리기 전에는 고려에서는 희망을 찾을 수가 없어요. 망나니 같은 왕도 갈아치워야 해요."

도전은 대단한 결심이라도 한 듯이 대꾸했다.

"내 말은 그 정도가 아니오이다."

담은은 도전의 반응에 세게 고개를 가로저었다.

"……?"

"이제는 갈아엎어야 하오. 갈아치운다고 바뀌지는 않소. 썩은 고목에 가지 몇 개 잘라내고 물을 준다고 나무가 성해질 것 같소이까? 아예 뿌리째 파내고 새나무를 심어야 하오."

"새로운 나무를 심는다?"

"그렇소. 낡은 집에 서까래 몇 개 바꾸어서 새집인 양 꾸며봐야 썩은 곰팡이까지 제거되는 것은 아니지요. 아예 집을 헐어버리고 새집을 지어야 한다는 것이오. 그리하여 새살림을 차려야 한다는 말입니다."

"……."

도전은 담은의 이야기를 들으면서 긴장되어 마른침을 꼴깍 삼켰다. 이 사람은 전에도 부곡마을로 찾아와서 이런 말을 한 적이 있었다.

'나라를 바꾸자는 말이구나. 여태껏 없던 새 나라를 세우라는 뜻이구나! 담은은 내게 지금 혁명을 부추기고 있는 것이다. 하나 내게 무슨 힘이 있다고…….'

"그럼 그 일을 누가 도모할 것이오? 그럴 능력이 있는 사람이 대체 어디에 있다는 말이오? 누구란 말이오?"

"하하하! 그걸 여태도 모르고 있었소이까?"

담은은 갑자기 호탕하게 웃더니 말했다.

"바로 여기에 있잖소."

담은은 도전의 얼굴 가까이로 손가락을 가져다 댔다.

"예? 내가?"

"그렇소이다. 그런 일을 해낼 사람은 바로 삼봉이오."

담은의 얼굴은 변화무쌍했다. 짓궂은 얼굴을 하다가 금세 심각해지고, 이번에는 엄숙해져서 마치 거부할 수 없는 계시를 내리는 목자와도 같은 태도로 바뀌었다.

"내게 무슨 그런 대단한 일을 치를 능력이 있다고 그러시오? 놀리지 마시오."

"아니요. 삼봉은 충분히 이 일을 치러낼 능력이 있는 분이오."

"내게는 그럴 힘이 없소이다. 나라를 세우려면 그만한 힘이 뒷받침되어야 하는데 보시다시피 나는 제 식솔조차도 제대로 건사를 못하고 사는 못난 놈이오."

"힘이 있는 자를 찾아 나서시오. 그 힘을 이용하여 일을 도모하는 것이오."

"힘 있는 자를 찾아가라고요, 그게 누구요?"

"동북면의 이성계 장군."

담은의 입에서 서슴없이 이성계의 이름이 튀어나왔다.

"이성계 장군이?"

"지금은 난세입니다. 고래부터 난세에는 어김없이 영웅이 나타났고 그 영웅이 세상을 바꾸고 새로운 질서를 세웠소이다. 삼봉은 지금을 난세라고 생각지 않으시오?"

"난세지요. 십상시가 들어서 세상을 어지럽히는 난세라고 하지 않았소이까?"

"그러면 이 시대의 영웅은 누구라고 보시오이까?"

"영웅이라……."

도전은 잠시 생각하다가 말했다.

"굳이 꼽으라면 최영 장군이나 이성계 장군이라 할 수 있겠지요. 세상이 어지러우면 무반(武班)이 득세하고 태평성대에는 문생이 기를 펴서 제가백가(諸子百家)의 소리가 높은 법이지요."

"그렇소이다. 지금은 온 나라가 전화(戰禍)와 관리의 탐학(貪虐)으로 민생은 도탄에 빠져 있고 조정은 갈피를 못 잡고 있으니 난세임이 분명하고 그중에 전쟁에서 승리를 거두어 백성에게 한 가닥 희망을 주는 이가 최영과 이성계 두 장군이 아니겠소."

"그러면 최영이 아니고 왜 하필이면 변방의 장수 이성계요? 전공으로 치면 최영이 훨씬 내세울 것이 많고 집안도 누대에 걸쳐서 조정의 벼슬을 해온 쟁쟁한 집안이고, 무엇보다도 최영 장군은 청렴하기로 이름이 나 있지 않소? 이에 비하여 이성계 집안은 원나라의 다루가치 벼슬살이를 하다가 선대에 이르러 귀화하여 가문의 정체성을 의심을 받고 있을 뿐 아니라 또 조정에 기반이 부족하여 전공이 있음에도 항시 외방의 장수로 하찮게 취급을 받고 있는데 어째서 이성계이오이까?"

"바로 그 점이오. 삼봉이 지적한 두 장군의 그러한 점 때문에 이성계를 선택한 것이오."

"자세히 설명을 좀 해주시오."

"최영은 많은 것을 누리고 있는 사람이외다. 그는 전쟁터에서 쌓은 공로 외에도 임금의 총애를 받아왔고 지금도 수시중의 자리에 올라서 만인의 추앙을 받고 있소이다. 그만하면 누대에 걸쳐온 가문의 영광에 손색이 없다고 생각하는 사람이외다. 이러한 이가 더 무슨 욕심을 부리겠소. 그가 청렴한 것은 정도를 알기 때문이외다. 더 이상 욕심을 내지 않고 누리고 있는 것을 지켜내기만 하면 된다는 말이지요.

그가 이인임 일파의 불의를 보고도 그냥 넘어가는 것은 가진 것을 지켜내기 위하여 상대와 척을 지지 않으려는 일종의 타협이지요."

담은은 입이 말랐는지 술잔을 들어 입을 적셨다. 그리고는 다시 이야기를 이어갔다.

"그러나 이성계는 달라요. 그는 한이 차 있는 사람이외다. 가문이 보잘것없긴 하지만, 그가 세운 공은 최영이 세운 것에 못하지 않음에도 다 인정을 받지 못하고 있어요. 그는 중앙 요로에 자신의 인맥이 없음을 자신의 부족한 점으로 생각하고 있어요. 그가 권문세가인 해주 강씨 집안의 처자를 경처(京妻)로 맞은 것도 가문의 세가 약한 것을 메우고 중앙 요로에 발판을 마련하기 위해서이지요. 그런데 조정은 그를 의심의 눈초리로 보고 있어요. 그가 갑자기 군사적 실력자로 부상하니 임견미 같은 무장 세력들이 질시를 하는 것이지요. 이성계는 이점을 잘 알고서 조정의 요직 제의를 마다하고 동북면에 칩거하면서 만일에 있을 위험에 대비하고 있는 것이지요."

"……."

"이성계가 이렇듯이 조심스러워하는 것은 그가 아직도 부려야 할 욕심이 많기 때문이고 그릇이 덜 채워졌기에 더 채우려고 하는 것입니다. 그릇을 채워본 적이 없는 자는 욕심의 한계를 모르기에 기회만 닿으면 끝도 없이 달려드는 법이지요."

도전은 담은의 입에서 거미줄같이 술술 엮어져 나오는 말을 들으며 연신 고개를 끄덕였다.

• 16

"그래 이 장군이 지내는 함주는 어떻던가요? 그분은 어찌 지내시던가요?"

도전은 그렇지 않아도 이성계에 대해 궁금했는데 근황을 들어보고자 마음이 앞섰다.

"이 장군이 다스리는 함주는 안정이 되어 있더군요. 산하 백성들은 철따라 논밭에 나가 농사를 짓고 어른을 공경하고 이웃 간에는 화기(和氣)가 돌고, 무엇보다도 그곳에는 관리들의 탐학(貪虐)이 없어요.

이 나라 천지가 전쟁의 화를 입고 목숨조차 부지하기 어려운 가운데에도 이 장군의 동북면에는 그러한 위험이 없어요. 그래서 각처에서 사람들이 처자 권속을 끌고서 모여들고 있어요. 병사들은 훈련이 잘되어 있고 사기 또한 충천하더이다. 병졸은 장수를 존경하고 장수는 부하를 보듬으며 상하가 일치하여 군령을 받드는 것이 이 나라 어디에서도 볼 수 없는 군대의 모습이더이다.

거기에다 이 장군은 자신의 막사를 찾는 손님에게는 극진한 예를 갖추어 대하니 전국의 인재가 그의 휘하로 모여들고 있어요. 제가 갔을 때도 무학대사라는 승려 한 분이 다녀갔는데 그와 많은 이야기를 나누고 배웅을 하더이다. 이만하면 유방이 한나라를 세울 때와 견줄 만하지 않소이까?"

"그렇군요. 내가 10년쯤 전에 이 장군을 처음 만났을 때도 그분은 예사 분이 아니라는 생각이 들었습니다. 무장인데도 언사가 무뢰하지 않았고 시국에 관한 이야기를 나누기 좋아하고, 도량이 넓은 사람으로 보였습니다. 그때 인재를 찾고 있다는 느낌을 받았어요."

"잘 보셨소이다. 역시 삼봉답구려. 사람 보는 안목이 있어요. 그는 인재를 찾고 있어요."

담은은 무릎을 탁 쳤다. 그리고는 도전의 손을 덥석 잡았다.

"삼봉, 그를 찾아가시오. 삼봉에게 힘이 없다면 그의 힘을 빌리면 되는 것이오. 무장은 힘은 있지만 지략이 부족하오이다. 이 장군은 삼봉에게서 지략을 얻고 삼봉은 그를 이용하여 뜻을 펼치시오. 한나라를 세운 유방은 한낱 시장통의 백수건달에 지나지 않았소. 그런데 사람 사귀기를 좋아하여 천하의 인재들이 그를 찾았던 것이지요. 소하, 장량, 한신 같은 인재를 만나지 못했다면 유방은 천하통일을 꿈도 꾸지 못했을 것이요. 그중에서도 뛰어난 책사(策士) 장량을 만났기에 그는 천하통일의 패자가 될 수 있었던 것이오."

담은은 잡고 있던 도전의 손에 힘을 꽉 주면서 당부하듯 말했다.

"삼봉, 부디 이성계 장군을 찾아서 그의 장량이 되시오. 그에게는 삼봉과 같은 책사가 필요하오. 그리하여 삼봉이 그리는 나라를 만드시오."

담은의 목소리는 어느덧 떨리고 있었다.

"……."

담은의 이야기를 듣는 도전도 가슴 저 깊은 곳에서 솟아오르는 피 끓는 기운을 뜨겁게 느꼈다.

"그런데 왜 하필 나입니까? 인재를 찾는다면 학문의 깊이로 보나 인품과 경륜으로 보나 목은 스승님과 포은 사형과 견주어 나는 하잘것없는 사람인데……."

"그렇지 않소이다. 삼봉은 목은이나 포은에 비하여 전혀 손색이 없는 사람이오. 이 장군과의 궁합은 삼봉이 제일 낫습니다."

"어떤 면으로 보아 그렇지요? 과찬의 말씀이오."

"그렇지 않아요. 삼봉의 재기와 학문은 그 사람들에 비해서 조금도 덜함이 없어요. 오히려 뛰어나면 뛰어났지……."

"……."

도전은 잠자코 담은의 말을 들었다.

"그분들은 삼봉과는 그릇이 틀려요. 그 사람들은 태어날 때부터 많은 것을 갖고 태어났어요. 좋은 가문에서 자라면서 부족한 것이 없고 현재도 많은 것을 갖고 있어요. 그 사람들의 그릇은 다 채워져 있어요. 재물이나 명성이나 벼슬까지도 다 갖춰져 있는 사람이 뭣하러 무리를 하겠어요. 물론 불의에 분노하고 이런저런 논리를 펴며 나라 형편을 걱정하는 것은 삼봉이나 그 사람들이 차이가 있는 것은 아니지요. 하지만 걱정하는 바를 실행에 옮길 수 있는 열정이 그들에게는 부족하오.

삼봉의 그릇은 비어 있어요. 그 그릇은 일찍이 채워본 적이 없었기에 한도가 없는 것이오. 무한한 열정을 바쳐 넘치도록 채우고자 욕심을 부릴 수 있을 것이오. 그 점이 부족한 그릇을 채우려는 이 장군과 궁합이 맞는 것이오. 그리고 삼봉은 지난 10년 동안 고통으로 생을 보내는 민초들과 어울려 지내면서 그들의 애환과 어지러운 나라 형편을 직접 목격하고 체험했소. 그리하여 이 땅의 불쌍한 백성들을 위하여 무엇을 해야 하는지, 이 나라가 어떻게 변해야 하는가를 깨우쳐왔던 것이오. 삼봉의 가슴 속에는 기회가 되면 그 뜻을 펼치고자 하는 열정이 펄펄 끓고 있어요."

담은의 이야기를 듣는 동안 시간이 어느 틈에 흘러갔는지도 깨닫지 못했다. 바깥은 어느새 해가 졌고 외출했던 식구들은 다 돌아와 있었다. 도전은 아내와 아이들에게 담은 선생을 소개했다. 예전 부곡마을에서 귀양살이할 때 초막으로 찾아와서 담론을 주고받았던 학식이 깊고 세상살이에 대한 열정이 대단한 분이라고.

도전과 담은은 식구가 차려주는 간단한 저녁을 먹은 후에 또다시 이야기를 이어갔다.

"삼봉, 이 시대에 고려가 이렇게 혼탁하고 백성의 살림살이가 지난(至難)한 원인이 무엇이라고 생각하시오?"

담은은 여태껏 하던 이야기와는 다른 화제를 내밀었다.

"그야 여러 가지가 있겠지요. 무신정권을 거치는 동안 '왕후장상의 씨가 따로 없다'고 하는 무도함이 판을 치는 세상이 되어 공도(公道)는 찾을 수가 없게 되고, 인륜은 내팽개쳐진 채 오로지 지키고 빼앗는 것에만 혈안이 되었고, 그러다가 원나라의 지배를 받게 되면서 나라는 정체성을 잃고 지배국 원나라의 기세를 등에 업은 무리들이 득세를 하니 임금부터 말단의 벼슬아치까지 이들의 눈치를 보느라 어디 백성을 안중에 두었겠습니까? 거기에다가 국력이 약해져 있는 틈을 타서 침략한 왜적과 여진족 홍건적들의 등쌀로 백성들의 삶은 지옥처럼 되어 버린 것이지요."

"그렇소이다. 맞는 말씀이오이다. 거기에다가 승려들의 횡포 또한 빼놓을 수 없는 폐단이오이다."

"공감합니다. 승려들의 횡포가 벼슬아치의 그것에 못지않게 백성들을 괴롭히고 있지요."

"삼봉도 그렇게 생각하고 계시는구려. 국초 이래로 우리 고려는 불교를 국교로 삼아왔는데 이제 그 세력이 지나쳐서 나라의 짐이 되고 오히려 사람의 마음을 좀먹게 하고 있어요. 불교는 원래 정신세계의 분야인데 중이 불도는 게을리하면서 산천경개(山川景槪) 경치 좋은 곳은 모두 다 그들이 차지하여 사치스러운 사찰을 짓고서 온갖 요설과 핑계로 재물을 긁어모으고 있으니 이 또한 나라를 망치는 일이 아니겠소."

고려에 불교가 융성하게 된 것은 고려를 건국한 왕건이 부처님의 음덕을 빌려 흩어져 있던 민심을 위무하고 국력을 모으고자 한 정책에서 비롯된 것이었다.

왕건은 후백제를 멸망시킨 후 자신이 직접 진두하여 개태사를 지었고 전국에다 대규모 불사를 일으키고 왕족이나 고관대작의 일족을 주지로 임명하며 불교를 장려를 해왔던 것인데 세월이 지나면서 그 규모가 점점 커져 많은 폐단을 낳았던 것이었다.

“나라에 난리가 나면 젊은이들이 군역을 피하러 머리를 깎고 절로 들어가고, 평시에는 중들이 몰려다니며 술타령을 하면서 부녀자를 희롱하며 중이 첩을 서너 명씩 거느리는 것을 부끄럽게 여기지 않고, 토지를 소작 놓으면서 터무니없는 세를 받아 챙기고, 사찰 토지를 지나가는 사람에게도 통행세를 받아 챙기는 등 횡포를 부리고 있어도 관에서는 이들의 세도가 무서워서 못 본 척하고 있어요. 또 부처님 앞으로 바쳐진 재물을 훔쳐서 노름도 여사로 하고 있으니 이것이 진정 불도 정진을 하는 승려의 모습이라 할 수 있을는지요?”

담은은 일일이 승려들의 타락상을 손으로 꼽았다.

“승려 개인의 타락은 그렇다 치고 불교 자체도 비판을 받아야 하지 않을는지요?”

도전은 평소 담은이 말하는 것 이상으로 불교를 싫어했다. 담은은 승려의 타락상을 말하고 있지만 도전은 일찍부터 불교 자체를 거부해 왔었다.

성리학을 배우고 이를 통해 이상 국가를 만들고자 하는 정도전의 사상관에서 볼 때 불교의 교리는 한낮 괴설에 불과한 것이었다. 정도전은 이러한 사상을 바탕으로 훗날 조선을 건국한 뒤 ‘척불론(斥佛論)’에 입각하여 ‘억불숭유(抑佛崇儒) 정책’을 강력하게 펼쳤다.

“그렇지요. 불교를 숭상한다는 그 자체도 문제가 있지요. 주유하는 길에 경상도 청도에 유명한 스님이 있어 만나보았지요. 일부러 운문사를 찾아가서 자칭 불법이 높다 하는 찬영이라는 스님을 만났지요.”

찬영 스님은 14세에 삼각산 중흥사(重興寺)로 출가하여 후에 공민왕의 왕사(王師)가 되는 보우(普愚) 스님의 제자가 되었다. 이후 불도를 닦으며 공부해서 승과에 합격하여 대흥사 주지를 지내다가 석남사, 월남사 등지를 다니며 선법(禪法)을 선양(宣揚)하고 있는 고승이었다.

“내가 묻고 싶은 것이 있어서 일부러 들렀지요. 지금 고성 사람 이금이라는 자가 자칭 미륵이라 칭하면서 '내가 작용하면 풀에 푸른 꽃이 피고 나무에 곡식 열매가 맺으며 한 번 심어 두 번 수확할 수 있다. 내가 왜놈들을 쫓아주도록 산천에 빌었으니 왜구는 곧 본국으로 돌아갈 것이다. 소나 말고기를 먹는 자, 재물이 있어도 나누어주지 않는 자는 미구에 벌을 받게 될 것이다. 내 말을 믿지 않으면 3월에 해와 달이 빛을 잃게 될 것이니 두고 보라'하며 무당과 박수를 거느리고 무뢰배들을 앞세워 재물을 거두고 혹세를 하고 다닌다는데 어떻게 생각하느냐고 물었지요."

"그래 찬영이라는 승려가 뭐라 하던가요?"

"찬영 스님이 하는 말이 '황당무계한 말이로다. 시절이 하 수상하니 별별 희한한 자들이 나타나서 세상을 어지럽히는구나. 아무리 그렇더라도 온 세상을 해와 달이 비추는데 해와 달이 빛을 잃는다는 것이 말이 되느냐 웃기는 이야기다. 세상 사람들이 이를 믿겠는가' 하더이다. 삼봉은 이를 어떻게 생각하오?"

이야기를 듣고 있던 도전은 가소로운 듯 피식 웃었다. 그리고 대답했다.

"나는 요설로 민심을 현혹시키는 것이 이금이나 석가(釋迦)가 다르지 않다고 보오. 다만 이금이 하는 말은 가까이 3월에 이루어진다는 것이기 때문에 우리가 볼 수 있어 거짓이라는 것을 알 수 있는데 석가의 말은 장래의 일로 확인할 수 없는 말이기에 그 허망함이 드러나지 않을 뿐이지 같은 요설로서 믿을 바가 못 되오."

"요설이라…… 허망한 말이라……."

"사람이 착한 일을 하는 것은 지옥이 있어서 행하는 것이 아니라 바른 마음에 우러나서 하는 것인데 불가에서는 어찌 지옥을 말하는 것인지, 또 죽음이란 신(身)과 혼(魂)이 따로 분리되는 것인데 어찌 물(物)로서 다시 결합하여 환생할 수 있다 하는 것인지 참으로 황당한 말들이오. 승려들이란 농사도 짓지 않고 공부하여 벼슬을 하지도 않는 등 생산적인 일은 하지 않으면서 삼시 세끼 남이 해주는 밥을 먹고 호사스런 사찰에서 지내는 사람들인데 어찌 세상사 돌아가는 것을 잘 알 수가 있겠소? 승려들이 하는 소리는 모두 허망한 소리요."

"하긴 삼봉의 말도 일리가 있는 말이오. 훗날 이에 대해서는 스님들과 함께 다시 이야기를 해보는 것이 좋겠소이다."

담은은 불교의 교리와 승려들의 수양에 대해서는 너무 심오한 이야기인지라 이쯤에서 일단락 지어버리는 것이 좋겠다는 생각을 했다.

어느새 새벽닭이 "꼬끼오" 홰를 쳤다. 두 사람은 시간 가는 줄 모르고 이야기에 빠져서 새벽녘이 밝아 올 때야 잠이 들었다.

8장

영웅을 찾아서

• 1

도전은 담은이 떠나간 뒤 깊은 생각에 잠겼다. 담은은 참 묘한 사람이었다. 어느 날 홀연히 나타났다가 사라질 때는 바람과 같았다. 기약도 없고 어디로 간다는 말도 없었다. 두 번의 만남이었지만 그는 주유천하하는 동안 세상인심을 두루 섭렵하면서 자신이 보고 들은 것, 품고 있는 생각들을 모두 도전에게 쏟아내듯 하고는 표표히 사라졌다.

담은은 도전에게 결심을 촉구한 것이다. 이성계 장군을 찾아가라고, 아니 이 시대의 영웅을 찾아가라고 한 것이다. 담은은 이 시대가 난세이고 이 난세를 다스릴 영웅이 이성계라 했다. 이성계를 찾아가서 그의 책사가 되어 품고 있는 뜻을 펼치라 한 것이다.

'이성계가 과연 그러한 인물이 되는가……?'

도전은 아직 그를 잘 모른다. 아주 오래전 한번 만나서 잠깐 수인사 정도를 나누었을 뿐이고, 가슴에 뭔가 뜻을 품고 있는 듯하다는 좋은 인상을 받았고 간간이 풍문으로 전쟁에서 있었던 영웅담은 들었지만 그가 대업을 이룰 뜻을 품고 있는지, 또 그럴만한 그릇이 되는지는 아직은 잘 모르는 일이었다. 그에 앞서 도전 자신도 그 일을 해낼 수 있을지 확신이 서지 않았다.

그동안 자신에게 닥쳐왔던 곤란(困難)과 민심을 돌아보면서 세상을 바꾸어보리라는 생각은 수없이 해왔다. 그러나 그것은 도전 자신이 조정에 들어가 힘 있는 벼슬자리에 앉아서 개혁을 해나가겠다는 것이었지 새로운 나라를 창업하여 나라의 근간을 바꾸겠다는 생각은 아니었다. 그런데 그런 생각을 바꾸어야 한다. 큰 그림을 다시 그려야 한다. 이 일은 혼자 할 수도 없는 일이고 감내할 수 없는 정도의 대가를 치를 수도 있는 일이었다.

경우에 따라서는 포은과 목은 같은 인재들과도 목숨을 내놓고 싸워야 하는 일이다.

도전은 생각을 해나가면서 점점 결심을 굳혔다. 이제부터는 고려가 아니라 새로운 왕조의 창업을 위해 신명을 바칠 것이라고.

도전은 이성계 장군을 만날 준비를 했다. 우선 그를 만나면 그도 같은 뜻을 품고 있는지부터 알아야 하고, 그리고 자신의 뜻도 전달해야 한다. 그런데 이 일은 너무 엄청나고 위험한 일이므로 속마음을 바로 터놓을 수가 없다. 속 따로 겉 따로 하면서 진실을 알아보아야 한다. 설혹 도전 자신은 가진 것도 없고 망망대해에 떠 있는 심정으로 하는 일이기에 심정을 털어놓을 수 있다 하더라도 장군의 입장은 또 다른 것이다. 그는 절대로 쉽게 속을 내보이지 않을 것이다. 어쩌면 그는 속뜻을 감추기 위해 자신에게 접근하려는 사람을 오히려 더 경계할지도 모른다.

여기까지 생각한 도전은 한 가지 계책을 생각해냈다. 만약 이성계가 큰 뜻을 품고 있다면, 정도전의 재능을 알고 오래 기억하게 되기를 바라는 책략, 바로 이성계의 입장에서 현재의 시국을 바라보고 이를 타개할 수 있는 계책을 마련하여 전해주는 것이었다. 그것은 곧 정도전이 품고 있는 생각이기도 한 것이다.

도전은 안변지책을 만들었다. 안변지책(安邊之策), 곧 변방을 지키는 방비책을 말하는 것이다.

"동북면은 북방 이적(夷賊)의 침입이 잦은 곳입니다. 이곳에 적들이 침범하면 조정에서는 장군을 돕지 못합니다. 해서 평시에 방비를 튼튼히 해놓고 만일의 사태에 대비하는 것이 중요합니다.
군사들은 모아서 평시에 훈련을 해두어야 합니다. 나라의 군대는 평시에는 흩어 놓고 있다가 유사시에만 소집하다 보니 병역을 피하는 자가 허다하고, 또 신속히 소집하는 것도 어렵거니와 평소 창검을 가까이하지 않은지라 그 다루는 법이 서툽니다. 적도들이 노략질을 끝내고 도주한 뒤에 대처하는 것은 소용에 닿는 일이 아닙니다.
군대는 군량 확보에 명맥이 달려 있습니다. 지역 내에서 생산하는 공물은 우리 군을 위하여 사용할 수 있도록 하고 공물의 부담을 공평히 하여 관리나 승려들이 중간에 착복하고 부족한 것을 백성에게 과하게 부과하는 일이 없도록 하여야 합니다.
유사시를 대비하여 일반 백성들을 조직해놓아야 합니다. 세 집을 묶어 일호(一戶)로 하고 백호를 묶어 일통(一統)으로 하여 통의 책임자를 통주로 하여 군령에 직속케 한다면 동원에 어려움이 없을 것이옵니다. 그리고 지방관의 직이 중요합니다. 중앙에서 온 자들은 그들의 벼슬살이를 주선해 준 조정 재상의 뒷배를 믿고 거들먹거리며 가렴주구로 소일하다가 임기를 채우고 돌아가므로 관청의 창고는 비어 있고 백성은 고달프기만 합니다. 청렴하여 매사에 조심성 있고 정직한 자를 선발하여 직에 앉혀서 홀아비와 과부, 어려운 자들을 위무하고 또 군사적 지식을 함양케 하여 유사시를 대비케 해야 합니다."

도전은 조목을 나누어 정성스레 썼다. 그리고는 먼 길 떠날 준비를 마쳤다. 이제 갈 길을 빨리 서둘러야 했다. 함주까지 가는 데는 재촉해도 스무날은 족히 걸린다. 그쪽은 겨울이 일찍 온다는데 가는 길에 눈발이라도 맞게 되면 더 걸릴지도 모른다. 폭설이라도 만난다면 길이 막혀 갈 수가 없게 될지도 모르는 일이다.

채비를 마친 도전은 부인과 아이들을 모아놓고 작별 인사를 했다. 부인은 벽 쪽으로 돌아앉았다. 눈은 퉁퉁 부어 있었다. 간밤에 남편이 함주 먼 길을 다녀오겠다며 오래 집을 비우겠다는 말에 다툼을 했던 것이다.

가장이 귀양을 갔던 지난 세월은 죄인의 가족인지라 떨어져 지낸 것은 어쩔 수 없는 일이었지만 이제 또 몇 달 동안을 출타한다니 여간 섭섭한 것이 아니었다. 무슨 일로 그렇게 집을 비우는지는 말하지 않아서 자세히 알 수도 없었다. 그러나 그간에 해온 일들을 보면 식구들을 고생시킨 것뿐이다.

'속에다 하늘을 품고 있으면 뭐하누. 가장이 할 일 중에 식구들 건사하는 일보다 더 중요한 일이 어디 있을라고…….'

귀양을 간일도 그렇다. 왜 남들처럼 고분고분하지 않았던가. 지엄한 어명에 어찌 맞서는가. 어쩔 수 없이 나서게 된 일이라면 적당히 하면 될 것인데 천지간의 큰일은 혼자 다 맡아서 하는 것처럼 대들다가 그런 일을 맞게 된 것이 아니었던가. 같이 귀양 갔던 포은, 도은 대감들은 일찍 풀려나서 지금은 떵떵거리며 벼슬살이를 하고 있는데 우리 신세는 이것이 무언가?

여태껏 미움을 받고 있어 언제 벼슬에 복귀할지도 기약이 없고 쫓겨 다니듯 이사를 다닌 것이 셀 수도 없을 지경이다. 오늘 하루 때를 넘기면 내일 먹을 양식 걱정을 해야 하고, 자식새끼들이 주렁주렁한데 아비가 죄인이라 과거조차도 못 치르고 있으니 참으로 안타까운 일이 아닐 수가 없었다.

그놈의 자존심 조금만 굽혀서 시중 대감을 찾아가서 지난날의 잘못을 빌면 그까짓 벼슬 한자리 못 얻을까? 그러면 식구들이 이 고생은 면할 텐데 그에는 통 관심이 없고 또 무슨 일을 벌이려고 집을 비우겠다는 것인지 참으로 원망스러운 양반이다. 최씨 부인은 밤새 자지 못하고 울음으로 지새워 눈이 퉁퉁 부은 것이었다.

도전은 부인의 그런 원망을 듣고도 못 들은 척 오직 해야 할 일만 서둘렀다. 아이들이 줄줄이 무릎을 꿇고 앞에 앉았다. 큰놈 진이는 벌써 아비가 장가들고 벼슬살이했던 그 나이가 지났다. 얼굴에는 수염 자국이 거뭇거뭇한데도 백수로 지내면서 어린 동생들과 노닥거리는 일이 일과다. 도전은 아비로서 해준 것이 없어 미안한 마음이 없지 않았다.

이 고생은 면해줄 수 있을 텐데……, 과거도 볼 수 있을 텐데……, 모두 아비의 잘못으로 자식들의 장래를 막고 있는 것 같아서 죄인이 된 심정이었다.

"너희도 네 어머니와 같이 아비를 원망하느냐?"

도전은 별로 할 말이 없었다.

"……."

아이들은 할 말은 있는 듯했으나 말은 못하고 주억거리기만 했다. 막내는 울먹이면서 맏형의 눈치만 보았다.

"요즘 보아하니 책을 멀리하는 것 같구나."

집을 비우는 동안에 집안을 잘 돌보라는 말은 차마 나오지 않았다. 아비의 권위가 생뚱스런 말을 하게 만들었다.

"……심란하여 잠시 책을 놓았을 뿐입니다. 마음을 잡으면 다시……."

"음, 여러 가지로 네게 짐을 지우는구나. 그러나 어떤 일이 있어도 책을 놓아서는 아니 되느니라. 사람이 공부를 하는 것은 두 가지의 목적이 있는데 그 하나는 인간으로서 도리를 하며 지내려는 것이고 다른 하나는 벼슬길에 나아가 뜻한 바를 펼치기 위함이니라. 한낱 필부로 되는대로 살아가려면 이름 석 자 쓰고 축문 읽을 정도면 되느니라. 비록 지금은 형편이 어려울지라도 큰 뜻을 품고 책을 가까이 해주기 바란다."

도전은 아이들에게 민망한 인사 대신 당부를 하는 것으로 작별 인사를 마쳤다.

"……."

아이들은 아무 대답이 없었다. 무엇하러 집을 비우는지도, 언제 돌아올 것인지도 묻지 않았다. 아이들이 아비가 가슴에 품고 있는 큰 뜻을 알 리가 없다. 그저 현실이 답답할 뿐이었다. 아이들에게는 희망이 없는 아비였다.

이성계를 찾아서 함주로 향하는 도전의 발걸음은 무거웠다.

'미안하구나. 지금 아비가 떠나는 길이 너희에게 무슨 시련을 더 안겨줄지 모른다. 가족으로 맺은 인연이 가장인 나의 잘못으로 천형이 되어 너희를 나락으로 떨어뜨릴지 모르겠구나. 애꿎은 너희가 목숨을 내놓아야 할지도 모르는 일인데도 미리 말을 할 수 없는 아비의 심정을 이해해다오.'

도전은 가족들에게 용서해달라고 속으로 수없이 외치면서 발걸음을 옮겼다. 마음이 켕기어 차마 뒤를 돌아볼 수가 없었다.

• 2

철령 고개에 다다르니 바람이 벌써 겨울이다. 나무는 울창한데 무성하던 잎새는 다 떨어지고 낙엽 몇 장만이 가지에 남아 대롱거리는 것이 안쓰럽기가 그지없었다.

산야는 온통 서리가 내려 하얬다. 산등성이에서 몰아치는 바람은 휘-휘 소리조차 요란했다. 고갯마루에서 맞는 동해 바람은 칼바람이나 진배 없었다. 추위는 뼛속으로도 스며들었다. 몸뿐이 아니라 마음도 추웠다.

산등성이에 마주한 천년목에서 오늘의 고려를 보는 듯 느꼈다. 칼바람이 안팎에서 시련처럼 밀려들고 있는 고려의 형편인데 휘- 휘- 들리는 소리는 누구의 소리인고……?

철령 높은 봉 쉬어 넘는 저 구름아
백성의 원루(冤淚)를 비 삼아 띄워서
고려 궁궐에 뿌려다오

도전은 몸을 개똥벌레처럼 움츠리고 걸음을 재촉했다. 도전이 이성계의 본령이 있는 함주 막사에 다다른 것은 11월 중순이 되어서였다. 몸은 추위와 배고픔과 피곤에 절어서 거의 초주검 상태였다. 동네를 지나오는 동안에 한 떼의 아이들이 손잡고 가면서 부르는 노랫소리를 들었다.

서경 밖에는 불빛,
안주성 밖에는 연기,
그 사이를 왕래하는 이 원수여
부디 백성을 구제해주소서

전쟁의 소용돌이에서 헤어나지 못하고 있는 나라를 이성계가 동북면 안팎으로 출정하면서 적도들을 물리치는 것을 찬사하고 안정을 찾아주기를 여망하는 뜻이 담긴 노래였다. 도전은 그 노래를 들으면서 과연 담은이 했던 말이 허언이 아니구나 생각했다. 찾아온 보람과 희망이 보였다.

이성계의 군막에는 막 예하 군장(軍將)들이 모여서 하루 일과와 저녁 경계에 대한 회의를 마치고 돌아갔다. 막사에는 이두란을 비롯한 측근들과 이성계의 아들 방우와 방과, 방원이 난로를 사이에 두고 이성계를 중심으로 둘러앉아서 잡담을 나누고 있었다. 길주에 침략했던 호발도(胡

拔都)의 침략군을 격퇴시키고 돌아와서 오랜만에 가져보는 여유로운 시간이었다.

"타닥, 타닥."

난로에서는 참나무 둥굴 타는 소리가 기분 좋게 들렸다. 난로 위에 얹힌 커다란 주전자에서는 물이 술술 끓어서 내뿜는 김이 마음을 한결 넉넉하게 데워주었다.

호발도는 여진족의 장수로, 국경 부근을 자주 침범하여 노략질을 하곤 했는데 이번에는 제법 대규모의 병력을 이끌고 길주 지방을 침입했던 것이다. 호발도의 병력이 대규모라 하자 조정에서는 놀라서 동북면의 이성계에게 급히 출정할 것을 명했던 것이다. 초전에서는 이성계도 적을 쉽게 격퇴시키지 못했다. 적도들은 수도 만만치 않았지만, 여진족이 동북지역의 산악지형에 익숙해 있어서 토벌이 쉽지 않았던 것이다. 여러 날 전투를 치르다가 성과가 없자 이성계는 상중(喪中)에 있는 이두란을 불러올렸다. 이두란은 그때의 무용담을 틈이 날 때마다 신이 나서 주위에 자랑을 하곤 했다. 지금은 이성계의 아들들이 들어주니 더 신이 났다.

"아, 내가 아무리 모친의 상중이라 하지만 형님이 부르시는데 어떡하겠어? 즉시 상복을 벗고 부랴부랴 달려왔지. 어머니께서도 형님에 대한 이내 심정을 이해하실 거야."

이두란은 가슴을 텅텅 치면서 이성계를 쳐다보았다. 충정을 알아달라는 뜻이었다. 이성계는 그런 말을 몇 번이나 들었는지라 그냥 웃고만 있었다.

"그런데 호발도 그놈 보통 놈은 아니야. 내가 말을 타고 나가서 몇 합 겨루어보니까 보통 센 놈이 아니더라고. 어쩔 수 없이 밀리고 있는데 형님이 나타나신 거야. 형님이 그냥 활을 한 방을 날렸지. 아 그런데 그놈이 형님의 활에 맞을 걸 예상하고 왔는지 갑옷을 세 겹이나 껴입고 온 것이 아니겠어? 활을 맞고도 안 쓰러져요. 한 방을 더 맞으니 그제서야 비틀거리더만, 놈이 중심을 잃고 비틀거리는 틈을 타서 공격을 했더니 놈이 도망을 가더군. 이때를 놓치지 않고 총공격을 했지, 결국 호발도의 목을 베고, 나머지 살아서 도망친 놈은 몇 명 되지가 않았지."

이두란은 몸짓까지 해가면서 특유의 호쾌한 목소리로 떠들었다. 그때였다. 조영규가 군막 안으로 들어왔다.

"장군 웬 자가 군진에 찾아와서 장군을 뵙자고 떼를 쓰는 것을 붙잡아놨습니다."

일행은 하던 이야기를 멈추었다.

"웬 자가?"

"비렁뱅이 행색을 한 자인데, 어떻게나 장군을 뵙자고 생떼를 쓰던지. 초병이 붙잡아 왔길래 문초를 하니 자신의 이름이 정도전이라며 장군을 뵙기 위하여 김포 땅에서 왔다 합니다."

"정도전?"

이성계는 들어본 적이 있는지 기억을 더듬었다.

"아! 삼봉, 정도전."

이름을 듣는 순간 이방원은 퍼뜩 기억해냈다.

"아버님. 삼봉 정도전 선생인 것 같습니다. 10년 전 원나라 사신의 영접사를 거절하다가 이인임 대감에게 밉보여 귀양살이를 간 그분인 것 같습니다."

"아, 그래 기억이 난다. 나도 목은, 포은, 선생과 함께 만난 적이 있어. 그런데 그분이 왜 이런 산골까지 나를 찾아왔지?"

"한번 만나보시지요. 명망이 높으신 분이 예까지 찾아온 것을 보면 무슨 연유가 있지 않겠습니까?"

이방원이 모시러 나갈 듯이 자리를 일어서려 했다.

"아니다. 그럴 것이 아니다."

방원의 맏형 방우가 제지하고 나섰다.

"아버님 그자를 쫓아 보내십시오. 그자는 왕명을 거역한 죄로 귀양살이를 9년이나 했던 중죄인입니다. 그렇지 않아도 조정에서 아버님을 의심의 눈으로 보고 있는데 그런 불순한 자를 만난다는 것은 해가 되는 일이옵니다."

"형님! 불순한 자라니요? 그렇지 않습니다. 형님은 그분에 대해서 잘 모르십니다. 꼭 만나 봬야 할 분입니다."

방원은 열 살이나 많은 맏형에게 대들듯이 하며 주저앉았던 자리에서 벌떡 일어났다. 방원은 고집이 셌다. 자랄 적부터 마음먹은 일이 있다면 다섯 형제 중 막내이면서도 절대로 제 형들한테 지지 않았다. 이성계는 그런 아들의 성정을 잘 알고 있었다.

"너는 왜 그를 쫓아 보내려 하느냐?"

이성계가 방우에게 물었다.

"그자는 불순한 자입니다. 나라에서 하는 일에 불평을 늘어놓고 패당을 지어서 반대를 하다가 귀양을 간 자입니다."

"그럼 네 생각에 나도 불순한 것이냐? 나도 조정에서 하는 일을 불평하고 대신들에 대해서 욕도 하고 때로는 임금님에 대해서 비평을 한 적이 있지 않으냐?"

"아버님은 그렇지 않습니다. 아버님께서는 비록 불평과 욕을 하시더라도 어명을 거역한 적은 없지 않습니까? 어명을 받들어 목숨의 위협을 무릅쓰고 수많은 전쟁터로 달려가신 분이 아버님이십니다. 삼봉은 어명을 거역했습니다. 어명이 지엄하거늘 신하 된 자가 어찌 이를 거역한단 말입니까? 그자는 불순한 자입니다. 그래서 나라의 벌을 받은 것입니다."

방우도 지지 않았다. 방우의 말에 이번에는 방원이 제 형에게 대들었다.

"저는 형님 말씀에 동의하지 않습니다. 불순하다고 생각하는 것은 일부 중신들이 자신과 의견이 다르니까, 자신에게 고분고분치 않고 비평하니까 불순하다고 하는 것이 아닙니까? 저는 개경에서 그분이 귀양을 떠날 때 지켜봤습니다. 수많은 유생들이 나와서 억울하다고 울부짖으며 하소연하는 것을 봤습니다. 한때 그분은 유가를 대표했고, 전국의 유생들이 그분의 가르침을 받고자 성균관으로 몰려온 적도 있습니다. 삼봉 그분은 절대 불순한 사람이 아니고 의(義)가 깊은 사람입니다. 여기까지 찾아오신 분을 그냥 보낸다는 것은 아버님의 인심이 아니십니다."

방원은 맏형에게 지지 않았다.

"그래 방원이의 말이 맞는 듯하구나. 우선은 나를 찾아온 손님이니 예로서 모셔야 할 것이 아니냐? 삼봉이 아니더라도 나를 만나러 여러 사람이 오지 않았느냐. 지난번 찾아왔던 무학대사도 처음에는 걸식하러 온 중으로 여기고 돌려보내려고 하지 않았느냐. 한데 몇 번 보니 훌륭한 분이 아니더냐? 방원이가 가서 모셔오너라."

이성계가 나서서 형제간의 의견을 중재해주었다. 부친의 허락이 떨어지자 방원은 잽싸게 군막 밖으로 나갔다. 형제간의 의견 다툼을 지켜서 보고 있던 장수 조영규도 급하게 방원의 뒤를 쫓아나갔다.

• 3

이방원은 잠시 후 행색이 초라하고 남루한 거지꼴의 중년 사내를 데리고 막사로 들어왔다.

"장군, 기체 강녕하신지요, 저를 알아보시겠나이까?"

정도전은 막사 가운데 앉아 있는 이성계에 대해 공손히 인사를 올렸다. 이성계는 인사를 받으며 찬찬히 그를 보았다. 알 수 있었다.

10년 전 그때 목은, 포은과 함께 시국에 대해서 거침없이 논하던 그

젊은이! 그때 나에 대해서도 여러 가지로 궁금해하며 호감도 있는 것 같았는데…….

세월이 흘러 그때의 당당하던 혈기는 40대의 중후함으로 변해 있었다. 비록 얼굴에 때가 끼고 수염을 가다듬지 않아 거칠게 보이고 고생에 겨운 모습이지만 속에서 뿜어져 나오는 기는 그때나 지금이나 변함없이 예사롭지 않게 느껴졌다. 이성계를 둘러선 사람들은 방원을 빼고 모두 비렁뱅이 꼴의 정도전이 마뜩하지 않아 얼굴을 찌푸렸다.

"이리 오시오. 오시느라고 고생이 많으셨소이다."

이성계는 정도전을 난로 곁 의자로 안내했다.

"뭣들 하는가? 손님이 오셨는데 차도 한 잔 따라드리지 않고서?"

이성계는 비록 행색이 남루하고 예정에 없이 불쑥 찾아온 사람이었지만 예를 갖추려 했다. 정도전은 난로 곁에 앉아서 차를 후후 불어가면서 두 잔이나 거푸 마셨다. 뱃속이 뜨뜻해져 왔다.

'무슨 말부터 꺼내야 하나? 장군의 속마음을 알 수가 없으니 섣불리 말을 꺼낼 수도 없고…….'

그를 둘러싸고 있는 이성계의 막료들은 볼썽사나운 정도전의 모습을 호기심에 찬 눈으로 바라보고 있었다. 정도전을 쫓아버리자고 했던 이방우는 여전히 못마땅한 듯했으나 이방원은 약간 흥분을 띤 모습이었다.

이성계는 묵묵히 지긋한 눈길로 정도전을 살피고 있었다.

'무슨 말을 하려고 이곳까지 왔을꼬? 김포에서 예까지 한 달은 족히 걸렸을 것인데 무슨 중요한 말을 전해주려고 기를 쓰고 고생을 하며 왔을꼬?'

이성계는 정도전을 보면서 여러 가지를 생각했다. 근래에 자신을 만나고자 불쑥불쑥 찾아오는 사람이 잦았다. 그들은 대개 '이 장군을 존경해마지 않아서 휘하에서 일하고 싶어서'라든가 '무술 솜씨를 자랑하고파 찾아왔다'고 했다. 이런 자들은 대개 수하 장수에게 맡겨서 처리했다. 이성계가 근래에 만나본 사람 중에 기억에 남는 사람은 무학대사였다.

무학대사는 18세에 출가하여 진주의 길상사, 묘향산의 금강굴 등 전국의 사찰을 두루 돌며 수도를 했고 원나라로 건너가서 고승 혜근 스님과 인도에서 온 지공 스님으로부터 가르침을 받고 돌아왔다고 자신을 소개했다. 그는 첫인상부터가 범상치 않아 보였다. 도량이 넓어 보였고 세상 풍상을 많이 겪은 듯했다. 그는 불교의 법문에도 밝았지만 세상사에도 관심이 많아 지식이 해박했다. 무엇보다도 인상에 남은 것은 그가 불제자이면서도 퇴락해져 있는 불교에 대한 비판을 서슴없이 했고, 고려가 처해 있는 시국에 대해 서슴없이 하는 비평이었다. 그렇게 말할 때 그는 승려라기보다는 여느 정치가와도 같은 모습이었다.

무학대사와 만나면서 이성계는 이상한 꿈을 꾸었다. 하룻밤 잠을 자면서도 몇 가지 꿈을 동시에 꾸어 마음이 뒤숭숭했다. 이성계는 무학대사와 몇 번을 만나면서 허심탄회하게 된 사이라 꿈 이야기를 들려주며 해몽을 부탁했다.

"마을을 지나는데 온 동네의 닭들이 꼬끼오, 꼬끼오하고 울고 하늘에서는 꽃 비가 쏟아지는가 하면 내가 웬 집의 헛간에 들어갔다가 나오는데 등에는 서까래 세 개를 짊어지고 있더이다. 이러한 꿈을 몇 번이나 꾸게 되니 도무지 궁금해 견딜 수가 없어서 물어보는 것이외다."

대사는 이성계를 지그시 보더니 지고 온 배낭에서 붓을 꺼내어 마시던 찻물을 찍어서 방바닥에 글을 썼다.

"서까래 세 개를 짊어졌다."

가로로 획을 세게 긋고는 그 가운데로 기둥 하나를 그었다.

"이것은 임금 왕 자가 아니오?"

이성계는 뜨악해서 물었다.

"그렇소이다. 장군이 서까래를 짊어지고 있었다면 장군이 왕이 된다는 뜻이기도 하지요. 닭이 꼬끼[高貴]오 꼬끼[高貴]오 울고 하늘에서 꽃비가 쏟아졌다는 것은 고귀한 분에게 꽃비를 내려 축하한다는 뜻이 되겠지요?”

이성계는 대사의 말을 들으면서 머리털이 쭈뼛 서는 전율을 느꼈다. 그러나 무학 대사는 이성계의 그런 느낌을 모르는지 아무렇지도 않게 덤덤히 말했다.

“나무 관세음보살.”

무학대사는 더 이상 이야기를 않고 눈을 감고서 염불만을 외웠다. 이성계도 대사의 말이 너무 충격적이어서 더 이상 다음 말을 묻지 않았다. 그러나 그 이야기는 이성계의 가슴을 떠나지 않고 여운으로 남아서 때로는 가슴을 뜨겁게 달구었다.

그 옛날 모친이 ‘너를 잉태했을 때 하늘에서 선녀가 내려와서 침척을 건네주면서 자로 재는 만큼 땅을 다스릴 것이라고 하였다’는 태몽 이야기를 하며 귀한 몸이 될 것이라고 했을 때는 무심히 넘겨왔는데 무학대사가 지금 한 말은 너무나 충격적인 것이었다.

‘왕이 되는 꿈을 꾸었다고, 내가?’

왕씨가 대를 잇는 고려에서 이성(異姓) 받이가 왕이 된다는 것은 곧 역모를 꿈꾼다는 말과 다름없는 것이었다. 그것은 감히 생각할 수도 없는 일이었다. 그러나 한편 지금 고려가 되어가는 꼴을 볼라치면 누구라도 욕을 하지 않는 사람이 없고, 특히 조정을 어지럽히고 있는 이인임과 그 일당에 대한 저주는 하늘을 찌를 듯하다.

임금에 대해서도 왕가의 씨가 아니라고 하며 이러쿵저러쿵 빈정대면서 황음하고 무도하다고 욕을 해대고 있는 세상인심이다. 뜻있는 사람들은 고려가 망해가는 징조라고 하기도 했다.

민심은 이미 왕조로부터 떠난 지 오래됐다. 누군가 현인이 나타나서 도탄에 빠진 세상을 구해주기를 바라고 있었다. 하여서 가끔 미륵불이니 성인이니 하는 자가 나타나 민심을 현혹하기도 하는 세상이다. 얼마 전에는 이금이라는 자가 미륵을 자처하며 세상을 구하겠다고 큰소리치고 다니다가 혹세무민한다고 해서 붙잡아다가 참살을 했다지 않은가?

'난세에는 영웅이 나타나서 어지러운 세상을 평정한다고 하는데 내가 그 영웅이 될 수 있다는 것인가? 세상일이란 모를 일이다. 그러나 영웅은 때를 만나야 한다는데……, 사람을 만나야 한다는데……. 아직은 아니다.'

이성계는 그러한 이야기를 들은 날부터 매사에 언행을 조심해왔고 또 만나는 사람을 경계해왔는데 오늘 이렇게 불쑥 찾아온 정도전을 보니 여러 생각이 들었다.

'저자도 보통 사람은 아닌데…….'

이성계는 10년 전 목은의 방에서 포은과 함께 정도전을 만났던 것을 기억하고 있었다. 그때 목은이 정도전에 대해서 학문의 깊이가 포은에 버금간다고 소개했다. 그때 이야기를 나누어 보니 시국에 대해 품고 있는 생각도 예사롭지 않았다.

'무슨 긴한 말을 하러 예까지 온 것일까?'

이성계도 정도전에 대해서 여러 가지 궁금한 점이 많았다. 그러나 채근하지 않았다. 선불리 이쪽의 궁금증을 드러내기보다는 저쪽에서 필요해서 찾아온 것이니 그가 용건을 드러내기 전까지는 기다려보는 것이 좋겠다는 생각이 들었다.

이성계는 정도전과 의례적인 인사를 나누고서 음식과 술을 대접하여 푹 쉬도록 배려해주었다.

• 4

도전은 이성계가 마련해준 잠자리에서 오랜만에 편하게 푹 잤다. 비록 군막이지만 눈치 보지 않고 잘 수 있어서 좋았다.

밖에서 힘찬 고함 소리가 들려서 잠이 깼다. 조조 훈련을 하는 군사들의 함성이었다. 절도가 있고 우렁찼다. 산야를 울리고 메아리가 되어 돌아왔다.

'한시도 맘을 놓을 수 없는 변방의 경비는 저렇듯 열심히 훈련하는 데서 유지가 되는 것이구나.'

정도전은 이성계의 군대가 전쟁에서 연승한 데는 저렇듯 훈련을 열심히 하고 기강이 엄하게 잡혀 있는 데 그 근원이 있다고 생각했다.

'장군을 만나면 무슨 이야기를 해야 할까, 어떻게 하여 장군의 속마음을 알아볼 수 있을까?'

조반을 먹고 난 후 정도전은 이리저리 생각을 정리하던 중에 이방원의 방문을 받았다.

"편히 잘 쉬셨는지요? 군막 안이라 불편한 점은 없었는지 모르겠습니다."

"아닙니다. 오랜만에 좋은 잠자리에서 잠을 자고 대접도 잘 받았습니다. 그동안 먹는 것, 자는 것, 모두 어렵게 해결하였는데 이렇게 마음을 써주시니 뭐라고 인사를 드려야 할지……."

"저는 이전부터 삼봉 선생님의 명망을 들어서 한번 뵙기를 여망하였습니다. 10년 전 귀양 가실 때 선생님께서는 모르셨어도 저는 먼발치에서 귀양 가시는 모습을 봤습니다."

"그랬습니까. 과거에 급제하셨다고 들었는데 조정에 출사를 않으시고 어떻게 이런 곳에?"

"아, 예. 조정에서 말직으로 일을 보고 있지요. 지금은 아버님께서 전쟁 중이시라 자원해서 이리로 온 것입니다.”

도전은 방원과 이야기를 나누면서 젊은이의 성격이 시원시원하고 거침없다는 생각이 들었다. 그러면서 예를 갖추려 하는 모습에 호감이 갔다.

“이곳에 오신 김에 한 두어 달 묵어가십시오. 개경에서는 느끼지 못하였던 또 다른 정취가 있을 것입니다. 이곳은 변방이라 때로는 여진족의 기습을 받고 목숨의 위협을 받을 수도 있지만 그래도 경험을 해볼 만한 곳입니다. 직접 활도 쏴보시고 창검도 한번 휘둘러보십시오. 휘두르는 한날에 상대가 쓰러진다고 생각하면 저르르 전율이 다 흐른답니다. 난세에는 문인도 제 몸을 스스로 보호할 수 있는 무예를 익혀 놓아야 하고 또 전쟁을 알아야 할 것 아닙니까?”

‘난세라?’

도전은 방원의 입에서 거침없이 난세라는 말이 튀어나오는 것을 보고 다소 놀랐다. 도전은 방원이 하는 말을 들으면서 그가 비록 과거에 급제하여 문반의 길을 걷고는 있으나 무인 가문에 태어난 핏줄은 못 속이고 있다고 생각했다.

‘역시 호랑이는 호랑이를 낳는 법이다. 이 젊은이는 방금 낯선 나에게 난세라는 말을 거침없이 하였다. 또 문무를 겸비한 인재 운운하고 있다. 무슨 생각에서 한 말일까?’

도전도 젊은 시절에 한때 부친과 스승에게 세상 돌아가는 일이 부당하다며 거침없이 토로했던 적이 있었다. 방원을 대하니 그때 생각이 들었다. 격정적인 성격이 서로 닮은 것 같기도 했다.

정도전은 이방원의 안내로 이성계의 군막을 다시 찾았다. 정도전과 마주한 이성계는 어제저녁과는 또 달라 보였다. 갑옷에 무장을 하고 턱 버티고 앉은 그의 모습에서 커다란 바위와 같은 무게가 느껴졌다. 듬직한 모습이 상대에게 신뢰감을 안겨주었다.

"잘 쉬셨소이까? 원로에 오신 손님께 대접이 소홀해서……."

"아니오이다. 오랜만에 배부르게 먹고 잠도 잘 잤습니다. 장군도 뵙지 못하고 쫓겨나면 어떻게 하나 걱정을 했는데 과객에게 이렇게 친절을 베풀어주시니 과분할 따름입니다."

"내게 찾아온 손님을 그래서야 쓰나? 머무시는 동안에 편히 지내시오."

"고맙습니다. 이렇게 대우를 해주셔서."

주위에 제장들이 없어서 한결 편한 마음으로 이야기를 나눌 수 있었다. 아마 도전에게 속에 있는 말을 허심탄회하게 이야기할 수 있도록 기회를 주려고 일부러 사람들을 물리친 것 같았다.

"그래, 개경에서 오신 길이라 하니 오랜만에 그쪽 소식이나 한번 들어봅시다."

"개경 쪽이야 들으면 언제나 답답한 것뿐입니다. 나라가 어쩌다가 이 지경이 됐는지……."

도전은 본 대로 들은 대로 이야기를 했다. 이인임이 시켜서 삼봉제도 뜯기고 부평으로 갔다가 거기서 또 쫓겨나 김포로 들어간 개인적인 곤궁한 이야기도 덧붙였다. 때로는 이인임에 대해 죽일 놈이라는 욕도 했다. 이야기를 듣던 이성계는 딱하다는 듯 혀를 끌끌 찼다.

"참으로 고생이 많으셨구려. 귀양살이하는 동안 왜구의 칼에 죽지 않고 예까지 살아오신 것만 해도 다행입니다."

"지금의 고려 땅을 누가 사람 사는 세상이라 하겠습니까? 보리쌀 한 되에 자식을 팔고 양식을 줄이려 부모를 내다 버리는 세상에 무슨 인정이 있고 도덕이 있겠습니까. 전쟁으로 고향 땅을 버리고 목숨 하나 부지하려고 유민이 되어 떠돌아다니는 것은 어쩔 수 없는 일이라 쳐도, 조정의 중신부터 지방의 말단 벼슬아치까지 그들에 의한 행패와 가렴주구가 피를 짜내는 듯하니 백성들이 이 노릇을 어찌 견딜 수가 있겠습니까."

"정말 대책이 없는 듯하오이다."

이성계도 침통하게 말했다.

"깡그리 바꾸어야 합니다. 백성의 삶은 이렇듯 곤궁한데도 개경의 벼슬아치라는 놈들은 철없는 주상을 끼고 제 놈들 배 불릴 궁리만 하고 있으니 그놈들을 다 몰아내야 합니다."

정도전의 이야기는 개인적인 사정을 넘어서 시국에 대한 비판으로 변했고 그것은 이제 도를 넘어 점점 격해지고 있었다. 그러나 이성계는 이에 대해서 어떠한 불편한 의사도 내비치지 않았다. 조용히 듣고 있다가 말했다.

"이 시중을 몰아내기가 어디 쉽겠습니까. 그들의 일파가 온통 궐내를 장악하고 있고 지방의 수령도 모두 뇌물을 바쳐 그들과 연줄을 대고 있으니 누군들 이 시중에 밉보이는 일을 할 수가 있겠습니까?"

"이인임 그자는 나라의 재앙 덩어리입니다. 그 일파를 제거하지 않으면 고려는 변하지 않습니다. 사실 고려가 이 지경까지 이르게 된 것은 이인임의 탓만은 아니라고 봅니다. 정중부, 이의방, 최충헌 등 무인시대를 거치면서 상하가 없어지고 심지어 세도가의 노복까지도 권력에 맛을 들여 정변을 꾀하였으니 여기서 무슨 인륜과 도덕을 찾겠습니까?

권좌에 앉은 자는 자신의 지지 기반을 지키기에만 급급하여 이해가 맞는 자들끼리 뭉쳐서 패당을 만들어 자신들의 입맛에 맞는 정치만을 펴왔고, 다른 한편 그들을 반대하는 세력은 상대를 제거하고 그 자리를 대신 차지하기 위하여 호시탐탐 기회를 노리는 데에만 진력하여왔으니 여기에서 무슨 치도를 찾겠습니까? 그러다가 원나라의 지배를 받게 되어 원나라 황실에 붙은 자들이 득세하게 되면서, 이들 또한 원나라 황실의 권력 변동에 따라 자신의 신세가 변화하니 이들에게 백성의 삶이 어디 눈에 들어오겠습니까?"

"맞는 말이외다."

이성계도 그 심각성을 알고 있었다. 따라서 정도전이 하는 말에 공감이 간다는 표시를 해주었다.

"그뿐만이 아닙니다. 나라가 정체성을 잃고 원나라의 속국이 되어 이리저리 흔들리는 모습은 밖에서 먼저 아는 법입니다. 왜구들이 고려를 이웃집 나들이하듯이 오가며 약탈을 하는 것은 고려가 제 나라조차 지킬 힘이 없다는 것을 알기 때문이 아니겠습니까?

그러다가 경효왕께서 갑자기 승하하시자 이인임이 어린 임금을 보위에 앉히고 그 역시 앞서의 권력자들이 해온 것과 한 치도 다름이 없이 권력을 전횡하며 온갖 부정을 저지르고 있으니 이 나라 어디에서 희망을 찾아보겠습니까?"

"그렇다면 이인임을 제거하고서 그 뒤에 누가 권력을 쥐어도 똑같을 게 아니오?"

"그러니 깡그리 바꾸어서 새롭게 단장을 해야 한다는 것이지요. 어진 임금이 들어서고 현명한 재상을 뽑아서 그와 함께 정사를 펼치는 나라가 되면 그러한 폐단은 되풀이되지 않을 것입니다. 그리하여 백성들을 평안하게 생산에 종사하게 만들어준다면 나라는 절로 부강해져서 함부로 이민족이 넘볼 수 없게 될 것입니다. 또 침략이 있더라도 국력이 모여 있으면 단번에 퇴치할 수도 있을 것입니다."

정도전의 열변을 듣고 있던 이성계는 안타깝다는 듯 한숨을 크게 내쉬었다. 나라의 형편은 다 알고 있는 것이지만 별다른 수가 없으니 답답한 노릇이지 않으냐는 뜻이다.

"이인임을 제거하는 것이 쉽지는 않을 것이외다. 그는 여우같이 잔꾀가 많아서 전하와의 연을 놓지 않으려 온갖 수단을 가리지 않고 있다고 들었어요."

이성계는 개경의 소식에 대해서 여러 가지로 많이 알고 있는 듯했다. 그래서 정도전은 물었다.

“또 다른 무슨 이야기를 들은 것이 있습니까?”

“이런 벽지에 소식을 전해주는 사람이 누가 있겠소. 그러나 소문은 바람 소리를 타고도 들려오는 법이지요.”

“……?”

“내 들으니, 이인임이 전하의 관심을 끌기 위해 아프다고 핑계를 대고는 등청을 하지 않고서 사가로 전하의 병문안을 받았다 하더이다. 그때 사전에 연락받고 예쁜 여종 아이를 준비해 두었다가 시중을 들게 했는데, 그 아이를 나중에 후궁으로 들이고 전하께서는 그렇게 해준 이시중 내외에게 장인, 장모라 부르며 후한 상을 내려서 치사를 했다고 하더만요.”

그것은 이인임 집의 여종 봉가이(鳳加伊)에 대한 이야기였다. 봉가이는 이인임 집 노복의 딸이었는데 미색이 뛰어났다. 우왕은 색을 좋아하여 미색인 여인만 보면 임자가 있든, 과부든, 처녀든 가리지 않았고 신분의 귀천을 따지지 않았다. 이인임은 왕의 이러한 점을 알고 내방한 우왕에게 봉가이를 붙여서 시중을 들게 했는데 예상대로 왕은 봉가이의 미모에 홀딱 빠졌던 것이다.

왕은 그날 이후 자주 이인임의 집을 방문하여 수시로 자고 갔고, 이인임은 안방을 내주고 별서(別墅)에서 지냈다. 이로써 이인임은 왕과의 든든한 끈을 또 하나 메어놓은 셈인데 사람들은 이를 두고 이인임의 처세가 참으로 놀랍다고 혀를 내둘렀다.

정도전은 이성계가 개경에 떠도는 이러한 소문을 알고 있는 것을 보니 내색하고 있지 않지만, 개경에 여러 연을 놓고서 조정의 돌아가는 세를 읽고 있다고 생각했다. 이는 곧 이성계가 싸움터만 누비는 여느 장수와는 달리 정치적인 야심이 있음을 엿보게 하는 것이었다.

“장군께서는 이곳을 벽촌이라 하시면서도 알 것은 다 알고 계십니다. 그러나 권불십년이라 했습니다. 그들이 정권을 쥔 지도 10년이 넘었습니다. 영원한 권력이란 없는 것입니다. 진시황이 아무리 권력을 지키려 만리장성을 쌓아도 3대를 넘기지 못하였고 수나라 양제가 등극하여 제국이 얼마나 지속되겠느냐고 묻자 현신(賢臣)이 2,000년은 족히 가겠다고 하였지만 불과 30년 만에 망했지요. 이는 양제가 힘이 있고 간교하여 형을 제치고 왕의 자리에 오르긴 하였지만 아둔하여 현신이 30년을 파자로 만들어 아뢴 것을 눈치채지 못하고 기뻐한 것이지요."

三十을 파자(破字)로 쓰면 二千이 되는 것을 두고 한 말이었다. 이성계는 정도전의 이야기를 들으면서 생각했다.

'이 사람은 나의 힘을 빌려 이인임 일파를 제거하려는구나!'

아니 꼭 이인임만을 두고 말하는 것도 아닌 것 같았다. 싸그리 바꾸어야 한다고 했다. 바꾸어서 새롭게 단장해야 한다고 했다. 그러면서 진시황을 이야기하고 수나라 양제를 이야기한 것이리라.

'저자가 바꾸자는 대상이 지금 임금을 둘러싸고 있는 이인임을 비롯한 간신배들인가? 아니면 임금까지 바꾸자는 것인가? 진시황과 수양제를 이야기하는 것을 보면 새 나라를 세우자는 것 같기도 하고…….'

무학대사는 자신에게 임금이 될 것이라고 암시를 했다. 자신이 임금이 된다는 것은 새 나라를 세우라는 뜻이다. 그렇다면 역모를 꾀하라는 말인데 과거를 돌이켜보면 신하가 임금을 바꾼 예는 여럿 있었다.

무인시대의 실권자는 자신에게 고분고분하지 않은 왕을 여럿 바꾸었다. 의종, 명종, 희종, 강종이 당시 실권자에 의해서 바뀐 왕들이다. 그러나 역성혁명(易姓革命)은 하지 않았다.

'그런데 나를 보고 군사를 일으켜 왕위를 빼앗으라고 하는 말인가? 무엇보다도 나에게 그런 능력이 있는가? 지금은 누가 뭐래도 이인임의 시대다. 이인임이 저렇듯 임금의 후광을 업고 있으니 어찌해볼 도리가 없는 노릇이다. 또 조정에는 최영이라는, 내가 도저히 넘지 못할 산과 같은 존재가 버티고 있지 않은가? 그와 손을 잡으라는 뜻인가? 그러나 최영의 충성심은 만천하가 알고 있는 바다. 그는 하늘이 두 쪽 난 데도 절대로 임금을 배반할 사람이 아니다.'

이성계는 복잡하게 떠오르는 생각이 쉽사리 정리되지 않았다. 한순간 자칫 판단을 잘못해서 오해라도 사는 날이면 뜻도 펴보기 전에 역적으로 모함을 받아서 가문이 풍비박산이 날 수도 있는 일이었다.

이성계는 고개를 흔들었다. 머리를 식히고 싶었다. 정도전에게 가서 쉬라고 했다. 정도전은 이성계의 복잡한 마음을 읽은 듯 조용히 응시만 하고 있었다. 그는 나오면서 품속에 간직하고 온 서찰을 꺼냈다.

"장군, 틈이 나면 이것을 한번 보십시오."

"그것이 무엇이오?"

"변방을 지키는 장군께 도움이 될까 하여 소인의 생각을 정리한 것입니다."

정도전은 이성계를 만났을 때 자신을 알리기 위하여 집을 나서기 전에 구상해왔던 안변지책을 건네주었다.

정도전은 군막을 나오면서 이성계가 과연 자신의 뜻을 알아나 줄까 하고 생각했다. 혹여 망상된 생각을 가진 자의 일시적인 기개로 치부해버리는 것은 아닌지 걱정도 됐다. 자칫하면 믿고 찾은 자에 의해서 역모를 꾀했다 해서 체포되어 주살될지도 모르는 일이다.

정도전의 생각도 복잡했다.

5

정도전이 숙소에서 쉬고 있는데 이방원이 찾아왔다.

"아버님과 무슨 이야기를 나누셨는지요?"

방원은 무척이나 궁금한 듯 눈을 초롱이 뜨고 물었다.

"궁금하신가요?"

"예, 그렇습니다. 삼봉 선생님께서 먼 길을 마다치 않고 예까지 찾아오셔서 아버님과 말씀을 나누셨다면 필시 긴한 내용이었을 텐데 소생에게도 좀 들려주시면 안 되겠습니까?"

"아버님께서 말씀을 하지 않던가요?"

"예. 별말씀은 없으시고, 잘 모시라고 하였습니다."

방원의 이야기를 들은 도전은 이 장군도 자신의 이야기에 공감하는 것 같아서 일단 안심이 되었다. 마음이 어떻게 움직이는가는 시간이 흐르면서 지켜볼 일이다. 이방원 같은 아들이 부친의 마음을 움직이는 데에 큰 몫을 할 수 있을 것이라고도 생각했다.

"그리고 안변지책을 읽어보시고 칭찬을 많이 하셨습니다. 글공부만 하신 분인데 어찌 그리 군사에 관해서도 잘 아시느냐고 하면서 꼭 필요한 방책이라고 하셨습니다."

"고맙구려. 그렇게 칭찬을 해주시니."

"들려주십시오. 아버님과 나눈 대화를."

도전은 방원에게 웃음을 띠며 이성계와 나누었던 이야기를 들려주었다. 이방원 또한 시국이 돌아가는 것에 대해서 관심이 많았다. 이방원은 부친인 이성계보다 훨씬 적극적이었다.

"스승님께서는 오늘의 난국을 타개할 계책도 갖고 계실 것이 아닙니까? 그것도 듣고 싶군요."

이방원은 갑자기 정도전에 대한 호칭을 스승이라 바꿔 부르며 정중한 어조로 말했다.

"아버님께서 스승의 예로 모시라 하셨기에 오늘부터 스승님이라 부르겠습니다. 지금부터 어찌해야 하는지 가르쳐주십시오."

정도전은 스승이라는 호칭에 기분이 우쭐해졌다. 이성계가 자신을 그렇게 대접하라고 한 것은 자신을 믿어주기 때문이리라. 정도전은 마음이 한결 푸근해졌다.

정도전이 생각한 대로 이방원은 적극적인 성격을 드러내며 앞서가려 했다. 정도전은 그러한 이방원의 열정이 자신과 통한다는 생각이 들어서 품고 있던 생각을 진지하게 전하고자 했다.

"인재를 모아야지요. 백수건달인 유방의 밑으로 인재가 모여들어 한나라를 세웠듯이 장군의 수하에도 인재가 모이도록 해야 합니다. 장군께서는 모여든 인재를 골라 쓸 수 있는 안목을 기르셔야 합니다. 대들보로 쓸 재목인가, 땔감으로 쓸 잡목인가를 가릴 수 있는 안목을 키우셔서 적절한 시기에 적소에 이들을 이용하시는 용인술도 기르셔야 합니다. 그런 다음에……."

"또 무엇이 있습니까?"

"대의명분을 내세워야지요. 인재를 모으는 한편 대의명분을 쌓으며 때를 기다려야 합니다. 일을 벌여 놓고도 마땅한 인재가 없으면 백년대계를 수립할 수가 없을 것이고 대의명분이 뚜렷하지 않으면 민심의 지지를 얻지 못하여 사상누각이 될 뿐입니다. 때가 닿지 않으면 설익은 열매를 따는 것과 같아서 일의 성공을 장담할 수가 없는 것입니다."

"그 밖에 또 다른 것은 없겠습니까?"

"일을 추진하려는 굳은 의지가 필요하겠지요. 또 때로는 피를 보아야 하는 과단성도 필요하고."

이방원은 그날 늦게까지 정도전과 이야기를 나누다 돌아갔다. 정도전은 그와 이야기를 나누면서 이방원이 찾아온 것은 방원 자신의 적극적인 성격으로 자발하여 온 것이기도 했지만, 이성계의 지시를 받고 온 것이라고 짐작했다. 이성계 자신이 직접 묻고 털어놓을 수 없는 것들을 아들인 방원을 통해 묻고 또 답을 해주려고 보낸 것이라고 생각했다.

그날 이후에도 이방원은 틈만 나면 정도전의 숙소를 찾아와서 이야기를 나누다 돌아갔다. 정도전은 이방원과 이야기를 나누면서 혈기 가득한 이 젊은이가 뒷날 대사를 치를 때 반드시 중요한 역할을 할 것이라고 확신을 했다.

함주를 찾은 지 며칠째 되는 날이었다.

“스승님, 오늘은 우리 군사들의 시범 훈련하는 모습을 함께 구경해보시지요.”

이방원이 정도전의 숙소로 들어오면서 말했다. 정도전도 기대하던 일이었다. 진작부터 진중을 한번 둘러보고 싶었으나 권하는 사람도 없는데 혼자서 남의 군대를 기웃거린다는 것이 수상하기도 하고 예의에 어긋나기도 하여 기다리고 있었는데 이방원이 안내를 해주겠다 하니 반가웠다.

의복을 차려입고 이방원을 따라나서니 연병장으로 안내했다. 그곳에는 이성계가 막하의 제장들로부터 사열을 받을 준비를 하고 기다리고 있었다.

“충!”

군례 소리가 진지를 들썩하게 울렸다. 기상이 우렁찼다. 정도전이 이성계의 옆에 자리를 정한 것과 때를 같이하여 올린 군례였으므로 이성계에 대한 군례인지 정도전을 위한 것인지는 분간이 가지 않았지만, 정도전은 이성계와 함께 군례를 받는 것이 한껏 기분이 좋았다. 이는 이성계가 자신을 그만큼 귀한 손님으로 대접하는 것이라는 생각이 들었다.

정도전은 이성계의 참모들과도 가벼운 목례를 올렸다. 이두란, 조영무, 이화 장군과 이성계의 아들 방우, 방과, 방원이 이성계를 둘러싸고 있었다. 모두는 이제 정도전과 여러 번 대면했기에 반갑게 여기는 듯했으나 이성계의 큰아들 방우만은 여전히 정도전을 못마땅한 얼굴이었다.

사열에 이어 진법 훈련이 시작되었다. 군사는 양편으로 나뉘었다. 깃발이 올라가고 북소리가 울리자 한쪽의 군사가 우레와 같은 함성을 지르며 진격을 했다. 다른 한쪽은 이들에게 비록 훈련이라 촉이 없는 화살을 날렸지만, 실전처럼 맞섰다.

진지에 뛰어든 병사들은 공수할 것 없이 엉겨 붙어서 백병전을 벌였다. 병사들은 입에서 허연 김을 내뿜으며 열심이었다. 저러다가 다치는 것이 아닌가 하는 걱정도 되었다.

북소리가 울렸다. 이번에는 깃발을 반대쪽으로 향했다. 공수가 바뀌었다. 여러 차례 공격과 방어를 되풀이하다가 북소리와 함께 공수가 멈췄다.

이번에는 기병이 나타났다. 말을 탄 병사들의 기상은 보병과는 또 다른 것이었다. 대오를 맞추어 질풍노도와 같이 달려나가다가 일제히 활을 빼 들어 허공을 향해 쏘았다.

"쉭, 쉭!" 소리가 나더니 "바, 바, 방!" 과녁에 꽂혔다.

"와!"

지축을 울릴 것과 같은 함성이 울렸다. 목표물로 세워놓은 볏단이 창검에 찔리고 단숨에 베어지고 목책이 무너졌다. 기병이 물러나고 이번에는 시위[弦] 부대가 나타났다. 그들은 100보, 200보의 거리를 재가며 과녁을 맞혔다. 한 치의 산발도 없이 명중이었다. 그렇게 격한 훈련이 오후 내내 치러졌다.

훈련을 마친 병사들에게는 고기와 술이 내려졌다. 공로가 있는 자에게는 후한 상도 내려졌다. 정도전은 병사들의 눈에서 이성계에 대한 존경과 충성이 가득 차 있는 것을 보았다. 훈련이 끝나고 원수들과 연회를 마친 후 이성계는 정도전과 별도로 자리를 마주하고 앉았다.

"삼봉, 오늘 우리 군대의 훈련이 어땠소이까?"

이성계는 산하 원수들과 술을 하여 기분이 좋았다. 훈련에 만족한 것 같았다.

"장군의 명성에 걸맞은 군대였습니다. 제장의 지휘는 명쾌했고 군사들의 움직임은 일사불란하였습니다. 전쟁에서 연전연승하시는 모습이 눈에 선히 들어왔습니다."

"하하하, 그렇소이까? 이곳은 언제 어느 때 적의 기습이 있을지 예측을 못 하는 곳입니다. 병사들을 평소에 훈련으로 갈고 닦아놓아야 합니다. 전쟁에서의 승리는 평소의 훈련이 요체지요."

"일찍이 이러한 군대를 보지 못했습니다. 용장(勇將) 밑에 약졸(弱卒) 없다더니 과연 장군의 명성에 걸맞게 명불허전(名不虛傳)입니다."

"허허허. 과찬의 말씀이오."

이성계는 말은 그렇게 하면서도 정도전의 칭찬을 인정하는 눈치였다. 한결 기분이 들떠 보였다. 정도전은 이성계의 붕 떠 있는 모습을 진지한 눈빛으로 바라보았다. 그러다가 이번에는 목소리를 가다듬고 정색을 하고서 말을 했다. 여태껏 속내를 드러내 보이지 않는 이성계로부터 직접 반응을 들어보기 위해서였다.

"정말이지 장군의 군대의 기상은 하늘을 찌를 듯합니다. 이러한 군대로는 무슨 일인들 못 하겠습니까?"

"응? 무슨 일?"

이성계의 표정이 갑자기 변했다. 얼굴이 정색이 되었다. 정도전의 저의가 무엇인지를 묻는 것이었다. 저의에 의심쩍음이 많다는 얼굴이었다.

"왜 갑자기 그런 표정을 지으십니까? 혹 소생이 실례되는 말씀이라도 드렸습니까?"

정도전은 이성계의 표정을 보고 '아차'하는 생각이 들었다.

'장군이 아직 마음을 정하지 않았구나. 내가 성급하게 물었구나.'

정도전은 이내 마음을 고쳐먹었다. 그리고 변명하듯 말을 바꾸었다.

"제 말은 장군의 군대는 동남방의 근심이 되고 있는 왜구를 쳐부수기에 충분하다는 뜻이옵니다. 왜구들은 장군의 명성만 들어도 벌벌 떨 것이옵니다."

"그렇지. 내 왜구 놈들이 이 땅에 다시 쳐들어오면 한 놈도 살려 보내지 않을 것이오."

이성계의 얼굴은 이내 원래로 돌아왔다. 정도전은 화제를 바꾸었다.

"장군, 지난번 제가 올린 안변지책은 어떠하셨는지요?"

"아, 그것 잘 읽어봤소. 정말로 좋은 계책이오. 내가 펼칠 수 있는 것이 한계가 있지만 나는 삼봉의 계책대로 할 것이오. 그리고 조정에도 장계를 올려서 전국적으로 시행하도록 건의를 할 것이외다."

"조정의 그놈들이 그에 대해서 신경이나 쓰겠습니까? 조정에서는 아무도 그 일에 대하여 신경을 쓰지 않겠기에 장군께 직접 전해드린 겁니다."

"어찌 그리 잘 안단 말이오. 무인인 우리도 참으로 감탄할 생각들을 써놓았더이다. 수하의 제장들도 칭찬을 많이 하더이다."

"과찬이십니다. 난세에는 문인도 무를 알아야 하고 무인도 치도를 하려면 글을 읽어야 하고 문인을 가까이하여야 할 것입니다. 광무제는 후한을 중흥할 때 전쟁 중에도 책을 가까이하고 문인을 곁에 두기를 즐겼다 합니다. 그의 업적이 후세에도 칭송되는 것은 그가 무인이면서도 문을 가까이했기 때문입니다. 부디 명심하소서."

"좋은 말이외다. 명심을 하겠소이다. 내 그래서 다섯째 놈을 글공부를 시켜 과거를 보게 하였던 것이오. 그런데 그놈은 글보다는 활 쏘고 창검 쓰는 것을 좋아하고 있으니, 참."

"두 가지를 겸비하는 것이 좋은 일이 아니겠습니까? 내 몇 번 대하고 보니 여러 가지로 재능이 있고, 또 야심도 만만해 보이지 않더이다. 훗날 큰일을 해낼 것이옵니다."

"삼봉의 칭찬은 끝이 없구려. 여러 가지 식견도 높으시고, 내 군사(軍師)로 모셨으면 좋겠소만 누추한 곳이라 모시자는 말을 못하겠소이다."

"좋은 시절이 올 것입니다. 지금은 군사로 장군을 모시지 못하지만, 훗날에는 더한 일도 마다하겠습니까. 오늘은 피곤하니 장군께서 그만 쉬시는 것이 좋겠습니다. 소생도 그만 물러가겠습니다."

정도전이 막사에서 나간 후에 이성계는 정도전이 남기고 간 말들을 떠올리면서 깊이 생각을 했다. 정도전은 겉으로는 이인임에 대한 쌓여 있는 원한과 또 그 일파의 농단으로 국정이 파탄지경에 이르게 된 것에 대한 책임을 물어 그 세력을 몰아내야 한다고 말하고 있으나 속마음은 그것이 다가 아니라는 것을 알 수 있었다.

난세에 영웅이 나서야 한다거나, 진시황과 수양제를 이야기한 것이나 광무제가 문무를 겸비하여 후대에 추앙을 받고 있다는 이야기를 한 것이 그것이었다. 조금 전에도 "이 군대를 가지고 무슨 일인들 못하겠냐"고 했고, 돌아가면서 "나중에 군사(軍師)보다도 더한 일로 모시겠다"는 이야기도 했다.

'이인임을 제거해야 한다는 것은 당한 이치라는 생각이 드는데 그 외에는? 군사를 몰아서 왕궁을 쳐버리자는 것인지, 왕을 바꾸라는 것인지, 왕조를 바꾸라는 것인지 그래서 왕이 되라는 뜻인지?'

이성계는 순간 무학대사가 왕이 될 것이라고 해몽을 해주었던 이야기를 다시 떠올렸다. 복잡한 생각은 아무리 정리를 해보려 해도 서로 얽혀서 명쾌하지가 않았다.

함경도의 겨울은 일찍 온다. 동지 전부터 내린 눈은 이듬해 3월경이나 되어서야 녹는다. 한번 내리기 시작하면 지척을 분간할 수 없을 정도로 사정없이 내리고, 내린 눈은 사람의 키만큼이나 쌓여서 이동할 수 없게 만든다.

정도전은 길이 막히면 꼼짝 못 하고 몇 개월을 기다려야 하겠기에 눈이 내리기 전에 서둘러 돌아가고자 했다. 이성계의 결심을 듣지 못했지만 서두를 일은 아니라고 생각했다.

내년 봄에 다시 찾아와서 결말을 보고자 생각하고 아쉬운 작별을 했다.

이성계는 말 한 필과 꽤 많은 식량과 베를 수레에 실어서 딸려 보내주었다. 이방원은 아쉬워하며 정도전을 진영 앞마을 길까지 바래다주기를 자청했다.

정도전은 이성계를 만나러 온 것이 단 며칠밖에 되지 않았지만 이성계와 많은 이야기를 나누어서인지 오랜 시간 머물렀던 것처럼 어느 틈에 이곳 산야에 정이 흠뻑 들었다.

'장군이 결심을 굳히지는 못했어도 이쪽에서 전하는 마음은 짐작했을 것이야. 생각을 깊이 하시겠지…….'

정도전은 말 위에 앉아서 기분 좋게 아침 햇살을 받으며 건너편 산마루를 쳐다봤다. 창공을 향해 가지를 쭉 뻗어 있는 우람한 낙락장송의 자태가 장도를 배웅하는 듯했다.

"내가 장군께 받은 것은 많은데 드린 것이 없어서 송구하였는데, 마침 저 일송을 보니 생각이 나는구려."

정도전은 동행하는 이방원에게 말했다.

"……?"

"내 시를 한 수 지어 올릴 테니 장군께 전해주시오."

창망세월일주송(滄茫歲月一株松) 아득한 세월에 한 그루 소나무
생장청산기만중(生長靑山幾萬重) 몇만 겹의 청산 속에서 자랐네
호재타년상견부(好在他年相見否) 잘 있다가 다시 볼 수 있을 것인가
인간부앙편진종(人間俯仰便陳蹤) 인간을 굽어보며 묵은 자취 남겼네

정도전은 산림 속에서 우뚝하게 자라고 있는 장송에 이성계를 비유하여 훗날 다시 만나기를 기원하면서 천하에 군림하여 인간사에 자취를 남기라는 뜻으로 시를 지었다.

9장

권불십년,
몰락하는 그들의 제국

• 1

중요한 안건이 있어서 중신들이 어전에 모였다. 그런데 임금이 모습을 보이지 않았다. 과오(過午)가 되어도 임금이 나타나지 않았다.

어전에 모인 중신들은 이곳저곳 끼리끼리 모여서 웅성거렸다.

"아니 전하께서 왜 여태 기척이 없으시오. 간밤에 또?"

한 신하가 손을 입가에 가져다 대고서 고개를 젖혀 술을 마시는 시늉을 했다.

"그 일 아니면 뭔 일이겠나? 어디서 계집을 품고 있겠지."

다른 신하가 목소리를 낮추어서 말했다.

"요즘은 누구한테 빠져 있지?"

"'가야지'라고 궁중의 계집종인데 그 애에게 빠져서 집으로 들락거리다가 집이 누추하다고 궁궐 근처의 판사 이성중의 집을 뺏어서 주고는 매일 거기서 자고 온다는구먼."

"하여튼 예쁜 여자라 하면 귀천을 가리지 않는구먼. 기생을 데리고 놀다가 후궁으로 앉히더니만 이제는 여종을 후궁에 앉히겠네."

"그뿐 아니지. 지난해 가뭄이 들어 배곯아 죽는 백성이 속출하는데도 사냥을 가서는 풍악을 울리며 기생을 데리고 질펀하게 놀다 온 적이 있지 않은가? 그때 기생놀이에 밤늦게까지 물품을 대며 고생하던 역리(驛吏)가 '저 독부(獨夫)[15]는 언제나 죽게 될까'라고 욕을 하는 것을 듣고서 그 자리에서 몽둥이로 패 죽였다 하지 않던가?"

"그래, 그런 일이 있었지. 얼마 전에는 동강으로 나가서 기생들과 환관들을 벌거벗겨서 물고기를 잡게 하고, 자신은 한 기생에게 올라타서 말이 교접하는 것과 같은 짓을 하며 노니, 하늘도 그 상스러운 짓에 노하여 갑자기 비를 쏟아붓고 번개를 쳤다고 하지 않는가? 근데 요즘은 대비전에는 찾아가지 않는가?"

"왜 아닌가? 술만 취하면 요즘도 가끔 찾는다는구만. 무슨 꿍꿍이인지 마음에 드는 여인을 데리고 가서 동침도 한다는데 참으로 이상한 짓을 하고 있음이야."

두 사람은 행여 다른 대신들이 들을까 봐 주위의 눈치를 보며 소곤소곤 왕의 흉을 보면서 때로는 쯧쯧거리며 동정을 하다가, 때로는 재미있다는 듯 킥킥거려가면서 이야기를 이어갔다.

왕이 어디 있는지 행처에 대해서 말하는 사람은 아무도 없었다. 그날 모임은 왕이 임석하지 않아 결국 산회가 되었다.

다음 날 왕은 문하시중 이인임과 수문하시중 최영을 앞에 두고 몹시 흥분하고 있었다. 옥좌에서 앉았다 섰다를 반복하다가 좌대에서 내려와 편전을 이리저리 왔다 갔다 하는 모습이 흡사 흥분한 망아지 같았다. 입에서는 전날 마신 술내가 가시지 않아 말을 할 때는 고약한 냄새가 진동했다. 얼굴을 가까이했을 때는 입에서 나는 구린내로 두 대신은 코를 감싸기도 했다.

15) 포악무도한 군주.

"황제의 칙서가 그러하다면, 곧 군사를 동원하여 고려를 침공하겠다는 것이 아니오? 그러면 어떻게 되는 것이오? 또 한 번 나라가 망하고 왕인 나부터 붙잡아 갈 것이 아니오? 그러면 두 분 원로대신들은 무사할 것 같소이까?"

"그런 일이 없기를 사전에 막아야지요."

"어떻게 막을 수가 있어요? 고려가 저들을 대적할 힘이 있나요? 왜구가 제집 드나들 듯 침략을 일삼고 왕궁의 턱밑까지 침입해도 속수무책인 고려가 무슨 힘이 있어 저들을 대적하겠소?"

"망극한 일이옵니다."

왕이 흥분하는 이유는 전날 어전회의에서 논하고자 한 명나라 황제 주원장이 보내온 칙서 때문이었다. 보고를 받은 왕은 불안하지 않을 수가 없었다. 왕뿐만이 아니고 조정 대신들도 마찬가지였다. 내용이 백성들에게 알려진다면 전국이 소용돌이 칠 판이었다.

칙서는 처음부터 꾸지람이었다. 그리고 군사를 동원하여 요절을 내버리겠다는 협박이었다.

> "너희는 짐에게 복속하기를 원하면서도 뒤로는 그렇지 못한 일들을 꾸미고 있다. 아직도 요동 땅의 나하추(納哈出)[16]와 교류하고 있으면서 어찌 짐의 신하되기를 원하느냐?
> 짐이 일찍이 왕전(王顓, 공민왕)의 죽음과 내 나라 사신 채빈이 살해된 데 대하여 진상을 규명하고 범인을 잡아 보내라 하였거늘 미심쩍은 이유만 대고 범인은 북원으로 도주하였다는 말만 되풀이하고 있다.

16) 원나라의 재상으로 요동 지방을 경영해왔고, 원나라가 패망하여 도주하자 스스로 나라를 세워 '행성 승상'이라 칭하고 만주 일대에 세력을 뻗치면서 명에 대적하다가 뒤에 항복하여 재상이 되었다.

해마다 바치는 세공도 요구하는 양을 채우지 않고 있다. 짐이 들으니 그 지역의 사람들은 아무리 은혜를 베풀어도 이를 알지 못하고 환란만 일으킨다고 들었다. 짐의 군대는 강력하다. 천하를 지배하며 큰소리치던 원나라는 북으로 쫓겨 가서 이제는 겨우 명맥만 유지하고 있다. 중원은 이미 짐에 의해서 통일되었다. 짐의 인내가 한계에 다다랐다. 짐이 군사를 동원할 지경에 이르렀음을 명심하라."

우는 등극한 지 벌써 10년이 되었지만, 명나라로부터 고려왕으로 책봉받지 못하고 있고 돌아가신 경효왕(敬孝王, 공민왕)의 시효도 받지 못했다.

명나라가 원나라와 전쟁을 치를 때 고려가 원나라에 대한 사대를 끊지 않고 은밀히 내통하면서 명나라의 눈치를 보아왔기에 고려왕의 재가를 허락해 주지 않고서 애를 태우고 있는 것이었다.

공민왕이 살아 있을 때는 잠시 친명정책을 펴며 명나라에 조공을 바치는 등 친하려는 듯했으나 왕이 시해되고 새로운 왕이 등극하면서는 종전의 정책을 선회하여 친원 정책을 펴려 했기에 그에 대한 보복을 하고자 하는 것이었다. 또한 명나라는 공민왕 시해사건이 친명정책을 반대하는 세력에 의해서 저질러진 것으로 보았다. 사신으로 보낸 채빈이 살해되고 왕의 죽음과 새 왕 옹립에 관한 건을 원나라에서 추인받으려 한 것 등은 모두가 그러한 사실을 말해주는 것이라고 여겼다.

명나라는 그 배후에 이인임이 있다고 의심하면서 고려 사신의 입조를 막아버렸다. 그러면서 선왕이 갑작스럽게 죽음에 이르게 된 해명과 사신 채빈의 살인범을 검거하고 배후를 밝혀 책임자를 명나라로 압송할 것을 강력하게 요구했던 것이었다.

이인임의 집권 이후 대륙의 정세는 급격하게 변했다. 집권세력의 입장에서 보아도 원나라는 이제 더 이상 명맥조차 유지하기도 어려운 꼴이었으니 이제는 어쩔 수 없이 명나라에 사대할 수밖에 없는 노릇이었다.

고려는 우왕의 명의로 지난날의 잘못을 사죄하는 표문을 보내고 선왕의 시호와 새 왕의 책봉을 승인해줄 것을 애걸했다.

> "선왕의 죽음은 몇몇 역도들의 반란에 의하여 갑작스럽게 일어난 일로 이미 그 일당은 모두 붙잡아 효수하였고 일가 친척까지 책임을 물어 노비로 삼든가 유배를 보내고 가산은 모두 적몰하는 등 벌을 주었습니다. 사신 채빈의 죽음 또한 우연히 이루어진 일로서 평소 성질이 포악한 김의란 자에 의하여 저질러진 일로, 그자는 일을 저지르고 북원으로 도망을 쳐서 고려조정으로서는 황망할 따름입니다.
> 포악한 자로 하여금 상국의 사신을 호종케 한 잘못은 있으나 결단코 고려조정과는 무관한 일이옵니다. 부디 천자께서 인덕을 베푸시어 저에게 습봉(襲封)[17]의 기회를 주시기를 학수고대하옵니다. 저의 부친(공민왕)께서 상국에 귀부(歸附)[18]하였음을 기억하시어 저로 하여금 선왕의 대를 이을 수 있도록 조칙을 내려주시기를 엎드려 바라옵나이다."

"지난해에 사신으로 보냈던 자들은 도대체 일이 이 지경이 되도록 뭣을 하고 있는지 알고는 계시오?"

우왕은 지난해에 주청사(奏請使)로 보냈던 숭경윤(崇敬尹), 주의(周誼)를 기억하고 물었다.

"요동 땅에 들어가자 곧 붙잡히어 황제가 있는 수도로 압송되었다 하옵니다. 여태껏 그곳에서 감금된 것과 마찬가지로 생활하고 있다 하옵니다."

이인임이 말했다.

"그것 보오. 황제가 고려의 사신을 감금하고 보내주지 않는 것은 우리를 벌주기 위함이고 곧 군사를 일으켜 고려를 정벌하겠다는 뜻이 아니오?"

17) 제후가 윗대의 영지와 지위를 물려받는 것.

18) 스스로 와서 복종하는 것.

왕은 말을 하면서 안절부절못했다.

“변방에다 경계를 철저히 하도록 명을 내리겠습니다.”

최영이 머리를 조아리며 답했다. 어쩔 수 없이 하는 궁색한 답이었다.

“그것은 답이 아니라고 보오. 저들이 쳐들어온다면 일이만 명 군사를 동원해 오겠소? 적어도 몇십만은 될 터인데, 이 일을 어찌하누?”

왕으로서는 제일 걱정이 되는 것이 명나라 대군이 쳐들어온다는 것이었다. 그렇다면 아직 습봉도 받지 못하고 있는 자신은 어떻게 될 것인가? 어쩌면 꽁꽁 묶여 수레에 실려 명나라로 압송될지도 모르는 일이다.

선대의 왕들께서도 원나라 황실에 밉보여서 폐위되어 죄인처럼 묶여서 원나라 수도 연경까지 끌려간 일이 있지 않은가, 그곳에서도 원지로 유배를 보내 죽게 만들지 않았던가…….

왕은 생각하니 등골이 오싹했다.

“이렇게들 걱정만 하고 있을 일이 아니오. 빨리들 대책을 세우시오. 명나라 군사가 오기 전에 백성들을 끌어다가 훈련을 시켜서 대비하여야 하고 사신을 또 보내서 빌고 빌어야 할 것이 아니오, 서두르시오!”

왕도 두 원로대신과 아무리 머리를 맞대 봐야 뚜렷한 대안이 없음을 알고 있었다. 어찌할 바를 모르며 그저 망극하고 황송하다는 말만 되풀이하고 있으니 짜증만 났다.

며칠째 밤을 새워가며 질탕하게 마시고 계집을 안고 뒹굴었더니 피곤해서 눈꺼풀이 무거웠다. 임금은 하품을 연달아서 하면서 말했다.

“그만 물러들 가보오. 가서 대책이나 세우시오.”

• 2

도당회의가 어수선했다. 명나라가 군대를 동원하여 고려로 진격해올 것이라는 소문이 돌았기 때문이다. 소문이란 항상 부풀려서 퍼지게 마련이다.

조정 안에는 곧 명나라의 군대가 국경을 넘을 것이고 그렇게 되면 대신들은 또 한 번 곤욕을 치를 것이고 과거 원나라 시대에 저질러졌던, 부녀자를 공출하고 백성을 붙잡아다 노예로 삼았던, 생각만 해도 끔찍한 일들이 또다시 벌어질 것이라는 말들이 돌았다.

'명나라 황제로 등극한 주원장이라는 자는 머리에 뿔이 달리고 눈이 부리부리 도깨비 형상을 하고 있는 자로 흉측하기 그지없다는데……. 홍건적 잔당을 쳐부수고 원나라를 멸망시키고 나라를 세운 것으로 보면 과거 원나라 때의 행패보다 더 흉포하게 굴 것인데……'

"전쟁은 아니 되오. 우리가 지금 전쟁을 할 힘이 어디 있소이까?"

누군가의 목소리는 전체가 들을 수 있을 만큼 크게 들리기도 했다.

때론 낮춘 목소리도 들렸다.

"시중 대감에게 책임을 물어야 해. 처음부터 명나라에 사대를 하였으면 황제가 저렇듯 화를 내지는 않았을 것이야. 채빈이 죽은 것도 그렇고 원나라에 부왕의 시호 책봉을 받으려고 한 일도 그렇고 모두가 황제의 분노를 살만한 일들이야."

조정 대신들은 왕이 등극할 당시의 일들을 생각하고는, 친원 정책을 밀고 나가고자 한 이인임을 원망하는 분위기였다. 그러나 이는 공론으로 거론할 일은 아니었다.

이인임에게 책임을 지운다면 이인임을 죄인으로 만들어 명나라로 압송을 하든가 그가 자진하여 진사 사절을 꾸며 황제에게 직접 사죄를 해야 하는데 명나라에서는 이인임이 입국하면 그냥 놔둘 리가 없을 것이었다. 이인임은 그것이 두려워서 명나라 사절 이야기만 나오면 언제나 뒤꽁무니를 빼곤 했다. 또 이인임이 사절로 가는 것은 임금이 나서서 적극적으로 반대할 것이었다.

임금은 이인임으로 인해 왕권의 기반을 유지하고 있는데 그를 멀리 보내고 그동안에 벌어질 일이 두려워서 이인임을 보낼 리가 없었다.

"이 일의 해결책은 어떻게 하든지 황제의 오해를 푸는 일이오."

그때까지 한쪽에서 골똘히 생각에 잠겨 있던 이색이 말문을 열었다. 대신들의 이목은 모두 그에게 쏠렸다.

'무슨 대안이 있는가?'

이색은 원나라에서 귀국 후에도 중국의 여러 학자들과 계속 교류를 해온 사람이다. 그가 대안을 낸다면 뭔가 수가 있을 듯해서 모두들 그의 말에 신경을 곤두세웠다.

"지금 명나라가 원하는 것을 보면 선왕 시해사건에 대한 해명과 사신 채빈 살해범에 대한 처벌, 그리고 당시 원나라에 고명 사신을 보내려 했던 일에 대한 책임을 묻고자 하는 것이오. 그리고 요구하는 만큼의 세공을 채워달라는 것이오.

그런데 앞의 일들은 모두가 지나간 일들이므로 이에 대해서는 명나라가 신뢰할 수 있는 대신을 선발하여 진정성 있게 사과하고, 세공을 채워달라는 것은 그들의 현실적인 요구이니 들어줄 수밖에 없는 일이오. 하나 앞의 사과가 받아들여진다면 뒤의 요구사항도 고려해 줄 수 있는 일이 아니오이까?"

이색이 하는 말은 문제의 핵심을 꼭 집어낸 것이기에 모두 수긍을 했다. 문하시중 이인임도, 수시중 최영도 고개를 끄덕이며 듣고 있었다.

"문제는 명나라에서 믿을 수 있는 인사들로 사절단을 꾸리는 일이오."

진사 사절단으로 누구를 선발해야 할 것인가가 제일 중요한 일이고, 문제를 푸는 핵심이라는 말이었다.

"글쎄, 그것이 문제 아니겠소. 명나라에서는 사절단의 입국을 막고 있을뿐더러 또 본국에 입조를 하면 사람을 무조건 붙잡아 가두고 있으니 누가 가기로 나설 것이며, 설혹 사절단이 가더라도 명나라에서 우리의 사과를 받아들일지 알 수가 없으니 믿을 수 있는 인사를 선발하는 것이 문제 아니겠소? 그에 합당한 인사가 있으면 추천을 해보시오."

최영이 난감해 하며 물었다. 난감하기는 대신들 모두도 마찬가지였다. 이색의 입만 바라볼 뿐이었다.

"우리 잠시 10년 전 선왕께서 급서하시고 전하께서 보위에 오르셨을 때를 생각해봅시다. 그때의 일을 떠올린다면 답이 나올 것이오."

이색의 말을 듣는 이인임이 흠칫 눈꼬리를 치켜세웠다. 그때의 일이라면 모든 일이 이인임 자신이 시발이었고 책임을 져야 하는 일인데 새삼 거론하는 의도가 무엇이란 말인가?

이인임은 심기가 편치 않았다.

"그때 젊은 사대부 인사들이 명나라에 시호 책봉 주청을 올리자고 하다가 옥사를 치른 일이 있지요. 저기 포은 대감을 비롯하여 당시에 여러 인사들이 옥고를 치르지 않았소이까?"

이색의 말을 듣고 있던 포은은 그때의 일이 감회 되는지 눈을 지그시 감고 있었다. 이인임은 심기가 점점 더 불편해지는 기색이었다.

"명나라에서는 그들 인사들에 대해서는 애착을 가질 것이오. 당시 중원이 안정되지 않았는데도 원나라를 멀리하고 새로운 명나라를 섬기자고 한 사람들이었으니 그들을 사절단으로 선발을 하면 명나라에서도 우호적이지 않겠소이까?"

말을 마친 이색은 이인임을 바라보았다. 이인임이 뭐라고 답을 주기를 기다렸다. 그러나 이인임은 일부러 이색의 시선을 외면했다.

"그럼 포은 대감이 적격이지 않소?"

대답은 최영이 했다.

"그렇소. 포은 대감이 적격이네."

"포은 대감에게 중임을 맡깁시다."

여기저기에서 포은을 추천하는 소리가 들렸다. 포은은 여전히 눈을 감고 아무 말을 하지 않고 있었다. 듣기만 했다.

"포은 대감의 말을 들어봅시다."

이색이 말했다. 포은은 천천히 깊이 생각하고 있던 바, 말문을 열었다.

"신하된 자로서 어려움에 처한 나라의 부름을 받고 어찌 몸 바치기를 두려워하겠나이까. 이 한 몸 불살라 전하의 덕이 되고 나라에 복이 된다면 기꺼이 명을 따르겠나이다. 하오나 이 일은 자칫 나라의 명운을 가르는 일이니 신중을 기하지 않을 수가 없습니다. 적임자를 선택하는 것도 또한 마찬가지입니다. 신이 생각할 때에 저보다 더 적임자가 있다고 봅니다."

"그게 누구요?"

"바로 아직도 그 일로 인하여 복직을 못 하고 있는 삼봉입니다."

"삼봉?"

모두는 잠시 기억을 더듬어서 옛일을 생각해냈다.

"그래. 삼봉 정도전을 말하는군. 그 사람이라면 그때 고초를 많이 겪었지. 그 사람이 지금은 무얼 하고 있는고?"

최영이 관심을 가졌다.

"아직은 야인으로 지내면서 개경 땅에는 들어오지 못하고 김포에서 후학을 가르치고 있는 것 같습니다. 이제 그의 족쇄를 풀어주고 벼슬을 주어서 중책을 맡겨야 할 때라고 봅니다."

"그렇지. 명나라에서 볼 때 당시 친원을 반대했던 일로 유배를 가서 고생을 했던 인사라면 믿고 받아들일 것이야. 문하시중의 의견은 어떠하오?"

최영은 이인임의 의견을 물었다. 정도전이 귀양을 갔던 일이나 벼슬살이에 복직하지 못하고 있는 일들이 모두 이인임이 작용했기에 그의 의견을 듣고자 한 것이었다. 그러나 이인임은 이견을 달 입장이 못되었다.

자칫 옛일을 거론하여 책임을 논한다면 자신이 꼬박 엮여 들어가야 할 판이므로 대안이 서지 않는 마당에 반대할 수가 없었다. 삼봉의 함자만 들어도 벌레 씹는 기분이나 어쩔 수 없이 대세에 따르는 수밖에 없는 노릇이었다.

"그런데 정사는 포은 대감이 하여야 할 것이오. 포은 대감 또한 그때의 일로 만만치 않은 고초를 당하였으니 명나라가 미워할 리가 없고, 또 외교적 수완으로 보나 조정에서의 벼슬로 보나 삼봉보다는 나은 위치에 있으니 책임자는 포은 대감이 되어야 할 것이오."

이인임은 마지못해서 승낙하는 뜻으로 말했다.

포은이 외교에 수완을 발휘했다는 것은, 우왕 2년(1376년) 왜구의 침입이 극심하자 포은이 왜구의 소굴로 지목되는 규슈로 사절단을 이끌고 가서 절도사에게 왜구를 소탕해주도록 주문하고 포로로 잡혀간 수백 명을 자국으로 귀환시킨 업적을 말하는 것이었다.

또 포은은 그전에도 사절단으로 명나라에 다녀온 적이 있었다. 공민왕 23년(1372년) 포은은 서장관으로 명나라로 파견되었었는데, 당시 그는 귀국길에 난파를 당해 일행 중 3분의 2가 죽고 간신히 구조된 적이 있었다.

드디어 정도전이 도당의 의논을 거쳐 전의부령(종4품)으로 복직 발령이 났다. 전의부령은 10년 전 정도전이 귀양 가기 전의 벼슬이었다. 동시에 명나라 황제의 생일을 축하하는 사절단의 서장관이 되어서 정사인 포은과 함께 명나라로 떠나게 되었다. 이때 포은의 벼슬은 정당문학, 종2품의 품계였다. 1384년, 우왕 10년 7월의 일이었다.

• 3

설이 며칠 남지 않았다. 사람의 마음은 명절을 맞아 훈훈해지는데 바깥 날씨는 칼바람이었다. 이인임은 고뿔에 걸려서 벌써 여러 날 등청하지 못하고 있었다. 자리보전을 하고 누워 있으니 온갖 상념이 마음을 심란하게 했다. 나이가 들었음일까, 마당에 심긴 정원수의 앙상한 가지가 유난히 애처로워 보이고 휘휘 지나치는 바람 소리에도 으스스하게 마음이 저몄다.

나이가 칠십객에 접어드니 병도 자주 들었다. 자리보전을 하고 누우면 쉽게 일어나기도 힘이 들었다. 쉬이 피곤하고 먹은 것은 소화도 잘 안 됐다. 여태까지 남부러운 것 없이 영화를 누리며 잘 살아왔다 싶은데 또 한편 후회가 넘치는 일도 많았다.

병이 들어 마음이 약해진 탓일까? 인생이 누구나 늙고 노쇠하여 죽게 마련인데 그러한 때가 가까워져서일까?

이인임은 누워서 끝도 없이 이런저런 생각에 빠졌다.

며칠째 등청을 하지 않자 임금이 어의를 대동하고 병문안을 왔다. 임금은 이인임의 손도 잡고 볼도 어루만지며 쾌차를 빌었다.

"빨리 나으셔야지요. 시중께서 자리를 비우시니 궐내가 너무 공허합니다."

"소신에 대한 전하의 마음 쓰심이 너무 큰 탓이옵니다."

이인임은 임금의 부드러운 손길이 너무 따사로웠다. 눈가에 눈물이 맺혔다. 임금은 손수 눈물을 닦아주었다. 임금과 인연을 맺은 지가 10년 세월이다. 그동안 열 살배기 어린아이를 보위에 올려놓고서 나름대로 노심초사해왔다. 그로 인해서 피해를 입은 자들은 이러쿵저러쿵 말들이 많지만 자신이 아니었으면 왕권이 이만큼이라도 지탱이 될 수 있었을까 할 정도로 지나온 세월이 만만치 않았다. 이인임은 임금의 손길에서 혈

육의 정을 느꼈다. 마치 친손자의 간호를 받는 것처럼…….

이인임은 임금의 장성해 있는 모습을 대할 때마다 대견하다는 마음이 들었다. 이제 저 정도면 국정을 혼자서 잘 다스려 나갈 때가 되지 않았는가? 그러나 생각이 거기까지 미치면 고개가 가로 돌려졌다. 우(禑)는 당초 왕의 재질이 아니었다. 어미가 누구인지, 선왕의 씨를 받아서 낳은 것인지조차도 의심을 받는, 태생이 분명치 않은 아이였다.

우연히 자신을 만나서, 자신의 욕심에 의해서 보위에 오른 것이지 임금이 될 요량으로 길러진 재목은 아니었다.

이인임은 자신의 나이가 이제는 인생을 정리하는 단계에 들었다고 생각했다. 늙고 병들면 죽게 마련인 것은 만고의 진리이고 누구라도 거부할 수 없는 절대적인 자연이다. 이제는 아귀같이 살아온 벼슬을 내려놓고 고향으로 내려가서 한가하게 전원생활을 하다가 평화롭게 죽음을 맞이하고 싶다는 생각이 들었다. 한 가지 미련이 있다면 임금의 보위가 걱정이었다.

임금은 몸은 장성했으되 아직 그 자리를 지탱하고 있는 힘은 미약하기만 하다. 임금에 대한 백성의 원망도 가득하다. 신하들의 지지도 확고하게 받지 못하고 있다. 또 여태껏 대국에서 왕위에 대한 승인도 해주지 않고 있으니, 누구라도 임금의 태생부터 문제 삼아 역모를 도모하기라도 한다면 그 자리가 위태하기 그지없는 것이다.

이인임 자신이 빠져나간 그 자리는 사상누각이나 마찬가지라는 생각이 들었다. 누군가 자신이 퇴임한 뒤 임금의 보위를 지탱해줄 인물이 있어야 하는데 누가 적당할까?

이인임은 측근 중에 임견미나 염흥방을 생각해보았다. 그러나 그들은 아니었다. 그들에게는 조정 대신을 조종할 능력이 없었다. 정치는 사람의 지지를 받아야 하고 그러면서 세를 만들어가는 것인데, 그들은 끝없이 자신의 욕심만 채울 줄 알았지 남을 생각하는 아량과 포용이 없다. 또 간교하기가 이를 데 없어 자신에게 이로울 때는 죽는시늉도 하며 아부를 해도 해가 닥칠 거라고 생각이 들면 가차 없이 배신할 사람이다. 그러함에도 자신이 그들을 측근에 두고 있는 것은 아직은 자신에게 누구도 넘볼 수 없는 힘이 있기 때문이었다. 그들에게 임금에 대한 후견을 맡길 수는 없는 일이었다.

이인임은 최영을 생각했다. 임금에 대한 그의 충성심은 거의 맹목적이다. 지난날의 그를 볼라치면 임금을 위해 목숨을 걸어온 삶이었다. 임금에게 어려움이 있으면 누구보다도 분연히 일어나서 일을 해결해온 그였다. 최영의 충성심은 선대왕 때도 그랬지만 지금도 변함이 없었다. 이인임은 최영에게 임금에 대한 후견을 부탁해야겠다고 결심했다.

최영에게 그런 생각을 전할 시간은 오래지 않았다. 임금이 돌아간 후 이내 최영의 병문안을 받았던 것이다. 이인임은 이 기회에 자신의 생각을 전해 보고자 했다. 주위의 사람을 다 물리치고 난 뒤 이인임은 자리에서 일어나 앉았다.

"최 공, 내가 얼마나 오래 살 것 같소?"

"예? 무슨 그런 망극한 말씀을 하시오?"

최영이 듣기에 이인임 말은 뜬금이 없었다.

"뭘 그리 놀라시오. 늙으면 병들어 죽게 마련인데……."

이인임은 최영의 표정이 우습다는 듯 입가에 미소를 띠며 말했다.

"하도 어이가 없는 말씀을 하셔서 그렇소이다. 이깟 고뿔 좀 걸린 것을 가지고서 그리 약한 소리를 하시오."

"하하 그렇소이까. 그럼 곧 털고 일어나겠지요. 실은 최 시중께 은밀히 드릴 말씀이 있소이다."

"무슨 말씀을 하시려고? 병중이신데."

"내가 중매를 좀 서려고."

"중매요?"

"그렇소. 최 시중에게 과년한 여식이 있는 것으로 알고 있는데……."

최영은 소실을 두고 있었는데 그 사이에서 늦게 낳은 딸을 두고 하는 말이었다.

"여식을 주상께 중매를 서면 어떨까 해서."

"예끼, 무슨 농담을 그리하시오?"

최영은 정색을 했다.

"그리 정색을 할 일이 아니고 내 말을 좀 들어보오."

"들어보나 마나요. 내가 딸아이를 주상께 바치면 세상 사람들이 나를 어떻게 보겠소이까? 딸아이를 팔아서 권세를 누린다고 욕을 하지 않겠소이까?"

"자, 진정하시오. 이 일이 꼭 최 시중에게 누가 될 일만은 아닐 것이오. 주상과 최 시중의 가문을 위해서 한번 생각해볼 일이 아니오이까?"

"아무튼 싫소이다. 못 들은 것으로 할 테니까, 다시는 이 일을 입 밖에 내지를 마시오."

최영은 단호했다. 이인임은 그런 최영의 모습을 보면서 이 자리에서 더 이상 이야기를 나누는 것이 어렵겠다는 생각을 했다. 그러나 훗날 반드시 이 일을 성사시켜야겠다고 생각을 했다. 저 정도의 담백한 모습의 최영이라면, 혼사가 성사되기만 한다면 반드시 사위의 자리, 임금의 보위를 지켜낼 수 있을 것이라는 확신이 섰다.

최영은 병문안 와서 뜻하지 않게 화를 낸 것도 그렇고 연로한 원로대신에게 고분고분하지 않게 대한 것도 마음에 걸려서 화제를 바꾸었다.

"사절단이 무사히 명나라에 입조하여 애를 쓰고 있다는 소식을 인편으로 전해왔더이다. 여러 편으로 손을 넣어서 황제와 면담을 기다리고 있다 하더이다. 다행히 군사를 일으킬 조짐은 보이지 않는다 하니 다행입니다."

최영은 이인임이 등청하지 않은 이후 문하시중의 일도 겸하고 있으므로 그동안 일어났던 일들을 보고하면서 분위기를 돌렸다.

최영이 돌아간 후에 이인임은 어떡하면 그의 마음을 돌릴 수 있을까 계속 궁리를 했다.

• 4

성절사로 떠난 정몽주, 정도전 일행은 황제의 생일에 맞춰 겨우 남경에 도착할 수 있었다. 개경에서 출발하여 요동을 거쳐 발해만을 배로 건너야 했고, 산동에 닿아서 쉴 새 없이 달려온 길이었다. 석 달은 족히 걸리는 길인데 두 달 만에 달려왔으니 그야말로 숨 돌릴 새도 없었다.

황제의 명이 닿는 천하의 모든 제후국에서 온 성절단이 황제께 축하 인사를 올리는 중이었다. 정몽주의 일행도 여장을 풀기가 바쁘게 그 속에 끼었다.

"고려에서 온 사신 정몽주라 하옵니다. 고려국왕 우를 대신하여 황제 폐하의 만수무강과 나라의 국운이 융성하기를 비옵나이다."

정몽주는 유창하게 중국말을 하면서 깊숙이 절을 올렸다.

"그대는 중국말을 아는가?"

황제로부터의 물음이었다.

"예. 소신은 10여 년 전에도 사신으로 와서 황제 폐하를 배알하고 간 적이 있습니다. 그때 상국의 말과 예법을 배웠나이다."

역시 정몽주는 노련한 외교가였다. 유창한 중국어를 구사하여 황제의 관심을 끈 연후에 과거의 인연을 들추어서 기분이 좋아질 말부터 시작했다.

"그래, 어디 얼굴을 들어보라. 그러고 보니 낯익은 얼굴이구나, 그때 풍랑을 당하여 큰 고생을 한 줄로 알고 있는데."

황제는 12년 전 고려국 사신이 왔다가 풍랑을 만나 배가 좌초하여 많은 사람들이 죽었던 것을 기억하고 있었다. 그때 황제가 보고를 받고 수색대를 보내주어 무인도에 고립되어 있는 정몽주 일행을 구해주었던 것이다.

"소신이 아무리 염치가 없기로서니 어찌 황제 폐하께서 저희들을 구해주신 은혜를 잊겠사옵니까?"

"너희 동이(東夷)가 은혜를 아느냐? 너희들은 배신과 거짓말을 밥 먹듯 해오면서 언제나 해독만 끼칠 궁리를 해왔지 않았느냐? 지난번 너희 나라 왕이 죽었을 때도 잔꾀를 부리며 원나라와 내통을 하였고 그것이 발각되자 짐의 사신을 살해하지 않았느냐?

내가 여러 차례 진상을 규명하고 책임자를 검거해서 본국으로 압송하기를 명했다. 그런데도 너희들은 짐의 명을 거역하고 있다. 그리고 말 2,000필을 보내고 해마다 황금 100근과 은 5,000냥, 베 5,000필을 보내라 하였는데도 이행하지 않고 있다. 그러면서도 너희가 편안하기를 바라느냐?"

"저희가 어찌 황제 폐하의 명을 거역하겠나이까? 상국의 사신을 살해한 자는 원래 원나라 출신으로 일을 저지르고 원나라로 도주하여 검거치 못하였다고 여러 차례 보고하였사온데 상국에서 그것을 믿지 않고 있사오니 저희들은 어찌할 바를 모르겠사옵니다."

"이번에 너희들이 온 데는 특별한 것이 있느냐?"

"옛일을 돌이켜보신다면 소신의 나라가 얼마나 상국의 은혜를 입고자 하는지를 알 수 있을 것이옵니다. 일찍이 저희는 선왕의 대에서 황제 폐하께서 개국하였다는 말을 듣고 변방의 제후 중에 가장 먼저 귀부를 하여 은혜를 입고자 하였습니다. 또한 저희 사신단 일행은 한때 조정이 판단을 잘못하여 친원 정책을 펴고자 하였을 때 이를 결사반대하였다가 고초를 겪은 자들이옵니다.

고려에는 폐하를 위해 이렇듯 진충을 하려는 자가 아직도 여럿 있는데 황제께서는 어찌하여 이들을 모른 척하시옵니까?"

정몽주는 눈물을 흘리면서 목이 메어 아뢰었다. 황제의 마음이 점차 돌아섰다.

"알았노라. 돌아가 있어라. 내 별도의 사신을 보내어 그대들이 원하는 바를 거두도록 하겠다."

황제는 정몽주에게 한때 생명을 구해준 은혜를 베푼 적이 있었고 정몽주의 간곡한 주청과 함께 사절단 일행이 명나라를 섬기자고 주장하다가 고초를 당한 자들로 구성되어 있다는 말에 마음이 풀린 것 같았다.

"여봐라! 고려국 사신들에게 충분히 쉴 수 있게 자리를 마련해주고 그들과 대화를 나누어 보도록 하여라."

정몽주 일행이 숙소로 물러 나온 지 얼마 되지 않아 황제의 명을 받은 중관(中官)이 찾아왔다. 중관은 고려국 사람 최안(崔安)이라고 자신을 소개했다. 고려 사신을 위해 황제가 배려한 것이었다.

정몽주는 최안을 통해 그간의 고려국 사정을 모두 이야기했다. 특히 정몽주 자신과 서장관으로 온 정도전은 현 고려왕인 우왕이 보위에 오른 초기 친명 정책을 펼 것을 강력히 주장하다 오랜 유배 생활까지 겪었던 것을 강조했다. 그 자리에서 황제께 표문 상소도 작성하여 올렸다.

> "고려는 황제의 제후국 중에서 유일하게 10년 동안이나 시호 책봉을 기다려온 나라입니다. 이것은 그만큼 황제 폐하의 은혜를 받고자 하는 마음이 큰 때문이옵니다. 또한 그동안 세공을 다 바치지 못한 것은 땅이 외지고 인구가 적

> 은 관계로 물산이 풍부하지 못해 세공물품을 쉽게 조달치 못한 때문이지 결코 황제의 명을 가볍게 여겨서 한 일이 아니옵니다. 1년에 한 번씩 세공을 바치라 함은 소국으로서는 감당키 어려운 일이 오니 이를 삼 년에 한 번으로 바꾸어 주시옵소서. 청컨대 부디 황제의 은혜를 동방의 작은 나라에도 널리 퍼지게 하여 누대에 걸쳐 그 은혜를 잊지 않게 해주시옵소서."

정몽주는 과연 명문장가였다. 상소문에 황제의 음덕을 칭송하면서 고려가 기대하는 바를 간절히 잘 표현했다. 그리고 글을 황제가 있는 쪽으로 바치고 큰 절을 세 번이나 올렸다. 중관 최안은 정몽주의 이런 정성을 다하는 모습을 쭉 지켜보고 있었다. 그는 정몽주의 그런 모습을 황제께 그대로 보고했다.

드디어 황제의 칙서가 떨어졌다.

> "짐이 그동안 고려국을 믿지 못하여 시호 책봉을 미루고 해마다 세공 바치기를 독촉하여왔느니라. 이제 사신 일행이 와서 거듭 사죄를 하고 맹약을 하니 그것을 받아들이노라. 죽은 왕의 시호는 공민(恭愍)으로 하고 새 왕의 등극을 승인하노라. 그리고 고려의 어려운 사정을 감안하여 세공을 삼 년에 한 번 올리는 것으로 허락하노라."

정몽주가 해낸 일은 고려가 지난 10년 동안 숙원 하던 일이었다. 사신 일행은 다시 한 번 황제의 은혜에 감사를 드리고 이 기쁜 소식을 본국으로 하루빨리 전하고자 길을 재촉했다. 말을 달려 산길, 들길을 넘고 바다 뱃길을 건너 드디어 요동 땅에 당도했다.

명나라에 입조할 때는 여러 가지로 염려되는 바가 많아서 발길이 무거웠으나 돌아가는 길은 숙원 하던 일이 이루어졌고 더군다나 사신으로 갔다가 억류되어 있던 홍상재, 김유 등도 함께 데리고 가니 그 발길이 가벼웠다. 그러나 다른 사람과 달리 정도전의 마음 한구석은 그렇지 못했다.

정몽주와 정도전은 말머리를 나란히 했다. 눈앞에는 요동 벌이 끝 간 데 없이 펼쳐져 있다.

"형님, 우리가 잘하고 가는 일일까요?"

세차게 달려오던 길을 잠시 숨을 고르고 쉬면서 경치를 감상하던 정도전이 말했다.

"글쎄……."

"시호 책봉을 받고 세공을 줄이고 억류되어 있던 사신들을 풀어낸 것까지는 좋은 일인데 망나니 같은 임금을 위하여 수없이 이런 일을 반복해야 하니 어이가 없고 허탈해집니다."

"어찌하겠나. 이것이 우리에게 주어진 일인데. 우리에게 맡겨진 일에 성과를 거두고 돌아간다고 생각하고 만족해야 하지 않겠나?"

"변방의 소국으로 살아가야 한다는 것이 얼마나 자존심이 상하고 비참한 일인지 많이 깨달았습니다. 황제의 기침 소리에 벌벌 떨어야 하고, 내 나라 국왕의 습직을 허락받는데 이렇게 고초를 겪어야 하는가 하고 말입니다."

"약소국 백성으로 태어난 팔자가 아니겠나. 어쩔 수 없는 운명인 것이지."

"그렇게만 생각할 것은 아니지요. 저 벌판을 보십시오. 끝없이 펼쳐져 있는 저 땅이 한때는 우리의 옛 땅이 아닙니까? 그 옛날 고구려와 발해, 우리의 선조들께서 누볐던 곳이 아닙니까? 그런데 지금 우리는 우리의 옛 땅에 들어서는 것도 저들의 허락을 받아야 하는 처지가 되어 있습니다."

"자네는 이 땅을 마음대로 달려보고 싶은가?"

"저는 내 땅을 찾고 싶습니다. 그리고 그 땅에서 지칠 때까지 달려가 보고 싶습니다. 홍무제(명나라 황제)는 비록 천하게 시작하였지만 그런 꿈이 있었기에 황제의 자리에 올랐던 것입니다. 우리도 언제까지 약소국으로만 지내야 하겠습니까? 우리의 노력으로 이 땅을 되찾아야 할 것이 아닙니까?"

"생각은 가상하네만 그게 가능할는지……?"

정몽주는 도전의 말을 일단은 부정하면서도 그가 하는 말이 전혀 허황한 것은 아니라고 생각했다.

'이 사람은 하늘을 바꿀 꿈을 꾸고 있구나. 그 재주로 보아 많은 일을 해낼 사람인데 풍파는 그치지 않을 것 같구나.'

"자 또 달리세. 해가 넘어가기 전에 잠자리를 찾아야 할 것이 아닌가?"

정몽주는 재촉했다. 일행은 말고삐를 조이며 벌판을 달렸다.

• 5

왕은 사신들을 위해서 잔치를 베풀었다. 사신들을 위로하기 위함이라 했으나 실은 대국으로부터 습봉을 인정받았기에 이를 만조백관에게 자랑하는 의미가 더 컸다.

"전하, 신 등은 진심으로 축하드리옵니다. 10년의 공이 이제사 이루어진 것이 만시지탄의 일이 옵니다만 이제 명실공히 고려가 전하의 나라라는 것을 대국이 인정하였으니 이는 만백성과 더불어 기뻐할 일이 옵니다."

임견미가 신하들을 대신해서 축하를 올렸다. 원래는 신하를 대표해서 문하시중 이인임이 축하하려 했으나 몸이 아파 일찍 조퇴한 관계로 임견미가 나선 것이다.

"하하하, 그렇지요. 대국에서는 이제 나를 고려왕으로 인정했소이다. 자, 기분이 좋은 날이니 마음껏 먹고 취해봅시다."

왕은 대신들의 기분은 아랑곳하지 않고 혼자 좋아서 기분이 들떠 있었다. 왕이 연일 잔치와 술판을 벌여왔기에 시종을 해야 하는 대신과 환관들은 죽을 맛이었다. 거기다가 왕은 술을 마시면 고약한 버릇이 있어서 대신들을 난감하게 만든 적이 한두 번이 아니었다.

기생들과 어울리면서 옷 벗기기를 즐기는가 하면 남녀가 교접하는 흉내를 내기도 하고 자신이 하는 대로 따라 하는 사람에게는 즉석에서 상금을 내리지만 이를 거부하는 자는 그 자리에서 매로 다스리든가 심지어는 순군옥에 가두기도 했다. 때로는 이름을 기억했다가 어쭙잖은 일을 트집 잡아서 보기 싫다고 멀리 귀양을 보내버리기도 했다.

간관이 이를 보다 못해 소를 올린 일이 있었다.

"아무리 놀이판이지만 임금은 만백성의 수범이 되어야 하는 일이 온데 전하께서는 어찌 부끄러운 일을 신하들이 보는 데서 거리낌 없이 하시는지요."

왕은 이를 가소로운 듯이 듣고 있다가 호통을 쳤다.

"네가 그 나이가 되도록 남녀 교접의 정을 모르는구나. 너 같은 자는 조정에 있을 필요가 없으니 왜구나 막으러 가라."

그리고는 환관을 불러 명했다.

"앞으로 짐이 하는 일에 이러쿵저러쿵 흥을 깨는 자가 있으면 모두 이름을 적어놨다가 전부 왜구를 막는 데 동원하라!"

이후로 왕이 놀이하는데 아무도 간섭을 하지 않았으며 신하들은 왕이 벌이는 잔치에 참석하는 것을 극도로 꺼렸다.

잔치가 무르익어갔다. 대신들은 빨리 판이 끝나기를 기다리며 지겨운 시간을 보내고 있으나 왕은 술에 취해 혼자서 신이 났다.

예의 그 술버릇이 또 나타났다. 기생들의 옷을 벗겼다. 이런 놀이에 기생들도 이력이 났는지 원로대신들이 보고 있는데도 스스럼없이 옷을 벗었다.

"어디 누구 가슴이 예쁜가 보자."

왕은 자리에서 일어나 기생들의 가슴을 돌아가면서 살폈다.

"이년 가슴이 제일 예쁘구나."

그중 한 기생의 젖가슴을 툭 쳤다.

"가슴이 제일 이쁜 네년에게 베 10필을 하사하노라."

기생들은 왕의 그러한 놀이를 함께 즐기며 깔깔거렸다. 왕의 행동에서는 군주의 체모라고는 찾아볼 수가 없었다. 망나니도 이런 망나니가 없다. 왕의 추태는 시중의 잡배들이나 벌이는 모습이었다. 대신들은 민망해서 눈길을 돌리고 헛기침하면서 체면만 차리고 있었다. 자칫 싫어하는 기색을 보였다가는 괜한 트집이 잡혀 무슨 봉변을 당할지 모를 일이기에 눈치를 살폈다.

정도전은 분노를 느꼈다. 이것이 진정 이 나라 궁궐 안에서 다반사로 벌어지고 있는 일인가?

백성은 이 시각에도 왜구의 침입을 걱정하고 배가 고파 자식을 팔고 부모를 내다 버리면서까지 죽지 못하는 고단한 삶을 엮어 가는데 왕이라는 자는 나라를 걱정해야 하는 중신들을 모아놓고 저렇듯 민망하게 계집을 희롱하는 일로 소일하다니! 이에 대해 대신들은 한마디 말도 못하고 있으니 실로 피가 거꾸로 솟는 일이었다. 대신들은 왕이 어떤 짓거리를 하더라도 못 본 척하고 자신들끼리 허허거리면서 왕의 눈치를 살폈다. 왕은 대신들이 보아주지 않자 스스로 흥미를 잃었는지 잠시 눈길을 좌중으로 돌렸다.

한쪽에서 점잖은 듯 옷 매무시를 고치고 앉아 있는 이색이 눈에 띄었다. 왕은 방금까지 웃통을 벗겨서 데리고 놀던 기생에게 명했다.

"저기 가서 대사성 대감께 술 한 잔을 올리고 오너라. 저런 고매하신 학자분들도 요렇듯 예쁜 자네의 살결은 마다하지 않으실 게야."

이색이 자신에게 관심을 두지 않는다고 비꼬아서 하는 말이었다. 술판이 길어질수록 왕의 패악도 점점 더 심해갔다. 늦은 밤하늘에 왕이 하는 주정 소리와 기생들의 깔깔대는 소리만 시끄러웠다. 술판은 날을 넘겨서야 끝이 났다.

왕은 기분이 덜 풀렸는지 시종하는 환관들에게 대비전으로 가자고 명했다.

"주상전하 입시옵니다."

한밤중 잠이 들어 있던 대비전이 부산했다. 전갈을 받고 잠에서 깬 대비는 한숨부터 내쉬었다. 왕은 시도 때도 없이 대비전을 찾았다. 때로는 대비전에서 자고 가는 일도 있었다. 정비는 그런 임금을 맞을 때마다 죽을 맛이었다. 대비는 임금이 대비전을 자주 찾는 까닭이 자신에게 흑심을 품고 있기 때문이라는 것을 눈치채고 있었다.

임금의 선대왕 때도 그러한 일이 있었기에 정비는 그를 본받으려 하는 임금의 행동이 두려웠다. 선대왕인 충혜왕도 아버지인 충숙왕이 총애하던 여자를 취했고, 재상의 부인과 여염집 여자 구별할 것 없이 예쁘다는 소리만 들으며 강간을 했다는데 어쩌면 하는 짓이 저리도 같을 수가 있을까?

대비는 왕이 방문하는 날에는 칭병하고서 일부러 용모를 흐트러트리고 추한 얼굴을 하고 있었고, 대신 얼굴이 예쁘고 젊은 사촌 동생을 불러서 왕을 모시게 했다. 그 후 왕은 사촌 동생에게 빠져서 한동안 대비전을 찾지 않았다가 근래에 또 발걸음을 하는 것이었다.

대비가 왕을 맞으러 갔을 때 왕은 술에 취해 눈동자가 휘돌아가 있었다. 궁녀들에게 술 시중을 들리고 왕은 피리를 불었다. "삘리리삘리리~" 처량한 피리 소리가 방 안에 가득했다. 그러나 왕의 피리 소리를 듣는 누구도 그 가락에 취하지 않았다. 왕이 술이 취해 언제 괴팍한 성질을 부릴까 하는 두려움에 찬 얼굴로 피리 소리를 듣고 있었다. 오직 임금 혼자만 감상에 젖어 있을 뿐이었다. 임금이 부는 생황과 피리 소리는 일품이었는데도 방 안의 공기는 무거웠다.

"어마마마 오셨사옵니까? 오늘 밤 소자가 술이 한잔 된 김에 어마마마가 보고 싶어서 이렇게 왔사옵니다."

피리를 그치고 인사를 하려고 비틀거리며 자리에서 일어났다. 옆에 있던 환관이 부축을 하여 가까스로 넘어지는 것은 면했다.

"밤이 늦었는데 밝은 날에 오시지 않고서……."

대비는 내키지 않았지만 어쩔 수 없이 인사를 받았다.

"아, 보고 싶어서 찾는데 밤낮을 어찌 구별할 수 있겠습니까? 시도 때도 없이 불쑥불쑥 어마마마가 그리워지는데 이 마음을 어찌 숨기겠습니까? 음, 음……."

술주정이었다. 정확하게 구별도 할 수 없는 소리도 내었다.

"……."

"어마마마는 제 이 마음을 아시는지요? 당신은 나의 어머니, 나는 당신의 자식, 사람들은 우리 사이를 모두 그렇게 부릅니다. 그런데 실제로 우리 사이에 살이 섞였습니까? 피가 섞였습니까? 우리 사이는 남인데. 그런데도 나는 당신이 그립습니다. 어머니가 아니라…… 음, 음…… 그냥 내 마음을 알아달라는 이야깁니다. 이리 가까이 좀 앉아주실 수가 없습니까?"

왕은 술에 취해 횡설수설하는 듯했으나 내뱉는 말 속에 연모의 정이 담겨 있다는 것을 듣고 있는 사람 중에 눈치채지 못하는 사람이 없었다.

대비는 왕의 입에서 더 이상 무슨 소리가 나올지 불안하여 자리에서 꼼짝을 않고 붙은 듯 앉아 있었다. 궁녀들 보기도 부끄러웠다.

"내 어머니는 누구입니까? 궁녀 한씨가 누구입니까? 또 왜 나는 궁에서 길러지지 않고 밖에서 길러졌지요? 내가 모르는 비밀이라도 있는 것입니까? 나는 술에 취하여 살 수밖에 없습니다. 내가 보위에 오른 지 10년이 되어서야 대국으로부터 승습(承襲)을 인정받았습니다. 기뻐해야 할지 슬프다고 해야 할지 갈피를 잡지 못하겠습니다.

아버지 공민왕께서는 몇 번이나 죽을 고비를 넘기다가 끝내 비명횡사를 하셨습니다. 나도 역심을 품은 신하들에 의해 언제 죽을지 모릅니다. 대국으로부터 왕으로 인정받지 못한 신세, 신하들이 날 왕으로 인정했겠습니까? 내 보위를 노리는 자들은 내가 죽으면 한낮 필부가 죽었다고밖에 더 여기겠습니까? 까짓것 정사는 재상에게 맡겨두고 술이나 마시며 한세상 기분대로 살고 싶습니다."

"주상, 무슨 그런 망발된 말씀을 하시오."

대비는 임금의 입에서 더 이상 흉측한 말이 못 나오게 입을 막았다. 그러나 왕은 아랑곳하지 않았다.

"이 나라는 내 나라이거늘, 이곳은 나의 궁전이거늘, 궐 안의 여인이 모두 나의 뜻에 따라 살아야 하거늘 어째서 당신은 나의 마음을 몰라준단 말이오?"

왕은 버럭 고함을 질렀다. 그리고는 노래를 한 곡조 읊었다.

"이 세상 사람살이 풀잎에 맺힌 이슬과 같도다……."

왕은 노래를 부르고 피리를 불었다. 왕은 그렇게 대비전에서 노닥거리다가 새벽이 밝아오는 때가 되어서야 비로소 침소로 돌아갔다.

• 6

이인임은 이제 몸을 가누기조차 어려울 정도로 노쇠했다. 안방에 누워 지내는 날이 점점 많아졌다.

그동안 몇 번이나 임금에게 사직의 뜻을 비쳤지만, 임금이 '아버님 같으신 분이 떠나면 나는 누구를 믿고 이 자리에 앉아 있겠느냐'며 만류하여 버텨왔으나 이제 더 이상 감당하기가 어려울 지경이었다. 그러나 막상 벼슬을 내려놓겠다고 생각하니 쉽지 않은 일이었다. 뒷일이 걱정되었다.

권좌라는 것이 그 자리를 차지하고 있을 때는 굴렁쇠가 굴러가듯이 방향만 잡고 있으면 스스로의 탄력으로 구르지만, 막상 그 자리에서 내려오는 날에는 멈춰버린다. 바퀴는 탄력을 잃고 쓰러져버리고 그때부터 고물 취급을 받는 것이다. 종래에는 퇴물이 되어 밟히고 채이기 마련이다.

이인임은 그러한 뒷일이 두려웠다. 자신의 후일을 보장해주는 것은 자식처럼 보살펴온 임금뿐인데, 그 임금의 자리를 자신이 해온 것처럼 든든히 지탱해줄 사람을 누구로 할 것인가가 걱정이었다. 아무리 생각해봐도 역시 최영밖에 없다는 생각이 들었다. 이인임은 임금에게 거듭 사직을 청하면서 당부를 했다.

"전하, 소신이 떠나더라도 부디 옥체를 보존하시옵소서. 지금 조정에서 믿을 만한 신하는 최영밖에 없나이다. 그를 중히 여기셔야 되옵니다."

"내 그리하리다."

"연을 맺는 것은 핏줄 이상 없습니다. 최영의 여식을 비(妃)로 맞으신다면 최영은 국구로서 제 식구를 보살피듯이 성심을 다하여 전하를 보필할 것이 옵니다."

"내 그 말을 명심하여 수시중에게 무릎을 꿇고라도 청을 하지요. 이 시중께서는 부디 몸조리나 잘하시오."

두 사람은 마치 부자간에 이별하는 것처럼 눈물을 보이기까지 하며 인사를 나누었다. 이인임은 임금 곁을 물러 나와서 곧장 최영을 찾아갔다.

"지금 전하를 지켜줄 분은 오로지 최 시중뿐이오. 부디 전하와 연을 맺으시어 옥좌를 반석 위에 올려 놔주시오. 노신의 마지막 부탁입니다."

그러나 최영의 마음은 여전히 옹고집이었다. '내가 국구가 되기 전에 절에 들어가서 머리를 먼저 깎겠다'며 아예 말의 싹을 잘라버렸다. 최영은 이인임의 청을 거절했으나 임금에게는 달랐다. 임금은 이인임의 건의를 받은 이후 최영을 대할 때면 마치 부친을 대하는 것처럼 예를 받쳤고 또 수시로 최영의 집으로 찾아갔다. 마침내 고집을 피우던 최영의 마음이 바뀌었다.

임금은 기어이 최영의 딸을 후궁으로 맞아들였다. 우왕은 그녀를 정실부인 다음 서열인 제2비로 앉혀서 영비로 칭하고 대우했다. 영비는 훗날 우왕이 폐위되고 죽을 때까지 여생을 같이했다.

정도전은 명나라 사신으로 갔다 온 공로로 종3품인 성균제주(成均祭酒)로 승진했고 지제교(知製敎)[19]의 일을 맡아보게 되었다. 그러던 어느 날 이방원의 예방을 받았다. 그는 동북면에서 아버지 이성계를 도와 호발도의 침입을 진정시키고 다시 조정에 복귀해 있었던 것이다. 한번 다녀가라는 이성계의 전갈을 전하기 위해 온 것이었다. 두 사람은 함주로 함께 떠났다.

철령 고개. 정도전이 이태 전 혼자 넘을 때 칼같이 불어대던 동해 바닷바람은 이제 소금기를 상큼하게 묻힌 시원한 공기로 변해 있었다. 앙상하던 나뭇가지는 잎이 무성해서 주체를 못 하는 듯 축 늘어졌다. 초여름이었다.

두 사람을 태우고 산 고개를 넘어가는 말은 지쳐서 연신 "푸, 푸" 소리를 내며 입에서 거품을 뿜어댔다. 두 사람은 잠시 말에서 내려 걸었다.

"어, 시원하다. 철령 고개를 넘으니 냄새가 다르옵니다."

이방원이 땀을 닦으며 말했다.

"그러한가? 허허."

---

19) 왕에게 교서 따위의 글을 기초하여 올리는 자리.

정도전도 같이 땀을 닦으며 말했다. 이방원이 한 말에 뭔가 뜻이 있겠거니 하고서 다음 말을 기다렸다.

"고려 땅 전국이 썩은 내가 진동을 하고 온통 죽음의 냄새가 나는데 철령 고개 너머는 사람 사는 냄새가 나지 않습니까?"

"하긴 그렇지. 그러니까 전국 각지에서 유민들이 그곳으로 살길을 찾아 모여들고 있지 않은가?"

정도전은 이방원의 속을 훤히 꿰고 있다는 듯 대답했다.

"광평군(이인임)이 사직을 했는데 세상이 좀 달라질까요?"

이방원의 입에서 본심이 나오려는 모양이었다.

"조정에 그 무리들이 아직도 진을 치고 있는데 광평군 하나 물러났다고 무엇이 달라지겠는가, 여전하지 별수 있겠나?"

"최영 대감께 기대를 걸어볼 수도 있지 않습니까? 그분은 청렴하기로 이름이 나 있고 이제 국구가 되셨으니까 뭔가 달라지지 않겠습니까?"

"최영의 깨끗함과 충성은 세상에 잘 알려져 있지. 그러나 최영이 국구가 된 것은 임금의 자리보전을 위한 방편일 뿐이야. 또 최영이 자신만 깨끗이 산다고 썩어 빠진 조정이 바로잡히겠나? 백성들의 삶이 나아지겠나? 변할 것은 하나도 없다고 보네."

"그럼 어찌하면 이 나라를 바로 세울 수가 있겠습니까? 스승님의 생각은 어디에 있습니까?"

이방원은 정도전의 생각을 단도직입적으로 듣고자 했다.

"이 장군께서는 지난번 내가 다녀가고 난 후로 별로 달라지신 것이 없든가?"

정도전은 이방원에게 말해주기에 앞서 이성계의 의중을 먼저 알고 싶었다.

"아버님께서는 생각이 깊어지셨습니다. 스승님의 뜻을 좀 더 알아보기 위하여 다시 뵙자고 한 것이 아닐까요?"

"그래, 이 장군께서 뜻이 없으신 것이 아니구먼. 그렇지 않았으면 나를 역모죄로 다스려서 조정으로 압송하였을 텐데, 생활에 보태 쓰라고 재물도 딸려 보내주시고 여태껏 살려두신 걸 보니 나와 마음이 통하셨나 보이, 하하하."

정도전은 기분이 좋아서 한바탕 통쾌하게 웃고는 말했다.

"확 바꾸어야지! 지금의 고려는 사람 몇 바꾼다고 달라지지 않아."

"그럼 임금을 바꾸라는 말이신가요?"

"그보다도 더한 것."

정도전은 눈을 부릅떴다.

"갈아엎어야 해! 고려는 이제 기가 쇠했어. 모조리 갈아엎고 새롭게 시작하는 거야!"

아무도 듣는 사람 없는 산중이라서 다행이었다. 정도전은 마치 악을 쓰듯 목구멍에 힘을 주며 말했다. 이방원도 정도전의 큰소리를 듣는 순간 가슴 밑바닥에서 뭉클하게 솟아오르는 뜨거운 기운을 느꼈다.

"소생은 진작 스승님께서 군막을 찾아오셨을 때부터 짐작하고서 의중을 알고자 했습니다. 이렇게 스승님의 의중을 알고 나니 가슴이 다 뻥 뚫리는 것 같습니다. 어쩜 소생이 생각했던 바와 그리도 같사옵니까?"

"허허 방원 공도 그리 느끼셨는가?"

정도전은 이방원의 말을 듣고는 든든한 후원군을 만난 듯하여 뿌듯했다.

"그러하옵니다. 소신 지난번 스승님께서 부친을 예방하셨을 때 눈치를 채었습니다. 저렇듯 먼 길을 오셨을 때는 뭔가 가슴속에 큰 뜻을 품고 오셨을 것이라고 짐작으로 알았습니다. 아버님과 많은 얘기를 나누시고 또 사열을 같이하시고 군영을 둘러보시는 것을 보고 두 분의 뜻이 통한다는 것을 느꼈습니다."

"허허 방원 공도 나이는 아직 젊으시나 생각하는 바가 여간 깊지 않네 그려."

"과찬이십니다. 근데 스승님께서 생각하시는 세상은 어떠한 것입니까?"

"내가 생각하는 세상? 그렇지 내가 여태껏 그려온 세상이 있었지. 내가 이상으로 품어온 세상은 첫째는 백성을 귀히 여기는 세상일세. 열심히 일하는 백성이 억울함을 당하지 않고 살아가는 세상을 만드는 것이지. 군주는 백성에게 많은 것을 요구하지만 백성이 원하는 것은 그리 많거나 크지가 않네. 백성은 다만 배불리 먹고 일신을 편하게 해주는 것을 원하네. 백성이 그리되면 자연히 나라에 감사할 줄 알고 사람으로 살아가는 도리를 아는 세상이 되지 않겠는가?

다른 하나는 외침으로부터 백성을 보호하고 누구도 넘보지 못할 당당한 나라를 만드는 것이라네. 그러한 나라를 만드는 것은 군주를 비롯한 위정자의 몫인데 그들은 자신들이 할 바는 못하고서 오히려 백성에게 돌아가야 할 몫까지 가로채고자 하니 세상이 어지러워질 수밖에 없지 않겠나? 지금의 고려는 그러한 지경에 와 있네. 그것도 아주 극심한 지경으로. 이것이 고려가 망해야 하는 이유이네."

"그렇다면 강력한 군주가 나와서 조정을 통제하고 벼슬아치들이 권한을 남용하지 못하도록 하여야 하지 않겠습니까?"

"그리 생각하는가? 나는 오히려 군주의 힘이 강해지면 군주는 독선에 빠지기 쉽고 더군다나 지금 이 땅에서 벌어지고 있는 것처럼 무능한 군주가 그 힘만으로 나라를 경영하려 한다면 벼슬아치는 왕의 눈치만 살피고 아첨을 하고 자신의 치부는 가리면서 뒤로는 큰 부정을 저지르게 되어, 결국은 백성의 생활은 도탄에 빠져든다고 보네."

"그러면 스승님은 어떠한 자가 나라를 경영하여야 한다고 보는지요?"

"신하가 임금과 같은 권한을 가져야지. 임금은 현명한 신하를 발굴하고 그 신하와 정사를 의논하고 현신은 여러 신하들과 의논하여 정사를 편다면 백성을 위해서, 나라를 위해서 좋은 일을 할 수가 있을 것일세."

"저는 스승님과 생각이 다릅니다."

"어떤 부분이?"

"군주의 자리는 모든 권력을 대표하는 자리입니다. 임금이 나서서 백성의 삶을 보살피고 국사를 주도해야지 뒷전에 물러나 있고 신하가 나선다면 나랏일은 왜곡되고 백성들은 더 혼란에 빠질 수가 있습니다."

이방원은 다른 것은 정도전의 말에 수긍하면서도 나라를 누가 주도적으로 다스리느냐 하는 문제에서는 나름대로 소신이 뚜렷했다. 그 부분에 대해서는 정도전에게 지지 않았다. 정도전 또한 그 문제에서는 뜻이 뚜렷했다.

"폭군은 힘으로 나라를 다스리고 성군은 덕으로 다스리지. 덕이라 함은 민심을 얻는 것인데 민심의 소재는 현명한 신하들이 더 잘 알고 있지 않겠는가?"

"현명한 신하는 꾀도 많아서 민심을 왜곡하고 임금의 혜안을 가리고서 자신을 위하는 데에 권한을 사용할 것입니다."

"요임금, 순임금은 덕을 쌓아서 태평성대가 오래갈 수 있었으나 수나라 양제는 힘으로 보위를 얻고 그 힘으로 나라를 다스리려다가 30년도 못 가서 나라가 망하였네. 이는 요순시대에는 어진 임금이 백성의 뜻을 알고 있는 신하와 의논하여 정사를 펼쳤기 때문이고 수양제는 황제의 힘만 믿고 국정을 자기 뜻대로 밀어붙이고 신하는 황제의 말만 좇았기에 그러한 말로를 맞은 것이네."

"지금의 고려가 처한 문제는 무능한 군주 때문입니다. 무신난 이후 임금은 힘이 없어 신하에 끌려다니고 심지어 권력을 쥔 신하에 의해서 바뀌기도 하였습니다. 임금이 힘을 잃으니 나라도 힘을 잃게 되어 결국 원나라의 속국이 되었지요. 지금도 임금이 힘이 없으니 이인임과 같은 간신들이 득세하여 국정을 농단하는 것이 아니옵니까?"

두 사람의 논쟁은 결론 없이 팽팽히 이어졌다. 한 치의 양보 없이 두 사람은 각자의 논리를 내세웠다. 이러한 논쟁은 함주에 도착할 때까지 계속되었다.

• 7

이성계의 군영에 도착했을 때 아는 얼굴들이 모여서 정도전을 맞았다. 이지란, 조영무, 이방과, 조영규, 이화 등이 그들이었다.

“어서 오시오, 삼봉. 기다리고 있었소이다.”

기별을 받고 이성계는 군막 밖에까지 나와서 마중을 했다.

“성균제주로 승진하신 것을 축하합니다.”

이성계는 정도전을 안으로 들이자 축하 인사부터 했다.

“아니옵니다. 새삼 축하라니요. 부끄럽습니다. 장군께 인사가 늦은 것 송구하옵니다.”

“삼봉 대감이 벼슬을 해서 그런지 그새 때가 말끔히 빠졌습니다그려.”

이지란이 부러운 듯 농을 했다. 좌중은 그렇게 인사들을 나누다 돌아갔고 이성계와 정도전 두 사람만 남았다.

“이제 조정은 최영 장군의 수중에 들었군요.”

정좌하자마자 이성계가 말했다.

“꼭 그렇지만은 않을 겁니다.”

“최영 장군이 국구가 되었는데도요?”

이성계도 아들 방원이 했던 것과 같은 질문을 했다.

“조정에는 아직도 이인임의 심복들이 요직을 죄다 차지하고 있습니다. 최 시중의 힘으로 이들을 몰아내기란 쉽지 않을 겁니다. 이인임은 물러났지만 그가 저지른 죄 그리고 아직도 팔팔하게 살아있는 그의 추종자들이 저지르고 있는 죄는 묻지 않고 있습니다. 이것은 최시중의 기반이 그만큼 탄탄치 못하다는 증좌이지요.”

"그렇다면 이러한 비리가 계속 이어진다는 말인가요?"

"조만간 어떤 일이 벌어질 수도 있겠지요. 최시중도 만만치 않은 강골이시고 나라의 어지러움을 꿰뚫고 있을 것인데 그냥이야 지나치겠습니까?"

"명나라에 갔다 오셨는데 그쪽 사정을 좀 들어봅시다."

이성계는 변방을 지키고 싸움터를 누비는 장수답지 않게 조정 대신들의 동향과 주변국의 정세에 많은 관심을 두고 있었다. 그러한 이성계의 태도에서 그의 정치적 야망을 엿볼 수 있었다. 정도전은 이성계의 속내를 짐작하고 있었지만 직접 말해주지 않는 것이 아쉬웠다.

정도전은 명나라에서 겪었던 여러 이야기를 소상히 들려주었다.

"제가 보기에 주원장은 이제 나라의 반석을 완전히 잡아놓은 것 같았습니다. 주변 제후국 모두를 신하로 거느린 대제국을 세워놓았습니다. 멀리 대식국에서도 사절을 보내서 조공을 바치고 있었습니다."

"……."

"생각하면 주원장이란 사람, 참으로 대단한 사람입니다. 난세는 세상 모두가 어렵다 하여도 뜻을 품은 자에게는 기회이기도 합니다. 비렁뱅이 부랑아인 그가 대륙의 주인이 될 줄 누가 알았겠습니까?

그는 자신에게 주어진 기회를 잘 이용하며 때를 기다린 것이지요. 힘을 가진 진우량, 재정이 든든한 장사성, 기득권 세력을 가진 한림아를 모조리 제압할 수 있었던 것은 남방의 학자들을 중용하여 '명분을 뚜렷이 하고 민심을 잡으라'는 조언을 받아들여서 수하들에게 절대로 백성에게 피해가 가는 행동을 하지 말라고 엄명을 내려놓고 이를 어기는 자는 엄하게 군율로 다스려 민심을 샀던 것이지요.

서수희, 진우량, 장사성이 북벌에 집중할 때 그는 본거지인 남방부터 안정을 시키면서 튼튼히 기반을 닦았던 것입니다. 마침내 그는 파양호 전투에서 일생의 명운을 걸고서 진우량과 일대 결전을 펼쳐 승리했고 그 여세를 몰아 장사성을 격파하고 마침내는 명목상 황제로 떠받들고 있던 한림아까지 죽이고 명이라는 새로운 나라를 건국하고 명실공히 황제로 등극한 것이지요. 황제로 등극하고 10년 동안 이민족의 지배를 받아오면서 나락에 떨어져 있던 한족의 자존심 회복을 위하여 호복, 변발을 금지하고 한족 고유의 문화를 회복시키는 등 정체성을 확립시키고 유교를 장려하여 인재를 등용하는 등 국가의 기틀을 다져온 것입니다."

'명분을 뚜렷이 하고 민심을 잡아라!'

이성계는 정도전의 말귀를 새기면서 거침이 없는 그의 언변에 넋을 놓은 듯 경청했다. 정도전의 분석력과 정세에 대한 예지력은 실로 대단했다. 그동안 보아오면서 비범한 인재라는 것은 알고 있었지만, 저토록 대단한 줄은 몰랐다. 놀라울 정도의 신견을 갖고 있다고 속으로 탄복을 했다. 이런 인재가 스스로 찾아온 것은 자신에게 어떤 역할을 하라는 운명적 계시인지 모른다는 생각도 들었다.

"이번에 선대왕의 시호 책봉과 임금의 승습을 승인받게 된 것은 포은 대감의 역할이 컸습니다."

"아하, 포은 대감."

이성계도 정도전의 입에서 포은의 함자가 나오니까 따라 불렀다. 이성계는 일찍부터 포은을 존경하고 있었다.

포은은 조전원수(助戰元帥)의 직책을 받고서 중앙에서 파견을 나와 이성계와 함께 몇 번에 걸쳐서 전투를 치른 적이 있었다. 조전원수의 직책은 보급과 병사의 충원, 민심 수습 등 전투를 지원하는 일인데 그는 그 분야에서 탁월하게 능력을 발휘했던 것이다.

그런 포은이 이번 명나라 황제의 생신을 축사하는 사절단에 정사로 가서 10년 동안 묵혀 있던 숙원을 풀고 왔다 하니 새삼 그의 인물됨이 대견했다.

"그런데 정작 바라던 황제의 고명을 받아오긴 하였지만 그것이 잘한 일인지는 의문이 들고 후회가 됩니다."

정도전은 씁쓸한 표정을 지으며 말했다.

"그건 왜 그렇지요?"

이성계는 정도전의 표정이 갑자기 변한 까닭이 궁금했다.

"임금이 하는 꼴을 보니 먼 길 고생이 헛수고였구나 하는 생각이 들어서입니다."

정도전의 입에서 임금에 대한 비방이 거침없이 튀어나왔다.

"진작부터 임금이 개망나니 행동을 하고 다닌다는 소문은 들었습니다만 내 눈으로 직접 목격을 하고 보니 참으로 한심하기 짝이 없었습니다. 아무리 취중에 하는 행동이라 하지만 임금의 체통은 어디에도 찾아볼 수가 없고 시중 잡배나 하는 짓거리를 하더이다.

기녀들의 옷을 벗기고 희롱을 하지 않나, 원로대신에게 기녀를 보내 술을 따르게 하며 놀리지를 않나, 하여튼 꼴불견의 추태가 실로 보는 이의 낯이 뜨거울 지경이었습니다. 궁중에서 하던 버릇을 궁 밖 저잣거리에서도 하고 다닌답니다. 임견미의 아들 임치라는 자와 어울려 다니면서 뉘 집 여인이 예쁘다 하면 가리지 않고 범한다고 하니 딸 가진 자와 예쁜 부인이나 첩을 둔 자들은 임금의 귀에 들어갈까 봐서 쉬쉬한답니다.

거기다가 성정이 포악하여 길거리를 다니면서 괜스레 시비를 걸고 기분이 나쁘다고 몽둥이로 때리는 일도 빈번하여 저잣거리 백성들은 임금이 나타날까 불안하여 감시한다 하니 어느 나라 임금이 이러한 적이 있었는지 참으로 기가 찰 노릇입니다. 이러한 자를 임금으로 모시겠다고 금릉(명나라 수도)까지 고생하며 찾아가서 주청하고 왔으니 참으로 부끄럽습니다."

정도전은 이성계의 반응을 보려고 일부러 임금에 대해서 듣기에 거북할 정도의 언사를 입에 올렸다. 누가 고변이라도 하는 날에는 그 자리에서 목이 달아나고 가족들마저도 풍비박산이 날 막말 수준이었다. 이성계는 그런 정도전의 이야기를 들으면서 제지도 하지 않고 그렇다고 동조도 하지 않았다.

정도전은 그런 이성계가 바위와 같다는 생각을 했다. 마치 땅속에다 거대한 뿌리를 박고서 꿈쩍도 않는 바위에 자신이 치성을 드리고 있다는 생각을 했다. 그러나 바위는 아무리 치성을 드려도 내색을 하지 않는다. 이성계는 적어도 겉으로는 그러해 보였다.

정도전은 오늘은 이쯤 하는 것이 좋겠다는 생각을 하고 자리를 물러났다.

이성계에게 치성을 드리는 심정으로 자신의 심중을 전했으니 무슨 반응이 있으리라고 생각하면서.

• 8

시간이 없었다. 이제는 휴가를 마치고 조정으로 돌아가야 할 때가 되었고 이번에 확답을 받고 가지 않으면 언제 또다시 오게 될지 기약할 수가 없었다. 또 시간을 끌다가 조정에서 수상한 낌새를 눈치채기라도 한다면 일을 치러보지도 못하고 목숨을 내놓아야 할지도 모른다. 오늘은 무슨 일이 있더라도 이성계의 결심을 받아 내야겠다고 도전은 야무지게 마음을 다잡았다.

오후 나절. 군막 안의 더위는 견디기가 어려울 지경이었다. 정도전이 군막을 찾았을 때 이성계는 무더위에도 아랑곳하지 않고 무장의 복장을 한 채 집무를 보고 있었다. 갑옷만 벗고 있었지 융복(戎服)[20]은 여전히 갖

20) 무장이 몸을 빠르게 움직이기 위해 입는 복장.

춘 채였다. 전방의 상황으로 보아 언제 적이 나타날지 모르므로 이성계는 그렇게 긴장하고 집무를 보고 있었다.

"장군 날씨가 더운데 잠시 복장을 풀면 어떻겠습니까?"

"답답해 보입니까? 이곳은 최전방이 돼 놔서 항상 이렇게 대기를 한다오. 습관이 되어서 더위에도 익숙하지요."

이성계는 아무렇지 않다는 듯 웃으며 말했다.

"그러지 마시고 잠시 옷을 풀고 저기 정자로 가서 바둑이나 한 수 하시지요."

군막 밖에는 오래된 포구나무가 시원하게 그늘을 만들어놓고 있었다. 사방에서 시원히 불어주는 바람도 받을 수 있었다.

"그럴까요? 오랜만에 한 수 두어볼까?"

이성계는 마침 무료했던지 정도전의 청을 흔쾌히 받아들였다. 정자 아래에 바둑판이 차려졌다. 장군도 복장을 풀어헤치고 편하게 앉았다.

"잠깐 대국 전에 소생이 규칙을 정하겠습니다."

"규칙이라? 좋지, 어디 정해보시오."

정도전은 다소 심각하게 도전적으로 말을 했으나 이성계는 싱겁게 받아넘기려 했다.

"바둑은 그냥 두면 맛이 없는 법입니다. 내기를 해야지요."

"내기요? 그것도 괜찮고, 대감은 뭘 걸 것이오. 삼봉이 원하는 대로 나도 따라 걸지요."

"내가 원하는 대로 따라 건다고 하셨소이다?"

도전은 다짐을 받으려 했다.

"그렇소이다. 한 입으로 두말을 하겠소? 허허."

"제가 이기면 장군을 받도록 하겠습니다."

"이기면 나를 가진다?"

이성계는 의아해서 물었다.

"그렇습니다. 만약 장군이 이기신다면요?"

"그래, 내가 이기면 삼봉은 목숨이라도 내놓겠다는 것이오?"

"장군이 이기신다면 제가 천하를 얻어드리오리다."

"천하를? 예끼, 여보시오. 그런 내기가 어디 있소. 그만 돌이나 놓으시오."

"아닙니다. 장군과 소신 사이에 천하에 둘도 없는 판을 벌여보자는 것입니다. 약속을 하셔야 돌을 놓을 것이 아닙니까?"

도전은 더할 수 없는 심각한 표정인데 이성계는 어처구니없는 제안에 여전히 농으로 대하는 모습이었다.

"그래요. 실없는 소리같이 들리오만 천하를 걸어놓은 판이니 이처럼 큰 판이 또 어디 있겠소, 허허."

두 사람은 판 위에 돌을 놓기 시작했다. 초반 한가하게 세를 갖춰 가던 판은 중반이 넘으니 긴장이 되었다.

백을 쥔 이성계의 세가 앞서나갔다. 백은 중앙의 대마를 추격했고 흑은 추격당하는 대마가 죽으면 완패가 되는 지경에 이르렀다. 도주하려 하면 머리를 맞고 또 다른 곳으로 탈출하려 하면 또 두드려 맞고 점점 막막한 지경으로 몰렸다.

조금 떨어진 거리에서 두 사람의 대국을 흥미로운 눈길로 보고 있는 사람들이 있었다. 이성계의 막하 이두란과 조영무, 이화, 그리고 이방원과 조영규였다. 그들은 그 나름대로 내기를 하고 있었다. 과연 누가 이길 것인가?

이방원은 정도전의 편에 걸었다. 그것은 바둑의 실력 때문이 아니었다. 부친 이성계의 실력은 군영 안에서는 알아주는 것이기에 실력으로 따진다면 정도전이 질 것은 뻔했다. 그러나 이방원은 생각을 달리하고 있었다.

정도전이 이곳 먼 길까지 와서 한가하게 바둑이나 둘 사람이 아니었기 때문이다. 그가 부친에게 바둑을 두자고 했을 때는 뭔가 가슴에 품어둔 것을 전하기 위함이고 그 답을 받아내기 위한 방편으로 바둑을 두자고 제안한 것이라고 생각했다.

'어쩌면 저 바둑 한판으로 천하를 얻고자 하는 삼봉 대감의 뜻이 이루어질지도 모르는 일이다. 아버님은 어쩔 수 없이 답을 하게 될지도 모른다.'

이방원은 침을 꼴깍꼴깍 삼키면서 바둑을 두는 두 사람에게서 눈을 떼지 않았다.

바둑판은 이제 끝판이나 다름없게 되었다. 정도전의 흑 대마가 단수로 몰렸다. 이성계는 느긋한 반면에 정도전은 심각하게 고민하는 얼굴이었다. 정도전이 생각하고 있는 것은 흑을 살리고자 하는 마음이 아니라 어느 쯤에 돌을 던질까 하는 것이었다.

잠시 생각하던 정도전은 한 수를 놓고 연거푸 또 다른 한 수를 놓았다. 그것으로 판세가 단번에 역전으로 뒤집혔다. 두 수를 한꺼번에 둠으로써 백이 죽게 되어 판세가 정반대로 바뀌었다. 정도전은 이성계가 뻔히 보는 데서 일을 저지른 것이었다.

"아니, 삼봉! 이게 무슨 짓이오? 졌으면 돌을 그만 놓을 일이지 두 수를 한꺼번에 두다니 나를 놀리려 하는 것이오?"

이성계는 정도전의 갑작스러운 행동이 어이없고 무례하기도 하여 화를 냈다. 정도전은 그런 이성계의 반응을 예측하고 있었다는 듯, 잠시 재미있는 표정을 지어 보이더니 이내 정색을 하고 말했다.

"그렇습니다. 장군께서 놓아야 하는 차례인데 소신이 한 차례 더 두었습니다. 그랬더니 판이 역전이 되었습니다. 되려 백이 죽고 흑이 이기는 판으로 변했습니다."

"바둑에 그런 수가 어디 있소? 나를 지금 놀리려는 것이오?"

"장군, 제가 어찌 장군을 놀리겠습니까? 저는 지금 장군께 제 마음을 확실히 전하고자 하는 뜻에서 바둑의 법도에 없는 한 수를 더 둔 것입니다. 장군, 지금의 장군의 위치에서 한 발만 더 나아가 주옵소서.

지금의 고려는 법도를 따질 때가 이미 지났습니다. 한 수를 더 두어서 판을 엎고 새판을 짜야 할 때이옵니다. 집을 허물고 소생과 같이 새 세상을 만들어주십시오. 제가 바둑에서 진 것이오니 장군께 천하를 얻어드리겠습니다."

정도전은 자리에서 벌떡 일어나서 큰절을 올렸다.

"이런, 이런."

이성계는 말리려 했으나 그럴 겨를이 없었다.

"소신, 신명을 바치겠습니다. 저의 주군이 되어 주십시오. 부디 저 산중턱에서 아래를 굽어보고 있는 낙락장송처럼 인간사에 우뚝 서는 업적을 남기시옵소서."

어느덧 정도전의 눈에서는 굵은 눈물이 뚝뚝 떨어지고 있었다. 이를 멀찍이서 지켜보고 있던 수하 장수들은 영문을 몰라 무슨 일인가 했다. 두 사람 간의 바둑판에 관심이 쏠려 있었는데 느닷없는 광경이 벌어지고 있으니 의아할 수밖에 없었다. 그러나 이방원만은 무슨 일이 벌어지고 있는지 짐작했다.

그는 잰걸음으로 두 사람에게 다가갔다. 다른 장수들도 뒤따랐다. 그들도 가까이 다가와서는 사태를 알아차렸다. 이방원이 먼저 땅바닥에 무릎을 꿇었다.

"아버님. 삼봉 대감의 뜻에 따르시옵소서. 삼봉 대감의 판단이 옳습니다. 소자 아버님께 죽기를 각오하고 삼봉 대감의 뜻을 좇고자 하옵니다."

이방원의 뒤에서 무슨 일인가 눈치를 보던 제장들도 그제야 사태를 파악하고서 같이 무릎을 꿇었다.

"소장들도 신명을 바치겠습니다. 뜻을 세워주옵소서!"

이성계의 얼굴은 점점 심각해지다 못해 이제는 바위처럼 굳었다.

"……."

면면을 한참을 뚫어지라 바라보았다. 그러더니 이윽고 입을 열었다.

"알겠소. 내 삼봉 대감과 제장들의 의견을 존중하겠소. 그러나 이 일은 섣불리 할 수 없는 것이라는 것을 여러분들도 잘 알지 않소. 내 삼봉 대감과 좀 더 이야기를 나눌 터이니 제장들은 그만 돌아가서 일을 보시오. 각별히 처신들을 조심하시고."

이성계와 정도전은 자리를 털고 별도의 내실로 자리를 옮겼다. 무슨 이야기부터 할까 하다가 이성계는 꿈 이야기부터 꺼냈다.

"전에 여기 가끔 들르는 무학대사께 꿈 해몽을 부탁한 적이 있었소이다."

이성계는 무학대사에게 했던 꿈 이야기를 삼봉에게도 했다. 그러면서 귀한 신분이 되겠다는 말과 함께 왕이 될 꿈이라는 해몽을 들었다고 했다. 그때부터 그 해몽을 어떻게 들어넘겨야 할지 고민하고 있었다고 했다.

"생각해보시오. 왕씨가 왕이 되어야 마땅한 나라에서 나 같은 이씨가 왕이 되려면 역성혁명을 하여야 한다는 것인데 그게 보통 일이오? 아마 개꿈이거나 해몽을 잘못한 것이겠지."

"아니옵니다. 주군, 그 무학이 한 해몽이 틀리지 않았다고 보옵니다."

가만히 듣고 있던 도전이 눈을 반짝이며 말했다.

"어찌 그리 생각하오?"

"주군께서는 이미 왕이시옵니다."

"허, 삼봉은 농담도 잘하시오. 바둑을 둘 때는 엉뚱한 내기를 하자고 하지 않나, 이제는 이미 내가 왕이라니?"

"이곳을 둘러보십시오. 고려 땅 어디에도 장군의 관할만큼 안정적인 데가 없습니다. 관할 백성들은 장군에게 믿음과 기대로 가득 차 있습니다. 각처에서 백성들이 장군의 곁으로 와서 살고자 몰려오고 있습니다. 장군은 그들의 안정을 위하여 최선을 다하고 있습니다. 소신은 '서경과

안주성을 왕래하는 이 원수여 부디 백성을 구제해주소서' 하는 노래를 마을에서 들었습니다.

고려 땅에서 누가 이곳에서 주군이 받는 만큼의 존경을 받겠사옵니까? 주군은 이미 이곳의 왕이시옵니다. 다만."

"다만?"

"제가 바라는 것은 주군께서는 고려 땅과 백성 전체의 주인이 되시어 그들을 돌보아주시라는 것입니다."

"그럼 나를 보고 군사를 몰아 개경으로 진격하라는 말이오?"

"그것은 어리석은 방법입니다. 그렇게 해서는 민심의 지지를 받기가 어렵습니다. 그러한 방법을 사용한다면 주군께서는 영원히 역모를 하였다는 멍에를 쓰고 계셔야 할 것입니다."

"그럼 삼봉의 구상을 말해주시오. 내 그동안 삼봉을 만나면서 삼봉의 뜻이 어디 있는지 짐작은 하고 있었으나 함부로 마음을 드러낼 수가 없는 일이라 망설여 왔소만 이제 바둑판은 내가 이겼으니 삼봉이 천하를 얻게 해주겠다는 약속을 지켜줄 것이고, 삼봉 또한 한꺼번에 두 수를 두어 나를 얻었으니 어디 어찌 써먹을 계책인지 이야기를 들어봅시다."

두 사람의 마음은 이제 완전히 풀어졌다. 경계하는 마음은 사라지고 대업을 위해 서로를 절실히 필요로 하는 사이로 변해 있었다.

"『맹자』에 따르면 혁명에는 평화적 방법과 물리적 방법이 있다고 했습니다. 전자를 선양(禪讓)이라 하였고 후자를 방벌(放伐)이라 하였는데, 선양은 민심을 잃은 군주가 실덕을 자인하고 스스로 양위하는 것을 말하고 방벌은 실덕한 군주를 힘으로 몰아내고 그 자리를 차지하는 것을 말합니다. 전자가 평화롭고 바람직한 방법이며 후자는 명분이 약하여 역적이라는 오명에서 벗어나지 못하여 훗날에 끊임없이 시비를 당하게 되옵니다."

"역사적으로 그러한 예가 있소이까?"

"고래로 봐서 중국에서 요임금이 순임금께 선양을 하였고, 폭군을 몰아낸 은나라 탕(湯)왕이나 주나라 무(武)왕이 방벌을 한 것이지요. 우리나라도 신라 전기에는 화백제도를 통하여 선양의 방법으로 양위를 하였고 고려의 건국은 방벌의 방법을 택하였사옵니다."

"뭣이? 고려가 방벌로 나라를 세웠다고?"

이성계는 새삼 처음 듣는 이야기라 놀라서 물었다.

"그러하옵니다. 신라 말기 각처에서 반란이 일어났는데 그중 궁예가 세운 태봉이라는 나라가 고려의 모태인 것은 다 아는 사실입니다. 태조 왕건은 궁예의 신하로 있다가 궁예를 쫓아내고 왕위에 올라 고려라 개칭하였고 이어서 후삼국을 통일하였는데 이는 방벌의 방법을 택한 것입니다."

"태조가 방벌로 고려를 세웠단 말이지……."

이성계는 정도전이 한 말을 다시 한 번 음미하여 되새겼다.

"그러하옵니다. 당시 워낙 궁예의 폭정이 심하였고 신라 또한 국정을 더 이상 이끌 수 없을 지경으로 혼란에 빠졌기에 '잃어버린 나라 고구려를 잇고 도탄에 빠진 백성을 구한다'는 거병의 명분이 백성의 지지를 받게 되었고, 또한 신라왕 김부가 스스로 권좌에서 내려와 고려에 복속되기를 원한 것이기에 후세에 이에 대해서 별다른 시비가 없지마는 그 건국은 방벌에 의해서 이루어진 것입니다."

"음 듣고 보니 그렇기도 하오."

"그러나 민심을 빙자하여 거병을 하였다고 해도 인종 때에 일으킨 묘청의 난은 반역으로 낙인이 찍히고 또 그 역모도 성공치 못하였습니다. 이는 모반의 명분으로 내세운 '서경천도론'이 민심은 물론 조정 대신들에게조차 지지를 받지 못했기 때문입니다.

비록 독자적인 국호와 연호를 천명하며 조정의 부패를 바로잡고 백성을 구한다는 명분과 여진족이 세운 금나라를 정벌한다는 야심하에 반정을 도모한 것이지만 그들이 내세운 풍수지리설에 근거한 '서경천도론'은 민심을 현혹시키는 허황된 구실에 불과하고 종국에는 일부 서경 출신들의 권력 야욕에 의한 것으로 드러났기에 반정은 자중지란으로 실패했던 것입니다."

"……."

이성계는 정도전의 이론에 더 이상 뭐라 토를 달지 못하고 듣기만 했다. 정도전의 설명은 계속되었다.

"이같이 방벌에 의한 혁명은 백성의 지지를 받느냐, 거병을 할 명분이 얼마나 뚜렷한 것인가에 성패가 달려 있습니다. 또한 수많은 죄 없는 군사와 백성의 피를 흘리게 하는 것이어서 택하기가 어렵습니다. 그러나 선양에 의한 방법은 이미 군주 자신이 잘못을 저지르고 있어 민심으로부터 배척을 당하고 있다는 사실을 알기에 실패의 확률이 낮은 것이고 민심의 지지를 받고 벌이는 일이기에 평화적이라 할 수 있습니다."

"선양의 방법 또한 쉽지 않을 것이 아니오? 현재 권력을 쥐고 있는 자들의 저항도 만만치 않을뿐더러 시간이 걸려서 오히려 이쪽이 당할 수도 있는 것 아니오?"

"기회를 만들어가야 합니다. 민심의 지지를 얻으면서 장애물을 하나씩 제거해나가야지요. 고려는 이미 기가 쇠하여 더 이상 지탱할 능력을 잃어버렸습니다. 왕은 있으나 무능하고 정권을 잡은 이는 무능한 왕을 등에 업고 자신을 지지하는 몇몇 무리와 패당을 지어서 사리사욕을 채우는 일에만 몰두를 하게 되니 민심은 이미 그들에게서 멀어졌습니다. 이제 주군께서 명분을 세워서 조정에 들어가실 때가 된 것 같습니다. 뒷일은 소신에게 맡겨 두시옵소서."

정도전은 마치 조금 전 바둑을 둘 때와 같이 앞으로 벌어질 일들을 반상에 그리듯이 상세히 설명했다. 이성계는 정도전의 이야기에 꼼짝없이 빨려 들어갔다. 왠지 운명처럼 그가 하자는 대로 따라야만 할 것 같은 예감이 들었다.

정도전이 이성계와 이야기를 마치고 오길 학수고대하고 있는 사람이었다. 그는 바로 이방원이었다. 그는 정도전의 숙소에서 정도전이 돌아오기를 기다리고 있었다.

"아버님과는 이야기가 잘 되었습니까?"

"장군께서는 많은 고민을 하시게 되겠지."

"그럼 앞으로 어찌해야 되겠습니까? 당장 병사를 몰아서 개경으로 쳐들어갈 수도 없는 노릇이고?"

"방원 공은 어찌 아버님과 같은 말을 하는 것이지? 병사를 동원하여 개경으로 진격하는 것은 하책일세."

"그럼 스승님께서는 어떠한 계책이 있습니까?"

"글쎄, 줄탁동기(啐啄同機)라 하면 되겠구먼."

"줄탁동기요? 그것은 병아리가 껍데기를 깨고 나올 때 안에서 쪼면 어미 닭이 그 기미를 알아차리고 밖에서 쪼아서 세상 밖으로 나올 수 있도록 돕는다는 뜻이 아닙니까?"

"그렇지, 맞는 말씀이네. 그런 뜻으로 계란이 병아리로 태어날 때를 기다리자는 것이네. 역시 방원 공의 학식은 과거에 붙을 만하네. 허명이 아닐세그려. 하하하."

정도전은 기분 좋게 웃었다. 참으로 오랜만에 느껴보는 통쾌한 기분이었다. 그것은 이방원의 학식을 칭찬하는 웃음이라기보다는 정도전 자신이 오랫동안 가슴에 품고 있던 말을 이성계를 만나서 다 전했고 이성계로부터 지지의 뜻을 받아냈다고 생각했기 때문이었다. 이성계와 의기투합하여 앞으로 벌일 일을 생각하니 스스로 대견한 생각이 들어 기분이 좋아진 웃음이었다.

정도전은 이제 이성계와 뜻이 통했기에 서둘러서 개경으로 돌아왔다.

• 9

우왕이 조회에 참여하지 않은 지가 꽤 오래되었다. 요즘 임금의 일과는 환관과 내수 그리고 임견미의 아들 임치가 부리는 시중의 젊은 놈들과 어울려서 동강에서 기생들과 함께 고기잡이를 하거나 음란하고도 괴이한 놀이를 하면서 보내는 것이 소일이었다.

때로는 밤에 생황과 피리를 불면서 쏘다니다가 사람을 만나면 이유 없이 붙잡아다가 매질을 하기도 했다. 어떤 날은 임치와 단둘이서 며칠씩 사라졌다가 왕궁으로 돌아와 신하들이 걱정을 하기도 했다.

판삼사 이성림이 숙직하던 날에 임금이 며칠을 돌아다니다가 새벽에 슬그머니 돌아왔는데 이성림은 왕이 들어온 것도 모른 채 문루에서 밤을 꼬박 새웠다. 이 일이 있고 임금의 신변이 걱정된다는 건의가 있자 임금은 예무좌랑을 시켜서 지시를 내렸다.

"너희들이 내가 단기로 놀러 다닌다고 걱정을 하여 백관을 딸려서 보내고자 하는데 이는 예법상 맞는 일이기는 하다. 그러나 나는 구중궁궐에 박혀 지내는 것이 너무 무료한 나머지 놀러 나가서 쓸쓸한 심사를 잠시 풀려는 것뿐이다. 그러하니 도성 밖으로 나가면 마땅히 호종해야겠지만 길거리에 나갈 때마다 따라갈 수가 없는 일이 아닌가? 각 관청의 일이 매우 바쁘니 각자는 맡은 바 일이나 열심히 하라."

임금은 국사에는 관심이 없었다. 오로지 먹고 마시고 어디에 예쁜 여자가 없는지에만 정신이 팔렸다. "누구 딸이 예쁘고 어느 재상의 첩이 예쁘다"는 얘기만 들으면 임금의 출타가 이루어졌다. 그러한 정보는 임치가 부리고 다니는 젊은 놈들이 전해주었다. 재상들은 혹여 자신의 딸에게 봉변이 미칠까 쉬쉬하거나 얼굴이 못생겼다고 소문을 내면서 경계를 했다.

그러나 임금의 이러한 호색한 기질을 이용해서 자신이 지은 죄를 모면하거나 출세를 위한 기회로 삼으려는 자들도 있었다.

공주 목사 고환은 뇌물을 받았다가 발각이 되자 도망을 쳐서 임치에게 매달렸다. 그는 자신에게 미모의 딸이 있음을 말하고 임금에게 바치겠노라 했는데 임금은 임치의 말을 듣고 고환의 집으로 자주 왕래를 했고 그로 인해 고환은 오히려 영전을 했던 것이다.

전 판서 김희안은 복직하기를 기다렸으나 기회가 오지 않자 궁중 내인을 통해 딸을 자진 상납했다.

호군(護軍) 송천우가 처를 맞았는데 곧바로 상호군(上護軍)으로 진급해서 뒷소문이 수상했다. 송천우의 처는 지문하 도길봉의 딸이었는데 진작에 임금에게 정조를 잃었다는 소문이 무성했던 것이다.

근래에는 왕이 도당회의에 참석하는 일이 없었다. 대사성 이색은 왕이 조회에 참석하지 않는 일을 공론화했다.

"선대왕께서 살아계실 때는 한 달에 다섯 번, 여섯 번씩 조회에 참석하시어 국사를 숙의하고 주요한 일을 결정해주셨는데 근자에 들어서는 전하께서 조회에 참석하지 않으시니 조회 날짜를 잡을 수가 없을뿐더러 중요 국사에 대해서도 전하의 뜻을 모르고 있으니 신하된 자로서 국사를 심도 있게 논할 수가 없습니다."

이색의 말에 답을 한 이는 임견미였다. 그는 이인임이 물러나면서 뒷일을 든든히 하기 위해서 문하시중 자리를 물려주어 후임자로서 도당의 정무를 주관하고 있었다.

"전하께서는 궁중 생활이 무료하여 쓸쓸함을 달래기 위하여 잠시 바깥바람을 쐬고자 하시는 것인데 너무 골치 아프게 하는 것은 신하된 도리가 아니라고 보오."

"지금 국사에 산적한 일이 얼마나 많은데 시중 대감은 그런 한가한 소리를 하시오. 명나라 황제께서 전하의 책봉을 인정하셨다 하나 관제나 복제를 사용해야 하는 문제 등 여러 가지로 따로 정하여야 할 문제가 많고, 양광도와 경기도 일대에 지진이 나고 우박이 쏟아져서 백성들이 아우성인데 이들의 긍휼(矜恤)을 논하는 것 또한 조정의 일입니다. 지금 국고가 텅텅 비어서 관리들과 왜구의 침입에 동원된 군사들의 녹봉도 제대로 지급하지 못하고 있는 실정입니다. 이러한 일은 중대사로서 전하가 계시는 곳에서 의논이 되어야 하는데 그렇지 못하는 것이 안타깝습니다."

이색의 말은 언제, 어떤 문제에 대해서도 논리가 정연했다. 문하시중 임견미는 호군으로 시작하여 최고의 벼슬자리에 오르긴 했지만 갖추고 있는 지식은 당대의 내로라하는 학자인 이색과는 상대가 되지 않았다. 임견미는 이색과의 논쟁에 자신이 없었으므로 입을 다물어버렸다.

최영과 이성림은 이색의 의견을 지지했다.

"조회가 열리지 않으니 백관들이 자신들의 서열도 잘 몰라 엉뚱하게 자리를 서는 자가 있소이다. 또한 전하께 조회에 자주 참석하시라 함은 국정에 관심을 가져주시라는 뜻인데 지금은 그렇지가 못하니, 이를 그냥 지나가자 함은 신하된 자로서 불충하는 짓이오. 내일로 날짜를 정하여 전하께서 조회에 참석하시도록 권하는 것이 어떠하겠소?"

최영의 제의에 아무도 이의를 다는 사람은 없었다. 문하시중 임견미도 내심으로는 마뜩하지 않았으나 중의가 모아지니 어쩔 수 없이 따를 수밖에 없었다. 도당에서 오랜만에 임금을 모시고 조회를 하기로 결정하고 내관 김실을 보내서 임금께 아뢰게 했다.

임금은 그날 애첩 용덕의 집에 머물면서 잔치를 벌이고 있었다. 술에 취한 왕은 도당의 원로대신들이 결정한 일이라 하니 내키지 않았지만 건성으로라도 승낙하지 않을 수가 없었다. 잔치는 밤이 깊어서야 마쳤다.

다음 날 백관들은 아침으로 도당에 모여서 임금을 맞이할 준비를 하고 있었다. 그런데 정작 임금은 나타나지 않았고 해는 어느덧 중천에 떠

올랐다. 도당에서는 다시 환관 김실을 보내서 재촉을 했다.

밤을 새우다시피한 임금의 모습이 온전할 리가 없었다. 눈에 낀 눈곱도 채 떼지 않은 부스스한 모습으로 일어난 임금은 냉수 한 사발을 마시고는 시종 환관에게 지시했다.

"짐은 몸이 편치 않아서 조회에 못 나가겠다고 전하거라. 그리고 재상들이 고생을 하고 있으니 술을 보내서 그들을 위로케 하라."

임금의 말이 도당에서 기다리고 있던 재상들에게 전해지니 제일 기뻐한 사람은 임견미였다.

"오늘 비록 정식으로 조회는 열지 않았으나 주상께서 우리의 뜻을 가납하시고 위로의 술을 하사하셨으니 이 또한 기뻐할 일이 아니오?"

임견미가 왕이 조회에 참석하는 것을 꺼리는 이유는 국사를 논하다 보면 어느 틈엔가 국정이 잘못되고 있다는 것으로 변해 성토를 하게 되는데 그때 임견미나 그 측근들이 연루된 비행이 드러나 여러 번 무안을 당했기 때문이었다.

그날 오후 임금은 환궁하지 않고 용덕의 집에서 바로 사냥을 떠났다는 전갈이 왔고 도당회의는 산회되었다. 오랜 기다림으로 지루해진 재상들은 삼삼오오 그들끼리의 관심사만 떠들다가 흩어졌다.

"최 시중 대감!"

이색이 앞서가는 최영을 불러 세웠다.

"……."

최영은 발걸음을 멈추고 돌아봤다. 이색은 기분이 좋지 않은 기색이었다.

"국구가 되시더니 변하신 것 같구려. 신수도 좋아지시고."

최영의 귀에는 빈정거림으로 들렸다. 이색의 인품으로 보아 함부로 남말을 하는 사람이 아닌데 단단히 심사가 틀어진 언사였다.

"무슨 뜻으로 하는 말씀이오. 듣기가 거북하오이다."

"오늘 도당이 돌아가는 꼴을 보니 한심해서 하는 말이외다. 모두들 전하를 꺼리고 특히 문하시중은 전하께서 참석하지 않으시는 것을 기뻐하는 눈치이더이다."

"임 시중이야 전하 앞에서 자신의 실정이 드러날까 봐서 그런 것이 아니겠소? 그런데 그것과 내가 국구가 된 것이 무슨 상관이 있다고 그러시오?"

"도당 대신들이 전하의 눈치를 보느라 바른말을 하는 것을 두려워하고 전하와 대면하는 것을 싫어한다면 국정이 어찌 되겠소이까. 지금 나라의 기강이 말이 아니오이다. 나라의 기강을 바로잡아야 하는 대신들이 보신에만 급급하고 일하기를 싫어한다면 나라 꼴이 어떻게 되겠소이까? 나라의 기강이란 가옥을 지탱하고 있는 대들보와 같은 것인데 대들보가 흔들리면 집이 흔들려 바람이 불면 언제 무너질지 모르는 위태한 일이 아니오이까?"

"옳은 말이오이다."

"나라 꼴이 이러한데 최 시중 같은 분도 잠자코 있으니 답답하오이다. 사위께서 편히 잘 지내시도록 마음 쓰는 것은 장인의 도리이긴 하나 신하로서의 도리는 아닌 것 같소이다. 지금 나라를 이 꼴로 만들고 있는 것은 임견미 같은 이가 국정을 장악하고 있기 때문에 그런 것이 아니겠소? 광평군(이인임)이 사직했을 때 모든 사람이 이제 좀 살기 좋은 세상이 되려나 기대를 했소이다. 그런데 임견미가 그 뒤를 잇고 나니 국정이 오히려 더 문란해져 있지 않소. 차라리 광평군은 스스로 물러나는 염치라도 있고 비록 그 인성이 교활하더라도 국정을 꾸려가는 꾀는 있더이다. 그런데 지금 임견미는 국정에 아무런 식견도 없고 오로지 욕심만 차서 그 아들놈은 아들놈대로 전하께 아첨을 하며 그릇된 길로 안내하고 있고 그 아비는 아비대로 전하의 눈을 가리고 제 마음대로 국정을 농단하고 있으니 이게 도대체 법도가 있는 나라에서 있을 수 있는 일이오이까?"

이색의 말속에는 가시가 단단히 박혀 있었다. 겉으로는 임견미 부자를 욕하는 것이었으나 실은 임금이 국사를 등한히 하는 것을 나무라는 것이고 임금의 장인 되는 최영을 욕하는 것이었다.

최영은 이색의 말이 국구의 자리에 올라 누구보다 임금과 가까워졌으니 무너져버린 국가의 기강을 다잡아달라는 뜻이란 것을 알아차렸다.

"이인임을 따르던 간신배를 모조리 쳐내야 할 것이오이다. 이인임 한 사람이 물러났다고 해서 나라가 바로 세워지지는 않을 것이오."

이색은 자신의 의견만을 던지고는 총총히 사라졌다.

'이색은 지금 나를 욕하는 것이다. 내가 그렇게 보신만 해왔던가? 목숨을 아끼지 않고 수많은 전쟁터를 누볐고 누구보다도 임금에게 충성을 바치며 살아왔건만 국구로서 귀한 몸이 되었다고 몸을 사리고 있다고 나를 비난하는 것이다. 그는 나에게 무너진 나라의 기강을 바로 세워주기를 기대하면서 어떤 역할을 해주기를 기대하고 있다!'

최영은 사라지는 이색의 뒷모습을 바라보면서 여러 가지로 복잡한 생각을 떠올렸다.

• 10

임금의 기행과 패악은 참으로 여러 가지였고 그 나쁜 본보기가 아랫사람에게도 전염병처럼 번져나가 나라의 기강이 말이 아니었다.

임금이 밤중에 나들이할 때는 신하들의 호종을 싫어해서 몰래 궁궐 담을 넘어가는 일도 있었는데 그런 날은 젊은 놈 몇몇만 데리고 나가 노래를 부르며 밤거리를 왁자하게 활보하며 돌아다녔다.

어느 백성이 그 하는 짓거리로 보아 시정잡배들의 놀이쯤으로 알고 '시끄럽다'며 야단을 친 적이 있는데 임금은 그자를 붙잡아다가 몽둥이로 패고 얼굴을 발로 차서 거의 죽게 만들어 버렸다. 그 후에 임금은 백성들이 알 수 있게 백립(白笠) 차림으로 돌아다녔는데 백성들 사이에서는 임금의 그러한 행색이 소문나서 백성들은 백립 차림의 왈패들만 보면 임금의 일행인 줄 알고 알아서들 기었다.

그러나 백성들 중에서도 간특한 무리가 있게 마련이었다. 어진 백성을 속여서 자신의 욕심을 채우는 데에 임금의 기행을 이용하려는 자들이 나타났던 것이다. 이들은 임금이 하는 양 백립을 쓰고 다니면서 행패를 놓았다. 재물을 탈취하거나 심지어 부녀자를 강간하는 일도 있어서 또 다른 원성을 사곤 했다.

국기를 문란케 하는 일은 왜구를 토벌하러 전쟁터로 간 군부에서도 일어났다. 위에서부터 말단의 병졸까지 마치 임금을 흉내라도 내듯이 본을 받고서 백성을 괴롭혔다.

강원도 원수 이을진은 양구현 사람 양부의 딸이 미인이라는 소리를 듣고서 그 딸을 보기 위해 군량미로 비축해둔 양식을 수레에 싣고 양부의 집을 방문했다. 그러나 그 집은 마침 아비 양부가 죽은 지 얼마 되지 않아 상중이었기에 이을진은 욕심을 채우지 못했다. 이을진은 문상을 빙자하여 몇 차례 더 상가를 방문했고 그때마다 그 딸을 보고자 청을 넣었는데 양부의 집에서는 그의 흑심을 알아차리고는 더욱 딸을 꼭꼭 숨겨버렸다. 안달이 난 이을진은 어느 날 군사를 동원하여 쳐들어가듯 상가를 방문하여 딸을 내놓으라고 어깃장을 놓았는데 양부의 집에서는 이미 눈치채고 딸을 친척 집으로 피신을 시킨 뒤였다.

화가 난 이을진은 딸 대신 그 어미를 강간해 버렸는데 이 일은 여인의 남편이 죽은 지 100일도 지나지 않은 때에 일어난 일이었다.

이을진은 임지에 주둔하면서 백성을 돌보기보다는 대우받기를 좋아하는 사람이었는데 그는 '누구네 집 딸이 예쁘다'는 소문만 들으면 수단을 가리지 않고 가로채어서 여러 명의 첩을 거느리고 있었다. 그의 수하들 또한 그를 본받아서 양갓집 여인을 첩으로 거느린 자가 여럿 되었는데 부하들의 행동도 이을진의 못된 버릇을 본받아서 여자를 취할 때 무기로 윽박질러서 강간하는 일을 다반사로 했다.

이 일은 군부 내에서 쉬쉬하며 숨겨져 오다가 양부의 처가 겁탈당한 일로 밝혀졌는데 이을진은 곧바로 헌부의 탄핵을 받아 곤장 백 대를 맞고 서인으로 강등되어서 회덕현으로 유배되었고 수하 장정들도 죄에 따라 장형의 벌을 받고서 폐출되었다.

우왕의 여인에 대한 취미는 독특한 면이 있었다. 왕은 누구네 집 딸의 혼사가 있다는 소문만 들으면 그 집을 찾아가서 인물을 보고 여인을 취하는 버릇이 있었다.

판삼사사 강인유가 사위를 맞는다는 소문을 들은 왕은 갑자기 들이닥쳐서 딸을 보고자 했고 마음에 들자 그날 밤으로 대비의 궁으로 데리고 가서 잠자리를 같이했다. 그런 다음에 강인유의 처를 불러서 대비궁에서 잔치를 베풀어주었고 강인유에게는 말 한 필을 내려주었다.

우왕은 재상 왕흥의 딸이 미인이라는 소문을 듣고는 마음에 두고 있었다. 그러던 어느 날 임견미의 아들 임치로부터 그 딸이 장수 변안열의 아들에게 시집간다는 말을 들은 것이다. 왕은 급하게 왕흥의 집으로 행차하고서 불문곡직하고 딸을 데려오라 했다. 왕흥은 너무도 어이없는 일을 당하는지라 어찌할 바를 몰랐다.

"그대는 왜 딸을 데려오지 않는가? 임금의 명을 거역할 셈인가?"

왕은 떼를 쓰며 재우쳤다.

왕흥은 죽을상을 하며 쩔쩔매고 있다가 둘러댔다.

"소신의 딸은 나이가 어리고 우둔하여 시집을 보낼 인물이 못되옵니다. 그리고 지금은 어미가 아파서 같이 멀리 요양 중에 있어서 올 수가 없습니다."

그러나 왕을 그쯤에서 물러날 위인이 아니었다.

"네놈이 나를 속이려 하는구나! 내 명령 없이 딸을 시집보내지 마라. 만약 이를 어길 시 처자까지 모두 벌을 주겠다."

왕은 억지를 쓰며 협박을 하고 돌아갔다. 왕흥은 어쩔 수 없이 이 사실을 사돈 될 변안열에게 알렸고 변안열은 상관으로 모시고 있는 시중 조민수에게 도움을 청했다. 조민수는 수하 장수를 위해 왕에게 변명을 했다.

"변안열은 나라의 명장이고 그 공적이 매우 큽니다. 지금 며느리 될 사람을 빼앗으면 장수와 신하 가운데 실망하는 사람이 많을 것이옵니다. 부디 전하께서 혼사가 성사되도록 도와주십시오."

조민수는 간곡히 청을 올렸지만 왕은 듣지 않았다. 기어이 날까지 받아놓은 처녀를 빼앗아버렸다. 우왕은 이를 데려다가 여덟 번째 후궁인 선비(善妃)로 삼았다.

변안열은 홍건적과 왜구의 침입에 혁혁한 공을 세운 명장으로 일등 공신의 책록을 받았으며 훗날 이성계, 조민수와 함께 위화도 회군의 주역이 되어 우왕을 폐위시킴으로 결과적으로 이 일에 대해 복수를 한 셈인데, 한편으로는 훗날 이성계가 역성혁명의 뜻을 품고 있다는 것을 알고는 우왕 복위에 가담했고 이로 인해 참형을 받았으니 우왕과의 인연이 참으로 아이러니하다 아니 할 수가 없다.

우왕의 이러한 변태적인 취향은 널리 퍼져서 양가(養家)에서 딸의 혼사가 있을 때는 이를 알리지 못하고 쉬쉬하며 몰래 치르곤 했다.

이즈음에 정도전은 남양부사로 자청하여 나왔다. 우왕 13년(1387년) 때의 일이다. 외직으로 나온 이유는 백성의 편안함은 관리가 가까이서 보살피는 데서 이루어지는 것이기에 지방관이 되어 선정을 베풀고자 하는 뜻에서 그렇게 한 것이었다. 그러나 속내는 따로 있었다.

이성계와 대업을 도모하기로 뜻을 모은 마당이라 이제는 매사에 몸조심을 해야겠기에 조정 내에서의 주목을 받지 않기 위해 일시 몸을 낮추고자 한 것이었다. 그리고 이곳에서는 이성계와의 연통을 한결 수월히 할 수가 있었다.

10장

비바람과 태풍은 계절이 바뀌는 징조인데 어쩌랴

• 1

“이보시게, 이런 법이 어디 있는가? 이 땅은 분명 우리 조씨네 땅이네. 인근 사람들에게 물어보시게.”

“저리 비켜나시오. 우리 대감을 몰라서 하는 소리요? 이곳은 이미 우리 대감의 땅이라고 선포를 하였거늘 이제 와서 애걸한다고 돌려지겠소? 썩 물러나시오.”

누가 보아도 이상한 풍경이 벌어지고 있었다. 관모를 쓰고 있는 자는 그 모습으로 보아 조정에서 높은 벼슬을 하고 있는 양반으로 보이는데 패랭이 차림의 아랫사람에게 사정하고 있으니 무언가 단단히 잘못되어 보였다.

관모를 쓰고 있는 사람은 밀직부사 조반이었고 패랭이는 염흥방의 집종 이광이었다. 엄연히 신분의 차이가 있는데도 종놈이 큰소리를 치고 양반은 체면 불고하고 그 앞에서 머리를 조아리며 사정을 하고 있는 것이었다.

이광이 이처럼 거만을 떠는 것은 주인인 염흥방의 권세를 믿는 때문이었다. 반면 조반은 비록 양반이고 조정에서 벼슬을 하고 있어도 염흥방의 위세에 눌려서 그 집 종놈이라 해도 함부로 하지 못했다.

염흥방 집 종놈들은 그 주인의 권세를 믿고 곧잘 행패를 부려왔다. 염흥방이 삼사좌사 시절에 부평부사 주방은이 군사를 징발하려 했는데 종놈들이 합세하여 공무 집행을 하러 온 아전을 죽을 만큼 때렸고, 보고를 받은 부사 주언방이 직접 나가 징집을 하려는 데도 부사와 동행하던 아전을 때려서 이빨을 부러뜨린 적도 있었다.

지금 이광이 행패를 부리는 것은 조반의 땅을 빼앗으려는 짓이었다. 조반은 일찍이 부친을 따라 원나라에 들어가서 원나라 말과 중국말을 배워 능통했다. 이러한 재주로 그는 명나라에 사절단의 일원으로 자주 다니게 되었고, 그러다 보니 고향의 옥답을 제대로 건사하지 못했다. 그것을 알게 된 염흥방이 이광을 시켜서 뺐으려고 한 것이었다.

조반은 땅을 잃게 되었는데도 오히려 사정을 했다.

"이보시게. 대감께 말씀을 좀 드려봐 주시게. 이 땅은 우리 가문에서 대대로 지켜오던 종중 땅이라고 말씀을 드려주시게."

"어허 귀찮게 왜 이러시나? 이미 결정이 난 일인데, 저리 비켜나시오!"

이광은 막무가내였다. 조반을 한쪽으로 밀쳐냈다. 조반은 더 이상 종놈에게 이야기하는 것이 소용없겠다는 생각이 들어서 개경으로 올라가서 염흥방을 직접 만나보기로 했다. 조반은 염흥방의 집으로 찾아가 염흥방에게 큰절을 올리고 사정을 했다.

"대감, 그 땅은 저희 백천 조씨 문중의 종중 땅이옵니다. 부디 사정을 살피시어 도로 돌려주시옵소서."

"확실한 겐가?"

염흥방은 수염을 만지작거리면서 아까운 듯이 말했다.

"예. 제가 어느 안전이라고 거짓을 올리겠나이까?"

"음~. 그러면 돌아가 있게. 나름 한번 알아볼 테니까."

"대감마님, 알아보고 자시고 할 것도 없습니다. 저희 가문의 땅이 확실합니다. 부디 사정을 참작해주시옵소서."

"좋은 옥답이라고 하던데……."

"그러하긴 하옵니다. 그러니 제가 이렇게 사정을 하는 것이 아니옵니까?"

"아무튼 돌아가 있게."

"예. 그럼 믿고 돌아가겠나이다. 부디 부탁드리옵니다."

조반은 단단히 당부하고 돌아왔다. 그러나 염흥방은 조반의 앞에서는 청을 들어주는 척했지만, 그 땅이 근처에서 보기 드문 옥답이라는 것을 알고 있었기에 사실은 돌려줄 생각이 없었다. 건성으로 대답했을 뿐이었다. 그러나 조반은 염흥방의 말을 믿었다.

그러고 며칠 후 조반이 땅을 둘러보니 여전히 말뚝이 쳐져 있을 뿐만 아니라 염흥방 집 종 이광이 일꾼들을 데리고 와서 정지 작업을 하고 있는 것이 아닌가! 말뚝에다가 가시 울타리를 곁 두르는 작업을 하는 것이 눈에 띄었다.

조반은 한달음에 이광에게 좇아갔다.

"이보시게. 이 무슨 행패인가? 내가 대감께 갔다 왔네. 분명히 대감은 돌려주신다고 했는데 말씀을 못 들었는가?

"어허, 이 양반이 자꾸 그러시네. 우리 대감은 한번 마음먹으면 바꾸시는 법이 없어요. 자꾸 이러면 경을 치는 수가 있어요."

이광은 상놈인데도 양반에 대한 예의는 찾아볼 수가 없었다. 무시하는 말투였다. 조반은 그렇지 않아도 마음이 상해 있는데 종놈에게서도 욕을 당하게 되니 참을 수 없는 분노를 느꼈다.

"뭐라고? 이놈이 말하는 모양새를 보게나. 양반에게 상놈이 경을 친다고 하다니!"

수모를 당한 조반은 얼굴이 벌게졌다.

"이놈!"

조반은 이광의 멱살을 잡았다. 그러나 힘으로는 이광의 상대가 되지 못했다.

"뭐야! 누구한테 행패를 부리는 거야!"

이광은 조반을 확 냅다 꽂았다. 조반은 벌렁 나가 자빠졌다. 그 위로 이광의 발길질이 날아왔다.

"썩 꺼져버려!"

"아이쿠, 아이쿠."

조반은 비명을 질러댔다. 근처의 일꾼들은 이를 구경만 하고 있을 뿐이지 아무도 말리려 드는 사람이 없었다.

이광에게 구타를 당한 조반은 분함을 참을 수가 없었다. 쓰고 있던 흑립은 망가져 쭈그러졌고 의복은 온통 흙투성이가 되어 발길질로 짓이겨졌다. 입술은 터져서 피가 흘러 찝찝하게 입속으로 흘러들었고 온몸은 욱신거렸다. 옥답을 뺏긴 것도 억울한데 종놈에게 능욕을 당하고 보니 어찌해야 하는지, 억울함을 어떻게 풀어야 할지 분이 차서 미칠 노릇이었다.

조반은 도저히 이광을 용서할 수 없었다. 사실은 염흥방에 대해 분함을 느껴야 하나 그것은 다음이고 직접 자신에게 구타를 한, 그것도 종놈의 신분으로서 있을 수 없는 일을 하여 양반인 자신에게 수모를 준 이광부터 죽여 버려야 그나마 분이 풀릴 것 같았다.

조반은 절뚝거리며 집으로 오자마자 종자들을 끌어모았다. 10여 명을 거느리고 자신은 말을 타고 한달음에 이광의 집으로 달려갔다.

이광은 종의 신분인데도 웬만한 벼슬아치도 살기 어려운 집에서 살고 있었다. 기와집에 고대광실(高臺廣室)까지 갖추고 있었다. 조반의 종자들은 안방에서 쉬고 있던 이광을 끌고 나와서 마당에 꿇렸다.

"이놈! 양반을 능멸하고서도 네놈 목이 성할 줄 알았더냐?"

이광의 앞에는 씩씩거리는 콧김을 내뿜으면서 분노를 주체치 못하는 조반이 버티고 서 있었다. 그는 오른손에 장검을 빼 들고 있었다.

"대감마님! 살려주십시오. 쇤네 눈이 삐어서 잠시 대감마님께 잘못을 저질렀습니다. 제발 살려주십시오. 잘못했습니다, 잘못했습니다."

이광은 사시나무 떨듯이 떨며 연신 땅에 머리를 박고서 빌었다. 조반은 쥐고 있는 장검을 이광의 턱에 받쳤다. 그리고 얼굴을 들어 올렸다.

"네놈이 이제야 정신이 드는 모양이구나. 너의 잘못이 얼마나 큰 것인지 아느냐?"

조반의 눈에는 핏발이 섰다.

"쇤네 잘못을 잘 아옵니다. 한 번만 용서해주십시오. 목숨만 살려주십시오."

"신분의 차별이 엄연하거늘 종놈이 양반을 능멸하였으니 너는 목숨을 보전하기 어렵다. 내가 너를 용서하더라도 국법이 너를 용서치 않을 것이다. 나는 오늘 너를 죽이고 이 나라가 양반의 나라라는 것을 조정으로 가서 증명할 것이다. 에잇!"

조반은 이광의 목에 대고 있던 칼을 옆으로 좌-악 그어버렸다. 이광의 목에서 분수처럼 피가 솟아올랐다. 피가 조반의 의복에도 튀었다.

"이 집을 불태워 버려라! 종놈 주제에 주인의 권세에 빌붙어서 참으로 호사를 누리고 있구나. 이게 다 억울한 백성의 고혈이니라."

조반의 명에 따라 종자들은 집에 불을 놓았다. 조반은 불이 활활 타는 그 모습을 한참 바라보다가 발길을 돌렸다.

조반은 지금 땅을 빼앗긴 것이 억울하다 하여 일을 저질렀으나, 훗날 그가 고관대작이 되었을 때 그 자신도 또한 남의 땅을 함부로 수탈한 것이 문제가 되어 사헌부의 탄핵을 받고 삭탈관직 되어 귀양을 가게 된다. 1391년 공양왕 때의 일이다.

• 2

조반은 일시적인 감정을 주체하지 못해 분함을 풀고자 일을 벌이기는 했으나 뒷일을 어떻게 감당해야 할지 수습이 되지 않았다.

염흥방은 나는 새도 떨어뜨린다는 등등한 권세가이다. 이광은 비록 종자라 하지만 그의 수족인이다. 그런 그를 죽여버렸으니 자칫하다가는 자신의 목숨도 부지하기가 어렵겠다는 생각이 들었다. 조반은 일을 벌인 김에 염흥방도 같이 도륙 내기로 했다. 그리하여 만천하에 염흥방의 비행을 공개해서 민심의 비난을 받게 할 생각이었다.

조반은 날랜 종자 다섯 명에게 말을 태워서 함께 개경 염흥방에게로 달려갔다. 그러나 염흥방은 조반이 도착하기 전에 이미 보고를 받고 있었다. 조반의 일을 보고받은 염흥방은 펄펄 뛰었다.

이것은 단순히 불손한 종놈에 대한 분풀이가 아닌 것이다. 자신에 대한 도전이었다. 절대로 용서할 수 없는 일이었다. 그러나 일의 성격상 자칫하면 엉뚱한 방향으로 튈 수도 있었다.

사건의 발단이 자신이 먼저 조반의 땅을 빼앗으려 했기 때문에 일어난 일이었으므로 자칫하면 독직 사건으로 비화 될 우려가 있다고 생각했다. 그래서 염흥방은 이를 역모 사건으로 꾸미고자 했다. 역모 사건이 된다면 자신이 상만호로 있는 순군에서 직접 국문을 할 수가 있기에 일을 쉽게 처리할 수가 있겠다는 생각을 한 것이다.

"전하, 모반이옵니다."

염흥방은 급하게 임금을 찾아서 아뢰었다.

"뭣이라고? 모반?"

임금은 마침 내수사에 지시하여 임치 등 젊은 놈들과 기생들을 데리고 사냥을 가기로 했는데 깜짝 놀랐다.

"밀직으로 있는 조반이 역모를 꾀하였습니다."

"그래, 어떻게 했는가? 잡았는가?"

"아직은 잡지 못하였습니다만 곧 붙잡힐 것이옵니다."

"연루된 자가 누가 있소? 빨리 붙잡아 들이시오!"

임금은 역모라는 말에 질겁을 했다. 측근 신하들에 의한 임금의 목숨을 노린 역모 사건은 선대왕 때에도 여러 번 있었다. 결국 부친 공민왕은 믿었던 환관 최만생과 자제위에 목숨을 뺏기지 않았던가. 그러한 일이 자신의 대에 와서 일어나지 말라는 법이 없었다.

그동안 광평군이 있어서 모든 일을 맡겨두고 있을 때는 그러한 일이 없었건만 광평군이 물러나자마자 모반이 일어났다 하니 가슴이 철렁 내려앉았다. 사냥 가는 일도 취소하고 편전에 머물렀다.

이럴 때 함부로 나다니다가는 역도들에게 무슨 봉변을 당할지 모를 일이었다. 염흥방에게 궁궐 수비를 단단히 하라고 이르고 조속히 연루자들을 밝혀내어 발본색원하도록 지시했다.

임금의 허락을 받은 염흥방은 조반을 붙잡으려 즉시 일이 벌어진 황해도 백주로 400여 명의 군사를 보냈다. 그러나 조반은 이미 개경으로 떠난 뒤였다.

모반이 일어났다는 소문은 일시에 성내에 쫙 퍼졌다. 성문을 닫아걸고 지나는 통행인에 대한 검문이 시작되었다. 조반은 성내로 들어가지 못하고 근처에 몸을 숨기고서 기회를 엿보고자 했다.

염흥방은 조반을 붙잡는데 현상금까지 걸었다. 그리고 조반을 못 잡은 대신 그 모친과 부인을 붙잡아다가 순군옥에 가두고 조반이 숨을 만한 곳을 대라고 국문을 했다.

조반은 야산 솔밭에 숨어 있다가 곧 검거되었다. 염흥방은 조반을 순군옥에 가두고 임견미의 사위 왕복해와 부만호 이광보, 위관 윤진등 측근 인사로 심문관을 꾸렸다. 대간 강회백도 참여했다.

"네 어찌 신하된 자가 임금의 은혜도 모르고 역모를 꾀했느냐?"

염흥방은 먼저 조반의 주리부터 틀어놓고 심문을 했다. 조반의 전신은 온통 붉은 피로 물들었다. 역모라니? 조반으로서는 정말 어이없는 일이었다.

"나는 역모를 꾀한 적이 없소! 다만 예닐곱의 조정 재상이 각처에 종놈을 풀어서 남의 땅을 빼앗고 전민을 학대하니 내가 나서서 그러한 자를 죽인 것뿐이오. 내가 이광을 죽인 것은 그 주인의 탐학이 끝이 없고 종놈 또한 주인의 권세를 믿고 조정의 벼슬하는 양반을 능멸했기에 그리한 것이오!"

"뭐라? 저놈의 주둥아리를 다물게 하라. 주둥아리를 몽둥이로 쳐라!"

염흥방은 조반에게서 역모를 했다는 실토를 받아내려 했으나 오히려 조반이 당당하게 큰소리로 자신을 나무라고 있으므로 약이 바짝 올랐다. 다른 심문관이 듣고 있는 것도 거북했다. 그래서 말을 못하게 입을 때려주라고 명했다.

조반의 입술로 사정없이 옥관의 몽둥이가 날아들었다. 입술이 뭉개지고 이빨이 튀어나와도 조반은 지지 않았다.

"우욱! 다아앙-시-인은 우욱-, 나와 송사가 붙어 있는 자인데, 어째서 나를 이토록 가혹하게 심문을 하시오, 나는 역모를 도모한 적이 없소. 벌을 받아야 할 자는 조정에서 큰 벼슬을 하면서 전민의 농토를 수탈하고 백성의 원성을 사고 있는 바로 당신이오!"

가혹한 고문이 종일 이어지고 조반은 몇 번이나 기절했다가 깨어났다. 그래도 조반으로부터 역모를 했다는 실토를 받아내지 못했다.

보다 못한 좌사의대부 김약채가 이를 말렸다. 측근인 왕복해는 못 보겠다는 듯 조는 체하며 고개를 돌렸다.

심문에 참여한 사람 누구도 조반이 역모를 꾀했다고 믿는 사람은 아무도 없었다. 염흥방은 길길이 뛰었지만 어쩔 수가 없었다. 고문은 그쳤고 조반은 순군옥에 다시 수감되었다.

임금은 염흥방에게서 역모가 있었다는 보고를 받고 엄하게 문초를 하라고 지시를 했지만 뭔가 석연치 않음을 느끼고 있었다. 역모가 일어났다는데도 궐내는 너무나 조용했다. 또 조반 혼자만 붙잡아다 족치고 있으니 그 점 또한 이상스러웠다. 임금은 최영을 불러서 물어보았다.

"역모를 꾀했다는데 어찌 저리 조용하오? 수시중께서는 알아본 바가 있으시오?"

임금으로서는 아버지 같은 광평군이 떠난 이후로 신상 문제를 터놓고 의논을 할 사람이 장인 되는 최영밖에 없었다.

"소신도 알아봤습니다. 대간 강회백은 성품이 곧은 사람인데 그의 말로는 역모죄가 아니라 하옵니다. 염흥방이 가노를 시켜서 황해도 백주에 있는 조반의 옥답을 뺏으려고 하였고, 그 과정에서 가노가 조반을 능멸하자 그를 죽였는데 염흥방은 그 분풀이로 조반을 역모죄로 몰아서 심하게 고문을 하는 것이랍니다."

"그럼 조반이 역모를 꾸몄다는 것은 거짓일 수 있겠네요?"

"그러하옵니다. 전하 염흥방은 전하께 거짓을 아뢰었습니다. 염흥방의 전횡이 도가 넘는 듯하옵니다."

"그럼, 어쩌면 좋겠소? 짐은 두렵소. 저들의 수족들이 조정 내 곳곳에 포진하고 있어서 당장 내치고자 하면 반발이 여간 거세지 않을 텐데, 이럴 때 광평군이 있었으면 수월할 것인데……."

왕의 안색에는 두려움이 가득했다. 자칫 잘못하면 염흥방, 임견미 일파의 반발을 사서 자신의 자리도 위태로울 수 있겠다는 생각마저 들었다.

"……."

최영은 잠시 생각을 했다. 그러고 나서 생각한 바를 말했다.

"전하, 소신을 믿으시옵소서. 소신이 전하를 지켜드리겠나이다. 우선 염흥방의 비위를 임견미와 상의하십시오. 임견미는 욕심이 많은 자이니 전하께서 임견미를 불러서 믿음을 주시면, 그는 염흥방을 제거하는 데 이의가 없을 것이옵니다.

실은 광평군이 물러난 이후에 염흥방과 임견미가 광평군의 후임 자리를 두고 암암리에 경쟁을 해왔습니다. 한데 이 일로 염흥방이 제거된다면 임견미는 내심으로 좋아할 것입니다. 임견미는 막강한 사병을 보유하고 있어서 함부로 하기가 어려울 것이나 이는 또 달리 기회를 봐서 처결을 하면 되옵니다. 소신에게 맡겨 주시옵소서."

최영은 어떤 결심이 서 있다는 듯이 말했다. 최영은 지난번 이색으로부터 난신적자들을 그대로 두고 본다고 핀잔을 듣고 적지 않은 생각을 해왔었는데 이번이 그들을 제거할 수 있는 절호의 기회라고 생각했다.

3

국문은 연일 계속되었지만 조반으로부터 실토도 받아내지 못하고 역모를 꾀했다는 어떠한 증좌도 찾아내지 못했다. 그러자 조정 내에서는 물론 시중의 여론도 염흥방에 대한 비난으로 들끓었다.

"염흥방이 조반의 땅을 빼앗으려 하다가 안 되니까 역모죄를 뒤집어씌우는 것이다."

"염흥방 집에는 종놈조차도 고대광실 집을 짓고 첩을 거느리고 산다더라."

"정작 주리를 틀어야 할 놈은 염흥방이다."

정도전이 부사로 있는 남양주 땅에도 바람처럼 소문이 들려왔다.

'때가 다가오는구나! 권불십년이라 했다. 네놈들이 권력을 움켜쥐고 무소불위로 권한을 행사하는 동안 무수한 백성들이 얼마나 많은 피눈물을 흘렸겠느냐? 이제 네놈들의 세상이 끝나간다는 것을 알아야 할 것이다.'

정도전은 지금이 이성계 장군이 나서야 할 때라고 생각했다. 이성계에게 바치는 서찰을 급하게 썼다.

> "장군, 기다리던 때가 왔습니다. 민심은 저들의 만행에 치를 떨고 있습니다. 누군가 나서서 이를 바로잡아주기를 바라고 있습니다. 이럴 때 영웅이 나서야 합니다. 출병하십시오. 그리고 최영 장군과 손을 잡으십시오. 지금 누란의 위기에 처한 나라를 떠받치고 있는 영웅은 주군과 최영 장군이십니다. 아직은 최영 장군이 조정 내에서나 군벌들에게 미치는 영향이 큰지라 그를 앞세우고서 염흥방, 임견미와 이인임의 수족이 되어 국정을 농단하여 왔던 자들을 몰아내십시오.
>
> 이번 거사는 백성을 위한 것임을 명심하십시오. 패륜한 임금을 위한 것도, 최영과 장군을 위해서도 아닙니다. 백성의 박수를 받는 사람만이 천심을 얻는 것입니다. 어떠한 일이 있어도 무고한 백성을 다치게 해서는 안 되는 일이옵니다."

한편 궁중에서는 우왕이 최영과 함께 염흥방을 제거하기 위한 작업에 들어갔다. 우선 최영이 말한 대로 그동안 한통속으로 놀아났던 염흥방과 임견미를 분리하는 일부터 시작했다. 우왕은 임견미의 아들 임치를 불렀다.

"지금 염흥방이 횡포가 지나치다는 조정 내 여론이 있는데 문하시중은 어찌 아무 말이 없는가? 자네의 부친과 염흥방은 과거 광평군과 함께 나라를 끌어오던 축이 아니었는가? 혹 개인적인 정리 때문에 염흥방의 비위를 알면서도 감싸주고 있는 것은 아닌가?"

우왕은 임견미의 속마음을 떠보기 위해 그 아들을 이용하기로 한 것이었다.

"전하 무슨 말씀이옵니까? 소신이 듣잡기 민망하옵니다. 소신의 아비는 오늘날에 이르기까지 전하의 은덕을 하루라도 잊은 적이 없사옵니다. 염흥방 그자의 횡포는 소신도 듣고 있사옵니다."

임치는 아비에게 행여 불똥이 튈세라 펄쩍 뛰며 변명을 했다.

"소신의 아비는 행동을 함부로 하지 않는지라 염흥방이 꾸미는 일을 상세히 알아보고 전하께 상소를 올리려고 신중히 하는 것이옵니다."

"내 그러한 줄은 알지만 백관의 수장으로서 조정 내의 여론에 대해서 한마디 말도 없어서 하는 말이었네."

임금의 속내를 모르는 임치는 아비를 감싸는 변명을 주저리 늘어놓았다. 이럴 때 행동을 잘못하면 크게 오해를 받는 법이고 자칫 잘못하다가는 멸문지화를 당하게 될지도 모르는 일이다. 임치는 임금의 앞을 물러나오면서 이마에 맺힌 식은땀을 훔치며 곧바로 그 아비에게로 달려갔다.

"아버님. 지금 가만히 있어서는 아니 되옵니다. 염 대감의 비위는 이제 만천하가 아는 일이 온 데 어찌 가만히 계시옵니까? 자칫 전하의 오해라도 사는 날에는 큰일이옵니다."

"전하의 마음이 그러하시더냐?"

임견미는 아들의 말을 들으면서 나름대로 생각을 달리하고 있었다.

'권력을 나누어 가진다는 것은 불안한 일이야!'

임견미는 광평군이 은퇴한 이후에 자신과 염흥방 둘이서 광평군이 누리던 권력을 나누어 가진 것이 불만이었다. 자신은 언젠가 광평군을 대신해서 그가 누리던 권력을 독점하고 싶었는데 지금이 그 기회라고 생각했다. 염흥방을 제거해버려야겠다고 생각했다.

임견미는 곧바로 임금을 배알했다.

"전하, 염흥방의 도가 지나치옵니다. 염흥방은 지금 조반이 역모하였다고 며칠째 국문을 하고 있는데 실은 아무런 증좌도 없습니다. 이 일은 염흥방 집 종놈이 조반의 땅을 빼앗으려 하면서 종놈이 양반을 능멸하여 비롯된 것입니다. 전에도 염흥방은 전하께서 정무에 소홀하신 틈을 타서 제멋대로 정사를 보면서 뇌물을 받고 인사 청탁을 들어주는가 하면 선대왕의 신위를 모신 경년전 뜰에서 말을 달리며 순군의 사열을 받는 등 횡포를 부린 적이 있는데 그 위세에 눌려서 아무도 제지하지를 못했사옵니다."

"그러면 어찌하면 좋겠소?"

임금은 임견미가 염흥방의 비위를 들춰내어 고자질하는 것을 듣고는 일이 계획하는 대로 되어간다고 생각하면서 능청스럽게 물었다.

"조반을 풀어주셔야 하옵니다. 그리고 염흥방에게 함부로 역모죄를 들먹이며 전하를 기만한 죄를 물으셔야 하옵니다."

임견미는 거듭 염흥방을 단죄하라고 재촉했다. 임금은 그 말을 들으면서 이제는 더 이상 임견미와 염흥방이 같은 편을 짓지 않을 것이라고 확신했다.

"내 문하시중의 뜻에 따르오리다. 즉시 조반과 그 가족을 석방하도록 하시오."

임금은 임견미를 돌려보내고 최영을 불렀다.

"예상했던 대로 임견미는 염흥방과 척을 짓고 있소. 염흥방의 죄를 고하고 갔으니 이제 그를 잡아들이는 데는 문제가 없는 것 같소. 그런데 임견미는 어쩔 것이오?"

"걱정하지 마시옵소서. 난신적자를 제거한다는 명분으로 동북면에 있는 이성계의 군대를 불러들이지요. 이성계의 군대라면 임견미도 감히 대적하지 못할 것이옵니다."

"그렇게 하시오. 은밀히 신속하게 해야 할 것이오. 궁내는 저들과 한

통속인 자들로 꽉 차 있으니 내가 장인과 일을 꾸미고 있는 것이 저들의 눈과 귀에 들어간다면 어떤 일을 꾸밀지 모르는 일이 아니겠소?"

"소신을 믿으시옵소서. 즉시 거행하겠사옵니다."

임금은 결의에 찬 최영의 얼굴을 보고서야 비로소 안정을 찾을 수가 있었다. 일은 신속하게 진행되었다. 최영은 우달치(于達赤)[21] 군사들을 풀어서 밤새 부만호 도길부 등 염흥방이 장악하고 있는 순군의 간부들부터 체포했다.

새날이 밝았다. 해가 바뀐 것이었다. 무진년(1387년) 정월로 들어섰다. 날씨가 매섭도록 추웠다. 아무리 솜옷을 두툼하게 껴입었어도 등이 시렸다.

송악산에서 불어오는 칼바람은 사정없이 성내를 때렸다. 추위에 움츠리며 종종걸음으로 순군부 청사에 들어서던 염흥방은 분위기가 평소와 같지 않음을 느꼈다. 휑하니 낯설고 싸늘했다. 추위 때문만이 아니었다. 그러고 보니 주위를 둘러싸고 있는 병사들도 예전의 얼굴들이 아닌 것 같기도 하고.

"여봐라! 심문관들이 왜 아직 안 왔는고? 옥관들은 왜 여태 준비를 하지 않고 있나? 순군옥에서 죄인들은 왜 여태 불러내지 않았는가?"

염흥방은 주위에 대고 짜증 섞인 소리를 질렀다. 이때 병사들 몇 명이 염흥방에게로 다가왔다.

"대감 가시지요. 어명을 받잡고 왔습니다. 우리는 우달치 군사들입니다."

군관인 듯한 자가 버릇없는 투로 말했다.

"뭐, 뭐라고? 이놈들 여기가 어디라고 감히?"

"대감은 이제 더 이상 순군부 상만호가 아니십니다. 여봐라! 죄인을 끌고 가라."

21) 왕의 시위 경호를 담당하는 군대.

군관의 지시에 따라 군사들이 달려들어서 염흥방의 옆구리를 꿰어찼다.

"놔라, 이놈들 어딜 함부로 손을 대느냐?"

염흥방은 몸부림을 치며 발악을 했지만 소용없었다. 군사 하나가 사정없이 정강이를 걷어찼다.

"에구구!"

염흥방을 풀썩 고꾸라졌다. 병사들은 고꾸라진 염흥방을 사정없이 질질 끌고 가서 순군옥에다 가두었다. 그곳은 엊저녁까지만 해도 역모죄를 뒤집어쓰고 있던 조반과 그의 가족들이 갇혀 있던 곳이었다.

• 4

이성계는 정도전의 서찰을 접하고서 과연 지금이 군사를 일으켜서 개경으로 출병할 때인가를 제장들과 숙의하고 있는데 최영으로부터 전갈이 왔다. 이방원이 직접 말을 타고 전하러 온 것이었다.

"아버님, 속히 출병하셔야 합니다."

이방원은 급하게 달려오느라 턱밑까지 차 있는 숨을 미처 고르지도 못한 채 고했다.

"개경의 상황부터 우선 들어보자꾸나."

모여 있는 이두란, 이화, 이방과 등 제장들은 이성계와 이방원을 번갈아 쳐다보았다.

"지금, 개경의 상황은 급박하옵니다. 간적 염흥방이 드디어 제거되었습니다. 전하께서 조반의 역모죄가 염흥방의 사원(私怨)에서 비롯되어 조작된 것이라는 것을 알고 친히 조반과 그 가족을 풀어주며 약을 보내주시고 최영 장군에게 염흥방을 잡아들이라 하였습니다.

염흥방과 그동안 작당을 해왔던 임견미는 현재 조용하나 그에게 불리

한 상황이 되면 어떠한 일을 저지를지 모릅니다. 최영 장군이 부리고 있는 우달치로는 임견미의 사병을 대적하기가 부족합니다.

조정은 지금 힘의 공백 상태입니다. 최영 장군께서는 아버님이 필요하셔서 저를 보내신 것입니다. 지금 군사를 일으킨다면 누구도 탓을 하지 않을 것입니다. 전하의 명에 따라 난신적자를 도모하는 것이니 조정의 재상들도 환영할 것이고 백성들 또한 원성의 대상이 제거되니 쌍수를 들고 나설 것입니다. 최영 장군과 손을 잡았다 하면 명분도 서는 일이옵니다. 또한 개경의 어머니가 사는 집도 위태합니다. 임견미 일당이 최영 장군이 아버님과 밀통하고 있다는 사실을 알게 되면 그들은 개경의 가족들을 인질로 삼으려 할 것입니다."

"개경 형수님이 참으로 위험한 지경에 빠지겠구먼."

흥분하여 보고하는 이방원의 이야기를 잠자코 듣고 있던 이지란이 이성계의 눈치를 보며 걱정이 되어 말했다.

"서두르셔야 할 것 같습니다."

"최영 장군의 요청이 있고 어명을 받드는 것이니 속히 출병을 명하소서."

이성계는 결심이 섰다. 입술을 앙다물었다.

"내가 거병을 하는 것은 한 뼘 남은 땅마저 빼앗기고서도 어디 한 곳 억울함을 하소연 못 하고, 한 줌의 곡식으로 모진 목숨을 잇기 위해 자식을 팔고 부모까지 내다 버리고서 권문세가의 노예로 살기를 자청하는 이 나라의 불쌍한 백성을 구하기 위해서다.

이 나라의 벼슬아치는 백성의 삶이 이렇듯 곤궁한데도 오직 자신의 가문의 이익이 닿는 일에만 정신이 팔려 있다. 이러한 일에 대한 책임은 지난 세월 조정을 사당화해서 온갖 전횡을 휘둘러온 몇몇 난신적자들에게 있다. 이제 그들의 횡포가 극에 달해 더 이상 두고 볼 수 없기에 나는 분연히 일어나 그들에게 책임을 묻고 도탄에 빠진 백성을 구하고자 한다. 나의 군대는 나의 뜻을 알고 백성에게 한 치의 피해를 주어서는 안 된다는 것을 명심하라!"

드디어 이성계의 출병 명령이 떨어졌다. 이방원이 앞서 달려가 최영에게 이성계의 출병 사실을 알렸다. 최영은 우왕을 알현했다.

"이성계가 출병하였다 하니 사나흘은 족히 걸릴 것이옵니다. 그 사이에 임견미에게 빌미를 제공하여야 합니다."

"빌미를요? 어떠한 빌미를요?"

"임견미에게 역모죄를 씌울 빌미를 주어야 합니다."

"……?"

"지금 국가의 재정이 많이 어렵사옵니다. 백관들에게 지급할 녹봉조차도 마련키 어렵사옵니다. 대신들은 자신들이 받는 녹봉으로 사병들을 기르고 있으니 이들에게 지급할 녹봉을 중지시키십시오. 그러면 임견미는 필히 반발할 것입니다. 그때 미리 성내에 들어온 이성계의 군사에게 그들을 치게 할 것입니다. 그렇게 되면 그 수족들도 함께 역모죄로 다스릴 수 있어서 단번에 제압할 수가 있습니다."

"그렇게 하오. 나는 어쩐지 불안하오. 장인만 믿을 따름이오."

우왕은 염흥방을 잡아넣기 위해 임견미를 임시로 달래놓긴 했지만 그도 염흥방과 한 패거리로 조만간 제거해야 할 대상이었다.

그러나 그것을 위해 전쟁터를 누비고 변방에서 거칠게 지내온 이성계의 군사들을 동원하여 왕실의 신변을 도모하는 일은 또한 다른 모험이었다.

여우를 잡기 위해 호랑이를 불러들인 것은 아닌지 불안하기는 마찬가지였지만 우왕은 이도 저도 할 수 없는 일이라 그저 최영에게 맡겨두고서 그가 시키는 대로 할 수밖에 없는 노릇이었다.

"재상들에게 녹봉 지급을 중지하라! 지금 전쟁터에 나가 있는 군사들에게 지급할 식량도 부족한 판에 재상들에게 녹봉을 지급하는 것은 시급하지 않다."

우왕은 최영이 시키는 대로 명을 내렸다.

이성계의 군사들은 신속히 또 은밀하게 개성 성내로 들어왔다. 대규모 군사의 이동이었음에도 무난히 이동할 수 있었던 것은 최영이 미리 우달치에 명령하여 한밤중에도 성문을 문을 열어주라고 미리 지시를 해놓았기 때문이었다.

이성계는 군사를 성내 곳곳에 배치했다. 임견미의 집 주변을 겹겹이 에워싸는 한편, 최영이 보내온 사자의 안내를 받아 우시중 이성림, 밀직부사 임치, 밀직사 김영진, 밀직제학 임헌 등 임견미의 측근으로 지내온 조정의 주요 대신의 집들도 에워쌌다. 그리고 경처 강씨가 살고 있는 집 뒤 남산에다 본진을 쳤다.

임견미는 임금의 지시로 녹봉이 지급되지 않고 있다는 사실을 알고 불같이 화를 내었다. 나라의 공신을 무시하는 처사라고 생각했다.

'재상에게 녹봉을 주지 않으면 딸린 종자와 식구들은 어떡하란 말인가? 거느리고 있는 사병들은 배를 굶기라는 말인가? 지금과 같은 불안한 시기에는 오히려 사병의 기를 올려주어 더 철저하게 신변 안전을 도모해야 하는데 녹봉 지급을 끊다니!'

"7일간으로 녹봉을 주는 것은 예부터의 관례인데 주상께서 이유 없이 이를 지급하지 않으려 하니 잘못된 일이다. 자고로 임금이 잘못하는 일이 있으면 이를 신하가 나서서 바로잡아주는 일이 있었다."

임견미는 이 기회에 임금을 협박해서 자신이 정권을 잡으려는 생각을 했다. 그는 하인을 시켜서 측근을 모이게 했다. 그러나 사자는 집 밖을 빠져나갈 수가 없었다. 집을 나서려는데 이미 이성계의 군사들이 집 주위를 빽빽이 둘러쌌고 기마병이 지키고 있어서 개미 새끼 한 마리도 통과가 허용되지 않았다.

임견미는 집안의 노복들과 집을 지키는 사병을 대동하고 말을 타고 그들을 대적하려 했으나 곧 체포되고 말았다.

"아! 내가 오늘날 이 꼴이 되는 것은 모두가 광평군 탓이다. 나는 일찍이 최영과 이성계가 사악한 짓을 저지를 것이라고 제거하자 하였건만 그때마다 광평군이 이를 말리더니 오늘날 이런 꼴을 당하고 마는구나."

임견미는 속절없이 오라에 묶여서 순군옥으로 끌려가면서 이인임을 원망했다. 그 시각 그의 측근들도 체포되어서 순군으로 끌려왔다. 순군옥에는 염흥방의 일당들도 이미 잡혀 와 있었는데 이들로 인해 옥이 넘쳐났다. 이들에게는 하룻밤 사이에 경천동지(驚天動地)하는 일이 벌어진 것이다.

"대감, 이게 웬일이오!"

"글쎄 영문도 모르고 이렇게 끌려왔지 않소?"

"아이고 대감, 우리 신세가 하룻밤 새에 이게 무슨 꼴이오. 저기 임견미 문하시중 대감도 잡혀 오는구려. 찬성사 대감도 보이고 밀직제학 대감이랑 아이고, 우리 신세가 어찌 될는지……."

옥에 갇힌 사람들은 영문도 모르고 어찌 될지 몰라서 모두 공포에 떨었다.

개중에는 임견미, 염흥방, 도길부, 염정수, 이존성, 임헌 등 당대의 쟁쟁한 인물들이 수두룩하게 붙잡혀 온 것을 보고 사태를 짐작하고 올 것이 왔다고 체념하며 탄식을 하는 사람도 적지 않았다.

붙잡혀온 사람 중에는 부자간, 장인과 사위, 사돈 등 친인척들이 한꺼번에 잡혀 온 경우도 많았다. 그들은 일신의 걱정을 넘어 가문의 존폐까지도 걱정해야 했다. 누구든 살아남아서 가문을 지켜야 한다고 엉엉 우는 사람도 있었다.

• 5

순군부에 국청이 차려졌고 국문이 시작되었다. 그러나 순군에는 아직 염흥방의 졸개들이 남아 있어서 엊그제까지 상사였던 그들을 심하게 다루지 못했다. 왕은 보고를 받고 화를 냈다.

"심문하는 자들을 모조리 바꾸어라! 그리고 사정을 두지 마라. 저들의 죄상을 낱낱이 밝힐 자로 심문관을 다시 짜라!"

궁정 안의 높은 벼슬아치들은 거의 임견미와 염흥방의 측근이었으므로 옥사에 연루되지 않은 재상이 별로 없었다. 남아 있는 몇 안 되는 재상 중에서 최영과 이성계의 측근으로 새로 심문관을 짰다.

평리 왕안덕을 도만호로, 지문하 이거인을 상만호로 그리고 이성계의 아들인 이방과를 부만호로 삼아서 이들을 다시 국문했다.

순군부 내는 살이 타는 냄새가 진동했다. 살타는 냄새와 피비린내를 맡고 까마귀들이 지붕으로 날아들어 홰를 쳤다. 찢어지는 비명이 순군부 담 밖에까지 울려 퍼졌다. 연일 계속되는 고문으로 현장에서 죽어 나가는 이들도 여럿 생겨났다.

국문으로 임견미, 염흥방, 도길부 등 일당들의 비리가 낱낱이 밝혀졌다. 임견미, 염흥방과 어울려 부정을 저지르고 국정을 전횡했던 자들의 목숨은 파리 목숨이었다. 매일 수십 명씩 참형을 당했고 이들의 친인척들 또한 연루되어 화를 당하는 자가 셀 수 없을 지경이었다. 처자들은 죽이든가 관비로 만들어 지방으로 내쫓았다.

전민변정도감을 설치하여 저들이 빼앗았던 토지와 노비를 환수하여 그 주인에게 돌려주던가 풀어주었다. 백성들은 난적의 수괴들이 처형되고 억울하게 수탈당한 재산을 돌려준다고 하니 '이제야 세상이 바로 되려는가 보다'고 기뻐했다. '임금이 이제야 정신차려 국정을 바로 살필 것'이라고 칭찬을 하기도 했다. 그러나 연일 계속되는 참상을 보고는 점차 고개를 돌렸다.

'최영과 이성계가 자기들의 세상을 만들려고 사람들을 무참히 죽이고 있다.'

'이제는 최, 이의 세상이 되려나 보다. 권력을 움켜쥔 놈들의 욕심이 어디 끝이 있겠는가?'

민심이 차츰 변해갔다. 정도전은 민심이 돌아가는 방향을 예의 주시하고 있다가 이성계의 집으로 찾아갔다.

"장군, 이대로는 아니 되오. 민심이 사나워지고 있습니다. 너무 많은 사람이 죽어 나가고 있습니다."

"글쎄 나도 걱정이 되오. 죽이지 않아도 될 사람도 죽이고 있으니 말이오."

이성계도 정도전의 말을 심각하게 받아들였다.

"맹자가 말하기를 사람을 죄주되 그 처자에게는 미치지 말라 하고 대개 살리는 것을 좋아하고 죽이는 것을 꺼리는 것은 하늘과 땅이 만물을 생성하는 마음이고 성현의 뜻이라 하였습니다. 임견미, 염흥방은 재물을 탐하고 법을 어겨 백성에게 해독을 끼쳤으니 그 죄가 주살되어야 할 것이지만 이는 난신적자가 반란을 일으켜 참절(僭竊)한 것과는 다르옵니다. 그러하니 주살하는 것은 수괴에 그쳐야 하는데 최영이 오로지 가혹한 처벌만을 고집하여 옥석을 가리지 않고 함부로 주살하여 원망을 받고 있사옵니다."

이성계와 정도전이 이야기를 나누는 동안에 방문이 열리더니 강씨 부인이 차를 준비해 내왔다.

"차를 들어가며 말씀을 나누시지요."

강씨 부인은 두 사람 앞에 찻잔을 가지런히 놓고 찻물을 부었다. 부인은 손님 대접을 하기 위해 차를 끓여 내오는 핑계를 대었지만 실은 정도전을 직접 한번 만나보고 싶어서 일부러 온 것이었다. 정도전은 주군의 부인에게 예를 다해 인사를 했다.

"진작이 삼봉 대감을 한번 뵙고자 하였는데 이제야 뵙는군요."

부인의 인사성도 밝았다. 예를 차려서 도전의 인사를 받았다.

"아니옵니다. 부인을 진작 찾아뵙지 못한 불찰이 소인에게 있사옵니다."

"어허, 집사람을 이제야 인사를 시키게 되었구려. 이거 삼봉께 결례를 하였소이다."

이성계가 겸연쩍어하며 두 사람의 대화에 끼어들었다.

"주인께서 어찌나 삼봉 어른을 칭찬하시는지 진작부터 자식들의 스승으로 모시고자 청을 넣을까 생각을 하고 있었습니다."

강씨 부인에게는 그해에 여섯 살, 여덟 살 난 두 아들과 그 위로 딸 하나를 두고 있었다. 그 두 아들을 정도전에게 의탁하고 싶은 마음을 전하는 것이었다.

"그래. 방번과 방석에게 삼봉 선생의 가르침을 받게 한다면 좋은 일이지. 그런데 지금은 국사가 바쁜 몸이라 틈을 내기가 어렵고 다음에 가까이서 보게 될 때 그렇게 하십시다."

이성계가 정도전과 부인의 입장을 함께 아우르면서 말했다. 정도전은 강씨 부인을 대면하면서 무척 영민한 여인이라고 생각했다. 그리고 내주장도 강할 것이라는 인상도 받았다.

이성계와 나이 차이가 딸뻘인 대다 저만한 미모의 똑똑한 여인이라면 베갯머리송사에서 이성계가 당할 수가 없을 것 같다는 엉뚱한 생각이 들어서 속으로 웃음이 났다.

"방문을 들어서려다가 본의 아니게 두 분께서 하시는 말씀을 엿듣게 되었습니다. 하여서 예가 아니나, 소첩도 들은 풍문이 있어서 한 말씀 드리겠습니다. 죄인을 다스리는데 갓난아이까지 잡아다가 물에 던져버린다는 소문입니다.

과거에 이인임, 임견미, 염흥방 대감과 친분이 있는 자는 모조리 잡아들여 문초하고 재산을 적몰하고 유배를 보내는데 개중에는 개인적인 원한이 있는 자를 이 기회를 빌려 무고하는 자도 있다 합니다. 장군께서는 최영 장군께 옥석을 가려주시라고 진언을 할 필요가 있습니다."

강씨 부인은 진지하게 두 사람의 대화에 끼어들었다. 이성계는 두 사람의 이야기를 심각하게 받아들였다.

이성계는 정도전을 떠나보내고 최영을 찾아갔다.

"장군, 지금의 치죄가 도를 넘고 있다고 원성이 자자합니다. 이제 옥석은 가려졌고 수괴가 참수되었으니 나머지 시류에 편승하여 일시 일신의 영달을 꾀하였던 자는 그 등급을 가려서 가벼이 처리하는 것이 어떨는지요?"

"저들의 작패가 10년이 넘게 이어졌소. 지금 그들이 저질러온 죄를 벌주려 하는데 사정을 두란 말이오? 국법의 지엄함을 알아야 저 같은 무리들이 다시는 발호하지 않을 것이 아니오? 지금 벌을 받는 자들은 죄가 덜하다고 하나 이미 처단된 자들에게 빌붙어 자신들의 영달을 위하여 백성들에게 고통을 준 죄는 앞 서의 자들에 못지않소."

최영은 이성계의 건의를 묵살했다. 어림없는 소리를 하지 말라는 투였다. 오히려 지방에까지 안무사를 내보내서 죄상을 더욱 철저히 파헤쳤다.

최영의 대쪽 같은 곧은 성격과 청직성(淸直性)은 이미 정평이 나 있는 바였다. 그는 관직 생활을 하면서 스스로 엄격하게 청직함을 지켜온 것은 물론이고 남에게 대해서도 그러했다.

마경수라는 자가 아들과 함께 양민을 노예로 삼고 토지를 점탈한 것이 발각되었을 때에 이인임 등 재상들이 처벌하지 않고 다만 공문으로

죄를 논하고 지나가려 하자, 최영은 "이미 양민을 노예로 삼은 것이 서른이 넘고 토지를 점탈한 것이 100경(頃)[22]이 넘는 등 토호(土豪)로서 막대한 폐단을 일으켰는데 어찌 이를 살려주려 하는가"하고 화를 내며 질책을 하여서 마경수 부자는 장형을 맞고 유배를 가게 됐는데, 뒤에 마경수는 장독 후유증으로 죽고 말았다.

개경에 물가가 급등하여 상인들이 그 틈을 이용하여 서로 이익을 보고자 싸움을 벌였을 때 최영은 시장에 나오는 모든 물건은 먼저 경시서(京市署)[23]에 가격을 허락받은 후에 매매할 것을 지시했고, 만약 이를 어길 시에는 갈퀴로 허리를 찍어 죽이겠다고 선포하고 시장에 큰 갈퀴를 매달아 놓자 사람들이 벌벌 떨고서 영을 어기지 못했다.

이러한 최영이 자신에게 엄격한 것은 더 유명했다. 우왕이 최영의 여러 공을 치하하기 위해 토지를 하사하려 하자 "지금 국고가 비어 군사들이 먹을 양식이 모자라는데 무슨 염치로 토지를 받을 수가 있겠사옵니까?" 하며 사양을 하고 오히려 사재로 곡식 200석을 내어 군량미로 보충해달라고 했던 것이다.

최영의 성격이 이러한데 이인임, 염흥방, 임견미 일당의 죄상을 알고 적당히 넘어갈 리가 없었다. 그동안은 저들의 세가 하늘을 찌를 듯하여 묻어두고 있었지만, 이제 최영이 힘을 가지게 되었고 저들의 죄상을 낱낱이 밝혀낸 이상 그냥 지나가지 않겠다는 것이었다. 최영은 죄를 철저히 물어서 응징하려고 단단히 마음을 먹고 있었다.

22) 밭 넓이 단위.

23) 개경에서 일어나는 상업 활동을 감시하는 관청.

6

정도전은 정몽주의 집으로 찾아갔다. 정몽주는 대청마루에서 난을 만지고 있었다. 정도전은 그러한 정몽주의 한가한 모습에 슬그머니 부아가 났다.

"형님은 이 난국(亂國)에 어찌 그리 한가하게 난이나 가꾸고 계시오?"

"어허, 어서 오시게. 오랜만에 보는 얼굴인데 왜 그리 심통인가?"

정몽주는 정도전을 거실로 안내했다.

"온통 난국(蘭國)입니다그려."

정도전은 나라가 어지러움을 빗대어서 농처럼 힐난했다.

"하하, 나라도 난국(亂國)이고 집안도 난국(蘭國)일세."

"어찌 그리 한가하시오?"

"별수가 있는가? 지금은 계엄 시국이네. 난시에는 무장이 득세하는 것이 아닌가? 문반이 함부로 설치다간 큰일을 당하기에 십상이지."

"포은 형님 명성답지 않게 몸보신을 할 요량이구려. 매일 사람이 수십 명씩 죽어 나가는데도 이렇듯 태평을 치고 있으니."

"태평을 치고 있는 것이 아니라 어이가 없어서 그냥 입을 다물고 있는 것이라네. 사람 죽어 나가는 것이 어제오늘 일이었던가? 전에는 백성이 죽어 나가고 지금은 양반 벼슬아치가 죽어 나가는 것이 다를 뿐이지. 전화를 입어 죽고, 굶어서 죽는 것과 형을 받아 죽는 것이 다를 뿐이지 않은가?"

"최영 장군이 사람을 너무 죽이고 있어요. 경중의 가림도 없이 마구잡이로 붙잡아다 죽이니 민심이 흉흉합니다."

"최영은 천생(天生) 장수야. 곧고 강직한 사람이지. 그는 전쟁터를 다니면서 군율에 어긋난 아랫사람을 엄격하게 대했던 것처럼 지금의 난국을 수습하려 하고 있네.

전쟁터에서는 적의 항복을 받아내는 것이 목적이라 엄격한 군율로 다스려 군사를 독려하는 것이 당연하지만 정치는 그런 것이 아닐세. 정치란 상대를 굴복시키는 것이 아니라 이해시키고 포용하면서 이편의 뜻을 관철하는 것이 관건인데 최영은 배우지 못하여 학문이 없는 사람이기에 그런 것을 모르고 있어요."

최영은 전장에서 군율을 엄격히 지키는 것으로 호가 난 사람이었다. 목호의 난을 토벌하러 갔을 때 병사들이 해안에 상륙했으나 적의 기세에 눌려서 우물쭈물 움직이지 않는 것을 보고 그 자리에서 비장의 목을 베었더니 대군이 일제히 돌격하여 적을 무찔렀다는 일화가 있다.

왜구가 강화부에 침입했을 때에 만호 김지서와 부사 곽언필이 마니산으로 도주하여 적들이 "아무도 저지하는 이가 없으니 참으로 좋은 곳이구나"라고 하면서 백성의 재물을 마구잡이로 약탈하고 부녀자를 붙잡아 갔다. 이때 김지서의 처도 붙잡혀 갔다. 그러나 부사는 허위로 보고하여 왕이 이들을 위로하려고 했는데, 그 사이 적이 덕적도로 잠시 물러났다가 또다시 내침했다. 김지서는 겁을 먹고 싸워보지도 않고 원군을 요청했다.

최영은 이러한 사실을 알고서 "너의부(강화부)에 기병 1,000기가 있는데 어디에 쓸 것인가, 너는 처가 잡혀가는데도 싸우지도 않고 멀뚱멀뚱 바라보고 있다가 강화부를 점령당했다"고 나무라면서 출병을 거절하고 임금에게 김지서를 벌을 줄 것을 주청하여 유배를 보내 버렸던 것이다.

"최영이 곧고 원칙을 지키려는 마음은 무장으로서 살아온 강직한 그의 태도에서 비롯된 것이라 이해가 되네. 한데 문제가 되는 것은 원칙을 지킨다면서 정작 처단하여야 할 대도(大盜)는 그냥 두고 있다는 것이야."

"대도 누구? 이인임을 두고 하는 말입니까?"

"그렇지. 이인임이야말로 이들의 수괴가 아닌가? 임견미, 염흥방이 아무리 수괴급이라 하지만 이인임의 심복이라는 것을 세상 사람들이 다 아는 사실인데 최영은 지금 그를 벌하지 않고 있으니 아무리 저들을 단죄한다고 한들 백성이 박수를 칠 리가 없지 않은가?"

"그렇지요. 정작 죽여야 할 놈이 이인임인데……, 저렇게 목숨을 붙여놓고 있는 연유가 무엇이오?"

"여러 번 도당에서 논의하였지만 최영은 요지부동이라네. 이에 대해서 추측들이 많지. 이인임이 퇴임을 하면서 뒷일에 대하여 보장을 단단히 받아두었기 때문이라든가, 최영의 서녀(庶女)를 왕비로 추천한 의리를 보아서 용서를 해주고 있는 것이라는 등 말들이 많으이. 하나 지금은 최영과 이성계 두 사람의 세상이니 입들을 다물고 있는 게 낫겠다 싶어 가만히 있는 게지."

"두 사람의 눈치를 보아 그런 것도 있지만 지금 남아 있는 조정 대신이라는 자들도 지난 세월 동안 알게 모르게 이인임의 신세를 진 자들이기에 그저 눈 감고 있는 것이 아니겠소이까?"

"그렇기도 하네. 하여튼 이인임의 처세는 참으로 용하이. 이인임이 오랫동안 실세를 누려온 것은 비록 그가 탐욕하여 부정을 저지르고 국정을 전횡하였다고는 하나 남의 재물을 강제로 빼앗지는 않았고, 그는 자신의 욕심을 채우면서도 상대의 비위를 눈감아 주고 끈끈한 유대관계를 유지하면서 그들과 함께 권력을 유지해왔기 때문이지."

"세를 만들었다는 뜻이군요."

"그렇지. 부정을 눈감아 주면서 자기편으로 만들어 서로 바람막이가 되어 오랫동안 실세를 누려온 이인임의 치세술이 참으로 탁월하지 않은가?"

"참으로 형님의 갖다 붙이는 말재주가 용하오이다. 마치 이인임을 처세를 부러워하여 두둔하는 것 같구려."

"예끼, 그런 소리 말게. 그동안 떵떵대던 그들이 하루아침에 물러나고 지금의 참상이 벌어지니 권세란 것이 무상하다는 생각이 들어서 그냥 한번 말을 해본 것이라네."

정몽주는 그렇게 말하는 것이 괜스레 객쩍어서 수염을 쓰다듬었다.

"아무튼 도당에서 떠들어서 이인임 같은 자를 그냥 놔두지 못하게 해야 하고, 그리고 이 참상의 정국을 하루빨리 끝을 내어 백성이 안심하고 생업에 종사하게 해야 하오."

"허허 이 사람 바쁘기는? 지금 조정에 사람이 없어요. 모두가 죽어 나가고 유배를 가고, 도당이 텅 비었다고 해도 과언이 아니네. 하루빨리 현량(賢良)을 등과시켜 국정을 바로잡아나가야 하네. 자네도 이제 그만 시골에서 나와서 조정일을 보시게나."

정도전은 정몽주와 헤어져 돌아오면서 그가 한 말이 허투루 한 것이 아니라는 생각을 했다.

'역시 포은이야! 그가 하는 말은 모두가 이치에 닿는 말이다.'

정도전은 포은과 같은 사람을 붕우로 둔 것을 참으로 운이 좋은 일이라고 생각했다. 그와 함께 일을 도모한다면 앞으로 일어나는 일이 어떠한 난관에 부딪히더라도 잘 헤쳐나갈 수 있을 것이라는 생각이 들었다. 그러나 장차 도전의 생각과는 정반대로, 서로 목숨을 내놓고 대결하게 된다는 것을 당시로써 어찌 알 수 있었겠는가!

무진년 정초에 난 정변으로 임견미, 염흥방 일당에 대한 치죄는 두 달여에 걸쳐서 진행되었다.

이인임 등을 난신적자로 규정하고 각도에까지 안무사를 파견하여 이들과 조금이라도 연루가 된 자들은 모조리 붙잡아다 벌을 주었다. 주륙을 당한 자가 부지기수였다. 사형당한 자는 그 가족까지 끌어다 참수했으니 대가 끊긴 가문도 여럿 나왔다. 심지어 갓난아이까지 강물에 던져

죽였다. 처와 딸들은 붙잡아다 관비로 삼으니 그 숫자가 300여 명에 이르렀다. 재산은 모두 몰수했다.

직접적인 피해를 당한 자가 1,000여 명에 이르렀다 하니 참상을 전해 들은 사람은 그 참혹함에 모두가 고개를 절레절레 흔들었다.

이러한 참상은 단일 정변으로서는 전무후무한 것으로 후세 사람들은 이를 무진년(1388년) 정월에 당한 화라 하여 무진피화(戊辰被禍) 혹은 정월지주(正月之誅)라고 불렀다.

그러나 이러한 난을 겪었음에도 이인임의 목숨은 살아 있었다. 이인임을 참소해야 한다는 소가 빗발치고 있었음에도 최영은 '이미 늙어 병들어 있고 사직을 했다'는 이유를 들어 그를 비호했다. 그러나 최영이 버티는 것도 한계가 있었다. 끝내는 여론에 밀려 경산부(지금의 경상북도 성주)로 유배를 보내게 되었는데 그 몇 달 뒤에 이인임은 유배지에서 병으로 죽음을 맞이했다.

이를 두고 사람들은 '대도를 살려두려 했으나 하늘이 알아서 죽였다'고 하면서 대쪽 같았던 최영이 사정에 얽매어 공정히 일을 처리하지 못한 것을 비난했다.

11장

새로운 권력과 갈등

• 1

전면적인 개각이 이루어졌다. 최영이 수시중에서 승진하여 문하시중이 되었고 이성계가 뒤를 이어 수시중에 임명되고 판삼사사에 이색, 삼사좌사 정이품에 정몽주가 제수되는 등 대대적인 인사가 단행되었다. 정도전은 남양부사에 그대로 머물러 있었다.

반면에 이인임과 연고를 맺어왔던 인사들은 파직되거나 유배를 갔다. 이들 중에 이숭인과 하륜이 있었다. 이들은 이인임의 일파로 몰려서 귀양을 갔다. 이숭인의 증조부 이백년이 이인임의 증조부 이조년의 맏형이고 하륜은 이인임의 조카사위였기에 벼슬살이에 도움을 받았다는 이유에서였다.

재상들이 이인임 일파로 몰려서 대거 숙청되었으므로 요직에 기용할 인재가 부족하여 각 지방 관아에조차 현량(賢良)을 추천하라는 임금의 지시가 내려졌다. 필요한 인재는 이인임 시대에 임견미, 염흥방 일파와 거리를 두며 한직으로 밀려나 있던 일부 인사들과 신진사대부들로 채워졌다. 신진사대부는 대개 이성계를 지지하는 계층이었다.

최영은 성격이 강직하여 고집스럽고 엄하게 상대를 대하므로 송광미,

안소 등 일부 무장세력 외에 문신으로는 인원보, 정희계 등 소수의 구신들만이 지지하는 반면에 이성계는 상대적으로 부드럽게 포용하는 모습을 보여 많은 문신들의 지지를 받았다.

특히 전폭적으로 신진사대부들의 지지를 받게 된 데는 이성계가 변방의 호족에서 중앙으로 진출했으므로 구악과 폐습에서 자유로웠고 따라서 그에게 거는 개혁에 대한 기대가 컸기 때문이었다.

정도전은 이성계가 머무르고 있는 개경의 집으로 찾아갔다. 그의 집에는 떠오른 실세 권력답게 내방하는 객들로 북적거렸다.

"어서 오셔요. 그렇지 않아도 조만간 오실 거라 생각하고 기다리고 있었습니다."

정도전이 방문했다는 전갈을 받고 강씨 부인이 달려 나오며 반갑게 맞았다.

"그동안 강녕하셨사옵니까? 이제는 가까이 모시게 되었으니 자주 뵙게 되겠지요."

정도전이 머리를 숙여 인사를 하는데 똘망똘망한 사내아이 둘이 강씨 부인의 곁에서 같이 묵례를 했다. 아직 응석을 부릴 나이인데도 제법 예의범절을 차리려고 하는 모습이 대견해 보였다.

"이 애가 큰애 방번이고 이쪽이 둘째 방석입니다."

"씩씩하고 명석해 보입니다."

"앞으로 훌륭하게 자라도록 많은 가르침을 주시어요. 안으로 드시지요. 영감이 다른 손님들과 이야기를 나누고 있는지라, 제가 대감께서 오신 것을 전하겠습니다."

도전이 거실에서 기다리는 동안 이성계의 어린 두 아들이 곁에 있어주었다.

"그래 무슨 공부를 하느냐?"

작은 애를 무릎에 앉히고 큰애에게 물었다.

"예. 소학을 읽고 있어요."

큰 애가 큰 소리로 대답했다. 큰애는 작은 애에 비해서 다소 거친 인상이었다.

"저도요, 저도 형님을 따라서 같이 공부를 해요."

작은놈도 지지 않겠다는 듯 자랑을 했다. 작은 애가 좀 더 명석해 보였다. 그때 방문이 열리고 이성계가 들어왔다.

"이거 기다리게 해서 미안하오이다. 먼저 찾아온 손님을 맞이하느라고."

"아니옵니다. 잠시 기다리는 동안에 자제분들과 심심치 않게 보냈습니다."

정도전은 일어서며 맞인사를 했다.

"시골구석 촌놈을 만나자고 사람들이 줄을 잇는구려. 세상이 바뀐 것을 절감하겠소이다. 허허."

"감축드리옵니다. 사람 사는 곳에 사람이 들끓어야 하지 않사옵니까?"

"모여드는 사람은 많은데 옳은 인재를 구분할 수가 있어야지. 무슨 일부터 해나가야 할지 아직은 구별이 안 되오이다."

"우선 민심을 읽으십시오. 민심을 얻는 자 천하를 얻는다고 했습니다."

정도전은 이성계의 얼굴을 빤히 쳐다보며 말했다. 이성계는 시선이 부담스러워서 일부러 외면했다. 시선이 부담스럽다기보다는 정도전이 말하는 속뜻이 부담스러운 것이었다.

"전국으로 사람을 보내시어 민심의 소재를 들으시옵소서. 그러면 하셔야 할 일이 생각나실 것이옵니다. 백성들에게 제일 큰일은 먹고사는 일이옵니다. 이제 임견미 일당을 도륙하고 그들이 수탈하였던 산천을 경계하며 이루어 놓았던 토지를 돌려주고 농장에서 노예처럼 부리고 있던 양민을 놓아주니 참으로 좋은 세상이 되나보다고 박수를 보내고 있습니다.

그러나 몰수한 난신적자들의 재산이 백성에게 돌아가는 것은 일부에 지나지 않습니다. 그 태반을 부족한 재정에 충당한다면서 상만고(常滿庫)[24]에 쌓아놓고 있습니다. 이 짓은 도둑을 잡는다고 하면서 그들의 물건을 훔치는 것과 다를 바가 없는 것입니다. 백성들은 큰 도둑이 안방을 차지하고 있는데 작은 도둑 몇 잡아내었다고 좋아할 리가 없습니다. 개혁을 해야 합니다. 백성들이 진정 원하는 것은 도둑의 재물을 빼앗아 나누어주는 그런 선심보다는 전제 개혁을 통하여 자기 땅에서 농사를 지으며 편히 먹고살기를 바라는 것입니다."

"……."

이성계는 정도전이 하는 말을 잠자코 들으면서 간간히 고개를 끄덕였다. 이때 방문이 열리면서 강씨 부인이 소반에 간단한 주안상을 차려서 들어왔다.

• 2

국고가 텅텅 비어 백관들에게 녹봉조차도 주지 못할 지경이었는데 임견미 등으로부터 재산을 몰수하다 보니 여유가 생겼다. 녹봉 지급을 재개했다. 우왕은 그중의 얼마를 빼돌려서 애첩들에게 나눠주었다. 한동안은 주지 못했던 선물이다.

"연쌍비와 소매향에게는 베 100필씩을 주고 놀이에 참가한 모두에게는 한 필씩을 주어라."

임금은 오랜만에 아랫것들에게 선물을 주는 것이라 호기를 부리며 지시했다.

"전하!"

24) 궁중의 재화를 관리하는 관청.

그때 곁에 있던 연쌍비가 몸을 살짝 비틀면서 왕을 보고 샐쭉이 눈을 흘겼다. 왕은 무슨 뜻인지 금방 눈치를 챘다.

"오 그래, 연쌍비에게 말 한 필을 더 내려주어라."

그 말을 들은 소매향이 가만있을 리가 없었다. 남들보다 선물을 한가지라도 더 받는 것은 왕으로부터 그만큼 총애를 더 받고 있다는 표시다. 소매향도 지지 않았다.

"전하~"

소매향도 눈짓을 보냈다.

"그래 알았다. 내 오늘은 물품보다 더 큰 선물을 주마."

곁에 서 있는 환관에게 지시했다.

"연쌍비와 소매향을 옹주로 봉하여 궁중에서 기거케 하라."

임금의 명에 따라 즉시 연쌍비는 명순옹주로, 소매향은 화순옹주로 봉해졌다. 이로써 왕의 은혜를 입은 여자 중에 공식 첩지를 받은 사람이 9비(妃)와 3옹주(翁主)로 늘어났다. 이들에게 지급되는 물품 또한 엄청났다. 매달 각자에 지급되는 베만 해도 3,900필이었다.

궁중의 창고가 금세 비워졌다. 그러나 왕은 개의치 않고 거의 매일을 주지육림에다 여인과 풍악 속에 묻혀 지냈다.

"자 오늘 동천으로 가서 봉천호에서 잔치를 베풀자."

참화가 진행되는 동안 왕의 기생놀이가 잠시 중단하는 듯했으나 그때뿐이었고 이내 계속되었다.

왕의 편에서 보면 나라의 재상들이 하루아침에 도륙이 나고 가문이 파산되는 지경으로, 그들이 아무리 난신적자라 해도 그동안에 지근으로 지내왔던 자들인데 그 모습을 보고 있으니 마음이 편할 리가 없었다. 그중에는 매일 아침저녁으로 문안을 오던 임치도 있었고 목숨을 아끼지 않고 보필을 하던, 그래서 '왕'씨 성까지 내려서 양아들로 삼았던 반복해도 포함되어 있었다.

모든 일이 전광석화처럼 순식간에 이루어졌던 것이다. 왕은 측근의 신하들이 무참하게 쓰러져가는 것을 보면서 자신이 허울만 왕일 뿐이지 참으로 무력하다는 생각이 들었다. 모든 일은 최영과 이성계 두 무부에 의해서 결단이 되고 있었으니 그 와중에서 자신은 그들에게 휘둘리고만 있었을 뿐이었다.

매일매일 죽어 나가고, 귀양을 보내고, 그 가족까지도 참살하고 관비로 삼아 지방으로 쫓아 보내고, 왕은 그동안 벌어지고 있는 일들을 보면서 소름이 끼친 때가 한두 번이 아니었다.

'만약 저 두 장군이 나에게 역심을 품는다면……?'

생각해보는 것조차도 두려운 일이었다. 자신에게는 그걸 막을 힘이 없었다. 속수무책으로 당할 수밖에 없는 일이다.

이런 일에 대비해서 최영의 딸을 영비로 맞은 것이 참으로 다행스러운 일이었다. 최영은 이제 자신의 장인이다. 그는 어떤 일이 있어도 자신을 믿으라며 충성을 약속했다. 그러나 이성계는 다른 인물이다. 그는 야심이 많은 인물이니 경계를 해야 한다고 죽은 임견미가 말한 적이 있었다. 그때는 이인임이 변명을 해서 넘어갔는데 지금 가까이서 하는 것을 보니 속에 분명 다른 뜻이 있어 보였다.

종전에는 중앙에 벼슬을 주어도 조정 대신을 사양하며 동북면을 지키기 위해 떠날 수가 없다 하더니 이제는 임견미의 일이 끝이 났는데도 동북면으로 병사들을 돌려보낼 생각을 않는다.

'난신적자들을 추종하는 무리들이 무슨 일을 저지를지 모른다'는 구실을 대며 사저가 있는 남산에다 계속 진을 치고 있는 것이다. 그리고 그곳으로 젊은 사대부들을 모으고 있었다.

임금은 내심 그곳을 불시에 한번 방문하여 그의 마음을 떠보고 싶었지만 혹시라도 인질로 잡혀서 봉변을 당할까 봐 실행에 옮기지를 못했다.

왕은 이성계가 무슨 일을 벌일지가 두려웠다. 그저 하던 대로 놀이에 미쳐 지내면서 동태를 살펴보는 수밖에 없었다. 모든 일은 장인에게 맡겨 두고 먹고 마시고 계집질을 하면서 즐기는 일에 몰두했다.

"자, 춤을 추어봐라. 풍악을 울려봐라."

동천에 떠 있는 봉천호는 밤이 이슥할 때까지 불을 대낮처럼 밝히고 있었다. 왕은 대취했다.

"여봐라! 칼을 가져오너라."

"갑자기 칼은 왜 찾으시옵니까?"

칼을 대령하며 영문을 몰라서 시종하는 환관이 물었다.

"흐흐, 날이 잘 섰느냐?"

왕은 눈이 풀려 있었다.

"부왕께서는 주무실 때 신하에게 변을 당하시었다. 네놈들을 어찌 믿겠느냐? 이성계의 군대가 아직 남산에다 진을 치고 있지 않으냐? 언제 나의 목숨을 노리는 자가 나타날지 모르는데 칼이라도 차고 자야 하지 않겠느냐? 칼이 잘 드는지 보자꾸나. 흐흐."

왕은 징그러운 웃음소리를 내면서 칼을 빼 들었다. 그리고 환관을 향해 '휙휙' 휘둘렀다.

"전하!"

환관은 깜짝 놀라서 급히 몸을 피했다.

"이놈들 어딜 피하느냐? 칼이 잘 드는지 봐야겠다."

왕은 미친 사람처럼 칼을 휘두르며 뱃전을 쫓아다녔다. 사람들은 이리저리 그를 피해 달아났다. 그 일로 사공 둘이 크게 다치고 칼이 강물에 떨어지는 바람에 소동은 끝이 났다.

• 3

최영은 아까부터 줄곧 깊은 생각에 잠겨 있었다. 조금 전에 다녀간 지문하사 안소로부터 들은 말이 여간 신경이 쓰이는 게 아니었다.

"최 시중께서는 항간에 떠도는 소문을 들으셨는지요?"

"소문? 무슨 소문이오?"

"목자득국(木子得國)이란 말을 들어보셨는지요?"

"목자득국이오? 그게 무슨 말이오?"

"목자(木子)는 파자(破字)이옵니다. 두 자를 합하면 오얏 리(李)가 되지요."

"아니, 그러면 이가가 나라를 만든다는 말이오?"

최영은 깜짝 놀라서 물었다. 왕씨의 나라에서 이가가 나라를 만든다니 이것은 역모가 아닌가!

언뜻 떠오르는 인물이 이성계였다. 이성계가 왕을 꿈꾼다? 그는 임견미 일당을 제거하기 위해 일시 불러들인 인물이다. 비록 그가 여러 전쟁터를 다니면서 승리를 하여 백성들이 그를 영웅으로 떠받들고 있지만, 그는 누가 뭐래도 변방을 지키는 일개 장수에 지나지 않는다.

그런 자가 자신의 위치를 모르고 역모를 꿈꾼다고? 좀 황망스럽기도 했지만 그래도 그냥 넘길 일은 아닌 것 같았다. 그가 요사이 하는 행색을 보면 확실히 예전과는 달랐다. 벼슬이 수문하시중이라면 최영보다는 한 품계 낮았지만, 만조백관의 윗자리로 모두가 우러러보는 자리다. 그에게는 그것이 기화(奇貨)일 수도 있는 일이다.

"이성계와 삼봉 정도전의 만남이 심상치 않습니다."

안소가 최영의 기색을 살피며 뜸을 들이다가 말을 이었다.

"삼봉과 송헌(이성계의 호)이 가까이 지낸다고?"

"그것이 수상쩍다는 것이지요. 정도전은 불순한 자이옵니다. 그는 어명을 거역하여 귀양을 갔다가 풀려난 자이옵니다. 광평군이 현직에 있었을 때는 얼씬도 못 하던 그가 이성계와 어떤 인연이 되어 만나게 되었는지는 모릅니다만, 이성계가 그를 중하게 여기는 것만은 사실입니다. 이성계가 삼봉을 만난다는 것은 경계하여야 할 일이옵니다."

그렇다. 10년 전 광평군 등이 주도하여 조정에서 친원 청책을 펴려고 하자 사대부들이 반기를 들고 한바탕 소동을 피운 적이 있었다. 그때 삼봉이 선봉에 서서 불가하다고 외쳤고, 그러한 삼봉을 조정에서 기어이 원나라 사신 영접사로 봉하려 하자 "원나라 사신을 붙잡아오든가 목을 베어오겠다"고 항명해서 귀양을 보내지 않았던가!

최영은 그때 이인임의 요청으로 정도전, 정몽주, 박상충, 김구용 등 주동자급을 체포하여 귀양을 보냈었다. 정도전은 어명까지도 우습게 여기는 불순한 자임에는 틀림이 없었다. 이성계가 그런 그를 가까이한다는 것은 확실히 경계해야 할 일이었다. 그때의 일을 생각하면 삼봉이 자신에게도 감정을 품을 수 있는 일이다.

그러나 그렇다고 하더라도 이성계를 왕으로 만들고자 한다는 말은 너무 황당했다. 이성계는 외침으로부터 나라의 위기를 구해낸, 무장으로서 묵묵히 소임을 다하는 변방의 충성스런 장수에 불과할 뿐이다. 경륜이나 인품을 볼 때 역심을 품을 정도의 역량이 되지 않는다.

그런데 왜 '목자득국'과 같은 불순한 소리가 들리는 것일까? 최영은 안소가 돌아간 뒤에도 오랫동안 그에 대해 곰곰이 생각했다.

4

정도전이 신흥 권력자 이성계와 친히 지낸다는 사실을 알 만한 사람은 다 알고 있었다. 냄새는 형체가 없어도 꿀 내음을 맡고 벌레가 꼬이게 마련인 것처럼 소문은 소리를 내지 않아도 욕심 있는 자들을 불러들이게 마련이다. 자연히 정도전과 연줄을 맺으려는 사람들이 그의 주변으로 모여들었다.

정도전은 이들 중에 자신과 의기가 맞는 사람을 골랐다. 조준, 남은, 윤소종, 심효생, 황거정 등은 정도전과 뜻을 같이하는 사람들이었다. 남양부사로 가 있는 정도전이 조준, 남은, 윤소종, 황거정에게 연통을 하여 개경에서 그들을 만났다.

조준은 정도전 못지않게 정치적인 포부가 큰 사람이었다. 그는 어렸을 적부터 기개가 장(壯)했다.

그의 모친 오씨가 어느 날 "아들이 여럿 있으나 그중에 급제한 자가 없으니 무슨 쓸모가 있겠는가?"하는 한탄하는 소리를 듣고서 꿇어앉아 울면서 하늘을 우러러 "내가 과거에 급제하지 못하면 하늘의 뜻을 따르리라"고 맹세를 하고 공부를 부지런히 하여 과거에 급제했던 것이다.

그가 강원도 관찰사로 있을 때는 정선군에 가서 다음과 같은 시를 지어 장래에 큰 포부가 있음을 밝혔다.

> 오래지 않아 동쪽 명주(冥州) 땅을 깨끗이 씻으리니
> 이 땅의 백성들이여 눈을 씻고 맑아질 날을 기다리라

그는 또 강직하기로도 소문났다. 왜구가 경상도 일대를 침범했을 때 도통사 최영의 천거를 받아 체복사로 임명되어 전쟁을 독려하던 중에 마을이 초토화되고 백성들이 산골짜기로 피난을 가는데도 장수들이 겁을 내어 나아가 싸우기를 주저하는 것을 보고 도순무사 이거인을 추궁하고 병마사 유익환을 참수해버렸다.

그러자 이거인과 장수들이 벌벌 떨면서 "차라리 싸움에서 죽을지언정 조공(趙公)의 비위를 거슬려서는 안 된다"고 하며 힘껏 싸워서 마침내 승전보를 울리게 했던 것이다.

그는 또 우왕이 황음무도한 행위를 하고 이에 아첨하는 무리들이 조정을 장악하자 벼슬을 버리고 낙향했는데 임견미, 염흥방 일당이 처형되자 첨서밀직사사로 벼슬에 복직해서 우왕이 왕통이 아니라고 주장하며 윤소종, 정지, 백군녕 등과 함께 왕씨 부흥 결사를 조직하기도 했다.

이들은 궁성 앞 삼거리에 있는 월하의 집에 모였다. 정도전이 벼슬살이로 안정을 되찾아가는 것을 누구보다도 반가워한 것은 월하였다. 그녀는 벽란도에서 모든 짐을 꾸려서 개경으로 이사 와서 궁성 앞 삼거리에다 점포를 내었다. 정도전이 승승장구하는 것을 곁에서 지켜보기 위해서였다.

"핫하, 삼봉 대감께서 이렇듯 미인을 숨겨놓고 계시는 줄은 몰랐소이다. 나도 소가를 하나 들여야겠습니다. 삼봉 형님?"

입심 좋은 남은이 떠벌리는 소리에 모두는 한바탕 웃었다. 월하는 수줍은 듯 요리상을 차려주고 밀담을 나누시라고 하고는 자리를 물러났다. 술이 한 순배 돌았다.

"근자에 사람들의 목숨이 파리 목숨보다 더 가벼이 다뤄지고 있으니 큰일이오이다."

술잔을 기울이던 정도전이 말했다.

"너무 많은 사람을 죽였어요. 아무리 임견미 패거리와 연계가 되었다 해도 어린아이까지 죽인다는 것은 너무한 일이 아니오이까?"

남은이 맞장구를 쳤다.

"우리 이성계 장군이 말려도 소용이 없어요. 최씨 고집이라 하더니 참 대단하더이다."

"숙청을 당해서 목숨을 잃는 것도 그렇지만 임금은 왜 죄 없는 신하의 목숨을 그렇게 가볍게 다루는지, 원. 임금의 측근에 있는 사람은 살아 있어도 산목숨이 아니라 하더이다."

조준이 말했다.

"왜 무슨 일이 있었소?"

"얼마 전 판도판사 송빈이 매에 맞아 죽질 않았소?"

"그렇지 그런 일이 있었지. 송빈이라는 자가 억울하게 죽었지."

"송빈이라는 사람, 원래 아첨을 잘하여 판서 자리까지 올랐는데 그만 그놈의 아첨 때문에, 쯧쯧."

조준은 송빈에 대해 잘 알고 있다는 듯 혀까지 차며 말했다.

판도판서 송빈은 천성이 부드럽고 혀가 빨라서 입에 침이 고일 새가 없는 사람이었다. 그는 윗사람이 무슨 생각을 하는지 늘 염두에 두고 있다가 기분을 좋게 하는 것으로 출세를 거듭했는데 그것이 지나쳐서 목숨을 잃게 된 것을 두고 하는 말이었다. 그 일에 대해서는 대신들 사이에서 널리 소문이 퍼져 있었다.

임금이 동강에서 놀이를 나갔을 때의 일이었다. 놀이를 마치고 돌아오는 임금에게 송빈이 '반복해가 타던 준마'라 하면서 말을 한 필 구해다 바쳤는데 그 말이 말썽을 부렸던 것이다.

임금은 좋아라 하며 말에 올랐는데 말이 주인이 바뀐 것을 아는지 오르자마자 심하게 몸부림을 쳐서 그만 말에서 떨어지는 일이 벌어졌다. 땅바닥에 곤두박질 당한 임금은 신하들이 보는 앞에서 체면이 말이 아니었다.

이때 곁에 있던 송빈이 민망하여 "이 말은 사나워서 반복해도 제대로 다루지 못했습니다"고 변명을 하자 임금이 대로하여 "네놈이 사나운 말인 줄을 알면서 나를 골탕먹이기 위해 바친 게 아니냐" 하면서 말은 활로 쏴 죽이고 몽둥이를 가져오라 하여 송빈을 사정없이 두들겨 패서 죽인 일이 있었던 것이다. 이를 본 사람들은 임금의 끔찍한 행동에 모두 고개를 내저었다.

이외에도 임금이 직접 사람을 죽인 예는 여러 번 있었다. 연회에 기생이 늦게 왔다고 죽여 버렸고 상의국(尙衣局)[25]에서 어의(御衣)를 늦게 지어 바쳤다는 이유로 별감과 판서 강의 등을 참형에 처했다.

환관 김강이 기분을 나쁘게 했다는 이유로 참형시켰고, 격구놀이를 하면서 말을 놀라게 했다는 이유로 마부를 죽이려 했는데 이를 곁에서 보던 최영이 보다 못해 만류하자 "장인께서도 사람 죽이기를 좋아하면서 나는 왜 말리는 거요?" 하며 대들었다는 말까지 들려오고 있었다.

"황음한 것도 지나쳐서 이제는 포악하기가 그지없으니 이 일을 어찌하면 좋겠소!"

정도전이 화가 난 듯 말했다.

"임견미, 염흥방, 일파들을 숙청하면 나라가 나아질 줄 알았는데 도무지 그럴 기미는 보이지 않으니 큰일이 아니오."

조준도 정도전 못지않은 표정이었다.

"나라를 망치는 원흉은 그대로 있는데 소두목만 죽이면 뭐하겠소."

윤소종의 말은 한 발 더 나갔다. 술이 알싸하게 가슴을 쓸어 내려가니 모두는 말에 조심성이 없어졌다. 당장에 결기를 부릴 기세였다.

"왕통이 바뀌어야 합니다. 신씨가 왕통을 이어받았으니 어찌 나라가 제대로 굴러가겠소이까? 왕씨의 나라로 바로 돌려놓고서 나라의 기강을 잡아야 합니다. 지금의 주상은 임금이 아니라 시정잡배올시다."

윤소종의 말에서는 분노가 서려 있었다.

"목자득국(木子得國)!"

25) 임금의 옷을 공급하는 일을 맡아보는 관아.

정도전이 술잔으로 탁자를 '탁' 쳤다. 모두는 놀란 눈을 하고 정도전을 쳐다보았다.

"임금만 바꾼다고 이 난국이 바로잡아지겠소이까?"

"……."

모두는 정도전의 입에서 무슨 말이 떨어질까 하고 기다렸다.

"맹자께서는 500년 순환 주기설을 말씀하셨소. 나라가 500년을 지탱하면 기를 다하여 혼란이 오고, 이때 세상을 구하기 위하여 성인이 나타난다 하였소. 고려는 지금이 500년 주기를 맞은 때요. 이제 천기를 다하여 고려가 망하고 새로운 세상이 펼쳐지는 것은 하늘의 순리오이다."

맹자는 "한 시대가 500년을 이어오면 세상이 어지러워지고 이때 반드시 새로운 왕이 나타나서 세상을 개혁한다"[26]고 했다. 정도전은 맹자의 말을 인용한 것이었다.

"목자득국은 하늘의 순리를 예언한 것이란 말이지?"

남은이 말을 하며 침을 꼴깍 삼켰다. 말을 하는 그의 얼굴에는 어느 틈엔가 취기는 싹 가신 채 눈망울이 초롱했다.

"왕씨지망이씨지흥(王氏之亡李氏之興)에 목자득국(木子得國). 여러분들은 이 말이 무엇을 뜻하는지 알 수 있을 것이오. 이제 곧 왕씨의 나라는 망할 것이고 이씨의 나라가 세워진다는 뜻이 아니겠소!

이러한 풍문이 떠도는 것은 바로 백성들의 여망이 그러하기 때문이 아니겠소이까? 500년 왕조 교체 주기에 성인이 우리 곁에 와 있소이다. 나는 오래전부터 이성계 장군을 흠모해왔소이다. 그분이야말로 난세의 이 나라를 구할 분이라고 생각하고 있소이다. 여러분의 생각은 어떠하신지요?"

정도전의 목소리는 낮았으나 그 우렁찬 기는 모두의 가슴을 울렸다.

"……좋소이다. 나는 삼봉의 뜻에 따르겠소이다."

---

26) 오백년필유왕자흥(五百年必有王者興) 기간필유명세자(其間必有名世者).

눈치를 보며 침묵을 지키고 있던 황거정이 먼저 동조하고 나섰다.

이어서 남은이 나섰다.

"나도 그 뜻을 따르오리다."

"나와 윤소종은 진작부터 신씨, 우왕을 폐하자고 입을 모은 사람이외다. 우리도 이 장군을 주군으로 모실 것입니다."

조준과 윤소종도 동참 의사를 밝혔다.

정도전은 그동안 혼자서 품어온 결심이었으나 이 순간부터 이들과 함께 본격적으로 혁명의 길로 들어서게 된 것이었다. 모두는 벅차오르는 감격으로 술잔을 높이 들어서 건배를 했다.

"그런데 우리만으로는 부족하고 사람을 하나 추천하고 싶은데……."

조준이 말했다.

"누구 믿을 만한 사람이 있소이까?"

남은이 물었다.

"하륜 말이외다. 그는 머리도 비상하고 의기도 있는 사람이니 우리의 일에 동참을 시켜도 무난한 인물일 거라고 보는데 어떠하오?"

"하륜이라…… 사람은 괜찮은데……."

남은이 잠시 생각했다.

"뭐, 문제가 있소이까?"

조준이 물었다.

"이인임!"

정도전이 힘을 주어 말했다.

"그는 이인임의 조카사위로서 이인임의 배경으로 출세해온 사람인데 우리와 뜻을 같이하더라도 여러 사람의 공감을 얻기가 어려울 것이오. 그 일에 대해서는 지켜보기로 합시다."

정도전이 명쾌하게 선을 그었다.

"이 일은 목숨을 내놓고 하는 일입니다. 자, 목구멍에 술이 넘어가는 동안에는 열심히 마십시다."

남은이 허탈하게 웃으면서 술잔을 넘기자 다른 사람들도 따라서 잔을 비웠다. 모두의 얼굴에 비장한 각오가 서렸다.

• 5

무진년 정초부터 피를 뿌려대던 정국이 차츰 안정을 찾아갔다. 정국 쇄신의 명분으로 마구잡이로 벼슬길에서 쫓아냈던 사람들도 경중을 가려서 복귀되고 방면이 되었다. 이는 조정에 필요한 인재가 고갈되어서 합당한 인재를 채우기가 부족한 것이 이유이기도 했다.

이숭인은 단지 이인임과 조부 간이 형제였다는 이유로 귀양을 가게 되었는데 그 억울함이 받아들여져서 지밀직부사 벼슬에 복직되었다. 그러나 하륜은 유배에서 풀려나긴 했지만, 이인임과의 깊은 인연 때문에 복직되지 못했다.

이숭인이 복직해서 인사차 정몽주를 찾아왔다.

"도은, 고생이 많았네. 이렇게 돌아와서 같이 일을 하게 되어서 다행이네."

"형님 그동안 강녕하셨사옵니까? 형님 생각이 많이 나더이다."

두 사람은 찻잔을 마주하고 그동안 쌓아두었던 안부를 나누었다.

"그런데 포은 형님께서는 이성계 장군을 어찌 생각하십니까?"

이야기는 시국에 관한 것으로 바뀌었다.

"이성계 장군은 훌륭한 장수이지. 싸움터에서 연전연승을 거두어 백성들로부터 영웅으로 추대를 받고 있는 사람이 아닌가. 온 나라가 왜구의 등쌀에 몸살을 겪고 있어도 그가 나타나기만 하면 왜구들이 벌벌 떤다고 하지 않든가?"

"내 말은 그가 장수로서 싸움터에서 훌륭한 전적을 쌓았던 공적을 말하려는 것이 아니고 그러한 장수가 지금 조정에 턱 하니 버티며 좌장 노릇을 하고 있는 것을 평가해달라는 뜻입니다."

"무슨 말인지 알겠네."

정몽주는 찻잔을 들어 홀짝 마시며 잠시 생각하다가 말을 이었다.

"시골 변방을 지키다가 갑자기 정변을 일으켜 수문하시중 자리에 앉은 그에 대해서 탐탁지 않게 여기는 시선이 많지."

"지금 조정에는 두 군벌이 자리를 잡고서 좌지우지하고 있습니다. 한 사람은 문하시중이면서 전하의 장인 되시는 최영이요, 또 한 사람은 변방의 장수에서 일약 발탁되어 수문하시중으로 앉은 이성계입니다. 무장들의 세상이 되었습니다. 아무리 이인임의 세력이 부패하였고 그들을 몰아내려고 어쩔 수 없이 한 일이라고는 하나 최영이 변방을 지키는 이성계를 불러들여서 그들 반대세력을 일거에 숙청한 것은 잘못된 것이지요. 이성계도 동북면을 지켜야 할 본분을 제쳐 두고 병사를 이끌고 조정 일에 끼어든 것도 또한 대단히 잘못된 일이지요."

"그러나 어찌하겠나? 저들이 큰 악을 물리치기 위하여 어쩔 수 없이 거병하였다고 명분을 내세우고 있으니 당분간은 지켜볼 수밖에 없는 노릇이 아닌가?"

"포은 형님조차도 그런 말씀을 하시면 아니 되지요."

이숭인은 정몽주가 시원하게 대답을 해주지 않자 답답한 마음에 언성을 높였다.

"지난날 무장들이 정권을 잡고 국정을 농단하였던 시대를 포은 형님은 잘 아시면서 남의 일을 대하듯 그런 말씀을 하십니까?"

이숭인의 뼈 있는 소리를 듣고 정몽주는 다소 무안한 듯하여 변명을 덧붙였다.

"내 말은 당분간 추이를 지켜보자는 뜻이네. 저들의 편에 서거나 옹호하려는 뜻은 추호도 없네."

"네. 형님의 뜻이 그러한 것을 저도 모르는 바가 아닙니다. 그러나 나라가 되어가는 꼴이 이대로는 안 되겠다 싶어서 드리는 말씀입니다. 또다시 무부들이 나서서 나랏일을 이래라저래라 하게 해서는 아니 됩니다."

"자네는 왜 그렇게 무장을 싫어하는가?"

"저는 무장을 싫어하는 것이 아닙니다. 문반과 무반이 나랏일에 참여하여 제각기 할 일이 따로 있는데 본분을 망각하고 엉뚱한 욕심을 내어 권력을 탐하는 것을 경계하자는 것입니다."

"나랏일에 무장과 문신이 하는 역할이 어떻게 다르다고 보는가?"

"무장에게는 힘이 있습니다. 그 힘을 나라가 위급할 때 나라를 보호하고 백성을 구하는 데 사용해야 합니다. 개인이 정권을 탐하여 그 힘을 이용해서는 안 되는 것이지요. 무장의 힘은 때로는 임금도 어쩌지를 못할 만큼 클 때가 있습니다. 무장이 제힘을 함부로 사용하면 나라가 어지러워집니다. 나라는 경세를 배운 문반에 의하여 경영되어야 백성이 편안해지고 나라의 질서가 바로 서는 것입니다."

"그러나 나라의 형편에 따라서는 무장이 나서야 할 때가 있지 않은가? 예부터 난세에는 무장이 나와서 세상을 평정하였네. 그러고 나서 문반이 나서서 세상을 아름답게 가꾸어왔지 않은가? 나라가 어지러울 때 꼭 문무를 구별하여 역할을 정할 필요는 없다고 생각하네."

"그럼 형님께서는 지금이 난국이라서 무장들이 힘을 내세워 나라의 경영에 참여하는 것이 옳은 일이라고 생각하시는 것입니까?"

"꼭 그렇게만 생각하는 것은 아니네. 그동안 원나라 지배를 거치고 요승 신돈을 거쳐 이인임 패거리가 득세하여 나라의 경영이 엉망이 되었으니 누구든 나서서 이 질서를 바로잡아 놓아야 한다는 것이 나의 생각이네. 다만 그들이 어떻게 나라를 경영해 나갈 것인지는 지켜봐야 할 것이네. 진정 나라를 위하여 바람직하다면 그들을 지지할 것이고 그렇지 못하다고 생각하면 목숨을 던져서라도 막아야 할 것이 아닌가?"

역시 정몽주는 당대의 이론가였다. 그의 차분한 설명에 이숭인의 노기가 한층 누그러들었다.

"그런데 형님, 나는 도대체 삼봉 형님이 이해가 가지 않습니다. 벌써부터 이성계 사람이 되어서 그의 일에 앞장을 서고 있다 하니 유학을 같이 배운 학도로서 화가 날 지경입니다."

"허허, 그것도 지켜볼 일일세. 삼봉이 정도가 지나칠 때는 우리가 나서서 막으면 되는 것이 아닌가?"

두 사람은 그렇게 오랫동안 이야기를 나누다가 헤어졌다.

• 6

명나라로부터 들려오는 소식이 심상치 않았다. 공물로 보낸 말이 허약하다고 트집을 잡더니 드디어는 요동 땅에 입조하는 것조차도 허락하지 않았다.

동지사로 보낸 정몽주 일행도 입조를 거절당하고 되돌아왔다. 조정은 고민을 거듭한 끝에 귀화인 설장수를 특사로 다시 보냈다. 설장수는 색목인(위구르 출신)으로 몽골어와 중국어를 능숙하게 구사했고 시문과 글씨를 잘 써서 명나라 학자들과 교류가 활발한 사람이었다.

그는 고려말 조선조 초기에 외교적 수완을 탁월하게 발휘한 공으로 태조 이성계로부터 계림(鷄林, 지금의 경주)을 관향(貫鄕)으로 삼도록 사성(賜姓)을 받아서 경주 설(偰)씨의 실질적인 시조가 된 사람이다.

설장수가 알음알음으로 영향력 있는 인사와 접촉하여 명나라 황제에게 손을 써보았으나 반응은 냉랭했다. 오히려 고려를 한층 더 압박하려는 황제의 심중만 확인하고 귀국했다.

"내가 은혜를 베풀어 통상을 허락했는데도 너희는 공식적인 무역은 하려 하지 않고 사람을 은밀히 보내어 짐의 나라의 군사 태세를 정탐하고 다니니 믿을 수가 없고 또 철령 이북의 땅은 당초 원나라에 속하였다. 이제 원나라를 쫓아낸 명나라가 그 뒤를 이었으니, 그 땅을 요동에 귀속시키라."

설장수는 황제의 공문을 받아서 귀국했는데 그 내용이 엄중했다. 도당은 이 문제의 대처를 놓고 또다시 시끄러웠다.

"어찌하면 좋겠소. 동네 개 짖듯이 시끄럽게만 떠들지 말고 대안을 내놓으시오."

명나라가 침공할 기미가 보이는데 뚜렷한 방책이 없으니 임금은 짜증이 났다.

"피난을 준비하셔야 하옵니다."

적의 침공이 있을 조짐인데 피난부터 갈 생각을 먼저 하는 자도 있었다.

"다시 한 번 특사를 보내시옵소서. 진심으로 사죄한다면 황제의 마음이 돌아설 수도 있을 것이옵니다."

소용없는 짓을 되풀이하도록 아뢰는 자도 있었다.

"도성을 축조하소서. 허물어진 성곽은 수리하고 물자를 비축하여 적의 침공에 대비하셔야 합니다. 서북면에 안무사를 보내어 군비 상태를 점검하소서."

"경성을 축조하소서. 왕자와 왕비마마의 거처를 한양으로 옮기시어 후사를 도모하도록 해야 할 것이옵니다."

"비축할 물자는 있는가? 얼마 전까지 국고가 비어서 재상들의 녹봉도 주지 못하지 않았는가? 경성의 성을 축조하자면 백성들을 동원해야 하는데 이는 또 어떻게 할 것인가?"

임금은 묘책이라 할 수 없는 소리들이 논해지는 것을 듣자하니 한심한 생각조차 들었다.

"3년치 세공을 한꺼번에 거두면 부족한 물자를 채울 수가 있습니다. 성곽의 축조는 팔도에 명하여 군사를 징발하소서."

"그만두어라. 모두 소용이 닿지 않는 소리들이다. 깊이 생각을 하고 말을 하라!"

뚜렷한 대책이 없자 왕은 화를 내고 내전으로 들어가버렸다. 그리고는 따로 최영을 불렀다.

"장인의 생각은 어떠하오? 신하들이 내놓는 대책이라는 것이 모두가 말로는 하기 좋은 대책인데 실행에는 어려운 것이 아니오?"

왕은 걱정이 가득하여 물었다.

"……요동을 치셔야 합니다."

최영은 한참을 생각하다가 무겁게 입을 열었다.

"요동을 쳐요? 지금 우리가 전쟁을 일으킬 형편이 됩니까? 명나라와 어떻게 전쟁을 할 수가 있겠소?"

"이성계에게 짐을 지우소서."

"이성계에게 맡겨요? 어떻게?"

"지금이 이성계를 제거할 호기입니다. 지금 전하의 안위는 밖에서 외적의 침입을 받아 위태로운 것보다 안에서 더 위협을 받고 있습니다. 이성계는 개경의 경비를 이유로 군사를 동북면으로 돌려보내지 않고 있습니다. 이것은 실로 집안에 화약을 재고 있는 것과 같사옵니다. 이성계가 무슨 일을 저지를지는 그와 접촉하는 무리들을 보면 알 수가 있습니다. 그중에서 삼봉이라는 자는 대단히 위험한 자입니다.

이성계는 그를 특히 중하게 여기고 가까이하고 있사옵니다. 이 기회에 이성계를 전쟁터로 내보내고 그 일당들을 쳐내야 합니다."

최영의 대안은 예상 밖이었다. 왕은 어안이 벙벙했으나 공감이 가는 말이기도 했다. 이성계를 동원하여 국정을 좌지우지하던 임견미 일당을 제거하긴 했지만, 그가 하는 짓을 보니 여우를 쫓아내기 위해 호랑이를 불러들인 것 같아 크게 불안했는데 최영의 말을 듣고 보니 수긍이 갔다.

"요동공략에는 승산이 없는 것 아니오?"

"그러하옵니다. 우리 형편에 명나라와의 전쟁은 무리입니다. 명나라에도 황제를 달래는 사신을 보내시옵소서. 그러면서 요동공략을 이성계에게 맡기시옵소서. 다행히 이성계가 초기에 승전을 한다 해도 명나라 대군을 이겨내지는 못할 것이고 그렇게 되면 황제는 책임 추궁을 하려들 것이 옵니다."

"만약에 공략에 실패하면?"

"그때는 패전의 책임을 물어야지요."

최영은 입가에 음흉한 미소를 지으며 말했다. 최영의 계획은 이성계의 목에 빠져나가지 못할 올가미를 씌워놓는 것이었다.

"그러나 일단 전하께서는 요동공략을 한다는 말은 삼가시고 평양으로 행처를 옮기시옵소서. 병사들을 그곳으로 모아서 요동공략책을 발표하셔야 하옵니다. 그 전에 발표를 하신다면 저들의 동요가 있어서 어떤 불상사를 일으킬지 알 수가 없습니다."

요동공략책은 왕과 최영 사이에서 은밀하게 이루어졌다. 또한 그것은 동시에 새로운 권력으로 떠오르고 있는 '이성계 제거작전'이기도 했다.

• 7

민심이 흉흉해졌다. 또 한 번 대규모 전쟁이 일어날 것이라고 백성들은 공포에 떨었다.

이번 전쟁은 종전에 치렀던, 적의 침입을 막아내기 위해 벌이는 생존전쟁이 아니라 고려 스스로가 대국을 상대로 벌이는 침략전쟁이라 했다.

“남쪽에서는 수시로 왜구들이 침입하여 살 곳이 막막하여 피난을 다녀야 하는데 북쪽과 또 전쟁을 하면 어디로 가야 목숨을 부지하지?”

“에구, 이놈의 팔자 제 목숨 하나 건사하기도 힘든 세상 죽어서나 다리 뻗고 걱정 없이 누울 수 있으려나?”

“그나저나 군사를 징발한다는데 보리 수확에, 모내기에, 강아지 힘도 빌려야 할 판에 장정들을 빼앗기면 이 일은 또 어찌 감당을 하누?”

백성들은 난리를 겪는 것도 걱정이지만 당장 들판에 나가 농사를 지어야 하는 젊은 가장들이 전쟁에 동원된다 하니 앞이 깜깜했다.

남양부사로 있는 정도전은 궁궐에서와는 달리 매일 밑바닥 백성을 만나야 했으므로 그 한숨 소리를 들어주는 것이 일이었다. 전운은 임금이 있는 궁궐보다는 백성들이 살아가는 민가에 더 짙게 드리워져서 불안에 떨게 만들었다.

정도전은 아무리 생각해봐도 명나라와 지금 당장 전쟁을 한다는 것이 승산이 없어 보였다.

‘또 한 번 이 나라가 명나라의 지배를 받아야 하는 것인가?’

중원 땅에 새로운 나라가 세워질 때마다 언제나 그들은 이 땅을 침범해왔다.

멀리 보면 한나라가 이 땅에 한사군을 설치했을 때 이래로 이족(夷族)인 후연(後燕)[27]의 침공, 요나라(거란족), 금나라(여진족) 등 중원을 지배하려는 새로운 나라가 세워질 때마다 이 땅이 그들에게 침탈을 당해왔던 것이다. 지금 중원에는 명이라는 새로운 나라가 세워졌고 그들 또한 전과 같은 횡포를 거듭하려고 하고 있다.

생각 같아서는 아직은 명나라가 여러 가지로 국가의 기반이 약해 있는

27) 선비족이 세운 나라.

때이니 요동 땅에서 한판 붙어서 내친김에 그 땅을 되찾고 싶기도 했다.

요동 땅이 어떤 곳인가? 그곳은 옛 고구려 조상들이 일구어온 우리의 고토가 아니던가? 2년 전 정도전은 정몽주와 함께 사신으로 갔다가 요동 땅을 지나오면서 피가 끓는 흥분을 느꼈다. 명나라에서 당했던 수모를 되새기면서 그곳 땅을 말을 타고 마음껏 달려보고 싶은 욕망을 느꼈었다.

그러나 지금은 때가 아니라는 생각이 들었다. 고려는 아직은 국력이 약하다. 100년 동안의 원나라 지배에서 이제 겨우 벗어난 처지로 명이라는 중원을 제패한 나라와 상대를 해야 하는 것은 무리였다.

국토의 삼면에서는 수시로 왜구들이 출몰하다시피 하여 백성들이 살 곳을 찾아 이리저리 방황하는 터에 북쪽에서까지 전쟁을 일으킨다면 그야말로 '사면초가'인 셈이다. 그리고 농사철에 장정을 동원한다면 농사를 포기하자는 것인데 식량은 어떻게 감당할 것인가? 참으로 대책이 없는 전쟁론이었다.

전쟁을 치르려면 오랫동안 준비를 거쳐야 하는데 병사의 훈련은 고사하고 변변한 병장기도 갖추지 못한 상태에서, 지금도 왜구들이 출몰하면 병사들은 겁부터 내서 변변히 대항도 못 하고 도망을 치기가 일수인데, 사기가 말이 아닌 그런 병사로 전쟁을 치러 봤자 백전백패인 것은 너무도 명약관화(明若觀火)한 일인데 어떻게 먼저 싸움을 건다는 말인가?

'전쟁의 고난은 무지몽매한 백성들이 고스란히 지게 된다. 백성들의 피눈물을 닦아주어야 할 나라가 오히려 백성의 가슴을 쥐어 뜯게 만들고 있다.'

정도전은 무슨 일이 있어도 승산 없는 이 전쟁을 막아야겠다고 마음먹었다. 한편 이런 전쟁을 일으키려는 의도는 또한 무엇인가 라는 생각도 들었다.

최영은 수많은 전쟁터를 다니면서 혁혁한 공을 세운 전쟁 영웅이다.

그런 사람이 전쟁에서의 승리하는 공식을 모를 리가 없을 터인데 임금과 같이 굳이 전쟁을 일으키는 쪽으로 분위기를 몰아가는 저의가 무엇인지 의심이 가기도 했다.

'승리에 자만하고 있는 것일까?'

그러나 최영의 나이는 이제 일흔이 넘었다. 아무리 전쟁터에서 일생을 보냈고 전쟁 영웅으로 추앙받고 있지만, 그 나이로 전쟁놀이를 하기에는 무리라는 생각이 들었다. 그렇다면 이는 정치적인 복선을 깔고서 하는 도박이 아닌가? 최영은 지금 정적을 제거하고 권력의 고리를 확실히 잡으려는 의도에서 전쟁을 일으키려는 것이 아닐까? 정도전은 최영의 저의가 의심스러웠다.

'그렇다! 이 전쟁은 바로 주군 이성계 장군을 겨냥한 싸움이다.'

정도전은 이 전쟁이 최영과 이성계 두 전쟁 영웅이 새로이 권력의 일인자 자리를 놓고 벌이는 한판 승부가 될 것이라고 생각했다. 엄밀히 말하자면 최영이 이성계를 제거하기 위해 그의 목을 죄려는 의도에서 벌이는 전쟁이라고 깊이 생각한 끝에 결론을 내렸다. 정도전은 판단이 이에 닿자 신속히 개경으로 갈 차비를 했다.

• 8

정도전은 이성계의 집으로 가는 길에 월하의 집에 들렀다. 월하 동생 덕이가 중국에서 들어왔다는 기별이 있었기에 최근의 중원 쪽 소식을 들어보기 위해서였다.

덕이도 이제는 중년을 바라보는 나이가 되었다. 배가 불룩이 나온 모습이 나잇살이 몸매에 나타났고 수염도 적당히 나서 얼굴에 터를 잡았다.

"올해 몇이나 되었느냐?"

덕이로부터 큰절을 받고 나서 나이를 물었다.

"서른이 넘었습니다."

"그렇게 되었느냐? 세월이 참 빠르기도 하지."

정도전은 장성한 사내의 나이를 물은 것이 객쩍어서 괜스레 하얗게 터를 잡고 있는 자신의 수염을 만지작거렸다. 정도전도 어느덧 쉰을 쫓아가는 나이가 되었다. 이런저런 안부를 묻다가 정도전은 궁금했던 중원의 소식을 들어보고자 했다. 무엇보다도 명 황제 주원장이 철령 이북의 땅을 내놓으라고 하면서 고려의 사신조차도 입국하는 것을 거절하는 등 트집을 잡으며 압박하는 이유를 알고 싶었다.

덕이는 왕 대인과 함께 명나라 재상들을 만나 필요한 물품을 조달해주는 일을 하니 최근에 황실과 조정에 돌아가는 내막을 잘 알고 있을 듯하여 이성계를 만나기 전에 그 동향을 알고 싶었던 것이다.

"최근의 대륙의 정세를 한번 들어보자꾸나. 지금 고려의 시국이 심상치 않느니라. 곧 명나라가 군사를 일으켜 침범해온다는 소문이 파다한데 네 생각에는 정말로 군사를 일으킬 것 같으냐?"

"예. 저도 이곳에 와서 그런 소문을 들었습니다. 그런데 명나라에서는 그런 소문이 없습니다. 과장된 것 같습니다."

"과장이 되었다? 어째서 그렇게 보느냐?"

"물품 거래 품목을 보면 알 수가 있습니다."

"어떻게?"

"우선 대규모 전쟁을 일으키려면 식량을 대량으로 수집하고 말[馬] 값이 폭등하는데 그런 조짐이 없습니다. 오히려 금은보화와 향료 등이 품귀합니다. 그것은 나라가 안정이 되니 새로이 권력을 잡은 세력가에서 사치한 생활을 즐기기 때문입니다."

"그렇다면 북원 정벌이 끝났다는 말이냐?"

"그렇지는 않습니다. 북원은 아직도 명목은 건재합니다. 그러나 이제는 내륙 깊숙이 쫓겨 들어가서 왕년에 제국을 호령하던 모습은 찾아볼 수가 없습니다. 대륙 내의 잔당들이 산서, 섬서, 감숙 등지에서 저항을 하다가 모두 소탕되었고 최근에는 요동 일대에서 저항을 하던 나하추도 항복을 하여 과거 원나라 세력들은 거의 괴멸되었습니다.

그러나 북원은 몽골 내륙 지방으로 도주했지만 여전히 황제 국가임을 자처하며 명나라에 복속을 하지 않은 채 초원에서 도주와 공격을 반복하면서 저항하고 있습니다. 그러나 크게 염려할 정도는 되지 못합니다."

덕이는 자신이 알고 있는 정보를 정도전에게 상세히 일러주었다. 이는 고려를 둘러싸고 벌어지고 있는 생생한 중원의 정세 보고였다.

주원장은 홍건적의 세력을 제압하고 명나라를 건국, '오랑캐는 중원의 주인이 될 자격이 없다'는 포고문을 내걸고 서달(徐達)을 대장군으로 임명하여 25만의 대규모 군을 편성하여 원나라 토벌에 나섰던 것이다.

이에 원나라는 수도인 대도(북경)를 버리고 몽골의 여름 수도인 상도[28]로 쫓겨 갔고 이후에도 태원과 응창 등지로 옮겨 다니면서 항거를 했다.

북쪽으로 쫓겨간 원나라를 북원이라 했는데 명나라 토벌군은 군세로 보아 일거에 북원의 항복을 받아낼 것 같았지만 북원에도 왕보보(王保保, 코케 테무르)라는 걸출한 장군이 있어서 만만치가 않았다.

코케 테무르는 본국에서 저항하는 것뿐 아니라 영북행성(嶺北行省), 요양행성(遼陽行省)과 운남, 중앙아시아에까지 손을 뻗어 잔존하는 원나라 세력을 규합하여 명나라에 대항했던 것이다.

이들 중에서 가장 위협적인 세력이 요동의 나하추였다. 요동은 본국과 고려를 연결하는 통로 역할을 하고 있어서 전략적으로 대단히 중요한

28) 내몽골의 개평부. 북경에서 280킬로미터 정도 북쪽에 위치한다.

지역일 뿐만 아니라 그곳에는 원나라의 잔여세력이 상당수 남아 거세게 저항을 하므로 명나라로서는 여간 신경이 쓰이지 않았다.

이때 고려에서는 김용이 부원세력과 결탁하여 흥왕사에서 반란을 일으켰고, 덕흥군을 고려왕으로 옹립한 무리가 최유를 대장으로 하여 1만의 군사를 이끌고 내침을 했던 터라 고려는 원나라에 대해서는 반감이 컸던 반면, 명나라와는 사절이 왕래하고 선물을 주고받는 등 우호적인 관계를 유지했다. 이에 공민왕은 명나라의 요구를 받아들여 반명 세력의 거점인 요동으로 군사를 출병시켰다.

공민왕 19년(1370년) 이성계를 대장군으로 삼아서 기병 5,000명과 보병 1만을 편성, 요동 정벌에 나섰던 것이다. 이때 수시중으로 있던 이인임도 같이 조전원수로 전쟁에 참여했다.

이성계의 군사는 한때 오녀산성[29]을 정벌, 적장 이원경(원나라명 이오르테무르) 등의 항복을 받아내고 1만의 민가를 복속시키는 등 전과를 올리기도 했다. 그러나 이 전과는 군사적으로는 일시적인 승리였으나 전략적인 승리라 할 수는 없었다.

당시 고려의 사정은 왜구의 침입을 계속 받고 있었는데 이들은 수도 개경의 턱밑인 강화 김포까지 침입했기에 고려는 요동을 경략할 만한 능력이 없었던 것이다. 따라서 고려의 요동 공략은 명나라에 대한 체면치레하는 정도로 그치고 철수를 해야만 했다.

이를 계기로 명나라는 또다시 대규모 토벌군을 편성하여 2차 정벌에 나서게 되는데, 그러나 이때는 1차 때와는 양상이 달랐다. 명나라의 서

29) 고구려의 옛 도읍지였던 졸본에 있다.

달, 이문충이 이끄는 군사는 막북(漠北)[30]까지 진격했으나 사막의 폭풍과 추위와 더위, 보급품 부족 등으로 패전하게 되는 반면 북원에게는 이것이 반격할 수 있는 기회가 되었다. 북원은 요동 지역의 잔당 세력과 고려까지 끌어들여서 총공세를 취하고자 했던 것이다.

이때가 1374년, 공민왕이 갑자기 시해되고 어린 우왕을 옹립한 이인임 등 권력을 쥔 세력들이 자신들의 집권에 대해 의혹을 가지는 명나라를 멀리하고 친원정책으로 회귀하고자 하던 때였다.

그러나 원나라의 부활은 잠시의 꿈일 뿐 뜻대로 되지 않았다. 중국 내에서 항거하던 원나라 세력은 완전히 소탕되었고 원나라는 점점 쇠퇴해서 겨우 명맥만 유지한 채 북쪽에 고립되어 지내는 신세로 전락했다. 고려 또한 북원과 내통했다고 명나라 황제의 미움을 받아서 선왕에 대한 시호와 새 왕에 대한 책봉도 받지 못한 채 냉가슴을 앓는 처지가 되었던 것이다. 겨우 사정을 하여 명과의 관계가 개선되었어도 북원과 관계를 계속 맺을 것이라는 의심을 불식시키지는 못했다.

1387년 마침내 요동에서 활동 중인 나하추마저도 명나라에 항복했다. 이로써 명나라는 중국 대륙을 명실공히 천하통일을 하게 된 것이다. 그러나 북원은 비록 북쪽 초원 지역으로 쫓겨가서 겨우 명목만 유지한 채 지탱하고 있는 처지이긴 하지만, 한때 대제국을 형성했던 원나라의 잔당이다. 이를 그대로 둔다는 것은 불씨를 남겨두는 것이다.

북원이 어느 땐가 다시 요동 이남의 고려, 여진과 손을 잡게 된다면 큰 골칫거리가 아닐 수 없었다. 하여서 명나라로서는 지형 조건이 불리한 곳에서 전투를 벌여 항복을 받아내기보다는 요동 땅을 확실히 장악하여 북원을 고립시키는 정책, 즉 고려, 여진과의 통로를 봉쇄하여 더

30) 사막의 북쪽이라는 뜻. 고비사막 이북 현재의 외몽골 지방.

이상 관계를 갖지 못하게 하는 정책을 펴기로 했던 것이다.

북원이 공식적으로 항복한 것은 이로부터 250년 후인1634년 청나라 태종(홍타이지)에 의해서다.

"명나라가 과거 원나라가 직할 통치했던 고려 땅 내의 철령 이북 땅을 내놓으라는 것은 요동경영 책략의 일환으로 볼 수가 있겠지요."

덕이의 분석은 어떤 정략가들 못지않았다. 또 덧붙이는 설명도 사리에 들어맞았다. 정도전은 덕이가 설명하는 동안 그의 이야기에 빨려 들어가 공감하며 몇 번이나 고개를 끄덕였다.

"그럼 고려가 철령 이북의 땅을 할양하지 않으면 명나라가 군사를 동원하지 않겠느냐?"

"현재로써는 전쟁할 조짐은 보이지 않고 있습니다. 명나라가 군사를 일으킬지는 향후 고려의 태도에 달려 있다고 보아야 할 것입니다.

철령위 이북 땅을 내놓으라 하는 것은 명나라가 그곳을 통제하겠다는 뜻이지, 영토가 탐이 나서 그런 것이 아닐 것입니다. 하여서 고려에 대하여 믿음이 간다면 굳이 그 땅을 탐하지는 않을 것입니다."

"굳이 그 땅을 탐하지 않을 것이다? 고려가 명나라에 믿음을 주어야 한다고?"

정도전은 덕이의 이야기를 들으면서 사태를 면밀히 분석했다.

'지금 고려가 군사를 일으키면 명나라를 자극하는 것이 되고 명나라는 수십만의 대군을 일으켜서 일시에 고려를 굴복시키려들 것이다.

고려는 지금 전쟁할 준비가 되어 있지 않다. 지난번 홍건적의 침입 때도 제대로 대처를 못 하고 임금이 급히 복주로 피난을 갔고, 또 지금도 왜구가 침구하고 있는데도 손을 놓고 있다시피 당하고 있는데 어떻게 명나라의 대군을 막아낼 수 있다는 말인가? 그런데도 왕과 최영은 나서서 요동 정벌론을 펴고 있다. 전쟁에서 평생을 보낸 최영이 그런 정세 분석

을 하지 못할 리 없다.'

정도전은 마침내 최영의 속셈을 꿰뚫었다.

'노회한 늙은이 같으니라고……. 결국 이성계 장군을 함정에 빠뜨릴 계략을 꾸미고 있구나. 하지만 상대에게 읽히는 수는 수가 아니지!'

정도전은 전쟁을 일으키려는 최영의 수를 간파하고 나름대로 대처를 생각했다. 그는 빨리 이성계에게 생각한 바를 전하고자 서둘러 자리를 일어섰다.

정도전이 자리를 뜰 기세를 보이자 문밖에서 기다리고 있던 월하가 들어왔다.

"떠나실 것이옵니까?"

정도전을 바라보는 눈매가 애틋했다. 도전은 그 눈빛 깊숙한 곳에 숨어 있는 애모의 정을 모르는 바가 아니었으나 굳이 외면하려 했다.

"미안하구나. 이렇게 서둘러서."

"아니옵니다. 그저 이렇게 얼굴만이라도 볼 수 있는 것이 얼마나 다행인지……."

월하의 눈가에는 어느새 애잔한 눈물이 촉촉이 맺혀 있었다. 도전의 마음도 짠했다. 오랜만에 와서 하룻밤도 같이 있어 주지 못하는 마음에, 떠나가는 발길이 여간 무거운 것이 아니었다. 하지만 급히 서둘러야 하는 일이기에 어쩔 수 없었다.

• 9

달리는 말에 채찍질을 해가며 이성계의 집에 도착했을 때는 밤이 이슥해서였다. 이성계의 집 안 곳곳에는 관솔불이 밝혀져 있었고 경계가 삼엄했다. 거실에는 여태껏 사람들이 여럿 모여 있었다.

정도전이 도착했음을 알리자 모여 앉았던 사람들이 우르르 맞이하러 나왔다. 모두 이성계의 측근들이었다. 이성계의 첫째 아들과 둘째 아들 그리고 다섯째 방원도 보였다. 그밖에 이두란과 이화, 조영무 등 항상 이성계와 같이 수족으로 움직이는 사람들이었다.

"어서 오소서. 삼봉 어른."

이방원이 재빨리 나서서 정도전에게 고개 숙여 인사를 하고 안으로 안내를 했다. 이성계는 방 안에서 서성거리면서 정도전이 들어오기를 기다리고 있었다. 방문이 열리고 정도전이 들어서자 손을 덥석 잡으며 반겼다.

"어서 오시오. 삼봉, 내 그렇지 않아도 사람을 보내서 좀 보자고 할 참이었는데 이렇게 와주었구려. 이리로."

이성계는 자신이 앉았던 맞은편 자리를 정도전에게 권했다. 이성계와 정도전이 마주하고 앉았고 다른 사람들은 주위를 에워싸고 앉았다. 그들은 무언가 열심히 의논하던 중이었던 것 같았다. 자리가 흐트러진 채 그대로였다.

"무슨 의논을 하던 중이신 것 같은데……."

"그렇소이다 삼봉. 나랏일이기도 하고 집안일이기도 하고."

이성계는 종잡을 수 없는 말을 심각하게 했다.

"나랏일? 집안일? 무슨 뜻이옵니까?"

"명나라와 전쟁을 하느냐 마느냐 하는 중대한 일을 두고 의견을 나누고 있던 중이외다."

"전쟁을 하는 것은 나랏일인데 집안일은 또 무엇이옵니까?"

"철령 이북 지방을 내놓으라 하니 이는 우리 집안의 기반을 흔들려는 것이 아니오이까?"

방원이 나서서 설명을 하려 했다. 이성계가 설명을 덧붙였다.

"우리 집안은 대대로 동북면 지역을 기반으로 가문을 지켜왔지 않소?"

"그런데요?"

"지금 명나라에서 철령 이북을 내놓으라 하니 이는 우리 집안을 그쪽에서 쫓아내려는 의도가 아니냐 하는 것이오. 나의 5대조 이안사 어른께서 일찍이 전주 지방의 유지로 계시다가 유민을 이끌고 동북 지방에 안착하신 지가 100년이 가깝고 우리는 그곳에서 기반을 닦으며 살아왔소. 아시다시피 이미 그쪽은 원나라에서 다루가치를 임명하여 고려와는 별도로 원나라 중앙에서 직접 통치하면서 또한 지역적으로 자치권을 어느 정도 인정을 해주며 다스리게 했는데, 우리 집안은 대대로 다루가치를 세습하여 온 조씨 집안과도 사돈을 맺으며 가문을 일으켜왔지요.

그러던 차에 선대왕께서 고려의 부흥을 도모하는 정책을 펴실 때 나의 부친 이자춘 어른께서 과감한 결단을 하시어 드디어는 쌍성총관부를 몰아냈지 않았소?"

"그랬지요."

정도전도 익히 아는 사실이라 맞장구를 쳤다.

"그렇지, 잘 알고 있구먼."

이성계는 상대가 자신의 집안 내력을 알아주니 기분이 좋아서 차를 마셔가면서 이야기를 이어갔다.

"나라에서는 그 공을 인정하여 우리 집안에 옛 다루가치가 통솔하던 대로 그 땅을 다스리게 해주었는데 이제 명나라에서 그 땅을 도로 내놓으라 하니 우리 집안의 위기라는 말이오."

이성계의 차분한 이야기를 모두는 숨소리도 크게 내지 못하고서 듣고 있었다.

"딴은 참으로 심각한 일이옵니다."

설명을 다 듣고 난 정도전도 무거운 표정을 지었다. 그랬다. 전쟁을 치르는 것은 나라의 큰일이지만 철령 이북 지방은 이성계 장군의 터전인 동북면이 속해 있으므로 이를 내놓으라고 하는 것은 이 집안으로서는 보통 심각한 일이 아니었다.

"아버님, 삼봉 어른 오시기 전에도 말씀을 드렸지만 그 땅은 우리 집안의 모태와 같은 곳입니다. 절대로 원나라의 요구를 들어주면 안 됩니다."

이방원이 단호하게 말했다.

"그러면 명나라와 전쟁을 하자는 말이냐?"

"전쟁을 하는 한이 있더라도 그 땅을 사수해야 합니다."

"……."

이성계는 아들의 말을 들으며 목이 타서 다시 차를 한잔 마셨다. 단숨에 벌컥 마셨다.

"어명이 있다면 그에 따라야 하지 않겠느냐?"

잠자코 듣고 있던 첫째 아들 이방우가 끼어들었다.

"어명이 있더라도 어쩔 수 없습니다. 집안을 지켜야 합니다."

방원의 말은 고집에 가까웠다. 집안의 기반을 유지하기 위해서라면 어명도 무시하겠다는 태도였다.

"역심을 품겠다는 뜻이구나."

방우가 고지식하게 말했다.

"그만! 함부로 말하지 마라. 아까부터 그 문제를 가지고 입씨름을 해왔다! 나는 일찍이 요동 정벌에 참여하여 오녀산성을 정벌한 적이 있다. 그쪽 지리에 대해서도 잘 알고 있다. 앉아서 가문이 박살 나는 것을 보고 있을 수는 없는 노릇이다. 전쟁을 치러야 한다면 치러야지 어쩔 수 없는 노릇이지 않으냐? 그렇지만 이 문제는 좀 더 심각하게 생각해볼 문제다. 이제 삼봉 대감이 왔으니 이야기를 들어보자."

이성계가 가장으로서 권위 있게 중재에 나섰다.

"이 문제에 대해서 어디 삼봉 대감의 이야기를 들어봅시다."

"……심각한 문제입니다. 전쟁을 할 수도 없는 일이고, 동북면을 내줄 수도 없는 일이고……."

정도전은 모두의 시선을 받으며 천천히 입을 열었다. 그러나 이는 그가 이 자리에서 깊게 생각할 일은 아니었다. 그는 이 문제에 대해서 이미 생각을 마쳤고 그것을 정리하여 이성계에게 건의하러 온 마당이었다.

"우리가 요동 땅을 먼저 쳐들어가서 명나라의 군사를 칠 것인가 하는 문제는 먼저 우리가 옛 쌍성총관부 관할 땅을 할양하지 않을 때 명나라가 군사를 동원할 것인가를 생각해본 이후에 결정할 일입니다."

"그야 우리가 땅을 내놓지 않으면 당연히 명나라는 군사를 동원하지 않겠소이까?"

이성계가 여러 제장을 대신해서 물었다.

"꼭 그렇지만은 않을 것입니다."

"어째서요? 명나라가 저렇듯 강경한데?"

"지금 명나라가 강경하게 나오는 이유는 고려를 압박하기 위한 수단입니다. 실제로 명나라는 뜻은 그렇게 전하면서도 군사를 동원할 태도는 보이지 않고 있습니다."

"어디서 들은 이야기요? 명나라는 요동 땅에 정요위를 설치하고 병사를 주둔시키고 있다는데?"

"정요위는 명나라가 북원과 고려와 여진의 접촉을 끊어 놓으려고 설치한 것이지 고려를 침입하기 위하여 병사를 주둔시키는 시설이 아닙니다."

정도전은 이곳으로 오기 전에 덕이로부터 들은 중원 대륙의 정세를 상세히 이야기해주었다. 거기에다 자신이 판단하고 있는 것을 덧붙여 설명했다.

"지금 임금과 최영이 군사를 일으켜 요동을 정벌하고자 하는 것은 구실에 불과합니다."

"구실에 불과하다? 무슨 구실을 말하는 것이오?"

"최영도 명나라와 전쟁을 한다면 이길 수 없다는 것을 잘 알고 있을 것입니다. 그런데도 굳이 전쟁을 하자고 하는 것은 바로 장군을 제거하기 위한 구실을 만들기 위함이라는 것을 알아야 합니다."

"뭣이라고요? 최영 문하시중이 아버님을 제거하기 위하여 이번 전쟁을 일으키고자 한다고요?"

이방원이 흥분하여 눈을 부라렸다. 다른 제장들도 같이 씩씩거렸다.

"자, 내 말을 잘 들으시오. 요동 정벌을 한다면 누구를 앞장세우겠소?"

"최영이 나서지 않겠소이까?"

이성계가 뻔한 이야기가 아니냐는 듯 물었다.

"물론 최영이 문하시중으로서 총지휘를 하겠지요. 그러나 그의 나이나 문하시중 자리로 보아 전쟁의 일선에는 나서지 않을 것입니다."

"그럼 누구를 일선에 세운단 말이오?"

"최영은 분명 장군에게 전투의 책임을 맡길 것이옵니다. 전쟁의 지휘 책임을 지우려는 것이지요."

이야기를 들으면서 이방원이 정도전의 앞으로 바짝 당겨 앉았다. 다른 제장들도 귀를 기울이며 마른 침을 삼켰다. 이성계는 말라오는 입을 찻잔을 들어 적셨다.

"이길 수 없는 전쟁에 아버님을 선봉에 세워서 책임을 지운다고요?"

이방원이 눈을 똥그랗게 뜨고 물었다.

"그렇지. 최영과 임금은 지금 장군이 권력을 잡고 조정에 머무르는 것이 부담스러운 것입니다. 장군을 제거하려는 것이지요."

"음—."

이성계는 생각이 깊어졌다.

"요동을 침공하여 설사 잠깐의 승리를 맛본다 하더라도 그 후에 명나라 가만히 있겠습니까? 명나라는 대규모의 군대를 동원하여 고려에 보복을 가할 것입니다. 고려는 지난 세월 홍건적이 쳐들어왔을 때 그들은 불과 10만이었는데도 임금이 복주(지금의 안동)까지 피난을 가는 등 속수무책이었습니다. 그런데 명나라가 몇십만의 대군을 동원한다면 대적이 되겠습니까?"

"……."

모두는 묵묵부답이었다. 맞는 말이었다.

"명나라는 책임을 물을 것이고 임금은 그 보상으로 동북면을 내줄 것이고 또 요동침공을 감행한 장군을 참수할 것입니다."

"만약 요동침공에 패전한다면?"

이성계가 물었다.

"그것이 최영이 바라는 것이지요. 패전의 책임을 장군에게 묻겠지요. 패장에게는 어떠한 명분도 주어지지 않는 법입니다. 여태껏 장군에게 쏠렸던 민심도 등을 돌릴 것입니다. 그때를 기다려 임금은 장군을 처단하려 할 것입니다. 눈엣가시처럼 여기던 장군을 제거할 명분이 생긴 것이지요."

"그럼 이러지도 저러지도 못하면 어떡하면 좋겠소?"

제장 중에 이두란 걱정스레 물었다.

"『손자병법(孫子兵法)』에는 승병선승이후구전(勝兵先勝而後求戰)이라 하였습니다."

"음— 이기는 병사는 승리를 확인한 후에 전쟁을 한다는 말이지."

이성계가 해석을 달았다. 싸움터를 누벼온 이성계가 손자병법의 구절을 모를 리 없었다.

"그렇지요. 승산 없는 싸움은 패망을 부를 뿐입니다."

"그러나 임금과 최영은 저렇듯 일전을 불사하겠다고 하는데 어쩌겠소. 전쟁을 피하려고 동북면을 내준다고 하면 어쩌겠소?"

"그렇지는 못할 것입니다. 아무리 개념이 없는 군주라 하더라도 제나라의 땅을 내주는 어리석은 짓은 하지 않을 것입니다. 군주가 해야 할 일 중에 첫째가 제 나라 땅덩이를 지키는 일입니다. 그렇지 못한 군주는 군주가 아닙니다. 백성들에 의해서 쫓겨날 것이 두려워서라도 그렇게 하지는 못합니다."

"그렇다면 어찌한단 말이오? 어명을 거역할 수도 없는 일이고 동북면을 내줄 수도 없고 그렇다고 전쟁에 승산이 있는 것도 아니고……."

"요동 정벌이 부당한 이유를 주장하면서 민심의 추이를 살피셔야 합니다."

"어떠한 방도가 있겠소?"

"이 전쟁을 하지 못할 이유는 여럿 있습니다. 첫째가 작은 나라가 큰 나라를 상대하는 것이 부당하다는 것이지요. 둘째는 여름철에 군사를 동원하면 농사철에 일손이 딸려 가을에 수확을 거두기가 어렵습니다. 그리하면 군량미 확보에도 어려움이 있습니다. 셋째는 병사를 북쪽의 전쟁터로 동원하면 남쪽에서 침구해오는 왜구들을 방비하기가 어렵습니다. 넷째로는 여름철에 병사들을 모아놓으면 역병이 창궐하기 쉽습니다."

정도전은 손가락을 꼽아가며 전쟁을 해서는 안 될 이유를 설명했다. 이성계와 제장들은 이야기를 들으며 모두 고개를 끄덕였다.

"그래도 임금과 최영이 군사를 일으킬 것을 명하면 어떡하지요?"

정도전의 설명을 들었어도 이방원은 선뜻 동조하기가 어려웠다.

"일단은 어명이니 따라야 하지 않겠는가? 어명을 어기는 것 자체가 벌을 줄 구실을 주는 것이니."

"그 밖에 또 다른 대안이 없겠소?"

"어쩔 수 없이 출병을 한다면 시기를 최대한 늦추십시오. 시간이 지날수록 정벌에 대해서 백성의 원성이 커질 것이고 조정 공론 또한 거세질 것입니다."

의논은 한밤중까지 계속되었다. 그러나 그 결론은 정도전이 내놓은 의견에서 벗어나지 않았다. 이성계를 비롯한 제장들은 이번 사태로 무언가 신상에 크게 변화가 생길 것을 예감했다.

'이번 일로 정국에 크나큰 변화가 있을 것이다. 어쩌면 역적의 오명을 쓰고 한낱 축생처럼 죽어갈지도 모를 일이다.'

모두의 얼굴에는 대단한 결기가 서렸다. 일렁이는 황초 불빛이 방 안의 분위를 한결 결연하게 만들어주었다.

• 10

요동 정벌 계획은 임금과 최영 둘 사이에서만 착착 진행되어갔다. 최영은 공론에 붙이는 것은 시끄러운 일이므로 어느 정도 성숙해질 때까지 도당에는 공론화하지 않으면서 실제로는 하나씩 진행해 나갔다.

그러나 전쟁을 일으킬 것이라는 것을 모르는 사람은 없었다. 도당회의 때는 언제나 그 일이 주제였고 사석에서 만나서도 그에 대한 이야기였다. 문하시중 최영에게 직접 추궁하면 돌아가는 판세와는 다른 소리를 했다.

참다못해 이색이 물었다.

"그렇다면 왜 서북면에 안무사를 파견하여 군사를 독려하고 왕비마마와 세자전하의 거처를 한양성으로 옮기게 하였소이까?"

"그것은 혹시 적이 쳐들어올지 몰라서 대비하는 것이지, 요동을 정벌하고자 한 것이 아니오이다."

역시 최영은 한결같이 요동 정벌을 부인했다.

"명나라의 침범에 대비하여 성을 축조하고 군사를 징발하는 것이라는 것을 분명히 하셔야 합니다. 백성들은 농번기에 장정을 징발하니 또 전쟁이 일어나지 않을까 매우 불안해하고 있습니다. 우리가 먼저 나서서 전쟁을 일으켜서는 아니 됩니다."

이성계도 나서서 최영이 숨기고 있는 심중을 밝힐 것을 요구했다.

"평생을 전쟁터에서 보내온 송헌(松軒, 이성계의 호)이 싸움을 마다하시는구먼. 두려운 것이오?"

최영은 이성계에게 날이 선 말로 대답을 해주었다. 이성계도 지지 않았다.

"싸움을 두려워하지는 않소이다. 그러나 전쟁을 일으키려면 뚜렷한 명분이 있거나 승산이 있어야 하는 것입니다."

"그럼 지금 전쟁을 일으키는 것은 그에 해당이 아니 된다는 말이오?"

"소신의 판단으로는 그렇소이다. 이유가 명백합니다. 첫째는 작은 나라가 대국인 명나라를 상대하는 것이 승산이 없는 것이요, 둘째가 지금이 농번기인데 장정을 동원하기가 어렵고, 셋째가 명나라와 전쟁을 하면 남쪽에서 침구하는 왜구는 어떻게 막을 것이며, 넷째는 여름철에는 역병이 돌기 쉽고 또 장마로 활의 갖풀(아교)이 녹아 무기 사용이 어렵다는 것입니다."

"그것은 핑계일 뿐이오. 무릇 중원을 제패한 제후국들은 물론 요나라(거란족)나 금나라(여진족)는 모두 작은 나라에서 전쟁을 시작하여 대국을 세웠소이다. 고려라고 해서 그들과 다를 것이 무엇이오?

또 전쟁을 시작하면 여름에 시작하여 겨울이 올 때까지 계절을 지나면서 싸울 때가 있는데 농번기라 해서 전쟁을 피할 방법이 있는 것이 아니오. 아무튼, 전쟁을 할지 말지는 전하의 결심에 달린 일이니 전하의 말씀이 있기 전에는 더 이상 왈가왈부할 일이 아니오이다."

최영은 날카로운 눈매로 이성계를 쏘아보았다. 이성계의 눈빛도 그에 못지않았다. 두 영웅의 눈빛이 파르르 빛을 내면서 '쨍'하고 부딪쳤다. 조정 대신들은 두 사람의 대결을 보면서 오싹한 전율을 느꼈다. 살기가 돌았다.

그날 저녁 최영의 집으로 이자송이 찾아왔다. 이자송은 심지가 곧고 직언을 잘하는 충직한 사람이다.

그는 과거 원나라가 배원정책을 펴는 공민왕을 폐하고 덕흥군을 고려왕으로 세우려 할 때 원나라에 사신으로 갔었는데 그곳에서 덕흥군 쪽을 편들 것을 회유했으나 '신하된 자가 두 마음을 먹어서는 안 된다'하며 함께한 사절단 중 많은 사람이 덕흥군 편에 섰던 것과는 달리 목숨의 위협을 받으면서도 충절을 지켰던 사람이다.

그는 또 임견미가 득세하던 시절에 수문하시중을 지내다가 파직을 당했는데, 그 이유는 왕이 말을 타다 떨어져서 다친 것을 보고 "전하께서는 술만 취하면 말을 타다가 이처럼 다치게 되셨는데 지금부터는 궁궐에 가만히 계시면서 놀이와 사냥을 경계하시고 주색을 삼가시어 가볍게 움직이지 마시라"고 간(諫)하다가 미움을 받았기 때문이었다.

최영은 이자송의 성품을 잘 아는지라 무슨 언짢은 소리를 할 것인가 하고 경계를 하며 대했다. 생각한 대로 이자송은 속이 불편한 듯 눈에 쌍심지를 켜고 있었다.

"내 참다가 문하시중께 꼭 전해야겠기에 이렇게 달려왔소이다."

"말씀을 해보시오. 기색을 보니 심히 언짢아 보이시는데."

"최 시중은 지금 시중에 떠도는 말들을 들어보시지 않습니까?"

"그게 무슨 말씀이오?"

"지금 시중에는 최 시중께서 전하를 잘못 보필하여 요동 정벌 전쟁을 일으킨다는 소문이 파다하오이다. 최 시중의 장난으로 나라가 또 한 번의 난리를 겪게 생겼다고 백성들의 원망이 자자하오이다."

"뭣이라? 내가 장난을 쳐서 전쟁을 일으킨다고? 말씀이 지나치시오!"

최영은 그렇지 않아도 대면하기가 싫은 자인데 기어이 듣기 거북한 소리를 듣게 되자 언성이 높아졌다.

"요동 정벌에 관한 일은 조정에서도 논하는 것을 삼가라 하였거늘 이미 관직을 떠난 공산부원군(이자송)께서 무슨 자격으로 나한테 와서 이런 말을 늘어놓는 것이오?"

"나는 전하를 잘 보필하라는 뜻에서 하는 말이외다."

"요동 정벌을 하고 안 하고는 전하의 뜻이오. 신하된 자가 시시비비를 가릴 일은 아니오!"

"전하가 옳고 그른 뜻을 세우는 데는 신하가 어떻게 보필하는가에 따라 달라지오. 최 시중은 조정의 최고의 신하이고 또 사적으로는 전하의 장인으로서 가까이 모시는 분이신데 전하를 잘못 모시어 전쟁의 화를 입게 하고 백성들로부터 원성을 듣게 해서야 되겠소이까?"

두 사람은 주장을 굽히지 않고 언쟁을 하다가 헤어졌다.

최영은 편전으로 왕을 찾아갔다. 그리고 이자송과의 다툼에 대해서 상세히 고했다.

"그자의 소행을 그냥 지나쳐서는 안 될 것입니다. 그렇지 않아도 조정에 전쟁에 대한 부정적인 여론이 들끓고 있는데 조야의 자까지 합세하여 이러쿵저러쿵하게 놔둔다면 민심이 걷잡을 수 없이 나빠집니다."

"이자송 그자는 지난 세월에 내가 말을 타다가 떨어져 다쳤을 때 주색을 삼가고 궐내에 가만히 있으라고 잔소리를 하며 과인의 심기를 불편하게 하였던 자인데 이번에는 장인을 찾아가서 기분을 나쁘게 했다는 말이지요?"

임금도 최영이 흥분하여 고자질하는 것을 듣고 심히 불쾌하게 생각했다.

"단순히 기분을 나쁘게 한 것이 아니고 전하와 소신이 추진하고 있는 요동 정벌을 가지고 왈가왈부하니 이는 추후에 어명이 떨어져도 거부하겠다는 것이옵니다."

"저런 건방진 자를 보았나! 내 지난번의 일로 장형을 쳐서 유배를 보내려다가 선왕께 보인 충성이 기특하여 파직을 하는 것으로 그쳤는데 그자의 행동이 실로 도가 지나치도다."

"요동 정벌에 관한 일은 조정에서도 반대가 만만치 않아서 함구하도록 해놓고 소신이 전하의 명을 받잡고 추진하는 일인데 이 일이 알려진다면 사대부 대신들이 세를 모아서 들고 일어날까 염려가 됩니다."

"알겠소이다. 내 이자를 엄히 다스려 다시는 거스르는 자가 없도록 하겠소이다."

임금은 즉시 순군부장을 불렀다.

"이자송 그자는 본디 간특한 무리로서 임견미 일당이 국정을 농단할 때 그들과 어울려 높은 벼슬을 하였던 자이다. 그런데 선왕께 충성하였던 공이 있어 지난 정월지주(正月之誅) 때 벌을 면해 주었는데 오늘날 그 가벼운 입으로 함부로 국정을 어지럽히고 있으니 새삼 그 죄를 문초하지 않을 수 없다."

임금은 엄하게 지시하고 국문을 하도록 했다. 그리고는 곤장을 때려서 전라도 땅으로 유배를 보냈다. 그는 곤장을 107대나 맞았는데 매 맞은 장독을 견디지 못하고 유배 가는 길에 죽었다.

이자송의 일이 있고 나서 조정에서는 누구도 요동 정벌에 관해서 대놓고 이야기하는 사람이 없었다.

• 11

전쟁의 불안이 깊어가는 데도 왕의 기생놀이는 그치지 않았다. 날씨가 풀리자 왕의 동강 행차가 되풀이되었다. 하루는 연쌍비, 하루는 소매향을 옆에 끼고 질탕하게 마시다가 밤이 되면 소라와 피리를 불고 몽골 노래를 부르며 왁자하게 귀가했다. 뒤를 따르는 기생이 20여 명이나 되었다. 흥이 식지 않으면 그 길로 대비전으로 찾아가서 연회를 계속했고 술에 취해 그곳에서 자기도 했다.

4월 어느 날.

그날도 봄꽃놀이에 취해서 종일토록 흥청거리다가 궁궐로 돌아왔는데 기별이 기다리고 있었다. 서북면 도안무사로 나간 최원지가 올린 장계였다.

> "요동도사가 군사 100명을 보내서 강계부(江界府, 지금 북한 자강도 강계시)에 철령위(鐵嶺衛)를 설치하려고 합니다. 황제는 진작이 철령위에 진무(鎭撫)[31] 등 관직을 임명하였고 요동에서 철령까지 70개의 참(站)을 설치하고 각 참마다 백호(百戶)를 두었습니다."

임금은 술이 확 깼다. 그동안의 막연했던 불안이 현실로 다가온 것이었다.

"아이고 이 일을 어떡하나? 아무리 황제라 해도 내 땅에 제 마음대로 군영을 설치하다니 이를 어찌하면 좋소?"

왕은 최영을 앞에다 앉혀놓고 대성통곡을 했다.

"전하, 고정하시고 대책을 마련하시옵소서."

"내가 진작 요동 정벌을 하자 했는데도 신하들이 반대하더니 기어이 이런 일을 당하게 되었구려. 장차 이 일을 어떻게 하면 좋겠소? 엉엉. 장인어른, 문하시중 대감?"

"이제 계획한 대로 실행을 하셔야 합니다.

최영은 담담하게 말했다.

"그렇지요. 이제는 신하 놈들이 반대하지 않겠지요? 이제 또 반대하는 놈이 있다면 내 그놈부터 죽일 것이오."

최원지의 장계에 이어서 명나라의 사신이 내방한다는 전갈이 왔다.

"누가 나가 맞을 것이오?"

어전회의에서 임금이 물었다.

31) 군영의 군사 실무를 담당하는 관직.

"하온데 이번에 오는 사신은 요동 백호로서 왕득명이라는 자이옵니다."

"뭐라고? 명나라의 조정 대신도 아니고 고작 백호의 직분을 가진 자가 사신으로 온다고?"

왕의 인상이 찌푸려졌다.

"전하, 이는 우리 고려에 모욕을 주자는 명나라의 속셈입니다. 그렇지 않으면 어찌 사신으로 백호의 신분인 자를 보내겠나이까?"

대신들이 웅성거렸다.

"이는 고려를 얕잡아보는 처사다."

"아무리 황제국이라지만 사신으로 백호를 보내다니? 이것은 고려를 일부러 무시하려고 하는 것이다."

"고려를 명나라의 변방 부족쯤으로 하찮게 여기고 있는 것이다."

"전하, 저들을 상대하지 마옵소서. 전하가 맞을 일이 아니옵니다."

최영이 나섰다.

"그럼 누가 나서 이들을 맞이해야겠소? 그래도 명색이 황제의 사신인데?"

대신들이 의논 끝에 그래도 황제를 대신하는 자이니 재상급이 맞아야 한다는 결론을 내렸다.

"판삼사사 이색 대감이 백관들과 함께 교영하시오. 과인은 몸이 아파서 영접하지 못한다고 핑계를 대고."

임금은 나머지 일은 대신들에게 맡기고 사냥을 떠난다며 휑하니 나가버렸다. 이색 이하 백관들이 사신을 영접했다.

사신은 '철령위를 설치한다'는 통보를 하러 온 것이었다.

이색은 이들에게 '이 땅은 한때 요나라 건통(乾統) 시대에 동여진이 반란을 일으켜 무단 점거한 적이 있으나 예부터 철령 이북의 함주, 화주, 정주와 공험진[32] 땅은 고려 땅으로 관리해왔기에 군사를 동원하여 이들

32) 함경도의 마운령과 마천령 사이. 지금의 함흥시 대성리 산성 위치.

을 토벌 수복한 바 있고, 또 무오년(고종 4년, 1258년)에 원나라가 침입해서 여진족을 복속시킬 때 반민(叛民) 탁청과 조휘가 투항하여 이때부터 원나라가 쌍성총관부를 두어서 관리를 해왔지만, 우리의 선대왕께서 배원 정책을 펴서 다시 고려 땅으로 회복했다.

그런데 이를 새삼 황제께서 원나라 땅이었음을 주장하며 철령위를 설치한다는 것은 천만부당한 일로서 이는 군신 간에 좋은 우의로 지내고자 하는 뜻에도 어긋나는 일이오니 제고를 해달라'며 구구절절한 사정을 곁들여 간청했다.

그러나 사신 왕득명에게는 씨알이 먹히지 않는 청이었다. 그는 하급 관리에 불과한 신분으로 고려 조정의 그러한 주청을 황제에게 전달할 입장이 못되었다.

"나의 소임은 다만 황제의 분부를 전달하러 온 것이오. 천자께서 처분을 내려주시기를 기다릴 뿐이지 고려의 사정은 내 알 바가 못 되오."

왕득명은 단호하게 말하고 돌아갔다.

왕득명이 돌아간 직후 조정 분위기는 급속히 바뀌었다. 명나라가 철령위를 무단 점거하려는 의도가 명백해졌고 또 사신으로 보낸 자의 신분이 백호인 점은 고려의 자존심을 이만저만 상하게 한 것이 아니었다. 사신을 보내고 조정에는 명나라를 성토하는 목소리가 높아졌다.

임금과 최영은 이 틈을 타서 요동 정벌 계획을 발표했다.

"짐은 이제 명나라가 과인의 나라를 불법으로 점거한다는 사실을 확인하였노라. 명나라는 이를 백호 따위를 보내어 과인에게 통보하여 고려를 한낱 저들의 변방 부락쯤으로 여겼고 과인을 부족장 정도로 대우하여 유구한 역사를 가진 고려의 자존심을 사정없이 짓밟았도다.

이에 과인은 그동안 미루어 왔던 요동 정벌의 용단을 내리게 되었다. 이에 신민이 일치하여 적과의 전쟁에서 승리를 하도록 성심을 다할 것을 명하노라."

평소 망나니 같은 행동을 보여 왔던 우왕이었지만 이때는 왕 다운 면모를 보이며 만조백관들에게 근엄하게 지시를 내렸다.

이때 마침 요동 소속의 관리 이사경이 병사들을 이끌고 양계(兩界: 함경도와 강원도 일부) 지방으로 넘어와 철령 이북 지방이 명나라 땅임을 공고하는 방문(榜文)을 붙인다는 장계가 올라왔다.

임금은 이들을 붙잡아 참수하라 명을 내려 병사 21인을 참수하고 이사경 등 5인은 체포했다. 요동 정벌의 선전포고를 한 셈이었다. 이제는 어쩔 수 없이 전쟁을 치러야 하는 상황이 되어 버렸다.

전국에 군사 징발령이 떨어졌다. 지방에 안무사를 파견, 지방수령 방백을 독려하여 군사를 서북면으로 집결시켰다. 전국의 죄인을 풀어서 모두 군사에 편입시켰다.

상호군 진여의를 전라도, 양광도로 보내서 질병을 핑계로 종군을 피하고 대신 노예를 보낸 자들을 색출하여 모조리 왜구 방어에 징발했고 도주한 자들은 수색하여 군법으로 다스리고 가산을 적몰했다.

조정은 전시상황으로 급박하게 돌아갔다. 그러나 민심은 조정과는 딴판이었다. 조정에 대해 원성이 빗발쳤다.

"전라도와 경상도, 양광도는 이제 왜구의 소굴이 되었고 동서와 북쪽은 명나라 땅이 되게 생겼으니 이 난을 어이 피할꼬?"

"백성들은 이 땅 어디로 가서 생명을 부지하여야 하는가?"

"이제 몇 해 농사는 망쳤다. 농사철에 장정을 징발하면 어떻게 농사를 지으란 말인가? 군량미 공출은 얼마나 또 거둬들이려나?"

"세상이 이인임, 임견미, 염흥방 세 도둑이 살아 있을 때보다 더 어려워졌다!"

백성들은 두셋만 모이면 온통 나랏일을 성토해댔다. 정도전은 그런 백성들의 아우성을 귀담아듣고 있었다.

• 12

우왕 14년 사월.

임금은 문하찬성사 우현보에게 개경에 머물며 성을 지키도록 하고 자신은 5부의 군사를 이끌고 사냥을 간다는 핑계를 대고 서해도(西海道)로 떠났다. 뒤이어 백관들도 왕의 뒤를 따라갔다.

개경에는 젊은 장정들이 모두 동원되고 늙은이들만 남았다. 사람들은 각처에서 올라오는 봉홧불을 보고 깜짝깜짝 놀라 불안하여 잠을 설치는 일이 잦았다. 장정들이 부족하니 어쩔 수 없이 근처의 절을 수색하여 승려를 데려다가 경계를 세우기도 했다.

이성계는 개경을 떠나기 전에 측근 참모들을 모았다. 정도전도 한달음에 달려왔다.

"이제 요동 정벌은 피할 수 없는 일이 되어버렸소이다. 내일 나도 서해도로 떠나려고 하오."

이성계는 침울하게 말했다. 모임에는 이성계의 제장들뿐만 아니라 남은과 조준, 윤소종도 같이 참석했다.

"이제 명나라와의 일전은 피할 수 없는 일이 되어 버렸고 그 후의 일을 어떻게 해야 하는가가 문제요."

모두는 이성계의 입만 바라볼 뿐이지 말이 없었다. 침묵 속에 한참을 보내다가 정도전이 나섰다.

"요동 정벌은 이길 수 없는 전쟁인데 최영이 무리하게 수행을 하고자 하는 것을 여러분들은 잘 알고 계실 것이오."

모두는 정도전의 입에서 무슨 말이 나오는가 하고 궁금했다.
"이 전쟁은 피해야 합니다."
"어떻게 피할 수가 있겠소. 이미 전하와 문하시중이 전쟁을 시작하기로 선포한 마당인데……. 어명을 거역하고 반란을 일으키란 말이오?"
"예?"
"반란?"
"—음."
모두 정도전과 접촉했던 사람들로서 정도전과 이성계가 무슨 일을 도모하는지 잘 알고 있는 사람들이었다. 그런데도 당사자인 이성계의 입에서 반란이라는 말이 나오자 흠칫 놀랐다.
정도전은 좌중의 놀라움을 무시하고 이성계 이상으로 담담히 말을 이었다.
"왜들 그렇게 놀라시는 게요? 우리의 목표는 주군을 모시고 큰일을 도모하자는 것이 아니었습니까?"
"……."
"지금 반란을 도모하자는 것이 결코 아니외다. 지금은 어명을 받들어야지요."
"그러면 전쟁에 나서라는 말이나 다름없지 않소?"
이방원이 나서서 정도전에게 물었다.
"이 전쟁이 누구를 위한 전쟁인지를 한 번쯤 다들 생각해보시오. 이번 전쟁은 최영을 위한 전쟁이오."
"어째서 그렇게 말할 수 있지요?"
조준도 나서서 신중하게 물었다.
"당초 최영이 요동 정벌을 주장한 것은 우리 주군을 제거하기 위한 목적으로 한 것이오. 주군 곁에 개혁의 의지가 있는 여러분들과 같은 사대부들이 모이고 또 정월지주 이후 주군의 군사가 철수하지 않고 있으니까

꼬투리를 찾다가 마침 명나라에서 철령위 반환 문제를 들고나온 것을 기회로 대뜸 요동 정벌론을 들고나온 것이 아니겠소?"

"장군을 전쟁터로 몰아넣도록 하겠다는 속셈이군요."

남은이 알아들었다는 듯 고개를 끄덕이며 말했다.

"다행히 요동 정벌에 성공을 한다면 최영은 대국을 상대로 승리하였다고 백성들로부터 한층 더 신망을 받게 되고 따라서 그는 입지를 크게 펼치게 될 것인 반면, 전투에 참여하였던 동북면 병사들은 큰 타격을 입게 되어 장군의 입지는 상대적으로 좁아질 것이오."

"실패한다면 어찌 되는 것이오?"

남은이 조심스레 물었다.

"실패한다면 전투를 직접 지휘한 장군에게 당연히 책임을 지우겠지요. 패장에게는 멍에만 지워질 뿐 변명의 여지가 없는 것이지요."

"그러면 이 전쟁은 최영에게는 꽃놀이 패고 우리에게는 진퇴양난이 아니오?"

"그래서 이 전쟁을 피하자는 것이오."

"이미 어명이 떨어졌는데 어떻게요?"

"어명은 받들어야지요. 일단은 출진해야 합니다. 그러나 요동 땅으로 들어가서는 안 됩니다. 일단 요동 땅을 밟게 되면 황제를 상대로 전쟁을 일으키는 것이니까 황제는 무자비한 보복을 하려 할 것입니다. 우리는 아직 명나라 군사와 싸울 전력을 갖추고 있지 못합니다."

"어명도 따르고 황제의 명도 거스르지 않고 전쟁을 피하는 묘책이란 도대체 무엇이란 말입니까? 그렇다면 동북면은 우리가 확실히 지켜내야 하는 우리 이씨 가문의 기반인데 그곳을 내주란 말입니까?"

듣고 있던 이방원이 답답하다는 듯 나섰다.

"방법이 있지요. 출진하여서 요동 땅에 들어가지 말고 압록강을 바라보고 버티는 것입니다. 그곳에서 대기하면서 민심의 동향을 살피고 명나라의 향후 태도도 살펴보는 것입니다. 명나라에서 군사를 일으켜 침범을 해오면 그때는 적의 침입에 대항해서 우리 생민(生民)의 안전을 지키기 위하여 어쩔 수 없이 하는 전쟁이니 백성들도 호응을 할 것입니다. 그러나 지금은 아닙니다. 민심이 지지하지 않아 패전할 것이 불을 보듯 뻔합니다."

정도전이 절묘한 수를 제안했다. 어명이 떨어졌으니, 따라서 일단 출진은 하되, 요동 땅을 범하지 않으면 황제를 상대로 군사를 일으켰다는 문책을 피할 수 있는 일이고 나아가 압록강가에 머물면서 민심과 명나라의 동향을 살필 수도 있다. 만약 명나라에서 군사를 일으켜 침범해온다면 그때는 침입에 대항하여 나라를 지키기 위해 싸우는 것이므로 백성들의 호응을 얻을 수 있으니 명분도 쌓고 승산도 있는 것이라는 설명이었다. 모두는 그렇게 알아들었다.

이성계는 정도전의 설명을 들으면서 그가 제갈량과 비교해도 떨어지지 않는 지모를 갖추고 있다고 생각했다. 제갈량은 조조의 계책을 알아채고 대책을 세워 적벽대전을 승리로 이끌어냈다. 지금 삼봉은 최영의 수를 읽고 그에 대한 대책을 설명하는 것이리라.

'상대에게 읽힌 수는 이미 수가 아니다!'

이성계는 감탄했다. 제갈량은 조조군을 격파할 대책을 세워놓고 동남풍이 불기만을 기다렸다.

'삼봉이 이제 계책을 세워놓고 때를 기다리는 것인가?'

유비는 삼고초려해서 제갈량을 데려왔는데 삼봉 같은 인재가 제 발로 찾아온 것은 자신에게 참으로 다행한 일이라고 생각했다.

"장군, 출진을 하되 시기를 늦추는 것도 좋은 방법입니다."

정도전은 덧붙였다.

"어째서요?"

"지금 북벌을 나서는 데 따른 백성의 원성이 하늘을 찌르고 있습니다. 가을 추수가 끝나고 출진하자고 청을 하십시오. 가을걷이가 끝이 나면 우리에게 군량미 비축에도 유리합니다. 저기 저 사람……."

정도전은 말을 하다가 남은을 가리켰다.

"중하게 쓰일 것입니다. 출진에 꼭 동행토록 하십시오."

정도전은 마지막 당부도 잊지 않았다. 남은이 자신에 대한 말인 줄 알고 정도전 쪽을 쳐다보았다.

어느덧 밤이 이슥했다.

그때까지 밖에서 기다리고 있던 강씨 부인이 간소하게 술상을 차려 내왔다. 모두는 주군의 무사 출진을 기원하면서 술을 한 배씩 돌렸다.

정도전은 곁에 앉은 방원에게도 당부를 했다.

"방원 공, 이번 아버님의 출진에는 큰일이 벌어질지 모르니 대비를 철저히 해야 하네. 방원 공은 아버님을 따르지 말고 개경에 남아서 식솔들을 잘 챙기셔야 할 것이야."

"예."

이방원도 사태를 짐작한 듯 힘을 주어 대답했다.

정도전은 이성계의 집을 나서다가 남은을 별도로 불렀다.

"내, 자네를 출진에 수행하도록 장군께 건의한 것은 중요한 임무를 주기 위해서라네."

"별도의 수행할 임무가 있다고요? 그게 무어요?"

남은은 긴장하며 물었다.

"내 말은, 쉽게 하였지만, 장군의 이번 출정이 여간 어려운 일이 아니라는 것을 아네. 우리 모두의 명운이 달린 일이야. 그래서 자네에게 역할을 주려 한 것이네, 장군께서 결심하지 못하고 망설이실 때 자네가 곁에서 고언을 드려주게나."

정도전은 품속에서 피봉한 서찰을 하나 꺼내주었다.

"장군께서 어려움에 처하여 결단하지 못하실 때 이걸 드리게."

"이게 무엇이오?"

"장군께서 직접 읽어 보실 것이야."

정도전은 마지막 인사말을 남기고 어둠 속을 휘휘 저으며 사라졌다. 남은은 어둠 속으로 사라져 가는 정도전의 모습에서 앞날을 예측할 수 없는 자신의 운명을 보는 것 같았다. 그래도 왠지 정도전의 뒷모습에서는 든든함이 느껴졌다.

12장

건널 수 없는 강, 위화도 반군

• 1

평양성 일대는 전국 각처에서 징발되어온 군사들로 북새통이었다. 수용할 준비가 덜 된 상태에서 갑자기 대규모의 병사가 한꺼번에 유입되다 보니 먹는 것, 자는 것을 비롯해서 심지어는 오줌, 똥 싸는 것도 문제였다. 사람 눈이 닿지 않는 곳은 온통 오물투성이였고 냄새가 진동했다.

팔도에서 모인 사람들이다 보니 쉽게 융화가 되지 않아 툭하면 싸움질이었다. 빨랫감을 널어놓으면 어느 틈엔가 사라져버렸고 남의 집에 들어가서 도둑질을 하다가 주인에게 들켜서 멱살잡이하는 일도 예사로 벌어졌다. 군사들이 통제되지 않아서 혼잡스러웠다.

왕이 서경에 도착하자 곧 군사작전이 전개되었다. 전군을 지휘할 팔도 도통사는 문하시중 최영이 겸했다. 조민수와 이성계를 각각 좌, 우군도통사로 삼았다.

“대군이 압록강을 어떻게 건널 것인가가 문제인데 어떻게 할 것이오?”

조민수와 이성계가 대군이 물살이 거친 압록강을 한꺼번에 건너는 것이 염려스러워서 최영과 의논을 했다.

“배를 새로 만들거나 남쪽에서 징발하기에는 시간이 너무 걸리는 일이고…… 과거 몽골군이 쳐들어 왔을 때 부교를 띄워서 말과 군사를 실어 날랐으니 우리도 그 방법으로 하지요.”

“부교는 급물살에 휘말려 전복될 위험이 크고 또 군사들이 우왕좌왕하다가 강에 떨어져 익사할 우려도 있소이다. 시간이 걸리더라도 배를 띄우는 것이 낫지 않겠소이까?”

이성계가 건의했다.

“시간을 늦출수록 병사들에게 문제가 더 생기오. 사기에도 문제가 있소.”

최영은 이성계가 이런저런 핑계를 대며 출병을 늦추려는 것이 마음에 들지 않았다. 이성계는 얼마 전에도 임금과 독대하여 “출병의 시기만이라도 추수 이후로 늦추어달라”고 건의를 했던 것이다. 그 말을 듣고 임금이 최영의 의견을 묻었을 때 최영은 ‘거절하라’고 했다.

이성계는 본시부터 이 전쟁을 반대해 왔는데 출병이 정해졌는데도 자꾸 시기를 늦추려고 하는 것은 민심을 부추겨서 전쟁을 중단시켜보려는 속셈이라는 것을 알기 때문이었다.

최영은 서둘렀다. 최영의 목적에는 이성계의 군사력에 타격을 주기 위한 것도 포함되어 있으니 이성계의 건의를 받아들일 이유가 없었다.

압록강을 건널 부교가 서둘러 제작에 들어갔다.

“서둘러라, 서둘러라 이놈들아 한시가 급하다.”

부교 제작 책임을 맡은 상호군 배구가 연일 독려를 해댔지만 억지로 끌려온 군사가 성의와 기술을 다 발휘할 리가 없었다.

마음은 고향에 두고 온 가족 생각과 여름철 농사일이 어찌 될지 근심으로 꽉 차 있었고 앞으로 전쟁에서 살아 돌아갈 수 있을지가 불안한데 손발이 제대로 움직일 리가 만무했다. 대충대충으로 얽고 엮으며 할당된 책임만을 겨우 채웠다.

전국이 전쟁에 대비하여 긴장을 하고 평양 성내가 북새통을 이루는 가운데에도 임금은 전쟁과는 무관한 일상을 보내고 있었다. 사냥을 가지 않는 날이면 대동강에 배를 띄워놓고 기생들과 어울려 퍼마시고 계집을 껴안고 질탕하게 노는 일과가 개경에서와 별반 다르지 않았다. 임금의 행차가 빈번하니 그렇지 않아도 팔도에서 모여든 군사들로 혼잡을 이루어 불편을 겪는 평양 백성들의 불평이 여기저기서 죽 끓듯이 터져 나왔다.

임금이 행차하는 길목에는 사람이 얼씬하지 않았다. 임금의 행차 앞에서 어슬렁거리다가 붙잡혀서 매질을 당하는 것은 통상 겪는 일이었다. 개나 닭이 행차 앞을 가로막았다 해서 주인을 찾아내 매를 치기도 하고 들판에서 일하다가도 눈에 띄면 붙잡혀와서 치도곤을 당했다.

"저놈이 뭣 하는 놈이냐? 임금의 행차를 보고 달아나다니 붙잡아 오너라."

호적(胡笛, 날라리)을 불면서 기생을 거느리고 요란스럽게 행차에 나서다가 일행을 보고 달아나는 두 명의 남자가 임금의 눈에 띄었다. 두 사내는 이내 호위 군사들에게 끌려왔다. 비쩍 마른 두 사내는 임금의 앞에 붙잡혀와서 사시나무 떨듯이 떨었다.

"뭐하는 놈인데 임금의 행차를 보고 숨듯이 달아나느냐?"

"살려주십시오. 그저 잘못했습니다."

두 사내는 고개를 들지 못하고 손을 비비며 애걸했다.

"이놈들 행색을 보아하니 탈영한 놈 같구나."

임금은 그들이 징집되어온 자들이란 것을 금방 알아차렸다.

"지금 팔도에서 장정이 동원되어 전쟁준비에 여념이 없는데 네놈들만 살려고 도망을 하다니 다른 사람을 위하여 본보기로 삼아야 한다."

임금은 두 사람을 끌고 가서 목을 베라 했다. 끌려간 두 사람의 비명이 멀지 않은 곳에서 들려왔다. 호종하던 신하들과 환관들이 그 소리를 듣고 목을 움츠렸다. 신하들은 임금이 사람의 목숨을 마치 장난치듯이 간단히 해치우는 것을 보고 공포에 질렸다. 임금의 행동은 점점 포악해져서 이제는 목소리만 들어도 벌벌 떨게 되었다.

출전 전날 별감으로부터 기별이 왔다.

"제장들께서는 부벽루(浮碧樓)로 모이시라는 전하의 분부가 있으십니다."

임금이 전쟁터로 떠나는 제장들을 불러 모아 위로하겠다는 뜻을 전해왔다. 연회는 대동강변 중에서도 절경이 빼어나기로 유명한 부벽루에서 베풀어졌다. 임금과 고관들이 제장을 위로했다. 최영부터 시작해서 출진하는 장수들이 임금 앞으로 나아가서 술을 한 잔씩 받았다. 이성계가 임금 앞으로 나아갔다.

"핫하, 이 장군, 자 한잔 받으시오."

임금은 호기롭게 웃으며 이성계의 잔에다 넘치도록 술을 따라주었다. 모두는 두 사람의 대작을 예의 주시했다.

그동안 이성계가 요동 정벌을 적극 반대해 왔는데도 임금은 이를 기어이 물리치고 이성계를 선봉에 세워 출전을 시켰기에 두 사람 사이에 긴장이 흐르고 있다는 사실을 눈치채고 있었다. 임금의 입에서 어떤 말이 나올지, 이성계가 어떤 태도를 보일지가 관심사였다.

"예. 전하 황공하옵니다."

이성계는 공손하게 술잔을 받아 일순에 마셨다.

"자, 한잔 더."

임금은 공손한 이성계의 태도에 기분이 좋았다. 이성계가 전쟁터를 누벼왔던 범 같은 장수이고 전쟁을 반대하는 건의를 하여 임금을 주눅이 들게 하기도 했는데 지금의 모습은 양과 같은 온순한 모습이었다.

"경은 전 일에 이자송이 죽임을 당한 이유를 알아야 할 것이오. 이번 전쟁에서 반드시 승리를 하여 돌아와야 할 것이오."

임금은 술에 취해 게슴츠레한 눈으로 술잔을 받아든 이성계를 바라보며 위엄 있게 말했다. 왕으로서 신하에게 권위를 인정받으려는 우쭐한 마음에서 하는 말이기도 했으나 그것은 달리 들으면 협박이었다. 이자송은 전쟁을 반대하다가 매를 맞고 유배를 가서 죽었다. 왕은 지금 요동정벌을 줄곧 반대해왔던 이성계에게 정벌에 성공하지 못하면 죽음을 내리겠다고 협박을 하는 것이었다. 이성계가 왕이 한 말뜻을 모를 리가 없었다. 곁에서 듣고 있던 신하들의 얼굴에 일순간 긴장감이 돌았다.

"소신 성심을 받들어 무사히 소임을 마치겠나이다."

이성계는 임금의 속뜻을 모르는 체, 격려로 알아듣는 체하고 공손하게 한잔을 더 받아 마시고 자리를 물러났다.

연회는 길어졌다. 풍악이 울리고 기생들이 나와서 춤을 추었다. 임금은 자리에서 일어나 춤판에 끼어들어서 같이 덩실덩실 춤을 추어댔다. 말이 장수들을 전송하는 자리였지 실은 임금 자신의 흥을 위한 놀이판이었다.

이성계는 왕이 한창 놀이에 빠져 있는 틈을 타서 잠시 자리를 빠져나왔다. 자만치 언덕 위에서 유유히 흐르는 강물에 시선을 두고서 시름에 잠겨 있는 또 한 사람이 있었다. 목은 이색이었다.

"판삼사사 대감이시군요."

이성계가 말을 걸며 다가갔다.

"아, 예. 수시중."

이색은 이성계가 말을 걸자 그제야 인기척을 느끼고 알아봤다.

"웬 생각에 그리 잠겨계십니까?"

"유유히 흐르는 대동강물은 예나 지금이나 그 흐름은 변함이 없는데 그 세월 속을 지내온 이 나라의 영고성쇠(榮枯盛衰)를 잠시 생각하며 시를 한 수 떠올리고 있었소이다."

"아, 그러셨군요. 어디 소신에게도 한번 들려주시지요."

이색은 눈을 지그시 감더니 시[33]를 읊었다.

작과영명사(昨過永明寺)	어제 영명사를 지나다가
잠등부벽루(暫登浮壁樓)	잠시 부벽루에 올랐네
성공월일편(城空月一片)	빈 성엔 조각달 떠 있고
석로운천추(石老雲千秋)	천년의 구름 아래 바위는 늙었네
인마거불반(麟馬去不返)	기린마는 떠난 뒤 돌아오지 않으니
천손하처유(天孫何處遊)	천손은 지금 어디에서 노니는고
장소의풍등(長嘯倚風磴)	돌다리에 기대어 길게 휘파람 부노라니
산청강자류(山靑江自流)	산은 오늘도 푸르고 강은 절로 흐르네

시를 읊고 난 이색은 설명을 덧붙였다.

"저기 보이는 굴이 기린굴(麒麟窟)이라 하고 그 남쪽에 있는 바위가 바로 조천석(朝天石)이라 하지요. 고구려를 세우신 위대한 조상 동명성왕(東明聖王)께서 저 굴속으로 기린 말을 타고 들어가셨다가 땅속에서 조천석을 타고 솟아 나와 하늘로 올라가셨다는 전설이 있는데 지금도 조천석에는 말 발자국이 새겨져 있다고 전해지지요."

이색은 '산은 여전히 푸르고 대동강물은 변함없이 흐르는데 고구려를 세운 동명성왕의 위대함은 어디 가고 한편의 조각달에 비친 텅 빈 성과 같은 쇠락한 고려의 운명을 한탄하면서 하늘로 올라간 천손(天孫, 동명성왕)이 다시 나타나서 기울어진 고려의 국운을 회복시켜주기를 바라는 뜻'으로 노래를 읊은 것이었다.

묵묵히 이야기를 듣고 있는 이성계는 이색이 훌륭한 문장가라는 생각과 함께 그 가슴 속에 묻혀 있는 구구절절한 나라 사랑의 마음도 함께 느꼈다. 그러나 한편 저렇게 훌륭한 신하를 곁에 두고서도 올바르게 정사를 펼치지 못하는 임금이 있다는 것은 참으로 불행한 일이라는 생각

33) 이색이 지은 오언율시 「부벽루(浮壁樓)」. 『목은시고(牧隱詩藁)』 권2에 실려 있다.

도 들었다.

이성계는 유유히 흐르는 강물을 바라보면서 여러 가지로 상념에 젖었다. 자신은 임금의 명으로 내일이면 전쟁터로 떠나야 할 운명이다. 이 전쟁은 이길 수 없는 전쟁이다. 그런데도 임금과 최영은 무엇을 위해 저토록 고집스레 전쟁을 일으키려고 하는 것일까? 이 전쟁은 승리하든 패하든 오히려 화만 불러오는 전쟁이다.

고려는 또 한 번의 풍파를 겪을 것이고 그 참화는 고스란히 백성이 겪게 될 것이다. 정녕 이 전쟁이 삼봉의 말처럼 이성계 자신을 겨냥한 최영의 칼날이란 말인가? 이성계는 마음이 무거웠다.

어느덧 날이 어둑해졌다. 저편의 부벽루 연회장에서는 여전히 풍악 소리가 들리고 있었다. 여인네의 깔깔대는 소리도 들린다. 술주정인지 고함인지 아니면 신이 나서 떠드는 소리인지 분간이 안 가는 임금의 목청도 함께 들려왔다.

• 2

연회는 늦도록 계속되었다. 연회가 길어질수록 위로를 받는 주인공인 제장들은 지루해했고 임금만이 제 흥에 겨워서 신이 났다.

"전하, 내일이 출진 날인데 해야 할 일도 남았고, 이제 그만 연회를 파하심이 어떠신지요?"

최영이 분위기를 알아차리고 임금에게 아뢰었다.

"아니, 전쟁을 하면 이런 분위기를 어떻게 느끼겠소? 과인은 한동안 외롭고 불안해할 제장들을 위무하기 위하여 자리를 마련하였는데, 즐겁지가 않소이까?"

"전하의 뜻은 황공하오나 제장들의 생각이 제각각인지라…… 소신 또한 내일 출진을 해야 하는 몸인지라……."

최영도 팔도도통사로서 군사를 총지휘하여 함께 떠난다고 고했다.

"뭐라고요? 문하시중도 같이 간다고요?"

임금은 최영의 말을 듣고 깜짝 놀랐다.

"예. 군사들과 같이 전선으로 나아가서 곁에서 지휘를 해야겠기에……."

"아니 되오. 문하시중은 이곳에 과인과 같이 남아 있어야 하오. 문하시중께서 떠나면 과인은 누구와 정사를 의논한단 말이오?"

임금은 최영이 자신의 곁을 떠나 있겠다는 말에 불안을 느꼈다. 최영은 임금에게 있어서 든든한 후견자인데 그가 임금을 남겨두고 전쟁터로 떠나가겠다고 하니 혼자 남는 듯해 두려웠다.

자신에게 이인임이나 최영이 없었다면 오늘의 이 자리를 누리고 있을까 생각한 적이 한두 번이 아니었다. 부친인 선대왕께서도 자신의 뜻을 다하지 못하고 보위와 생명을 위협받아왔고 끝내는 측근 신하에게 목숨을 잃지 않았던가?

자신은 아버지에 비해 여러 가지 부족한 점이 많은 사람이다. 그런데도 이렇게 보위를 지키며 목숨을 유지하고 있는 것은 모두 이인임, 최영과 같은 충실한 후견인이 있었기 때문이라고 생각했다. 자신도 아버지와 같이 중신들에게 권위를 세우고 싶었다. 그래서 마음에 들지 않으면 화를 내기도 하고 파직도 시키고 유배를 보내기도 했다. 때로는 즉결로 목숨을 빼앗는 무서움을 보이기도 했다.

그러나 신하들이 여전히 임금인 자신을 업신여기고 있다는 생각을 지울 수가 없었다. 임금은 신하들에게 그런 업신여김을 당하지 않으려고 일부러 더 포악하게 대하기도 했다. 그러나 신하라는 무리는 잠시 임금의 기분을 살피다가 또다시 일을 꾸미고 임금을 가볍게 여기려고 들었다. 그

렬 때 이인임과 같은 믿음직한 중신이 곁에서 알아서 일을 처리해주어 여간 든든한 것이 아니었다. 이러한 두려움 때문에 이인임이 병으로 사직한다고 한다고 했을 때도 몇 번이나 말렸었는데 기어이 사직했다.

이인임이 곁을 떠나자 왕은 막막했다. 이인임의 자리를 대신한 임견미 등이 이인임이 해오던 역할을 자임했으나 역부족이었다. 그들은 이인임 만큼의 능력은 없으면서 욕심은 더 부리는 사람들이어서 믿을 수가 없었다.

그러나 다행히 최영이 그 일을 대신 맡아 해주어서 얼마나 다행인지 몰랐다. 왕은 최영을 이인임을 대신할 든든한 후견인으로 만들기 위해 서녀인 그의 딸을 간청하다시피 하여 후궁으로 맞아들였던 것이다. 그렇게 믿는 최영이 이제 전쟁을 벌여놓고 그 전쟁을 빙자해서 자신의 곁을 떠나가겠다고 하니 불안하지 않을 수 없었다.

임금은 직접 정사를 챙기기보다는 후견인에게 정사를 맡기고 자신은 뒷전에 빠져서 놀이나 즐기면서 지내는 것에 익숙해져 있는 사람이다.

"문하시중, 아니 장인어른 이곳에 남아주오. 그대는 이 전쟁에서 직접 싸울 필요가 없는 사람이 아니오? 부디 내 곁에 남아서 일을 처리해주시오."

임금은 거의 애원조로 최영에게 말했다. 최영은 임금의 부탁을 거절할 수가 없었다. 어쩔 수 없이 좌우도통사인 조민수와 이성계만을 일선으로 보내고 자신은 평양에 남아서 독전을 하기로 했다.

정벌에 대해 불만이 많은 이성계에 대해서는 만약의 사태를 대비해 그의 두 아들을 자신의 곁에 남겨두었다. 이성계의 장남 방우와 방과 그리고 이두란의 아들 이화상을 자신이 지휘하는 팔도도통사 휘하 장수로 발령 내어 실제로는 볼모로 삼았다. 이로써 이성계가 어명을 거역하지 못하도록 장치를 마련해 두고자 한 것이었다.

다음 날 병사들은 출전 준비를 마치고 임금에게 하직 인사를 올리기 위해 궁궐 앞뜰에서 열병하고서 종일 기다렸다. 그러나 기다리던 임금은 종내 나타나지 않았다. 전날 늦도록 술을 마셔서 일어나지 못한다는 전갈이 왔다. 임금은 저녁나절 늦게야 궁궐로 돌아와서 제장들만 따로 불렀다. 그리고 계급에 따라 의복과 활, 칼, 말을 내려주고 출정식을 대신했다.

최영은 임금의 명이라 하면서 출정을 하지 않았다. 출정군의 선봉에는 좌군에는 조민수, 우군에는 이성계가 섰다. 이름하여 요동 정벌군으로 편성된 규모는 좌우군을 합해 총병력 수가 3만 8,630명, 사역 인원이 1만 1,634명, 동원된 말이 2만 1,682필이었다. 정벌군치고는 규모가 보잘것없었다.

"10만 대군의 출정이다!"

동원 인원수가 적은 것을 의식하여 대외적으로는 10만이라고 선전했다.

'부—웅' 대라(大螺)[34] 소리가 힘차게 울리며 출정을 알렸다.

우군을 인솔하는 이성계의 움직임은 무거웠다. 수많은 전쟁에 참여했었지만, 지금처럼 내키지 않는 전쟁은 없었다. 이성계는 뒤에서 찌르는 창끝에 몰려서 억지로 앞으로 나아가는 기분이었다.

이성계는 평양성 내성 대동문(大東門)을 나서며 뒤를 돌아다보았다. 문루에서 최영이 아래를 내려다보며 손을 흔들고 있었다. 그의 곁에는 자신의 두 아들과 이두란의 아들 이화상이 함께 서서 배웅하는 모습이 보였다. 그토록 요동 정벌을 강조해오던 최영이 정작 출병에서는 후방에서 지휘를 하겠다고 한다. 왕명이라 '어쩔 수 없이 출정을 못 하게 되었다'고 말은 하지만 이성계는 그 말의 진심을 믿을 수가 없었다. 뒤에 남아서 꼭 뒤통수를 칠 것만 같은 기분이 들었다. 두 아들을 곁에다 붙잡아두

34) 큰 소라 나팔.

고 꼼짝없이 명령에 따르도록 협박을 한다는 생각도 들었다. 생각을 깊이 하면서 천천히 움직이고 있는 이성계의 곁으로 남은이 다가왔다.

“장군, 삼봉 대감이 장군을 측근에서 보좌하라는 엄명을 저에게 내리더이다.”

남은이 마치 격려를 하듯이 씩 웃었다. 왠지 웃는 모습에 삼봉의 지략이 숨어 있는 듯 보였다.

‘아무 생각 말고 앞으로 그냥 나가자는 뜻인가?’

이럴 때는 여러 말을 해주는 것보다 말없이 그냥 웃음만 건네는 그 모습이 더 위로가 되는 것이다.

• 3

평양에서 출정을 했다는 소식이 금방 개경에도 전해졌다. 정도전과 윤소종, 조준, 이방원이 모였다.

“드디어 수시중께서 전쟁에 선봉을 서게 되셨군요.”

조준이 무겁게 말했다.

“최영은 같이 출정을 하지 않고 평양에 남아서 지휘를 한다면서요?”

윤소종이 물었다.

“최영이 출정군과 동행하지 않은 것이 오히려 잘된 일인지도 몰라.”

정도전이 깊이 생각에 잠겨 있다가 말했다.

“최영이 후방으로 빠진 것이 잘되다니요? 자칫 뒤에서 아버님을 곤경에 몰아넣을 수도 있는데요?”

이방원이 불안해서 물었다.

“꼭 그런 것만은 아닐 것일세. 최영이 함께한다면 이 시중께서 결심하기가 쉽지 않을 것일세.”

"결심? 무슨 결심이오?"

"무슨 결심이라니, 정벌을 위하여 나서는 장수가 밀리듯이 억지로 전쟁터로 나서는 모습을 보여서는 되겠는가? 결단을 내려야지, 승리를 위한 결의를 다진다든가 아니면……."

"아니면 뭐요?"

일행은 정도전의 다음 말이 궁금했다. 정도전은 그들을 향해 빙그레 웃기만 하고 말을 아꼈다.

"아무튼 남은이 장군을 보좌하고 있으니 일은 잘될 것이오."

"뜻 모를 소리를 하지 말고 알아듣게 말해보시오."

"기다리시오. 그 전에 여기 계신 분 각자 할 일이 있소이다."

"그게 무엇이옵니까?"

이방원이 안달이 나서 물었다.

"방원 공은 아버님의 소식에 귀를 기울이면서 식솔들을 잘 돌보시게. 한씨 어머니, 강씨 어머니 식솔들은 모두 방원 공이 책임을 지고 돌봐드려야 하네. 그리고 조준 대감."

"……."

조준은 정도전을 바라보았다.

"동북면으로 가시오. 강원도 관찰사를 지냈으니 동북면으로 가서 주민들을 선무하시오. 동북면은 이씨 가문의 기반이니 일단 유사시에 군사와 주민들을 이끌고 개경으로 일도로 달려오실 준비를 해주시오."

정도전은 앞으로의 일에 대비해서 각자 해야 할 일들을 지시했다. 그리고는 때를 기다리고 있으라고 했다.

사월 말 무진일 요동 정벌군이 출정한 지 며칠 되지 않아서 한낮인데도 태백성이 보였다.

"장군, 저기 하늘에 태백성이 떠 있는 것 보이십니까?"

남은이 이성계에게 다가와 하늘 동쪽 편을 가리키며 말했다. 장군을 따르던 제장들도 남은이 가리키는 방향을 같이 쳐다보았다. 정말로 동쪽 하늘에 희끄무레 별 하나가 보였다.

"태백성은 원래 초저녁에는 동쪽에, 새벽녘에는 서쪽에서 보여야 하는데 한낮에 떴다면?"

"예. 한낮에 태백성이 보인다는 것은 상스럽지 못한 징조입니다. 세상에 의로움이 무너지고 도리가 땅에 떨어진 것을 하늘이 인간에게 깨우치려고 낮에 비추는 것이라고 예로부터 전해 내려오고 있습니다."

남은이 이성계의 말을 받아서 말했다.

"어찌 하늘이 노할 만하지 않겠소? 백성의 원성은 아랑곳하지 않고 농번기에 병사들을 이렇게 징집하여 사지로 몰아넣고 승산 없는 전쟁을 치르려 하다니……."

곁에 섰던 배극렴이 이성계와 남은의 대화에 자조 섞인 말로 끼어들었다. 배극렴은 원래 이성계의 직계 장수가 아니었으나 이성계와 같이 황산대첩 등 왜구 토벌에 참여한 인연으로 이번 정벌에 조전원수로 참여한 것이다. 조전원수는 전투를 독려하기 위해 임금이 직접 임명해 보낸 장수인데 그조차도 이번 전쟁을 부정적으로 보고 있는 것이었다. 이성계는 배극렴의 말에 아무런 반응을 보이지 않고 딴청을 피우듯 하늘만을 쳐다보았다.

오월 초하루 갑술일.

불길한 징조가 또 나타났다. 하늘에 떠 있는 해가 갑자기 사라지는 일이 벌어졌다. 한낮인데도 달이 해를 가려버려서 천지가 먹구름이 낀 듯 캄캄해졌다.

"일식이다!"

"변고가 생기려는 징조다!"

사람들은 일식이 생기면 전쟁이 발발하든가 천재지변 등 위기가 닥쳐온다고 믿었다. 그렇지 않아도 며칠 전에 낮에 태백성이 나타나서 불길한 기운을 보여주었는데 연이어 일식이 나타나자 병사들은 불안하기 짝이 없었다. 여기저기 모여서 웅성거렸다.

전쟁의 승패는 병사들의 사기에 달려 있는데 전투를 해보기 전부터 병사들은 나쁜 징조라고 생각하고 공포에 떨면서 몸을 사렸다. 탈영병들이 속출했다.

'이번 전쟁은 이미 승패가 결정이 난 것이나 다름없다!'

이성계 역시 전쟁에 대해 회의적인 생각에서 벗어날 수 없었다.

이성계의 군대가 압록강변에 도착한 날은 비가 억수같이 퍼붓고 있을 때였다. 이성계는 비를 맞으며 강변에 서서 넘실거리는 강물을 바라보았다. 갑옷 위에 도롱이를 걸쳤지만 세찬 빗줄기에는 소용이 없었다. 빗물이 배어서 몸속까지 축축했다. 빗물이 배인 갑옷은 평소의 배로 무거웠다.

넘실거리는 강물은 살아 있는 거대한 야수처럼 곁으로 다가왔다가 비켜 지나갔다. '어디 건널 자신이 있으면 들어와 보라는 듯' 거만하고 우악스러운 형상이었다.

"이제부터 본격적으로 장마가 시작되는 모양입니다."

남은이 곁에서 말을 걸었다.

"걱정이오. 염려하던 장마를 맞게 되었으니……, 어떻게 강을 건너야 할지?"

준비한 뗏목으로 배다리를 만들어 띄운다지만 5만이 넘는 병력을 태워 이동하기에는 무리라는 생각밖에 들지 않았다. 군막으로 돌아와서도 강을 건널 일을 생각하니 여간 부담스럽지 않았다. 고민을 거듭하고 있는데 남은이 찾아왔다.

"장군, 생각을 깊이 하시는군요. 찾아뵙고 긴히 전해드려야 할 것이 있기에…….”

"무엇이오?"

"개경을 떠날 때 삼봉 대감으로부터 받은 서찰인데, 장군께서 어려움에 처해 있을 때 전해드리라고 하였습니다."

남은은 여러 겹으로 동여 싼 봉서를 품속에서 꺼냈다.

"삼봉이 내게 전해주라 하더라고?"

이성계는 봉투를 뜯어서 펼쳐보았다. 서찰에는 '회(回)' 자가 적혀 있었다.

'돌아갈 회(回)? 이건 무얼 뜻하는 것인가?'

서찰을 펼쳐 든 이성계는 서찰의 글자와 남은의 얼굴을 번갈아 보았다.

"소장은 무슨 내용인지 모르옵니다. 다만 장군께서 출정한 후에 분명 어려움이 있을 것이라고 하면서 그때 전해드리라고 해서 때를 기다렸는데 이제 전하게 되었습니다."

'삼봉이 남은을 꼭 데려가도록 추천하였던 이유가 이것이었던가?'

삼봉은 돌아가라고 한다. 삼봉은 이 전쟁은 최영이 이성계 자신을 겨냥하여 계획한 것이라 했다. 전쟁에 이기면 최영은 대국을 상대로 승리했다고 영웅이 되나, 이성계는 비록 승리한 장수라 하더라도 정치적인 입지는 최영에게 눌려서 좁아지게 마련이다. 게다가 만약 패하게 되면 그때는 패장으로서 모든 책임을 지게 된다.

강을 건너지 말고 삼봉의 의도대로 여기서 회군하게 되면 어떻게 될까? 그러나 회군은 이성계의 군대만으로는 될 일이 아니다.

회군을 한다면 그것은 항명이 되고 역모가 된다. 회군을 한다면 최영과 일전을 벌여야 하는데 좌군의 협조가 없이는 불가능한 일이다.

'좌군도통사 조민수는 지금 나의 이러한 생각을 모르고 있다…….'

조민수를 회군에 끌어들이려면 그에게도 불가피한 명분을 갖춰줘야 하는데 아직은 때가 아니라는 생각이 들었다. 이성계는 일단 강을 건너기로 마음먹었다. 그리고 기회를 봐서 조민수의 의사를 떠보기로 했다.

그리고 동참하게 만들어야겠다고 생각했다.

• 4

불어난 강물에 뗏목을 띄우는 것은 여간 어려운 일이 아니었다. 상류에서 불어난 물은 하류로 내려오면서 걷잡을 수 없이 거세졌다.

부교를 설치하려면 급류에 휩쓸려 목숨까지 잃어야 하는 위험을 감수해야 했다. 부교를 설치하던 병사가 세찬 물결에 휩쓸려가면서 비명을 질러도 어떻게 손을 써보지를 못했다. 승산 없는 싸움에 동원된 병사들이 전투에 참가해 보지도 못하고 애꿎게 죽어 나가는 것이 너무나도 안타까웠다. 이성계는 현장의 어려운 사정을 들어서 조정에 또 한 번 상소를 올렸다.

> "강물이 불어 부교 설치가 어렵습니다. 벌써 강물에 빠져 죽은 병사가 수십 명에 이릅니다. 첫 여울을 지나는데도 이렇게 어려움이 따르고 희생이 큰데 이곳을 건너더라도 또 다른 여울이 기다리고 있고 요동까지 진군하려면 이러한 곳을 여러 곳 지나야 합니다. 병사들은 전투를 시작하기 전에 지쳐버립니다. 이러한 병사들로 승리한다는 것은 불가능한 일이 옵니다. 다시 한 번 엎드려 청하옵건대 회군을 명하여 주시옵소서."

이성계는 장계를 띄워 보냈다. 그러나 최영은 완고했다.

> "전투에 임하는 병사가 죽는 것은 다반사인데, 죽음이 두려워 회군한다는 것은 있을 수 없는 일이다. 속히 강을 건널 것을 다시 명한다. 시간을 지체할수록 적에게 유리한 기회를 주는 것이니 지체하지 마라. 명을 신속히 이행치 않을 시에는 군율로 엄하게 다스릴 것이다."

예상했던 답이었다.

"이런 죽일 놈의 늙은이 이곳 사정은 아랑곳하지 않고, 앉아서 명령만 내리고 있네. 이는 병사들을 사지로 몰아넣는 처사야!"

내용을 전해 들은 이두란이 마치 앞에 사람을 세워 놓은 듯 팔까지 걷어붙이며 불같이 화를 냈다.

"형님! 이깟 놈의 전쟁 집어치우고 동북면으로 돌아갑시다. 우릴 잡으러 오면 차라리 그곳에서 농성을 합시다. 개죽음을 당하느니 그게 더 낫습니다."

이두란은 자리를 일어나 왔다 갔다 하며 씩씩거렸다. 아무도 이두란을 진정시키려 하지 않았다. 모두가 같은 심정이었다.

그때 장수 하나가 들어와서 탈영하던 병졸 일곱 명을 붙잡아왔다는 보고를 했다.

"군율이 흐트러지고 있습니다. 전체의 본보기로 병사들 앞에서 참수해야 합니다."

이성계의 처분을 받기 위해 온 것이었다. 이성계는 잠시 생각하다가 군막을 나왔다. 병사들이 도열해 있고 그 앞에 탈영병들이 무릎이 꿇려 엎어져 있었다. 죽음을 기다리는 그들이나 목이 베이는 것을 참관해야 하는 병사들이나 모두의 얼굴에 공포가 가득 차있었다.

이성계는 그들에게 다가갔다. 그리고 장검을 빼 들었다. 병사들은 기침 소리조차도 삼가며 조용했다. 꿇어앉아 있는 자는 말도 못하고 머리를 땅에 처박고 벌벌 떨기만 했다.

"왜 탈영을 하려 했느냐?"

"죽을죄를 지었습니다."

"여기 모인 병사들 중 누구도 목숨이 아깝지 않은 사람이 없다. 그런데도 네놈들은 제 목숨만 살겠다고 도망을 갔다. 그런데 어찌 살려달라고 빌 수 있느냐?"

"……."

"네놈들을 죽여서 병사들의 본보기로 삼아야 할 것이다. 할 말이 있느냐?"

한 자가 고개를 쳐들고 답을 했다.

"도망치다 붙잡혀온 놈, 죽어 마땅합니다. 그러나 장군께서도 저 잡아먹을 듯이 밀려드는 물결을 보지 않았습니까? 너무 무섭습니다. 저희 같은 놈의 목숨이 파리 목숨과 뭐가 다릅니까? 장군께서는 이 전쟁이 이길 수 있는 전쟁이라고 생각하십니까? 죽지 못해서 사지로 끌려가는 인생들, 차라리 도망이라도 쳐보려고 한 것입니다. 도망치다 붙잡혀 죽으나 강물에 빠져 죽으나 화살에 맞아 죽으나 매 한 가지입니다. 요행히 도망을 칠 수 있다면 식구들 이끌고 산속으로 들어가서 짐승같이 살려고 하였습니다. 소박한 그런 뜻도 못 이루는 인생, 고통 없이 죽게나 해주십시오."

병사는 눈물범벅이 된 얼굴로 살아 있을 때 하고 싶은 말이나 해보고 죽자고 작심한 듯 항변을 했다.

"저놈이 죽을 때가 되니 못하는 말이 없구나! 어느 안전이라고 함부로 말을 지껄이느냐!"

말을 하는 동안 곁에 서 있던 이두란이 칼집에 손을 대며 고함을 쳤다.

이성계가 제지를 했다.

"가만. 더 들어보자. 계속해보거라!"

"……할 말이 더 뭣이 있겠습니까. 저희 같은 놈 죽여서 추상같이 군율을 세워 전쟁에 승리하시기 바랍니다. 여태껏 살아오면서 나라에서 시키는 건 꼬박꼬박 다하여왔습니다만 한 번도 인간답게 살아보지 못하고 죽는 것이 억울하옵니다. 차라리 축생으로 태어났더라면 이런 억울함은 없을 것입니다. 어서 죽여주십시오."

"그래, 네 말을 듣고 보니 억울한 점이 없지 않다. 네 말대로 죽여주마."

이성계의 칼이 높이 올라갔다. 그리고 한순간 아래로 내리쳤다.

"악!"

"아!"

칼을 맞은 병사의 비명과 참관하던 병사들의 신음소리가 동시에 들렸다. 주위는 조용했다. 숙연했다.

칼을 맞은 병사는 미동도 하지 않았다. 아니 칼을 맞고 즉살되었으니 꼼짝할 수가 없었다. 그런데도 귀에는 소리가 들렸다. 부스럭거리는 인기척, 바람 소리, 사람의 말소리.

고통도 없었다. 죽음이란 이런 것인가? 되새기지도 못할 여러 생각들이 한꺼번에 들었다. 그러다가 아직 죽지 않았다는 생각이 퍼뜩 들었다.

고개를 들어봤다. 사람의 다리가 커다랗게 눈앞에 버티고 섰다.

"죽었느냐?"

우람한 목소리가 들렸다. 장군의 목소리였다.

"예."

병사는 다시 납작 엎드렸다.

"이놈, 죽었다는 놈이 어떻게 말을 하느냐? 고개를 들라."

고개를 쳐들고 이성계의 얼굴을 바라보았다. 이성계는 칼을 허공에다 베고 병사를 죽이는 시늉만 한 것이었다.

"너는 이미 죽었느니라. 이제 다시 살아났으니 어떻게 할 것이냐?"

"감사합니다. 다시 산목숨, 죽은 셈 치고 무슨 일인들 못 하겠습니까? 목숨을 바쳐 충성을 다하겠습니다."

"그래, 살려주었으니 이 전쟁에서도 살아남아서 나머지 인생을 인간답게 한번 살아보거라!"

병사들은 감격 어린 눈길로 이 모습을 지켜보고 있었다. 누가 먼저랄 것도 없이 한꺼번에 박수가 터져 나왔다.

"만세!"

"우리 장군님 만세!"

도망을 쳤던 병사나 이를 참관하던 병사나 모두가 같은 마음이기에 이성계의 뜻밖의 배려에 목이 터져라 함성을 지르며 만세를 불렀다.

서둘러서 해야 하는 일은 부교를 설치하는 일이었다. 시간이 걸리면 책임을 물을 것은 뻔한 일이고 무리를 해서라도 서두를 수밖에 없었다. 부교는 강물에 놓이자마자 거센 물결에 떠내려가기가 일쑤였다. 병사가 또 목숨을 잃었다.

간신히 강을 건너는데 이번에는 부교를 얽어맨 밧줄이 풀어졌다. 수십 명의 병사가 한꺼번에 물살에 휩싸였다. 이성계의 우군만 그런 피해를 당한 것이 아니었다. 조민수가 이끄는 좌군도 별반 다르지 않았다. 천신만고 끝에 강 가운데 있는 위화도에 도착하여 죽은 병사를 점고해보니 수백 명에 이르렀다.

• 5

며칠째 비가 그치지 않았다. 강물은 계속 불어나고 있었다. 물길이 잦아들기 전에는 이제 도강은 꿈도 꾸지 못하게 생겼다. 비가 쏟아진다고 해서 병사들을 쉬게 하는 것은 아니었다.

숙영지로 물이 스며드는 것을 막기 위해 물꼬를 내고 장비가 젖지 않도록 덧씌우고……, 잡일이 더 많았다. 병사들은 젖은 옷을 말려 입을 여유도 없었다. 젖은 옷을 입은 채 그대로 잠을 잤다.

병사들이 하나둘 쓰러져 갔다. 설사하는 놈, 고열에 몸살을 앓는 놈, 매일 그 숫자가 늘어났다. 처음 몇 명이 병이 들었다는 보고를 받았을 때는 피로해서 몸살 정도 걸린 줄 알았는데 그게 아니었다.

갑자기 그 숫자가 불어났고 죽어 나가는 자도 생겼다. 습한 날씨에 앓는 돌림병이었다. 거기다가 여기저기 자리를 옮겨 다니고 정화되지 않은 물을 마시다 보니 풍토병이 겹친 것이었다. 앓는 자를 격리해서 불을 피우고 몸을 데워서 안정을 시켜보았지만 별무소용이었다.

장비도 문제였다. 그중에도 활시위에 먹여놓은 갖풀이 늘어나면서 탄력을 잃는 것이 제일 큰일이었다.

여기서 한 발짝 더 나아가면 요동 땅인데 천신만고 끝에 요동 땅으로 건너간다 해도 이렇게 약해진 전력으로 명나라 군사를 상대하는 것은 그 결과가 너무나 뻔 한 일이었다. 여기까지는 어명을 받들어서 온 것이고 더 나아가면 명나라의 땅을 침범하는 것이 된다.

'이기지 못할 전쟁에 황제의 분노까지 산다면 어떻게 되겠는가?'

이성계는 고개를 가로저었다. 결심했다. 여기에서 회군하기로 한 것이다. 좌군을 설득할 때가 왔다고 생각했다.

'좌군 또한 우리와 같은 고통을 받고 있으리라.'

이성계의 예상은 적중했다. 좌군도통사 조민수가 찾아왔다.

"이 장군, 내 궁리하다 못하여 이렇게 찾아왔소이다."

조민수의 얼굴은 죽을상이었다. 이성계는 출정할 때부터 앞으로 벌어질 일을 어느 정도 예상하고 있었고, 회군에 대한 결심을 하고 있었지만 조민수로서는 이 모든 위기가 예기치 못한 것이어서 충격이 컸다.

"강물은 점점 불어나고 언제까지 여기 머물러 있어야 할지 모르는 일인데 병사들은 병에 걸려서 태반이 비실거리니 이 일을 어쩌면 좋겠소이까?"

조민수가 한숨을 내쉬면서 걱정을 털어놓았다.

“어디 그뿐이겠소. 활도 시위가 늘어나서 무기로 쓸 것이 얼마 되지 않으니 설혹 요동 땅을 밟더라도 어떻게 전투를 치를 것인가 걱정이오.”

“무엇보다도 식량이 걱정이오. 강물이 불어나니 보급이 안 되고 있소. 이제 군사들을 먹이지 못한다면 폭동이 일어날 수도 있는 일이 아니오?”

조민수의 걱정은 이성계가 바라는 바였다. 이성계는 이참에 조민수를 설득하여 같이 회군을 하고자 했다.

“당초 이 전쟁은 잘못 시작된 것이오이다. 나는 출정 전부터 여러 번 전하께 부당함을 아뢰었는데 문하시중 최영이 끝내 고집을 부려 일을 이 지경까지 끌고 온 것이오. 군사들이 이런 상태인데 요동 땅을 밟은들 어떻게 승리를 할 수 있겠소. 병사를 이끌고 사지로 들어가는 꼴이니 참으로 암담한 일이 아니오. 일시 승전을 하더라도 이는 잠깐의 일일 것이오. 명나라 황제의 보복이 이어질 텐데 이를 어떻게 감당을 하겠소이까?”

“그러나 전하의 명이 지엄한데 어쩔 도리가 없지 않소?”

“전하의 명이 지엄한 것은 전하의 측근에 악인이 있어서 그들의 말만 들어서 그러한 것이오. 나는 말머리를 돌려서 그 악인의 잘못됨을 꾸짖고 이 기회에 나라를 바로 세우고자 하오.”

임금 곁의 악인이라 함은 바로 최영을 일컫는 것이었다. 조민수는 이성계의 말을 듣고 화들짝 놀랐다.

“반역을 도모하자는 것이오? 최영만 제거한다고 우리가 무사하겠소? 임금이 보위에 앉아 있는데.”

“이렇게 된 마당에 임금도 갈아치워야지요.”

“예? 임금도요?”

조민수는 적잖이 당황했다.

“그렇소이다. 지금의 임금은 너무나 패덕한 일을 많이 저질러 백성의 신망을 잃고 있소이다. 지난 세월을 보면 나라가 어지러울 때 우리 무장이 나서서 조정의 사악한 무리를 제거하고 임금도 바꾼 예가 있지 않았소이까? 지금의 임금에 대해서는 보위에 오를 때부터 정통성에 대해서 이러쿵저러쿵 말들이 많지 않았소이까? 이 나라는 왕씨의 나라이니 적통으로 왕통을 잇게 하고 그 임금에게 나라를 잘 다스리도록 우리가 보필하여 백성들이 살기 편한 나라로 만들어봅시다."

"음—."

조민수는 무슨 말을 해야 할지 갈피를 못 잡고 깊은 신음소리만 냈다.

"나는 이미 결심이 섰소이다. 조원수가 동참하지 않으면 나는 동북면으로 돌아갈 것이오."

이성계는 이미 결심이 서 있는 터라 단호하게 말했다. 입 밖으로 발설한 이상 이유야 어찌 됐던 이미 군령을 어기는 것이 됐고 어명을 어겼으니 역모로 몰리는 것은 피할 수 없는 일이었다. 조민수의 참여가 일의 성공 여부를 점치는 가늠이 된다. 이성계는 초강수를 둔 것이었다.

이성계 군사의 주력은 동북면을 지키던 사병들이었다. 그들은 이성계와 고락을 같이하며 여러 전투에 참가하여 혁혁한 공을 세웠고 훈련이 잘되어 있어서 무적으로 칭송을 받아왔다. 이성계가 이들과 함께 동북면으로 돌아간다는 것은 전투력에 엄청난 손실을 주는 것이다. 나머지 병사들의 사기에 크게 영향을 끼칠 수가 있다. 이성계는 이점을 노려 조민수를 궁지로 몰아넣고자 한 것이었다.

"아니 이 원수, 동북면으로 돌아가다니요? 그게 무슨 말이오? 나만 남아서 어떡하라고요?"

이성계의 예상대로 조민수는 기가 죽는 모습이었다.

"이래 죽으나 저래 죽으나 매한가지가 아니오? 여기서 버티는 것도 한계가 있을 것이고 요동 땅을 쳐들어가 봤자 패전은 불 보듯 뻔한 일이고 훗날 황제의 보복 또한 면하기 어려울 것이오. 전쟁에 패하여 돌아온다면 최영은 우리에게 패전의 책임을 물을 것이오. 잘하면 참수를 면할 것이고 그리해도 삭탈관직에 유배는 면하지 못할 것이오."

"……."

이성계는 조민수의 손을 덥석 잡았다.

"조 원수, 우리 함께 돌아갑시다. 군사들도 돌아가기를 간절히 원하고 있소. 지금도 탈영하는 자가 있지만 요동 땅을 건너면 이탈하는 자가 더 생길 것이오. 저 불쌍한 병사들을 방치한 채 어명만을 따를 수는 없는 일이지 않소?"

이성계의 말을 들으면서 조민수의 생각도 점차 바뀌어 갔다. 아니 조민수로서는 어쩔 수 없는 선택을 해야만 했다. 이성계가 동북면으로 돌아간다면 조민수 혼자서 요동 땅을 공략한다는 것은 불가능한 일이다. 그렇다고 최영이 저렇듯 버티고 있는데 회군을 한다는 것도 목숨을 내놓고 해야 하는 일이다. 단안을 내릴 수가 없었다.

한참을 생각하던 조민수는 말했다.

"이 원수의 생각에 동참하겠소이다. 하나 내게 제장들을 설득할 시간을 좀 주시오."

조민수도 생각을 굳혔다. 조민수는 하루의 말미를 달라고 했다.

조민수가 돌아간 직후에 조정에서 환관 김완이 과섭찰리사(過涉察里使)[35]로 임명되어 금과 비단 말을 가지고 이성계의 군막을 방문했다.

찰리사 일행은 '전하께서 친히 선물을 내려주시면서 좌우도통사를 위로한다는 말을 전하러 왔다'고 했지만, 실제는 어명의 실행 여부를 감시하고 요동 정벌을 독려하기 위해 온 것이었다.

이성계는 이들이 도착했다는 보고를 받자 불같이 화를 내고는 이들을

35) 전투 수행을 감독하기 위해 강을 건너서(過涉) 파견 나온 임시관리.

억류시키고 조민수에게 연락했다. 조민수는 변안열 등 수하 제장들을 거느리고 급히 달려왔다. 조민수는 돌아간 즉시 제장들을 설득했고 제장들도 이성계의 뜻에 동참하기로 결의했던 것이다.

이성계의 수하 장수들도 같이 모였다. 모두의 얼굴에서는 긴장감이 감돌았다. 이성계의 얼굴에도 긴장감이 역력했다.

"제장들은 잘 들으시오. 우리는 요동 정벌의 명분 아래 출병을 하였으나 지금 여기에 이렇게 머물러 있소. 우리는 잘못된 전쟁을 치르려 하고 있소. 이번 전쟁이 잘못된 이유는 다음에 있소.

첫째로 요동 정벌은 고려와 같은 소국이 명나라와 같은 큰 나라를 상대로 하는 것이어서 승산이 없는 것이오.

둘째로 여름에 출병하여 농번기에 장정들을 징발함으로써 일손을 빼앗겨 농사를 지을 수가 없소. 가을에 추수가 어려우면 출병한 우리에게 지급할 식량이 부족하여 군사들은 배고픔을 견뎌야 하오.

셋째, 전라도 경상도 양광도에는 왜구들이 수시로 출몰하여 해안지방에는 사람이 살 수가 없을 지경이오. 왜구가 개경의 턱밑까지 침범하여 나라의 안위가 극도로 불안한 상태인데도 북쪽을 정벌한다 함은 내 집 마당은 도둑에게 내주고 남의 땅을 탐하는 것과 같이 앞뒤가 맞지 않는 일이오.

넷째로 지금은 장마철이라 활시위에 먹인 갖풀이 늘어나서 우리의 자랑인 활을 효과적으로 사용할 수가 없고, 또 병사들에게 전염병이 돌아서 전력에 큰 차질을 빚고 있소. 나는 당초 이러한 이유를 들어 이번 정벌이 잘못된 전쟁이라고 몇 번이나 진언을 올리고 말렸던 사람이오. 나는 이제 전쟁이 불가한 이치를 대내외에 천명하고 회군하여서 주상의 귀를 먹게 하여 옳지 못한 어명을 내리게 한 조정의 악인을 제거하고 일을 바로잡을 것이오."

이성계는 이 자리에서 임금까지 바꾸겠다는 소리는 하지 않았다. 임금을 쫓아낸다 함은 역모를 하는 것이 되므로 임금을 잘못 보필한 간신배를 제거한다는 명분을 내세웠다. 아직 그는 내심을 감춘 채 '고려의 충신'이라는 소리를 듣고 싶었던 것이다. 이성계의 말은 계속되었다.

"황제의 나라를 침범하게 되면 나중에 그 벌을 면치 못하게 될 것이오. 그러한 참화는 고스란히 백성의 피해로 돌아올 것이오. 백성의 곤궁을 살피지 않는 나라는 더 이상 나라가 아니오."

제장들은 기침도 소리도 내지 못한 채 이성계의 말을 경청했다.

"나는 오늘 나의 결심을 공고히 하기 위하여 조정에서 보낸 과섭찰리사 일행을 억류하였소. 이제 우리의 결심이 역사의 물길을 돌릴 것이고, 용기 있는 자가 세상을 바꿀 것이오. 다행히 제장들이 나의 뜻에 동참을 하고자 하니 나는 반가운 마음으로 반드시 이 일을 성공시키겠소."

이성계의 일장 훈시를 듣고 나니 제장들은 속이 다 후련했다. 제장들. 이성계 휘하의 배극렴, 윤사덕, 정지 등은 물론이고 조민수 휘하의 변안열, 심덕부, 이무 등은 모두 이성계와 함께 왜구와 홍건적 토벌을 위해 여러 번 출전하여서 이성계의 지략과 지도력을 잘 알고 있었다. 그들 또한 요동 정벌이 부당하다는 것을 잘 알고 있었지만 어명이라 어쩌지 못하고 출전했던 터라 적지 않게 불만이 있었던 것이다.

배극렴이 나섰다.

"장군, 나라의 안위가 장군의 한 몸에 달려 있는데 우리가 어찌 망설이겠소."

다른 장수들도 동조해서 말했다.

"회군합시다."

"빨리 회군하여 한시라도 빨리 임금의 귀를 막고 있는 악인을 몰아냅시다.

5월 을미일(5월 22일) 마침내 요동 정벌을 위해 출정한 좌우군은 군사를 돌렸다. 4월 18일 평양성에서 출정한 지 한 달이 조금 넘은 날이었고 이성계가 정월지주(正月之誅)에 동참하여 조정에 입각한 지 여섯 달이 채 안 된 때였다.

역사는 이를 위화도 회군이라고 적고 있다. 그러나 이는 잘못된 기술이다. 회군이라 함은 임금의 허락을 받고 군사를 돌리는 것인데 이성계는 어명을 무시한 채 자신의 임의대로 한 것이기에 이는 명백히 반란이었다. 위화도 '회군'이 아니라 '반군(叛軍)'인 것이다.

• 6

반군의 소식은 서북면에 전운사(轉運使)[36]로 나와 있던 최유경의 급보로 조정에 알려졌다.

급보가 제일 먼저 전해진 곳은 팔도도통사로 있는 최영의 군영이었다. 보고를 받은 최영은 수하 장수들을 모아놓고 불같이 화를 냈다.

"이성계! 이 역적 놈이 기어이 일을 저질렀구나. 내 일찍이 광평군(이인임)이 '훗날 나라의 변란을 일으킬 자가 있으면 반드시 이성계가 될 것이라고 하면서 역모의 기미를 찾아내서 죽이자'고 할 때 전쟁에 공이 많다고 하여 말렸었는데 이제야 그것이 후회되는구나!"

"목자득국(木子得國)이라는 소문도 있었소이다. 진작이 이성계에 대해서 방비를 했어야 하는 건데 기어이 이런 일을 당하는구려."

곁에 있던 최영의 측근 인사 안소가 말했다. 군막 안에 모인 최영 수하

---

36) 지방에서 징수한 공물을 개경으로 운송하기 위해 파견한 관리.

의 장수들은 모두 이성계를 비방하며 용서할 수 없다고 분노를 터뜨렸다.

이성계가 회군하고 있다는 소문은 삽시간에 군영 안에 퍼졌다. 군영에는 긴장감이 감돌았다. 군영에 볼모로 잡혀 있는 이성계의 첫째, 둘째 아들 방우와 방과도 낌새를 눈치챘다.

"형님, 아버님이 회군을 하셨다는데 이대로 있어서는 위험할 것 같습니다."

이방과가 걱정스레 말했다.

"회군을 하였다면 역모를 도모했다는 것이 아니냐? 아닐 것이다. 나는 아버님을 믿는다. 아버님은 역적질을 하실 분이 아니다."

방우는 동생의 말을 믿지 않으려 했다.

"형님, 그런 태평스런 마음을 가질 때가 아닙니다. 지금 우리는 볼모로 잡혀 있는 신세입니다. 어서 이곳을 탈출하여야 합니다."

"아니다. 좀 더 기다려보자. 나는 아버님을 믿고 싶다."

"아니 됩니다. 형님, 자 가십시다."

이때 이들이 있는 곳으로 이두란의 아들 이화상이 급히 찾아왔다.

"형님들 여기 계셨구려. 한참을 찾았습니다. 지금 이곳 군영에서는 출정하신 큰 아버님께서 반란을 일으켰다고 난리입니다. 두 분 형님 이렇게 계시다가는 무슨 봉변을 당하실지 모르는 일이옵니다."

"큰 형님께서 사실을 믿지 못하겠다고 저렇듯 고집을 부리고 있구나."

이방과가 난감해 하며 말했다.

"큰 형님 사실입니다. 이유야 나중에 따지고 우선 몸부터 피하십시다."

이화상이 재촉했다.

"아니다. 나는 믿을 수 없다. 만약 아버님의 역모가 사실이라면 나는 죄인의 아들인데 어찌 살기를 바라겠느냐? 나는 붙잡혀 죽을지라도 이곳에 남으련다."

이방우는 완강했다.

"아니 됩니다. 형님, 밖에 도성을 빠져나갈 말들을 준비해놨습니다. 어서 일어나십시오."

이화상은 이방우를 안다시피 해서 일으켰다. 그리고 이방과와 함께 밖으로 끌고 나와서 말에 태웠다.

대동강변, 녹음 진 능수버들을 벗 삼아 여인들에 싸여서 기분 좋게 뱃놀이를 즐기고 있던 임금에게도 급보가 전해졌다. 왕은 요동 정벌군이 출정하고 있는 와중에도 여전히 사냥과 기생놀이를 즐겨왔다.

"뭐라고? 이성계 그자가 회군한다고? 짐의 허락도 받지 않고서?"

임금은 술이 확 깼다.

"그러하옵니다. 지금 좌군도통사 조민수와 함께 이곳 평양성으로 회군하고 있다 하옵니다."

"좌군도 함께? 이자들이 반란을 일으켰구나. 어찌하여야 하누? 최영, 나의 장인은 어디 있느냐? 문하시중은 무엇을 하고 있느냐?"

임금은 당황하여 일어났다 앉기를 반복하며 갈피를 잡지 못했다.

"지금 군영에서 대책을 숙의하고 있습니다."

"안 되겠다. 내가 그곳으로 가야겠다. 속히 준비하라!"

"연을 준비해두었사옵니다."

"연은 필요 없다. 언제 그깟 것을 타고 가느냐? 말을 준비하라."

"말은 저편에 씻기고 있는 중이라……."

신하가 가리키는 강변을 보았다. 종자가 벌거벗고서 말을 씻기는 모습이 보였다.

"아니 저놈이? 저건 뭐하는 짓이냐?"

"말이 물을 많이 튀기는지라 옷이 젖는다고……."

"저놈이 나를 놀리고 있구나! 저놈을 당장 죽여라! 그리고 빨리 말을 끌고 오너라!"

임금은 불같이 화를 냈다. 임금이 화를 내는 이유는 자신이 가끔 신하들과 함께 강에서 벌거벗고 말을 타는 놀이를 즐겼기에 마부가 이를 흉내 내며 조롱한다고 생각했기 때문이었다. 임금은 심란한 마음을 엉뚱한 데다 대고 화풀이를 했다.

"악!"

멀지 않은 숲 속에서 처절한 비명소리가 들려왔다. 놀이에 호종했던 신하와 기생들은 또 한 번 임금의 포악한 성정에 기가 질려 몸을 움츠렸다.

이성계가 반란을 일으켰다는 소식은 백성들을 불안 속으로 몰아갔다. 소식을 전해 듣고 또다시 민심이 흉흉해졌다.

"나라에 변란이 일어났구나! 요동 정벌에 나선 군사들이 반란을 일으켰다!"

"또 한 번 사람들이 죽어 나가겠구나. 이 나라에 살고 있는 우리네 목숨은 살아 있어도 산목숨이 아니다."

"전쟁이 아니어서 다행이다. 변란이야 어디 벼슬하는 제 놈들 욕심 채우자고 일으킨 것인데 우리 같은 미천한 목숨이야 무슨 소용이 있어 해하겠나?"

"아니다. 정작에 몸으로 싸움하는 것은 우리 같은 조무래기가 아닌가? 욕심 없는 조무래기들을 제 놈들 싸움에 끌어다가 피를 흘리게 만드니 이야말로 고래 싸움에 새우 등 터지는 격이 아닌가?"

백성들은 겹치는 전쟁과 변란으로 속절없이 죽어 나가는 목숨을 보았고 수많은 위기를 겪으면서 이제 나라의 운명은 상관없었다. 누가 왕위에 오르든 누가 권력을 잡든 상관이 되지 않았다. 어느 놈이 되어도 권세를 잡은 놈들은 백성을 봉으로만 여겼기에 고달프기 그지없는 삶이었다. 제발 자신에게 더 이상 불행이 닥치지 않기만을 바랄 뿐이었다.

반란군은 임금이 머무르는 서경으로 향했다. 이성계는 서두르지 않았다. 군사들이 급하게 움직이면 백성이 불안해한다고 일부러 사냥하는 등 여유를 부리면서 천천히 움직였다. 그리고 민심을 다치게 하지 않으려고 부하들에게 엄명을 내렸다.

"우리는 반란군이 아니다. 다만 주상의 곁에서 보필을 잘못하는 사악한 무리를 쫓아내고자 회군을 하는 것일 뿐이다. 누구든 백성의 재물을 빼앗거나 해를 끼치는 자가 있으면 목숨을 부지하기가 어려울 것이다."

• 7

소문은 사람보다 빨랐다. 바람을 타고 급속도로 퍼져나갔다. 개경에 머무르고 있는 이방원에게도 전해졌고 외직으로 나가 있는 정도전에게도 전해졌다. 그리고 동북면 일대에도 전해졌다.

이방원에게 당장 급한 것은 가족들의 안위였다. 이성계는 만약을 위해 경처 강씨를 향처 한씨가 살고 있는 포천 재벽동 근처, 철현의 전장(田莊, 농촌 별장)으로 옮겨 놓았다. 포천에서는 여차하면 일가의 기반인 동북면으로 피신하기가 쉬웠기 때문이었다.

한편 우왕이 머무르는 서경은 이성계의 군대가 회군해온다는 소식에 걷잡을 수 없는 혼란에 빠져들었다. 우왕이 거느리고 있는 근왕병은 기백 명에 불과했는데 이는 회군하는 병력에 비하면 한 줌 거리밖에 되지 않았다. 또한 반란군은 정벌을 위해 출진한 군대이므로 기마, 활 등 막강한 공격 장비를 갖추고 있어서 전력상으로도 비교가 되지 않았다.

최영은 이성계에게 출정을 명할 때 만일을 대비해서 그의 장남과 차남을 볼모로 붙잡아 두어서 그들을 인질 삼아 협상을 하려 했으나 그들조차도 이미 군영을 탈영해버린 뒤였다.

"쥐새끼 같은 놈들! 어느 틈에 눈치를 채고 도주해버렸구나!"

최영은 화가 머리끝까지 뻗쳤다."

"기찰을 강화하라. 놈들을 붙잡으면 큰 상을 내리리라."

최영은 개경으로 파발을 띄웠다. 개경에 남아 있는 이성계의 처와 가족들을 붙잡아 두라고 급하게 명을 내렸던 것이다.

그러나 이 또한 한발 늦었다. 개경에서도 최영의 영이 닿기 전에 먼저 피신해버렸다.

"전하, 이곳에서는 역적놈들을 상대하기 어렵겠사옵니다. 놈들이 도착하기 전에 속히 개경으로 이어(移御) 하시어 옥체를 보존하시옵소서."

개경은 내·외성 등 여러 겹으로 둘러싸여 있으니 궁 안에서 농성을 하면서 전국에 영을 내려 토벌군을 동원하고 또 반란군을 회유하는 등 전략을 구사하고자 한 것이었다.

우왕은 믿고 의지할 사람이 최영 밖에 없었다. 반란이 일어나면 측근의 신하들도 못 믿는 법이다. 임금은 모든 신하는 물리치고 최영만이 곁에 있도록 했다. 임금은 서경을 떠날 채비를 하면서 개경에서 가져왔던 재물을 모두 챙기도록 했다. 그리고 근왕병을 불러 모아서 그 재물들을 나누어주었다.

"역적 놈들이 과인을 위협하므로 과인은 어쩔 수 없이 개경으로 돌아간다. 내 개경으로 돌아가서 반드시 이 수모를 갚고자 하니 그대들은 열성으로 나를 보필하라. 훗날 그대들에게 큰 공을 내릴 것이다."

왕은 근왕병 모두에게 자신을 호위하도록 하고 최영 등 일부 몇 명의 신하만 대동하여 급하게 평양성 대동문을 빠져나왔다. 대동문은 불과 한 달 전까지만 해도 자신의 명을 하늘 같이 떠받들며 장도에 올랐던 요동 정벌군이 나섰던 문인데 이제 그들은 도리어 적이 되어 칼을 겨누며 덤벼들고 자신은 그들에게 쫓겨서 같은 문으로 도망을 쳐야 하는 신세가 되니 생각할수록 분하고 억장이 무너졌다.

‘이성계, 이 찢어 죽여도 시원치 않을 놈!’

왕은 입속으로 몇 번이나 되뇌었다. 그러나 어쩌겠는가? 이미 닻줄은 끊겼고 배는 풍랑 속에 휘말린 것을…….

왕은 기울어져 가는 배에서 돛대를 부여잡고 제발 난파만은 당하지 않기를 바랄 뿐이었다.

왕이 지름길을 밤낮으로 달려서 개경에 도달했을 때는 그나마 호종하던 근왕병들도 뿔뿔이 흩어져 도망을 쳐버리고 불과 50여 명밖에 남지 않았다.

이방원이 식솔들을 데리고 함주로 가는 동안에 삼엄한 기찰이 시작되었다. 이방원은 기찰 꾼의 눈을 피해 겨우 철령까지 왔으나 철령관은 더욱 경계가 삼엄했다. 그곳은 동북면과 경계이므로 도저히 딸린 식구들을 데리고 통과할 수가 없었다. 산속으로 숨어 들어가 산령을 넘고자 했으나 부녀자와 어린아이들은 도저히 넘을 형편이 되지 못했다.

여섯 살배기인 막내 방번은 물정을 모르고 칭얼거렸다.

“난 안 갈래. 아버님께 데려다줘.”

며칠을 산속에 숨어서 거친 고생을 하는 아이에게는 평소 귀여워 해주던 아버지 이성계의 손길이 그리울 수밖에 없었다.

“지금은 안 된다. 이렇게 숨어 있으면 아버님이 우릴 찾으러 오실게다.”

강씨 부인은 난감해 하며 아이를 달랬다.

“싫어, 싫어.”

아이는 울음으로 떼를 썼다.

“방석아, 울지 마라! 큰일 난다. 형님이 업어주랴?”

“예, 형님.”

칭얼대던 어린아이 방석은 형 방원이 널찍한 등을 들이대자 얼른 업혔다.

“우리 막내 방석이, 형 등에 업히니 좋으냐?”

"예, 형님. 등이 따사롭고 편하옵니다."

방석은 방원의 등을 타고 덩실거리며 즐거워하다가 이내 잠이 들었다. 방원은 비록 반쪽짜리 핏줄이지만 아이의 순진함에 깊은 애정을 느꼈다. 나이 차이가 많이 나는 두 아들의 모습을 곁에서 바라보고 있는 강씨 부인의 눈에는 그것이 마치 부자간에 나누는 것처럼 정겹게 비쳐졌다. 방원이에게 깊은 신뢰를 느꼈다.

이방원은 방번의 손도 같이 잡았다. 일행은 함주로 가는 것을 포기하고 이천으로 발길을 돌렸다. 이천에는 아버지 이성계과 교우관계를 갖고 왕래를 하던 한충(韓沖)이 살고 있었기에 그에게 한동안 식구들을 의탁하고자 했다.

이성계가 출정한 직후 함주로 떠났던 조준은 이성계의 회군 소식을 듣자 쾌재를 질렀다.

"여보게, 하륜이, 드디어 때가 온 것 같으이!"

조준은 개경을 떠나올 때 귀양이 풀렸는데도 벼슬길에 오르지 못하고 할 일 없이 지내고 있던 하륜과 대동을 했다.

두 사람은 일찍이 조준이 강릉부사로 부임해왔을 때 하륜이 강릉 땅으로 유배를 오면서 알게 된 사이였다. 조준은 하륜이 무소불위의 권력을 휘두르던 신돈에 대항하여 측근인 양전부사의 비행을 탄핵하다 파직이 된 사실을 잘 알고 있었다.

조준 또한 신돈의 행태에 불만을 느껴왔으므로 하륜의 그러한 행동을 흠모해 왔었는데 마침 조준이 강릉부사로 부임을 해오고 하륜이 무진피화 때 이인임의 인척이라는 이유로 강릉 땅으로 유배를 왔기에 두 사람은 잦은 교우를 가졌던 것이다. 조준은 기암괴석과 소나무가 우거지고 넓은 바다를 조망할 수 있는 경치 좋은 곳에 지어놓은 별장으로 하륜을 초대하여 술을 대접하며 귀양살이의 외로움을 달래주곤 했다.

두 사람은 훗날 조선조 태종이 즉위하고 난 뒤 정란공신 훈작을 받고 벼슬 또한 나란히 올라가면서도 우의를 이어갔는데, 후세 사람들은 그들이 만나서 뜻을 나누었던 그곳 별장을 하조대(河趙臺)라 부르며 기념했다.

이인임의 처조카로 잘나가던 시절은 가버렸고 무진피화로 귀양살이까지 했던 하륜으로서는 비록 유배는 해금되었지만, 벼슬길로의 복귀는 요원했다. 어디든지 붙어서 한자리를 비집고 들어가야 할 텐데 도무지 그럴 틈이 없었다. 어릴 때부터 벗해왔던 삼봉조차도 그를 이인임의 측근이었던 사실을 드러내며 피하고 있으니 어디에도 기댈 곳이 없었다. 그러던 차에 조준의 제안을 받고 이성계의 편에 붙기로 마음먹었던 것이다.

두 사람은 동북면 일대의 주민을 끌어모았다. 동북면 주민들에게 이성계는 자상한 보호자였고 우상이었다. 너도나도 동참했다. 비록 무기로 사용하기에는 변변치 않은 쇠스랑이나 곡괭이 자루, 죽창 정도였지만 제 나름대로 무장을 하고 나섰다. 그조차도 들지 못하는 아녀자들은 술과 떡을 준비하여 길을 나섰다. 갑자기 모았어도 500이 넘는 인원이었다. 이들은 이성계 가문의 가별초(家別抄, 가병) 500명과 합세하여 개경으로 달려갔다.

서경성 밖에는 번쩍이는 불빛이요
안주성 밖에는 자욱한 연기라
그 사이를 오가시는 이 원수여
바라건대 이 백성을 구하소서

행군하면서 이들은 평소 동북면 일대에서 이성계의 영웅적인 활약상을 칭송하며 부르던 노래를 불렀다. 노랫소리는 지나는 마을마다 울려 퍼졌다.

13장

누가 내 무덤에 침을 뱉으랴

• 1

"역적들이 한 놈도 못 들어오게 성문을 꼭꼭 걸어 잠가라!"

우왕은 정신이 나간 사람처럼 허둥대며 지시를 하고 다녔다. 자다가도 몇 번씩이나 깨어서 자신을 호위하는 별감들의 근무를 확인하는가 하면 자신도 칼을 차고 다녔고 잘 때도 머리맡에 칼을 두고 잤다.

궁궐로 들어오는 곳곳에다 수레와 장애물을 설치하여 시가전에 대비했다. 백관들에게도 무장을 시켜서 경계하게 했다. 그러나 궁궐에서 동원할 수 있는 인원은 한정되어 있었다. 기껏 모아봐야 몇백 명이었다.

"이놈들, 백성들이 다 어디로 가버린 거야? 개경에 그렇게도 사람이 없단 말인가?"

"전하, 백성들이 모두 난리가 났다고 도망을 하였다 하옵니다."

광분하여 날뛰는 임금의 모습을 안타깝게 바라보면서 환관이 아뢰었다.

"이놈들 임금이 이렇듯 곤경에 빠졌는데도 제만 살겠다고 도망을 가? 죽일 놈들!"

임금은 백성들이 도망하여 동원하기가 어렵다는 말에 화를 벌컥 내면서도 한편으로는 민심이 자신에게서 멀어져 버렸다는 생각에 깊은 절망감에 빠졌다. 백성이 필요했다. 이 위급한 상황에서 나를 위해 봉기해줄 백성들이 필요한데 그들마저 나를 버리고 떠나버렸으니 이 일을 어찌해야 할꼬. 임금은 자신이 민심을 떠나보냈다고 생각하기보다는 자신을 버린 백성이 야속했다.

"어이할꼬? 어이할꼬?"

임금은 신하들이 보는 앞인데도 체면불구하고 엉엉 울었다.

"상만고 문을 열어라! 그리고 재물을 풀어 나누어주고서 짐을 돕게 하라!"

한참을 울다가 정신을 가다듬은 임금은 궁중의 내수에 쓰기 위해서 보관하고 있던 재물까지 풀어서 백성을 사 모았다. 그렇게 하여 끌어모은 인원은 시정잡배들까지 포함해서 천여 명 남짓이었다. 그리고 지방 방백들에게 징집령을 내려서 개경으로 올라오게 했다.

남양부사로 나가 있는 정도전에게도 징집령이 떨어졌다. 공문을 받아든 정도전은 '임금이 어지간히 다급했구나'라고 생각하면서 회심의 미소를 지었다. 이제 고려의 운명은 초읽기에 들어갔다는 생각이 들었다. 그러나 지금이 이성계가 왕위에 오를 때인가에 대해서는 회의적이었다.

'주군께서 지금 보위에 오르는 것은 시기상조야. 지금 대세를 몰아 왕을 폐하고 그 자리를 차지할 수도 있지만 그렇게 되면 찬탈이라고 백성들이 가만히 있지 않을 것이야.'

군왕이 두려워해야 하는 것은 칼을 쥔 군사가 아니라 민심이라야 한다. 설혹 군사를 일으켜 왕권을 찬탈하더라도 민심을 얻지 못한다면 언제 또다시 자신이 얻은 권력을 빼앗길지 모르는 일이다. 그 민심을 얻을 때까지 기다려야 한다. 또 민심을 얻기 위해서는 백성이 무엇을 바라는지 알아야 하고 그 원하는 것을 해주어야 한다.

지금 백성이 간절히 바라는 것은 먹고 사는 일이다. 내 땅을 갖고서 그 땅에서 열심히 농사를 지어서 배불리 먹고자 하는데 실상은 그렇지가 못했다. 온 나라에 걸쳐서 땅이란 땅은 모조리 권문세가에서 차지해 버렸고 전민은 권문세가의 땅을 소작하며 노예 신세로 지내면서도 입에 풀칠도 제대로 못 하는 어려운 삶을 살고 있다.

정도전은 민심을 얻기 위해 무엇보다도 시급히 해야 할 일이 전제 개혁이라고 생각했다. 정도전은 이성계 집권 이후의 구상을 그렸다. 그러나 지금 당장은 지방의 군사까지도 징집하여 지탱하려 안간힘을 쓰고 있는 이 권력을 빨리 무너뜨려야 하는 것이 우선이었다.

곧바로 관속들을 내당 뜰로 모았다.

"지금 이 나라는 백성은 안중에 없고 몇몇 권신들이 권력을 독점하면서 많은 폐단을 만들어왔다. 이에 이성계 장군이 분연히 일어나서 나라를 어지럽혀 왔던 난신적자(亂臣賊子) 임견미, 염흥방 일당을 척결하여 새로운 세상을 만들고자 했다. 그러나 뜻을 같이했던 문하시중 최영이 노쇠하여 정신이 흐려서 판단을 잘못하고 대국을 침범하려 거병을 하였다. 이로써 백성은 또다시 전란에 휩싸이게 되고 종래에는 명나라 황제의 보복을 받게 되는바 그 참화는 고스란히 애꿎은 백성에게 돌아오는 것이다.

이를 잘 알고 있는 이성계 장군이 지금 회군을 하여 임금의 곁에서 보필을 잘못하고 있는 악인을 제거하고자 개경으로 진군하고 있다. 나는 백성을 사랑하여 감히 어떠한 사람도 이루지 못하였던 일을 감행한 이성계 장군을 지지하고자 한다."

이성계가 회군하는 것은 반란이 아니고 나라와 백성을 위한 충정에서 한 일이라는 것을 강조했다. 정도전의 목소리에는 신념이 넘쳤다. 정도전의 연설을 듣는 관속 누구도 공감하지 않는 이가 없었다. 또한 이들은 비록 말직이지만 지금 대세가 이성계 쪽으로 기울고 있다는 것도 이미 잘 알고 있었다.

정도전은 생각한 요지를 글로 써서 경기도 일대 수령 방백들에게 돌렸다.

> "이때 조정의 잘못된 판단을 따르는 것은 백성을 궁지로 몰아넣는 일이니 섣불리 행동에 나서서는 아니 되오. 이는 훗날에 큰 화를 불러올 수도 있는 일이니 깊이 생각해야 하오."

정도전은 지방에서 함부로 군사를 움직이지 못하도록 글의 말미에 일침을 놓았다.

수령 방백들은 갈피를 잡지 못했다. 그렇지 않아도 조정으로부터 징집령을 받아놓고 망설이고 있는 차에 정도전의 서찰을 받고는 전전긍긍했다. 병사를 동원하라는 임금의 명을 거부하면 역적으로 벌을 받게 된다. 그러나 이성계는 임금에 대한 모반이 아니고 곁에서 보필을 잘못하는 악인을 제거하려는 것이라 했다.

수령 방백들이 받아들이기에 혼란스러운 일이 아닐 수가 없었다. 또한 지방에까지 군사 동원령을 내리는 것을 보면 형세가 몹시 다급한 것임을 짐작할 수가 있다. 대세가 이성계 쪽에 유리한데 섣불리 왕명을 따라 군사를 동원한다면 뒷일은 어떻게 감당할 것인가? 망설이지 않을 수가 없는 노릇이었다. 또한 불과 두 달 전에 요동 정벌을 위해 군사를 모았는데, 이제 또 동원하라 하니 옳은 장정이 남아 있을 리가 없었다.

관리들이란 나라가 위기에 빠지면 현명한 판단을 하여 신속히 행동하기보다 우선 몸을 낮추고 눈치를 보며 유불리를 따지는 습성이 몸에 배어 있는 사람들이다. 정도전의 서찰을 받고서 누구도 선뜻 병사를 몰고 개경으로 나서려 하는 자가 없었다.

• 2

임금은 지방으로부터 토벌군이 오기를 초조하게 기다렸으나 아무 소식이 없었다.

"전하, 이성계, 조민수 등 반란군을 이끄는 수괴들을 파직하소서. 저들은 역도들로서 이미 전하의 신하가 아니옵니다. 이로써 그들의 내부에서 위계질서가 파괴되어 동요가 있을 것이니 속히 시행하시옵소서.

"그렇지, 이 역적 놈들 파직이 아니라 보는 즉시 머리를 베도록 해야지요."

왕은 최영의 건의를 즉각 받아들였다. 이성계와 조민수를 삭탈관직하고 우현보를 수시중, 그 아들 우홍수를 사헌부 대사헌, 안소를 평리 등으로 인사를 단행했다. 그리고 '이성계와 조민수 그 수하 장수의 수급을 베어 오거나 체포하여 오는 자는 관아나 개인의 노예라 할지라도 높은 벼슬과 큰상을 내릴 것이다'라는 방을 써서 이성계가 진군해오는 각 고을의 길목에 붙이라 명했다.

이성계의 회군이 황해도 황주를 지나고 있을 때 저쪽에서 흙먼지를 일으키며 달려오는 한 떼의 군마가 있었다. 군사들은 한순간 긴장을 했다. 이성계도 이를 지켜보고 있었다.

군사의 수로 보아 도저히 회군에 대적할 정도가 못 되는데도 그들은 질풍처럼 달려왔다. 그들이 뭔가 이쪽을 향해 소리를 질렀다. 흙먼지가 사라지고 군사들의 모습이 뚜렷했다.

"장군, 장군!"

그들은 이성계를 부르고 있는 것이었다.

"아니 저들은?"

이성계는 그들을 알아보았다. 그들은 다름 아닌 동북면을 지키던 가병들이었다.

"장군! 회군 소식을 듣고 이렇게 달려왔나이다."
달려온 지휘급의 군사가 말에서 내려서 이성계 앞에 엎드리며 고했다.
"어쩐 일인가?"
동북면의 군사가 예까지 급하게 말을 몰고 달려왔다니 반가움보다 때가 때인지라 걱정이 앞섰다.
"동북면의 주민들을 모아 장군의 회군 소식을 듣고 마중하러 나왔나이다. 말 탄 자들이 먼저 이렇게 달려왔습니다만 저기를 보십시오."
군사는 자신들이 달려왔던 방향을 손으로 가리켰다. 그곳에서도 한 떼의 사람들이 몰려오고 있었다. 북소리도 들리고 꽹과리 소리도 들리고 노랫소리도 점점 또렷이 들렸다.

"서경 밖에는 불빛이…… 이 원수여…… 백성을 구원하소서."
동북면에서 들어본 적이 있는 귀에 익은 노랫소리였다. 이성계는 가슴이 뭉클했다.
"어서 오게나, 나의 군사여. 먼 길을 마다치 않고 이곳까지 달려와 주다니……."
이성계는 엎드린 군사를 일으켜 세워 굳게 안으며 등을 두드려 주었다. 병사는 이성계가 안아주는 순간 핏줄과도 같은 진한 정을 느껴 눈물을 주르르 흘렸다. 그러다가 품속에서 뭔가를 꺼냈다.
"오는 길에 길거리에 포고문이 붙었길래 뭔가 하고 보았더니, 황송하게도……."
병사가 내미는 것은 임금의 명으로 각 고을에 붙여진 '이성계와 조민수를 죽이거나 체포하면 후한 상을 내리겠다'는 포고문이었다.
이성계는 그것을 읽으며 입가에 쓴웃음을 지었다. 임금과 최영이 정권을 지키기 위해 안간힘을 쓰고 있다는 생각이 들어서 측은함마저 느껴졌다.

이성계의 회군은 일부러 평양성을 돌아서 진군했다. 임금과 최영 일행이 이미 개경으로 피한 뒤라 평양성으로 대규모의 군사가 입성한다면 백성들이 불안해할 것이기에 오해를 불식시키려고 일부러 길을 돌았던 것이다.

임금 일행이 급하게 떠나버린 서경. 임금을 따라왔던 조정의 백관들은 이성계의 군대가 진격해온다는 말에 잠시 긴장하고 불안해했으나 회군이 서경에 입성하지 않는다는 소식에 안도했다. 남겨진 백관들도 짐을 싸서 서경을 떠났다. 임금 일행이 남아 있던 말을 모조리 끌고 가버렸으니 그들은 걸어서 혹은 소 수레를 얻어 타고 뒤늦은 길을 떠났다. 이색과 정몽주, 이숭인도 그렇게 같이 수레에 몸을 싣고 개경으로 향했다.

"스승님, 앞으로 정국이 어떻게 되겠습니까?"

나라가 되어가는 꼴이 하도 어처구니가 없으니 누구도 선뜻 말을 걸고 나서기가 어려웠다. 할 말을 잃고서 상념에 젖어 각자 시선을 달리하던 중에 이숭인이 입을 뗐다.

"글쎄, 칼을 쥔 자의 마음이겠지."

이색은 무거운 마음으로 답했다.

"또다시 무인의 시대가 되는군요. 최영도 무인이고 이성계도 무인이고, 저들의 싸움에 수많은 목숨이 죽어나는군요. 정권을 잡은 자는 임금도 입맛대로 갈아치울 것 아닙니까?"

"그렇게 생각하느냐? 이성계는 역모라고 하지 않았다. 최영 등 전하를 곁에서 잘못 보필하는 신하들이 국란을 자초했으므로 그들에게 벌을 주겠다고 하였다."

"그 말을 믿으시옵니까?"

"저들이 그렇게 주장하고 있으니 일단은 그 말을 믿어 보는 수밖에 없지 않으냐?"

이색도 앞날을 예측할 수가 없었다.

"차라리 잘 되었지 않습니까?"

두 사람 사이에 나누는 대화를 묵묵히 듣고 있던 정몽주가 끼어들었다.

"이성계가 난을 일으킨 것을 말하는 것이냐? 아니면 주상을 바꾸는 것을 두고 하는 말이냐?"

이색이 정몽주에게 물었다.

"둘 다 말하는 것입니다."

"형님, 무슨 말씀을 그렇게 하십니까? 지금 역적을 두둔하시는 것입니까?"

이숭인이 역정을 냈다.

"지금 나라가 되어가는 형편을 보면 누구라도 나서서 바로잡아야겠다는 생각이 들지 않느냐? 나는 지금이 바로 그때라고 생각한다."

"아무리 그렇다고 해도 활과 칼을 가진 자가 나라와 백성을 위하여 그것을 사용해야지 자신의 권력을 탐하는 데 사용해서야 되겠습니까?

과거 200년 전 의종 시대에 무인들이 난을 일으켜 그들끼리 살육하면서 정권을 찬탈하고 임금까지도 마음대로 바꿔 나라를 얼마나 혼란에 빠뜨렸습니까? 그리하여 무엇이 도리인지 분간을 못 하는 세상이 되어 인륜은 땅에 떨어지고 힘 가진 자와 그에 아부하는 자들만이 행세하는 세상이 되어 나랏일이 엉망진창이 되지 않았습니까? 그러다 결국은 이족(夷族)인 몽골에 정복을 당하는 수모를 겪지 않았습니까?"

"네 말도 맞는 말이긴 하다만 지금처럼 나라와 백성의 형편은 안중에도 없고 오직 임금 한 사람만을 떠받들고서 온갖 난잡한 일을 저지르며 자신의 사리사욕만을 채우는 조정 대신들이 정사를 돌보는 나라, 주상 또한 밤낮으로 주색만 찾아 즐기고 거기다가 성정이 포악하여 신하와 백성의 목숨을 축생처럼 가볍게 여기는 나라를 그대로 두고 보아야 하겠느냐?"

정몽주가 하는 말은 신념에서 우러나오는 말이었다. 정몽주는 『맹자』

를 읽어보고 정도전에게 권했던 사람이다.

'군왕은 왕도로써 나라를 다스려야 한다'는 맹자의 가르침을 받드는 사람이다.

"그렇다고 칼을 가진 자가 함부로 나서서 자기의 입맛대로 권력을 휘둘러서야 나라의 도가 바로 서겠습니까? 치도(治道)가 바로 서겠습니까? 힘 있는 자가 권력을 잡고서 한순간 객기를 부리거나 몇몇이 패당을 지어서 자신의 입맛대로 나라를 다스리려 해서는 안 된다고 봅니다. 백성의 소리를 귀담아듣고 무엇을 해야 하는지를 깊이 고민하고 의논한 가운데 옛 성현의 가르침대로 정치를 하여야 백성이 살기 편하고 나라가 안정되는 것입니다. 무인이 저렇듯 나서는 것은 저는 반대입니다."

"함부로야 나섰겠느냐? 그 나름으로 깊이 생각을 했겠지. 나는 과거 왜구들이 전라도, 강원도 등지에 침구했을 때 이성계 장군을 따라 여러 차례 조전원수로 참여한 적이 있어서 이 장군의 성품을 잘 알고 있다. 그는 명령은 엄격했으나 병졸을 함부로 다루지 않았고 병사들은 어버이처럼 보살피는 그를 존경하고 따랐다. 그는 권력을 남용하여 사욕을 채우거나 나라를 도탄에 빠뜨리고 백성을 괴롭힐 짓은 결코 하지 않을 것이다."

이숭인과 정몽주는 서로의 주장을 굽히지 않았다. 두 사람은 서로의 주장이 상충하자 동의를 구하려는 듯 스승 이색을 쳐다보았다.

"나는 포은과는 견해를 달리한다. 공자께서는 충을 가르쳤고 충은 불사이군이라 했거늘 임금이 잘못한다고 신하가 어찌 이를 바꿀 수가 있느냐?"

"맹자께서 주장하신 왕도정치는 공자께서 말씀하신 인의(仁義) 사상과 맥을 같이한다고 생각합니다. 공자나 맹자나 다 같이 나라를 다스리는 군왕은 어질고 옳은 마음을 가지고서 백성을 다스려야 한다고 가르치셨습니다. 다만 그렇지 못한 군왕에 대하여 어떻게 할 것이냐에 대하여 공자께서는 사람의 본성이 본래 착하여 가르침을 통하여 완성할 수가 있다고 하였으나, 맹자는 군왕이 백성의 소리에 듣지 않아 민심의 소재를 파악하지 못하고 오직 힘으로 나라를 다스리려 한다면 이는 이미 군왕으로서 덕을 잃은 것이어서 일개 필부에 지나지 않으니 신하가 나서서 갈아치워도 무방하다고 하였습니다."

"신하가 나서서 임금을 바꾼다 함은 역모를 꾀하는 것인데 유학을 배운 자가 입에 담을 소리가 아닌 것 같구나."

"제 말은 역모를 한다는 것이 아니옵니다. 군왕의 도는 오직 백성을 위함에 중심을 두어야 하는데 백성의 삶은 안중에 없고 도(道)도 의(義)도 저버리고서 황음무도하고 포악한 일로서 백성을 괴롭히며 일상을 자신의 열락에만 몰두하는 임금과 그를 떠받치면서 영달을 꾀하려는 신하는 이미 백성을 다스릴 자격이 없으므로 갈아도 무방하다는 마음에서 한 말이옵니다."

"음—, 듣기가 민망하구나. 너의 말은 듣기에 따라서 역성혁명을 두둔하는 것 같구나."

정몽주의 말을 듣고 있던 이색은 더 이상 못 듣겠다는 듯 어느새 목소리에 노기를 띠었다. 하지만 정몽주는 그에 개의치 않았다. 정몽주는 더 이상 이색 문하의 모범생이 아니었다. 그의 주장과 생각은 스승의 가르침과는 이제 차별이 뚜렷했다.

정몽주는 나라의 어려움을 해결하기 위해 사신으로 대륙과 왜를 여러 차례 다녀오면서 급변하는 주위의 사정을 직접 목도했고, 또 지난 세월 여러 파동을 겪어오는 동안 더 이상 두고 볼 수 없이 나락으로 떨어진 채 피폐한 삶을 살아가고 있는 백성을 보면서 나름대로 많은 생각을 했기에 감히 스승의 뜻을 넘어서는 생각을 하게 된 것이었다.

"저는 맹자께서 말씀하신 역성혁명까지는 동의하지 않습니다. 500년 사직이 그렇게 간단히 끝날 일이겠습니까? 다만 현재의 임금이 나라를 다스리는 형국이 너무나도 지나쳐서 백성이 살 수 없을 지경에 이르렀기에 이 기회에 임금도 바꿀 수 있다는 생각을 해본 것뿐입니다."

"아니다. 그렇게 되어서는 안 된다. 신하가 나서서 임금을 바꾼다면 그 기준이 모호할 뿐 아니라 군왕의 힘을 능가하는 힘을 가진 신하가 나타나면 욕심을 부려서 자신의 잣대로 기준을 정하여 함부로 임금을 바꾸려고 할 것이고 그렇게 되면 세상의 근본이 무너져서 걷잡을 수 없는 혼란에 빠지게 될 것이다. 그러한 가운데에서 백성의 인간다운 삶은 어찌 기대할 수 있겠느냐? 우리는 의종 이후 무인시대를 거치면서 그러한 폐해를 너무 많이 겪어 오지 않았느냐?"

"맞습니다. 저도 스승님의 말씀에 동의합니다. 무인들이 나서서 나라를 다스리려 하는 것부터가 잘못된 것입니다. 그들이 믿는 것은 힘밖에 없으니 힘으로 백성을 누르고 힘으로 나라를 끌고 가려 하여 여러 문제가 생깁니다."

이숭인이 스승의 말을 지지하고 나섰다.

"꼭 그렇게만 생각할 일이 아니다. 난세에는 무장이 나서서 나라를 평정했던 것은 고금의 역사가 아니겠느냐?"

"요순시대에는 백성에 의해서 임금이 받들어졌습니다. 요임금은 덕망 있는 순임금을 발탁하여 임금 자리를 물려주었고요. 그 속에서 백성들은 태평성대를 노래했습니다."

"글쎄…… 그러한 세상이 오게나 될는지……."

세 사람은 서로의 주장을 굽히지 않았다. 논쟁이 치열했다. 그러는 가운데 해는 서산으로 뉘엿뉘엿 지고 있었다. 지는 해는 한낮의 뜨거움은 사라지고 빛만 강렬했다. 그 빛도 머지않아 사라져버릴 것이다.

"이랴, 이랴!"

소몰이꾼은 지는 해지만 놓치면 큰일이라고 생각하는 듯 바쁘게 고삐를 챘다. 갈 길이 바쁜데 소는 생각대로 움직여주지 않았다.

소를 갈아타야 할까? 소몰이꾼을 갈아야 할까? 아직도 가야 할 길은 멀고 험난한데……. 치열한 논쟁을 하는 세 사람 가운데 누구도 길을 바꾸자거나 돌아가자고 하는 사람은 없었고, 운명의 수레는 뚜벅뚜벅 몰이꾼이 끄는 대로, 소가 걷는 대로 어둠을 찾아 들어갔다. 그나마 석양이 사라지면 곧 천지를 분간키 어려운 어둠이 닥칠 터인데, 더 무슨 곤경에 처하게 될는지 모르는 일이다. 석양을 좇아서 길을 재촉하듯 개경으로 가야 하는 것이 그들의 운명이었다.

3

6월 초하루, 요동 정벌군이 개경으로 돌아왔다. 4월 18일 서경을 떠나서 한 달 보름째 되는 날 개경으로 회군한 것이었다. 반군은 도성 외곽에 진을 치고서 일단 진군을 멈췄다. 이성계와 조민수는 궁성이 보이는 산등성이로 올라가서 이야기를 나누었다.

"이 원수, 여기까지 왔지만 나는 아직 실감이 나지 않소. 우리가 한 일이 잘한 일인지 확신도 서지 않고 이후에는 또 어떻게 해야 할지 모르겠소."

조민수는 얼떨결에 이성계의 결단에 묻혀서 예까지 행동을 같이 해왔지만 꿈에도 생각지 못한 일을 벌여놓고 아직도 벙벙했다. 도무지 무슨 일을 벌였는지 실감이 나지 않았고 앞으로 어떻게 일을 해나가야 할지도 갈피를 잡을 수가 없었다.

좌군은 서열상 우군에 앞선다. 그러나 좌군 원수 조민수는 이성계의 권유로 일을 벌였으므로 이성계가 결정하는 대로 따라가는 수밖에 없었다.

"걱정하지 마시오. 최영만 제거하면 끝나는 일이오."

이성계는 빙그레 웃으며 조민수에게 용기를 불어넣어주었다. 이성계에게는 조민수와 달리 이미 복안이 서 있는 일이었다. 이후의 일은 정도전이 이미 다 준비를 하고 기다리고 있을 것이니 그를 믿으면 되는 일이었다.

"우선 김완을 풀어주어 우리의 의도를 주상께 알리는 것이 순서인 것 같소이다."

이성계는 그때까지 과섭찰리사(過涉察里使), 독전관(督戰官)으로 왔다가 군영에 억류하고 있던 환관 김완을 풀어주면서 임금에게 회군하게 된 저간의 사정을 적은 글을 올렸다.

> "현릉(공민왕)께서 살아 계실 때는 명과의 관계가 돈독하였으나 최영이 총재(冢宰)가 되자 조종(祖宗) 이래로 큰 나라를 섬기고자 한 뜻을 망각하고 먼저 상국을 침범하려 하였습니다. 한여름에 군사를 동원하니 농사가 절단이 나고 나라의 수비가 허술해진 틈을 타서 왜구가 침입하여 백성을 살육하고 약탈을 자행하여 민심이 흉흉해졌습니다. 지금 최영을 제거하지 않으면 나중에 큰 화를 면치 못할 것입니다."

이성계는 어디까지나 나라와 백성을 생각하는 충정을 앞세웠다. 비록 반군을 이끌었으나 임금의 말 한마디로 정당화되기를 바랐고 소란 없이 무혈로 입성하기를 바랐다. 지금이라도 임금이 자기 뜻을 따라 최영을 제거해준다면 회군의 명분은 서는 것이었다. 그러나 임금은 이를 거절했다. 이성계가 내세우는 충정을 믿을 수 없을뿐더러 절대적인 보호자 최영을 제거한다는 것은 지금 자신의 자리를 내놓는 것과 다름이 없기 때문이었다.

임금은 전 밀지부사 진평중을 보내어 장수들을 회유했다.

"그대들은 어명을 받들어 출정하였는데 어이하여 지시를 위반하고 궁궐을 범하려 하느냐? 이는 군신 간의 도리가 아니다. 더구나 조상으로부터 이어 내려온 강토를 어찌 상국이라 해서 저들의 말 한마디에 쉽게 내어줄 수 있겠는가? 과인은 차라리 군사를 일으켜 저들에 대항하려 했다. 최영에 대해서 이러쿵저러쿵하지만 나는 여러 사람과 의논하였다. 나의 앞에서 누구도 반대하지 않았다. 최영이 사심이 없이 과인을 보필하고 있다는 것을 경들도 잘 알고 있지 않으냐? 부디 개과천선하여 함께 부귀를 누릴 것을 생각하라."

이어서 설장수에게 술을 들려 진중으로 보내어 위로하면서 장수들의 의중을 파악하려 했다.

"이런 제길, 여기 있는 병사들과 그 가족들, 수많은 목숨이 걸린 일이오. 아직 사태 파악이 되지 않소이까?"

이성계의 곁에 있던 배극렴이 화를 벌컥 내었다. 술잔을 내동댕이치려는 것을 이성계가 막았다.

"참으시오, 배 원수. 주상께서 내려주신 것이니 마다해서는 아니 되오. 정히 주상께서 최영을 감싸고도신다면 궁궐로 진입하여 억지로라도 최영을 주상의 곁에서 끌어내는 수밖에 없는 것이오."

이성계는 설장수를 돌려보내고 조민수와 도성 진입에 대해서 의논했다.

"조 원수가 먼저 택하시오. 어느 쪽으로 진입할 것인지?"

조민수는 순간 생각했다. 기왕에 좌, 우군이 동시에 도성으로 진입한다면 역적 최영을 먼저 붙잡는 쪽이 더 체면이 서고 나중에 정국을 이끌어 가는 데 유리할 것 같았다.

"나는 선의문으로 진입하겠소이다."

선의문은 나성(羅城)의 서쪽, 국왕과 사신의 행차가 있을 때 이용하는 문이다. 조민수는 그곳으로 진입하면 왕의 소재를 빨리 파악할 수 있을 것이고 그러면 최영을 포함한 측근들을 체포하기가 쉬울 것 같아 그리했다.

"그럼 나는 숭인문으로 가겠소."

이성계는 조민수와 반대로 나성의 동문인 숭인문을 택했다.

성문을 지키는 군사들의 저항은 의외로 거세었다. 최영이 직접 친위병을 거느리고 싸웠기 때문이다. 급한 김에 궁성 수비군을 이놈 저놈 잡졸로 모았으나 궁궐 수비의 중심은 어디까지나 우달치(迂達赤, 국왕의 근위병)였다. 그들은 평소 훈련이 잘된 군사였기에 백전노장인 최영의 지휘를 잘 받들어 온 힘을 다해 반군의 침공을 막아냈다.

이성계는 지문하성사 유만수를 앞세웠으나 1차 침공에 실패했다. 조민수의 좌군도 실패했다. 침공이 실패했다는 보고를 받은 이성계는 당황하는 기색이 없이, 오히려 호탕하게 웃었다.

"유만수는 눈이 크고 광채가 없어. 담이 적은 사람이라 싸움에 이기지 못할 줄 알았다."

이성계는 유만수의 패배에 개의치 않고서 군막으로 들어가 동궁(彤弓, 붉은 활)과 백우전(白羽箭, 화살)[37]을 들고 나왔다. 사방을 둘러보다가 100보쯤 떨어진 거리의 소나무를 발견하고 과녁으로 정했다. 이성계가 팽팽히 당긴 시위를 놓자 "쉥-" 바람을 끊는 듯 날카롭고 묵직한 소리를 내면서 화살이 소나무의 허리에 꽂혔다. 나무는 두 동강이 나서 부러졌다.

"와—!"

이를 지켜본 제장들은 일제히 탄성을 질렀다. 이성계는 결전에 앞서 병사들의 두려움을 없애기 위해 먼저 자신의 탁월한 무술 솜씨를 과시한 것이었다. 이는 자신의 능력과 용맹을 보여줌으로써 병사들의 사기를 돋우고 용기를 끌어내어 수많은 전장 터에서 승리를 해왔던 이성계 나름의 전술이었다.

장군 이언이 이성계 앞에 무릎을 꿇으며 결의를 다졌다.

37) 동궁과 백우전은 이성계의 상징과 같다.

"우리가 영공(令公)을 모시고 어디인들 못 가겠나이까!"
이어서 제장들이 무릎을 꿇었다.
"어디인들 못 가겠나이까!"
"와-!"
그 모습을 지켜보던 군사들이 우레와 같은 함성을 질렀다.

함성은 멀리 퍼져나가 숭인문을 수비하는 궁중 숙위 군사들도 들을 수 있었다. 이성계는 백마를 타고 앞장서서 궁궐 수비병을 향해 화살을 날렸다. 화살은 이성계의 손을 떠나는 즉시 빗나감이 없이 수비 병사를 하나씩 고꾸라뜨렸다.

이성계의 뒤를 따르는 병사는 동북면에서 온 가병들이 주축이 었다. 그들은 이성계의 명령 한마디에 목숨을 아끼지 않는 용맹한 병사들이었다. 그 뒤로는 중앙군으로 요동 정벌군에 편성된 병사들이 따랐다. 그 수가 엄청났다. 수비군은 겁에 질려서 제대로 싸워보지도 못하고 성문을 내주었다.

"와-" 성문이 열리자 물밀 듯이 군사들이 들이닥쳤다.

수비군은 어디로 도망쳤는지 그림자도 찾아볼 수 없었다. 동문이 뚫렸다는 소식에 조민수가 이끄는 좌군도 서문으로 수월하게 진입할 수 있었다.

• 4

"우리가 최영을 먼저 붙잡아야 한다."

조민수는 흑대기(黑大旗)를 세우고 서두르며 들어가다가 영의서교(永義署橋)에 이르러 최영이 지휘하는 군사와 맞닥뜨렸다. 최영은 비록 밀리고 있었지만 수많은 전쟁터에서 승리를 거듭해온 백전노장이다. 결코 만만치가 않았다. 얼마 되지 않는 병사지만 최영이 이끄는 우달치 또한 훈련이 잘된 병사들이다. 혼신을 다해 조민수 군사에 대항했다. 조민수의 군사가 오히려 밀렸다.

이성계는 군사를 몰아 황룡대기(黃龍大旗)를 앞세우고 선죽교를 지나서 남산으로 진격했다. 남산에는 최영의 수하 안소가 이끄는 병사들이 대기하고 있었다. 이성계의 군사는 우레와 같은 외침과 함께 징과 꽹과리를 치면서 다가갔다. 안소의 군사들은 기가 질려서 대항할 생각도 못 하고 뿔뿔이 흩어져 도망을 쳐버렸다. 이성계는 그들을 구태여 쫓으려 하지 않았다.

이성계의 군사는 남산의 암방사(巖房寺) 북쪽 고개에서 대세를 알리는 대라를 불었다.

"붕, 붕, 부우-웅!"

고갯마루에서 부는 대라 소리는 궁내 어디에서도 들렸다. 최영은 이미 대세가 기울어 더 이상 버틸 수가 없다고 판단했다. 그가 몇 남지 않은 병사들을 데리고 피신해 들어간 곳은 임금이 숨어 있는 화원의 팔각전이었다.

"장인 수고가 많구려. 이제 우리는 어떻게 해야 하오?"

왕은 영비와 함께 벌벌 떨면서 바깥 상황을 예의 주시하다가 최영이 나타나자 반가움과 함께 한편으로 절망하는 마음으로 맞았다. 72세의 노구를 이끌고 혼신을 다한 최영은 지쳐서 임금 앞에서 바로 서지도 못하고 꼬꾸라졌다. 임금은 그나마 의지하고 있었던 최영의 그런 모습에서 모든 것이 끝났음을 예감했다.

"어흐-흥, 전하…… 소신이 사력을…… 다했으나 어쩔 수가 없었사옵니다."

최영은 임금의 발밑에 쓰러져서 황소 같은 소리를 내며 울부짖었다. 감정이 앞서서 제대로 말도 잇지 못했다.

"내 알고 있소이다. 공이 나를 위하여 얼마나 애를 썼는지를……. 자, 일어나 보오."

임금은 엎드려 있는 최영의 손을 잡았다. 최영은 꿈쩍도 하지 않고서 울기만 계속했다. 임금도 엎드려서 최영과 같이 울었다. 곁에 있는 영비도 이들을 부여잡고 울었다.

"아버님! 엉엉."

밖이 소란스러웠다. 화원의 담장이 맥없이 무너지고 반군이 팔각전으로 몰려든 것이었다.

"역적 최영은, 이제 그만 밖으로 나오시오. 나오지 않으면 우리가 쳐들어가서 붙잡아 나오리다."

거친 목소리가 들렸다.

"전하, 이제 저는 때가 다 된 것 같사옵니다. 전하께서는 부디 옥체를 보존하시옵소서."

최영은 정신을 가다듬고 하직 인사를 올렸다.

"아니 되오. 장인, 나를 두고 어디 간단 말이오. 나는 누굴 믿고 이 자리를 지키란 말이오. 저 포악무도한 자들이 나라고 가만 놔두겠소? 장인은 내가 지키겠소. 장인을 붙잡으러 저놈들이 들어온다면 내 칼로 놈들의 목을 벨 것이오."

임금은 칼을 빼 들고 곧바로 밖으로 뛰쳐나갈 기세를 취했다.

"아니 되옵니다. 전하. 이미 대세는 기울어졌습니다. 전하께서는 부디 옥체를 보존하시고 때를 기다리시오소서. 소신은 이제 이런 모습으로 물러가지만, 어디에선가 오늘의 이 모습을 지켜보고 있는 충신이 있을 것이옵니다. 그들이 언젠가는 전하의 권위를 다시 찾아드릴 것이옵니다. 부디 옥체를 보존하시옵소서."

"아니 되오. 아니 되오."

"아버님, 저희를 두고 어디 가신단 말입니까? 이대로 못 보내옵니다."

영비도 울면서 몸부림을 쳤다.

"딸아, 이것이 너와 나의 이 세상에서 마지막 작별이 될지 모르겠구나. 부디 두 분 마마 오늘의 수모를 기억하시오소서. 그리고 천수를 누리소서."

이때, 전각의 문을 부수고 군사 몇 명이 들이닥쳤다.

"간적 최영은 이리 나오시오!"

이성계의 장수 곽충보가 이끈 군사들이었다. 최영은 임금과 영비에게 작별 인사로 두 번 절을 하고 군사들에게 끌려서 밖으로 나왔다. 최영은 하늘을 쳐다보았다.

'하늘이 저처럼 푸른 줄 이제야 알겠구나!'

조금 전까지도 피를 튀기며 사투를 벌였는데 이제 모든 것이 끝났다고 생각을 하니 오히려 마음은 평온해지는 듯했다.

'내 나이 일흔둘, 나는 무엇을 위해서 그동안 살아왔을꼬?'

자신이 살아온 평생이 일순간 주마등 같이 스쳐 지나갔다.

'나의 일평생은 임금과 고려를 위하여 오직 충성의 일념으로 목숨조차도 아끼지 않는 삶이었는데, 대체 무엇이 잘못되어 오늘 이런 일을 겪게 되는 것인가? 저들은 나를 간적이라고 부르는데 저 푸르디푸른 하늘 아래 내 삶 어디에 부끄러운 점이 있었던가? 아……, 정녕 500년 사직이 여기서 끝이 나야 하는가? 하늘이 나를 기어이 버리시는 것인가?'

이성계는 최영이 끌려 나오는 모습을 차마 똑바로 보지 못했다. 최영과 지내온 세월의 의리를 생각하면 인간적으로 못 할 짓을 하고 있다는 생각이 들었다. 이성계에게 19년이나 연배인 최영은 아버지와 같은 존재였다. 그의 나라 위한 일념과 참무인으로서의 삶은 언제나 본받을 만한 것이었다.

자신이 변방의 장수로 지내다가 중앙의 요직에 자리 잡기까지 최영은 여러 가지 지원을 아끼지 않았고 한때 이인임의 견제를 받았을 때도 변명을 해주어 위기에서 벗어날 수 있었다. 어쩌다 보니 서로가 칼을 겨누고 이렇듯 모진 짓을 해야 한다고 생각하니 회한에 젖지 않을 수 없었다.

'나의 이야기를 조금만 들어주었더라면 이런 일은 피할 수 있었을 것인데……'

이성계는 끌려온 최영에게 변명같이 말을 했다.

"이번 사태는 공과 나의 정리로 보아 내 본심에서 일으킨 일이 아닙니다. 요동 정벌은 대의에 거역되는 일일뿐더러 나라가 불안해지고 백성들이 고통을 겪어 원한이 하늘에 이르렀기에 부득이 일어난 일입니다. 나를 원망 말고 부디 잘 가십시오."

최영은 이성계와 정면으로 눈길을 마주했다. 이성계는 눈길을 피했다.

"나를 한번 똑바로 봐주시게. 나는 항간에 떠돌던 '목자득국(木子得國)의 소문'을 믿지 않았네. 하나 이렇게 당하고 보니 믿지 않을 수가 없네. 고려의 운세가 다하여 사직이 여기서 끊긴다고 생각하니 실로 통탄할 일이네. 자네는 뭐라고 변명을 하던, 왕명을 받들고서 출정을 한 군사일세. 장수는 오로지 나라와 백성을 위하여 그 힘을 써야 하거늘 자네는 왕명을 어기고 제 마음대로 말머리를 돌려서 왕명을 내린 임금에게 칼을 들이대어 이런 일을 만들었네.

고려가 500년 사직을 이어오다가 자네 같은 사람이 나타나서 맥이 끊긴다면 자네가 얻은 나라도 운이 좋으면 500년은 가겠지. 그러나 그때 자네 같은 마음을 품은 자가 나타나서 자네가 세운 그 나라를 무너뜨리고 자네의 후손을 내친다면 저승에서 그것을 보는 자네의 마음이 어떠하겠는가! 역사는 오늘의 일을 평가할 것일세. 자네는 후세 사람들에게 역적질의 빌미를 주고 있음을 알아야 할 것이야!"

최영의 목소리는 준엄했다. 곁에서 최영을 붙잡고 있는 병사들이 듣기에도 민망했다.

"그만 닥치시오! 그 말이 너무 듣기 거북하오."

곽충보가 최영의 팔을 잡아끌었다.

"나는 고려를 위하여 한평생을 바쳐왔느니, 내가 사사로운 욕심으로 일을 해왔다면 죽은 뒤 무덤에 풀이 돋을 것이고, 억울한 죽음을 맞았다면 풀이 돋지 않을 것이네."

최영은 끌려가면서도 기품을 흐트러뜨리지 않았다. 이성계는 끌려가는 최영의 등판이 유난히 크게 느껴졌다.

'역사는 오늘의 일을 평가할 것이야! 후세 사람에게 역적질의 빌미를 주고 있음을 알아야 할 것이야!'

최영의 준엄한 외침이 이성계의 귓전을 맴돌았다.

최영은 그 길로 고양현에 유배되었다가 다시 마산 합포로 옮겨졌고 다시 그해 12월 개경으로 압송되어 죽음을 맞이했다. 고려의 운명은 최영의 죽음을 계기로 급속하게 무너져 내렸다.

그동안 고려의 나날은 대책 없는 세월이었다. 왜적의 침입이 숱하게 반복되어도 묘책이 없었고 임금은 오직 향락하는 일에만 몰두해 국가 경영은 뒷전이었으며 문란해진 국가 기강을 틈타 관리의 수탈은 극에 달해 백성의 고통은 더 이상 감내하기가 어려울 지경에 이르러 있었다. 여기에 불가분의 관계를 유지해야 하는 대륙의 변화, 원명 교체라는 격변기를 맞닥뜨렸는데도 적절히 대처를 못 하고 우왕좌왕하고 있는 고려의 운명은 격랑 속을 표류하는 배와 같았다.

이러한 고려의 상황에서 최영의 존재는 기울어져 가는 나라를 지탱하는 대들보였는데 이제 그 대들보가 무너져버렸으니 고려의 운명도 시각을 다투는 처지가 되어 버렸다.

[3권에서 계속]

정도전의 야망 2권

초판 1쇄 2016년 8월 10일

지은이 윤만보
발행인 김재홍
편집장 김옥경
디자인 박상아, 이슬기
마케팅 이연실

발행처 도서출판 지식공감
등록번호 제396-2012-000018호
주소 경기도 고양시 일산동구 견달산로225번길 112
전화 02-3141-2700
팩스 02-322-3089
홈페이지 www.bookdaum.com

가격 13,000원
ISBN 979-11-5622-204-0 04810
SET ISBN 979-11-5622-191-3 04810

CIP제어번호 CIP2016017996
이 도서의 국립중앙도서관 출판예정도서목록(CIP)은 서지정보유통지원시스템 홈페이지(http://seoji.nl.go.kr)와 국가자료공동목록시스템(http://www.nl.go.kr/kolisnet)에서 이용하실 수 있습니다.

문학공감은 도서출판 지식공감의 인문교양 단행본 브랜드입니다.